Dick Francis

Außenseiter

Roman

Aus dem Englischen von
Gerald Jung

Diogenes

Titel der 1990 bei Michael Joseph Ltd., London,
erschienenen Originalausgabe: ›Longshot‹

Umschlagzeichnung von
Tomi Ungerer

200/91/8/1
ISBN 3 257 01902 5

Für unsere Enkelkinder

Jocelyn
Matthew
Bianca
Timothy
William

Folgenden Büchern bin ich verpflichtet:

The SAS Survival Handbook
von John Wiseman

und

No Need To Die
von Eddie McGee

I

Ich hatte einen Auftrag angenommen, der von vier anderen Autoren bereits abgelehnt worden war, doch war ich damals ziemlich hungrig.

Obwohl die Aussicht auf ein Hungerleiderdasein in einer Dachkammer im Jahr zuvor noch recht verlockend gewesen war, nahm die Wirklichkeit im verschneiten Januar unter den eingefrorenen Regenrinnen des Hauses der Tante eines Freundes dramatische Formen an. Da mir ein entsprechendes Einkommen, das mich einigermaßen ernährt und gekleidet hätte, fehlte, war ich zur allzu leichten Beute für überstürzte Entscheidungen geworden.

An meinem Zustand war ich natürlich selbst schuld. Ohne Schwierigkeiten hätte ich mich nach einer gutbezahlten körperlichen Betätigung umsehen können; ich mußte nicht zitternd vor Kälte in einem Skianzug herumsitzen, an einem Bleistiftstummel herumkauen, mich über mein Notizbuch beugen und an mir selbst, meinen Fähigkeiten und den Hirngespinsten, die mir durch den Kopf jagten, verzweifeln.

Die spartanische Ungemütlichkeit war auch nicht dem Sumpf des Selbstmitleids, das aus dem Elend des Versagens entspringt, zuzuschreiben. Nein, es handelte sich vielmehr um den bodenlosen Tiefpunkt zwischen zwei berauschenden Gipfeln, nämlich der kurz zuvor erfolgten Zusage, daß mein erster Roman veröffentlich werden sollte, und dem noch weit entfernten Zeitpunkt, zu dem er sich in die höchsten literarischen Umlaufbahnen katapultieren würde. Nach der berauschenden Entgegennahme der ersten Vorschußzahlung und ihrer alsbaldigen Aufteilung in alte

Schulden, aktuelle Lebenskosten und die Miete für die nächsten sechs Monate im voraus hatte jetzt die Ernüchterung eingesetzt.

Zwei Jahre sollten genügen, hatte ich mir gedacht, als ich der Sicherheit eines geregelten Einkommens Lebewohl sagte: Wenn es mir nicht gelingt, innerhalb von zwei Jahren veröffentlicht zu werden, dann will ich gerne zugeben, daß der Zwang zu schreiben eine fixe Idee ist, und mich wieder auf den gesunden Menschenverstand verlassen. Es war schon ein verzweifelter Schritt gewesen, auf die Gehaltsüberweisungen einfach zu husten, doch ich hatte versucht, vor der Arbeit zu schreiben, nach der Arbeit, im Zug und am Wochenende. Es war jedoch nur Müll dabei herausgekommen. Eine übersehbare Zeitspanne in stiller Abgeschiedenheit, ohne Vorwände und Ausreden, so hatte ich es mir ausgemalt, würde die Sache so oder so klären. Die anfängliche Überdrehtheit tat meinem intensiven Gefühl des Glücks keinen Abbruch; ich hatte die Zehen in die ersten Spalten der Felswand gesetzt.

Da ich mich mit dem Überleben in widrigen Umständen zufällig recht gut auskannte, konnte die Aussicht auf magere Zeiten mich nicht besonders schrecken. Im Gegenteil, ich freute mich darauf, wie auf eine Art Bewährungsprobe für meinen Scharfsinn. Was ich nicht berücksichtigt hatte, war die Tatsache, daß man schon vom Herumsitzen und Nachdenken allein ordentlich friert. Ich hatte nicht gewußt, daß ein beschäftigtes Hirn den inaktiven Händen und Füßen klammheimlich Wärme entzieht. Bei meinen sämtlichen vorherigen Erfahrungen mit extremer Kälte war ich immer in Bewegung gewesen.

Der Brief von Ronnie Curzon kam an einem besonders kalten Morgen, als sich die Eisblumen wie eine halb heruntergelassene Jalousie über die Innenseite des Dachfensters im Haus der Tante meines Freundes ausbreiteten. Dieses Fenster, mit seiner schönen Aussicht über die Themse bei Chiswick, über die dahinsegelnden Möwen und den Schlamm bei Ebbe, dieses Fenster, meine Wonne, hatte am meisten dafür gesorgt, daß sich meine Hirngespinste in Worte verwandelten. Ich hatte einen Stuhl auf ein Podest gerückt, damit ich von dort beim Schreiben den weiten Blick über den baumgesäumten Horizont von Kew Gardens genießen konnte. Noch nie hatte ich bislang einen auch nur halbwegs passablen Satz zustande gebracht, wenn ich direkt auf eine weiße Wand schaute.

»Lieber John«, stand in dem Brief.

»Würdest Du mal bei mir im Büro vorbeischauen? Es gibt da eine Anfrage hinsichtlich der amerikanischen Lizenzen für Dein Buch. Könnte interessant für Dich sein. Wir sollten auf alle Fälle einmal darüber reden.

Schöne Grüße, Ronnie.

Warum hast Du kein Telefon wie jeder andere normale Mensch?«

Amerikanische Lizenzen! Nicht zu glauben.

Gar wundersam erwärmte sich der Tag. Amerikanische Lizenzen, solche Sachen passierten nur erfolgreichen Autoren, nicht irgendwelchen Leuten, die sich auf unbekanntem Terrain abrackerten, von Selbstzweifeln und Unsicherheit zernagt und darauf angewiesen, daß man ihnen ein ums andere Mal bestätigte, daß das Buch prima sei, es ist prima, machen Sie sich keine Sorgen.

»Machen Sie sich keine Sorgen«, hatte Ronnie herzlich gesagt, als er mich nach Durchsicht des Manuskripts, das ich einige Wochen zuvor ohne Ankündigung auf seinem Schreibtisch abgeladen hatte, zu sich einlud. »Machen Sie sich keine Sorgen, ich bin sicher, daß wir einen Verleger für Sie finden werden. Überlassen Sie alles mir. Ich werde sehen, was ich tun kann.«

Tatsächlich hatte Ronnie Curzon, seines Zeichen literarischer Agent, mit der Zungenfertigkeit des Handelsmannes einen Verlag für mich ausfindig gemacht; obendrein gleich ein renommiertes Haus, an das ich mich selbst nie herangewagt hätte.

»Die haben dort ein breites Programm«, klärte er mich freundlich auf. »Die können es sich leisten, ein paar Erstlinge aufzunehmen, obwohl das alles nicht mehr so einfach ist wie früher.« Er seufzte. »Unterm Strich muß eben alles wieder stimmen, und so weiter und so fort. Trotz alledem«, strahlte er mich an, »trotz alledem haben sie Sie zum Essen eingeladen, zum gegenseitigen Kennenlernen. Das ist die gute Nachricht.«

Ich hatte mich allmählich an Ronnies schnelle Umschwünge zum Pessimismus und zurück gewöhnt. Er erzählte mir, daß ich mit unheimlich viel Glück zweitausend Exemplare verkaufen würde, und im gleichen Atemzug, daß eine gewisse Schriftstellerin ihre Taschenbuchauflagen in Millionen abrechnete.

»Möglich ist alles«, sagte er aufmunternd.

»Auch, daß ich auf die Schnauze fliege?« wollte ich wissen.

»Machen Sie sich keine Sorgen.«

An dem Tag, als der Brief wegen der amerikanischen Lizenzen kam, ging ich vom Haus der Tante meines Freundes die vier Meilen zu Ronnies Büro in der Kensington High Street wie üblich zu Fuß. Da ich inzwischen so einiges dazugelernt hatte, machte ich mich nicht überstürzt auf den Weg, sondern erst etwas später, so daß ich Schlag Mittag bei Ronnie ankam. Kurz nach Mittag, so hatte ich herausgefunden, bot Ronnie seinen Besuchern gern ein Glas Wein an und ließ ein paar Sandwiches besorgen. Ich hatte ihm nicht viel hinsichtlich meiner beschränkten häuslichen Situation erzählt. Er war einfach von Hause aus ein großzügiger Mensch.

Ich hatte wohl die Situation falsch eingeschätzt, denn die sonst immer sperrangelweit geöffnete Tür zu seinem Büro war fest zu.

»Er spricht gerade mit einem anderen Klienten«, sagte Daisy.

Daisy lächelte freundlich. Eine Tugend, die man bei Empfangsdamen höchst selten antrifft. Große weiße Zähne in einem schwarzen Gesicht. Wilde Frisur. Einwandfreier Oxford-Akzent. Sie lernte Italienisch in der Abendschule.

»Ich gebe rasch durch, daß Sie hier sind«, sagte sie, nahm den Hörer ab, drückte einen Knopf und besprach sich mit ihrem Chef.

»Sie möchten bitte einen Moment warten«, teilte sie mir mit. Ich nickte und ließ mich geduldig auf einem der beiden leidlich bequemen Sessel nieder, die genau zu diesem Zweck dort hingestellt worden waren.

Zu Ronnies Büroräumen gehörte ein Vorzimmer mit einem großen Wandregal voller Akten und den Schreibtischen von Daisy und ihrer Schwester Alice, die sich um die komplizierten Buchungen der Firma kümmerte; in der Mitte stand ein großer Tisch, auf dem kreuz und quer bereits veröffentlichte Bücher herumlagen. Von diesem großen Zimmer aus gelangte man in einen Flur, von dem wiederum nach der einen Seite drei Privatbüros abgingen (zwei davon beherbergten Ronnies Partner). Auf der anderen Seite befand sich der Eingang zu einem fensterlosen Lagerraum, in welchem wie in einer Bibliothek vom Fußboden bis zur Decke sämtliche Bücher aufgereiht standen, denen Ronnie wie schon sein Vater vor ihm zum Dasein verholfen hatte.

Ich vertrieb mir die Zeit, indem ich mir im Vorzimmer die Korkwand betrachtete, an der die Einbände der letzten Ernte angepinnt waren, Bücher, die jetzt in den Buchläden auslagen. Zum wiederholten Male fragte ich mich, wie wohl dereinst mein eigenes Baby aussehen würde. Es machte ganz den Eindruck, als gewährte man den Anfängern kein großes Mitspracherecht bei der äußeren Gestaltung der Bücher.

»Vertraue ganz auf die Profis«, hatte mir Ronnie beschwichtigend geraten. »Die wissen schon, auf was die Käufer anspringen.«

Mir war damals der zynische Gedanke gekommen, daß das

manchmal so überhaupt nicht den Anschein machte. Jedenfalls blieb mir nicht viel mehr als die blanke Hoffnung.

Ronnies Tür ging auf, und er streckte seinen Kopf heraus, dann seinen Hals und einen Teil seiner Schulter.

»John? Komm doch bitte herein.«

Ich ging in sein Büro, das mit einem Schreibtisch, einem Drehsessel, zwei Gästestühlen, einem Schrank und grob geschätzt tausend Büchern eingerichtet war.

»Tut mir leid, daß ich dich habe warten lassen«, sagte er.

Er entschuldigte sich so nachdrücklich, als hätte ich einen festen Termin bei ihm gehabt, und brachte mich allem Anschein nach hocherfreut über mein Kommen in sein Büro. So führte er sich bei jedem auf. Ein überaus erfolgreicher Agent, dieser Ronnie.

Er war zuvorkommend und überschwenglich, beinahe rührend. Kleingewachsen, mit glattem, dunklem Haar und zarten, trockenen Händen, trat er stets mit Anzug, weißem Hemd und gestreifter Krawatte auf. Die Autoren, das jedenfalls suggerierte sein repräsentativer Aufzug, durften ruhig in rotblauen Skianzügen und schneeabweisenden Moonboots antreten; die ernsten Geschäfte wurden jedoch im nüchternen Zwirn abgewickelt.

»Kalt draußen«, sagte er mit einem verständnisvollen Blick auf meine Kleidung.

»Der Matsch im Rinnstein ist knallhart gefroren.«

Er nickte, wobei er nur mit halbem Ohr zuhörte und seine Aufmerksamkeit auf den anderen Klienten richtete, der auf seinem Stuhl sitzen geblieben war, als wollte er dort noch den Rest des Tages verweilen. Es kam mir vor, als würde Ronnie unter der Fassade seines selbstsicheren Auftretens gegen eine schwelende Verärgerung ankämpfen. Ein ungewöhnliches Bild, das so überhaupt nicht zu seiner unermüdlichen und sonst stets lässig zur Schau getragenen Bonhomie passen wollte.

»Tremayne«, redete er seinen Gast jovial an, »das hier ist John Kendall, ein brillanter junger Autor.«

Da Ronnie in aller Regel jeden seiner Autoren als brillant bezeichnete, auch wenn mehr als genug für das Gegenteil sprach, fühlte ich mich nicht besonders in Verlegenheit gebracht.

Tremayne zeigte sich ebenfalls wenig beeindruckt. Tremayne, grauhaarig, so um die Sechzig, ein massiger und sehr selbstsicherer Mann, war von der Unterbrechung zweifellos nicht sehr angetan.

»Wir sind noch nicht fertig mit unseren Geschäften«, sagte er ungnädig.

»Zeit für ein Gläschen Wein«, schlug Ronnie vor, wobei er den Einwand einfach ignorierte. »Was nehmen Sie, Tremayne?«

»Gin Tonic.«

»Ah... ich meinte: weißen Wein oder lieber roten?«

Nach einer Pause erwiderte Tremayne mit betont enervierter Resignation: »Dann einen roten.«

»Tremayne Vickers«, sagte Ronnie unverbindlich in meine Richtung, womit er die Vorstellungsrunde abschloß. »Auch einen roten, John?«

»Gern.«

Ronnie wuselte umher, schob Bücherstapel und Zeitungen beiseite, um Platz zu schaffen, zauberte Gläser, eine Flasche und einen Korkenzieher hervor und war mit einem Mal die Konzentration selbst.

»Auf die Branche«, sagte er lächelnd und reichte mir ein Glas. »Auf den Erfolg«, sagte er zu Vickers.

»Erfolg? Welchen Erfolg? Diese Schreiberlinge sind doch allesamt zu groß für ihre eigenen Fußstapfen.«

Ronnie schaute unweigerlich auf meine Stiefel, deren Stapfen für jeden groß genug waren.

»Es hat keinen Zweck, wenn Sie mir immer wieder erzählen, meine Bezahlung sei indiskutabel«, setzte Tremayne nach. »Die

Kerle sollten froh sein, daß sie etwas zu tun bekommen.« Er musterte mich knapp und fragte taktlos: »Wieviel verdienen Sie pro Jahr?«

Ich lächelte ebenso sanft wie Ronnie und blieb ihm die Antwort schuldig.

»Verstehen Sie etwas vom Rennsport?« wollte er wissen.

»Pferderennen?«

»Selbstverständlich Pferderennen.«

»Tja«, meinte ich, »nicht allzuviel.«

Jetzt griff Ronnie ein: »Tremayne, John ist nicht der Autor, den Sie suchen.«

»Schreiberling ist Schreiberling. Das kann jeder von denen erledigen. Sie haben mir gesagt, es sei falsch, nach großen Namen zu schielen. Also gut, dann besorgen Sie mir eine kleinere Nummer. Vorhin meinten Sie, Ihr Freund hier ist brillant. Wie wäre es denn mit *ihm?*«

»Äh«, sagte Ronnie behutsam. »Brillant, das ist nur so... äh... eine Art Redewendung. Er ist wißbegierig, sehr talentiert und impulsiv.«

Ich grinste meinen Agenten belustigt an.

»Also ist er *nicht* brillant?« fragte Tremayne ironisch. An mich gewandt sagte er: »Was haben Sie denn bislang veröffentlicht?«

»Sechs Reisebücher und einen Roman«, antwortete ich dienstfertig.

»Reisebücher? Was denn für Reisebücher?«

»Wie man sich im Dschungel durchschlägt, oder in der Arktis, oder in der Wüste. So was in der Richtung.«

»Für Leute, die sich in den Ferien gerne das Leben schwermachen«, sagte Ronnie mit der nachsichtigen Ironie derjenigen, die sich der Bequemlichkeit verschrieben haben. »John hat für ein Reisebüro gearbeitet, das darauf spezialisiert ist, die Unerschrockenen das Fürchten zu lehren.«

»Oh.« Tremayne blickte ohne große Begeisterung in sein

Weinglas und wagte nach einer Weile einen weiteren Versuch: »Es muß doch jemanden geben, der sich mit Freude auf den Job stürzt!«

Mehr aus Höflichkeit denn aus brennender Neugierde fragte ich: »Was möchten Sie denn geschrieben haben?«

Ronnie machte eine Handbewegung, als wollte er sagen: »Frag bloß nicht«, doch Tremayne antwortete ohne Umschweife.

»Meine Lebensgeschichte.«

Ich blinzelte. Ronnies Augenbrauen tanzten auf und ab.

»Man sollte meinen«, fuhr Tremayne fort, »daß sich diese Hansel von Sportreporter vor Freude überschlagen, aber die haben mich alle sitzenlassen.« Er klang sehr betrübt. »Vier von denen.«

Er zitierte die Namen, die durchaus so bedeutsam waren, daß sogar ich, der ich mich kaum mit Pferdesport befaßte, schon von ihnen gehört hatte. Ich blickte zu Ronnie hinüber. Er signalisierte Resignation.

»Es gibt bestimmt noch andere«, sagte ich ruhig.

»Es gibt welche, die würde ich keinen Millimeter über meine Schwelle lassen.« Die Streitsucht, die in seiner Stimme mitschwang, mochte einer der Gründe für seinen Verdruß sein, dachte ich mir. Mein Interesse an ihm schwand, und Ronnie, der den Umschwung mit wiedererweckter guter Laune quittierte, schlug sofort vor, ein paar Sandwiches einzunehmen.

»Eigentlich hatte ich gehofft, daß Sie mich zum Mittagessen in Ihren Club einladen«, sagte Tremayne mürrisch. Ronnie parierte mit einem vagen ›Die Arbeit, die Arbeit‹ und gestikulierte in Richtung des überquellenden Schreibtisches. »In letzter Zeit schlinge ich mein Mittagessen nur noch nebenbei herunter.«

Dann öffnete er die Tür und steckte den gleichen Ausschnitt seines Körpers hinaus wie kurz zuvor.

»Daisy?« rief er den Flur hinunter. »Rufen Sie doch bitte

unten im Sandwichladen an. Die übliche Auswahl. Wer will, kann mitessen. Zählen Sie erst durch, ja? Wir hier sind zu dritt.«

Ohne weitere Diskussionen tauchte er wieder bei uns auf. Tremayne gab sich weiterhin verstimmt, und ich nippte voll Dankbarkeit an meinem Wein.

Es war warm in Ronnies Büro. Ein weiterer Pluspunkt. Ich zog die Jacke meines Skianzuges aus, hängte sie über eine Stuhllehne und nahm in meinem knallroten Pulli, den ich darunter trug, genügsam wieder Platz. Wie immer wand sich Ronnie beim Anblick meiner farbenfrohen Kleidung gepeinigt, doch ich fühlte mich einfach viel wärmer in roten Sachen, und ich hatte gelernt, die psychologische Wirkung von Farben niemals zu unterschätzen. Diejenigen meiner Freunde von der Reiseagentur, die ständig in NATO-oliv herumliefen, waren im Grunde ihres Herzens Kasernenhengste.

Tremayne, der sich voll und ganz seinen Frustrationen hingab, schien nicht daran interessiert zu sein, ob ich auf sein Angebot angesprungen war.

»Ich habe ihnen angeboten, bei mir zu wohnen«, grummelte er. »Ein mehr als faires Angebot. Sie meinten alle, daß die Verkaufszahlen die Arbeit nicht aufwiegen würden, jedenfalls nicht für den Preis, den ich zu zahlen bereit bin. Arrogante Schweinebande.« In düstere Gedanken versunken nahm er einen Schluck und verzog das Gesicht wegen des Geschmacks. »Allein mein Name sorgt dafür, daß das Buch verkauft wird, habe ich ihnen gesagt, aber sie besaßen glatt die Frechheit, mir zu widersprechen. Ronnie meint, der Markt dafür ist ziemlich klein.« Er warf meinem Agenten einen finstern Blick zu. »Ronnie behauptet, er kann das Buch ohne einen renommierten Autor bei keinem Verlag unterbringen, vielleicht noch nicht einmal dann. Und ohne feste Zusage von einem Verlag läßt jeder renommierte Autor die Finger davon. Verstehen Sie jetzt, wohin das führt?«

Da er eine Antwort zu erwarten schien, schüttelte ich den Kopf.

»Das führt mich direkt in die Arme der Ego-Verlage. Von wegen Ego! Dämliche Beschuldigung. Ronnie sagt, es gibt Verlage, die jedes Buch, das man ihnen abliefert, drucken und binden. Aber man muß *denen* dafür Geld zahlen! Außerdem müßte ich jemanden bezahlen, der das Buch schreibt, und obendrein müßte ich das Buch auch noch selbst verkaufen, da ich ja mein eigener Herausgeber bin, und Ronnie sieht keine Chance, daß ich genug verkaufen würde, um die Kosten zu decken. Jetzt frage ich Sie: Warum denn nicht? Warum nicht?«

Wieder schüttelte ich den Kopf. Er schien davon auszugehen, daß ich wußte, wer er war; als wüßte das jeder. Ich hatte keine große Lust, ihm zu erzählen, daß ich noch nie von ihm gehört hatte. Zumindest teilweise klärte er mich auf. »Schließlich habe ich gut an die tausend Gewinner trainiert. Das Grand National, zweimal das Champion-Hürdenrennen, den Cheltenham Gold Cup, das Whitbread, alles was Sie wollen. Ich habe ein halbes Jahrhundert Rennsport mitgemacht. Da stecken überall Geschichten drin. Kindheit... Jugend... Erfolg... Mein Leben ist *interessant* gewesen, verdammt noch mal.«

Für kurze Zeit fehlten ihm die Worte, und ich dachte mir, daß ein jeder sein eigenes Leben interessant findet, Tragödien und was sonst noch alles. Jeder konnte eine Geschichte zum besten geben: der Haken daran war nur, daß es kaum jemand lesen wollte, ganz zu schweigen von denjenigen, die für dieses Privileg auch noch zu zahlen bereit wären.

Beschwichtigend schenkte Ronnie Wein nach, woraufhin er uns mit einem kurzen Abriß über den bedauernswerten Zustand der Buchbranche beglückte, die sich gerade auf einer ihrer periodisch auftretenden Talfahrten befand, was wiederum mit der derzeitigen Hochzinslage zusammenhing, die nachteilige Auswirkungen auf die Hypothekenzahlungen hatte.

»Die Leute, die Schulden haben, sind auch die Leute, die gemeinhin Bücher kaufen«, erklärte er. »Fragen Sie mich nicht, warum. Pro Hypothek gibt es fünf Leute, die ihr Geld bei den Baugesellschaften anlegen, und wenn die Zinsen hochgehen, steigt auch *deren* Einkommen. Sie können mehr Geld ausgeben, aber allem Anschein nach kaufen sie damit keine Bücher.«

Tremayne und ich waren regelrecht sprachlos nach diesem soziologischen Vortrag, doch Ronnie ging ohne jede Aufmunterung sofort dazu über, uns darzulegen, wie ein Verlag in der heutigen Welt zwar recht gut mit Mischkalkulation, unter keinen Umständen jedoch mit Verlusten leben konnte, und daß es immer schwieriger wurde, ein unbedeutendes Buch unterzubringen.

Ich fühlte mich ihm gegenüber dankbarer denn je, daß er wenigstens *ein* unbedeutendes Buch hatte unterbringen können. Ich erinnerte mich daran, was die Dame vom Verlag gesagt hatte, als sie mich zum Kennenlernen-Essen eingeladen hatte.

»Ronnie könnte sogar den Teufel um den kleinen Finger wikkeln. Er sagt, wir müssen uns um junge Autoren wie Sie kümmern, solange sie die Vierzig noch nicht überschritten haben, sonst haben wir in zehn Jahren keinen einzigen großen Namen mehr im Programm. Momentan weiß niemand, wie Sie in zehn Jahren dastehen werden. Ronnie meint, daß jeder große Fisch einmal klein angefangen hat. Nun gut, wir versprechen Ihnen nicht die Welt, aber wir bieten Ihnen eine reelle Chance.«

Mehr als eine Chance kann man nicht verlangen, dachte ich mir.

Schließlich tauchte Daisy an der Tür auf, um zu verkünden, daß das Essen eingetroffen sei, und wir begaben uns alle in das große Vorzimmer. Der Mitteltisch war von den Büchern befreit worden. Statt dessen warteten auf uns dort mehrere Teller und Messer und zwei riesige Platten mit sehr gesund aussehenden belegten Broten, inklusive Kressedekoration.

Aus den anderen Büros kamen Ronnies Partner hinzu, und mit Daisy und ihrer Schwester waren wir insgesamt sieben Personen. Es gelang mir, eine Unmenge Brote zu vertilgen, ohne daß es – wie ich hoffte – allzusehr auffiel. Rindfleisch, Schinken, Käse, Frühstücksspeck: ein vormals ganz gewöhnlicher Brotbelag, der mittlerweile zum Luxus geworden war. Kostenloses Mittagessen, Frühstück und Abendbrot. Ich wünschte mir, Ronnie würde öfter solche Vorladungen schicken.

Tremayne beklagte sich erneut bei mir über die allgemeine Unfähigkeit der Gattung Sportreporter, wobei er sein Glas in der einen Hand hielt und mit einem Sandwich in der anderen herumfuchtelte, um seine Argumente eindrucksvoll zu unterstützen. Ich nickte in schweigender Zustimmung und kaute vor mich hin, als würde ich ihm aufmerksam zuhören.

Tremayne lieferte nach außen hin eine tolle Vorstellung seines unbezwingbaren Selbstbewußtseins, und doch war da etwas inmitten seiner Unnachgiebigkeit, das ihn auf eigenartige Weise Lügen strafte. Es schien geradeso, als müßte er das Buch unter allen Umständen schreiben lassen, um zu beweisen, daß er wirklich gelebt hatte; als ob Fotos und Urkunden nicht ausreichten.

»Wie alt sind Sie?« fragte er plötzlich, seinen Redefluß mit einem Mal unterbrechend.

Ich hatte gerade den Mund voll. »Zweiunddreißig.«

»Sie sehen jünger aus.«

Ich war mir nicht ganz sicher, ob jetzt ein ›um so besser‹ oder ein ›tut mir leid‹ angebracht war, und so lächelte ich kurz und aß einfach weiter.

»Können Sie eine Biographie schreiben?« Schon wieder ohne Vorwarnung.

»Keine Ahnung. Hab's nie probiert.«

»Ich würde es glatt selbst tun«, sagte er feindselig, »aber mir fehlt die Zeit dazu.«

Ich nickte verständnisvoll. Wenn es eine Biographie gab, an

der ich mir ganz bestimmt nicht die Zähne ausbeißen wollte, dachte ich, dann war es seine. Viel zu kompliziert.

Ronnie erschien an Tremaynes Seite und führte ihn von mir weg. Während ich mein Rindfleisch-Chutney-Sandwich aufaß und Daisys Problemen mit der vermurksten Software lauschte, beobachtete ich, wie Ronnie auf der anderen Seite des Zimmers Tremaynes Beschwerdeschwall mit besänftigendem Kopfnicken quittierte. Als schließlich nur noch ein paar vertrocknete Kressestengel verloren auf den Platten herumlagen, verabschiedete sich Ronnie mit einem entschlossenen ›Auf Wiedersehen‹ von Tremayne, der jedoch noch immer nicht so recht gehen wollte.

»Im Augenblick kann ich Ihnen nichts Vernünftiges anbieten«, sagte Ronnie, schüttelte eine Hand, die nicht reagierte, und schob Tremayne mit freundschaftlich auf die Schulter gelegter Hand buchstäblich zur Tür hinaus. »Überlassen Sie alles mir. Ich werde sehen, was sich machen läßt. Wir bleiben in Verbindung.«

Endlich machte sich Tremayne, wenn auch ungnädig, davon. Ohne den leisesten Anflug von Erleichterung wandte sich Ronnie mir zu: »Komm doch bitte mit, John. Tut mir schrecklich leid, daß ich dich so lange habe warten lassen.« Er führte mich zurück in sein Büro.

»Tremayne wollte wissen, ob ich schon einmal eine Biographie verfaßt habe«, sagte ich und nahm auf meinem alten Stuhl an der Besucherseite des Schreibtisches Platz.

Ronnie warf mir einen kurzen Blick zu, bevor er sich in seinen eigenen, mit dunkelgrünem Leder gepolsterten Sessel fallen ließ und anfing, sachte hin und her zu schaukeln, als hätte er an einer schwierigen Entscheidung zu kauen. Schließlich hörte er mit dem Schaukeln auf und fragte: »Hat er dir den Job angeboten?«

»Nicht direkt.«

»Wenn ich dir einen Rat geben darf: vergiß die Sache.« Er ließ mir nicht einmal die Zeit, ihm zu versichern, daß ich überhaupt nicht daran dachte, sondern redete einfach weiter: »Gerechterweise muß man ihm lassen, daß er ein guter Pferdetrainer ist, recht bekannt in seiner Branche. Gerechterweise muß auch gesagt werden, daß er ein besserer Mensch ist, als sein heutiger Auftritt vermuten läßt. Es stimmt sogar, daß er ein sehr interessantes Leben geführt hat. Aber das ist nicht genug. Es kommt allein auf die schriftstellerische Verarbeitung an.« Er seufzte schwer. »Er möchte einen großen Namen, wegen des Prestiges, aber du hast ihn ja gehört, er bildet sich ein, jeder x-beliebige könne schreiben. Er sieht tatsächlich keinen Unterschied.«

»Kannst du ihm jemanden besorgen?« fragte ich.

»Nicht zu seinen Bedingungen.« Ronnie dachte kurz nach. »Ich denke, ich kann es dir sagen«, meinte er dann, »da Tremayne dich sowieso schon angesprochen hat. Er sucht nach einem Autor, der mindestens einen Monat lang bei ihm zu Hause wohnt, sämtliche Zeitungsausschnitte und Dokumente durchsieht und ihn in aller Ausführlichkeit interviewt. Dafür bekommt er keinen Starautor, die haben alle selbst ein Privatleben. Und: er will siebzig Prozent des Autorenhonorars. Der wird zwar sowieso nicht sehr hoch ausfallen, doch kein Topautor läßt sich auf dreißig Prozent ein.«

»Dreißig Prozent... den Vorschuß inbegriffen?«

»Genau. Wobei der Vorschuß nicht höher ist als der, den du jetzt bekommen hast, falls ich überhaupt einen herausschlage.«

»Der reinste Hungerlohn.«

Ronnie lächelte. »Vergleichsweise wenig Leute leben von ihrer Schriftstellerei. Ich dachte, das wäre dir bekannt. Wie auch immer«, er beugte sich nach vorne, wischte damit das Thema Tremayne vom Tisch und sagte dann etwas aufmunternder, »wegen dieser amerikanischen Lizenzen...«

Allem Anschein nach hatte ein Literaturagent aus New York, ein flüchtiger Geschäftspartner von Ronnie, routinemäßig bei meinem Verleger angefragt, ob er nicht ein paar interessante Eisen im Feuer hätte. Der wiederum hatte ihn auf Ronnie zurückverwiesen. Nun wollte Ronnie von mir wissen, ob ich damit einverstanden sei, daß er dem amerikanischen Agenten eine Kopie meines Manuskripts schickte, damit dieser, sollte er das Buch als tauglich für den amerikanischen Markt befinden, sich um einen amerikanischen Verleger kümmern könne.

Ich schaffte es, den Mund nicht aufzureißen, innerlich jedoch schnappte ich mit heruntergeklapptem Kiefer nach Luft.

»Was meinst du?« wollte Ronnie wissen.

»Ich ... äh ... ich wäre begeistert«, stotterte ich.

»Dachte ich mir. Ich kann allerdings nichts versprechen. Er schaut es sich lediglich einmal an.«

»Klar.«

»Wenn du dich daran erinnerst: Wir haben deinem Verlag hier nur die Rechte für Großbritannien und das Commonwealth überlassen. Das gibt uns genug Ellbogenfreiheit.« Er ließ sich noch eine ganze Weile über technische Feinheiten und Eventualitäten aus, die ich nur zur Hälfte verstand, baute Hoffnungen auf und zerschmetterte sie beim nächsten Schwung des Pendels auf seine unnachahmliche Art. Ich saß da mit dem sicheren Gefühl, daß etwas Großes ins Rollen kommen könnte, genausogut aber auch nicht. Der Markt lag darnieder, alles war furchtbar kompliziert, doch die Veröffentlichungsmaschinerie schrie unablässig nach Futter, und mit etwas Glück betrachtete man mein Buch als die nötige Fuhre Heu. Sobald er von dem New Yorker Kollegen Nachricht hätte, würde mir Ronnie Bescheid sagen.

»Wie kommst du mit dem neuen Buch voran?« fragte er noch.

»Zäh.«

Er nickte. »Das zweite ist immer besonders schwierig. Du mußt durchhalten.«

»Ja.«

Dann erhob er sich, blickte entschuldigend auf den Papierkram, der ihn erwartete, und schüttelte mir zum Abschied freundschaftlich die Hand. Ich bedankte mich für das Mittagessen. Keine Ursache, sagte er automatisch, mit den Gedanken bereits bei der nächsten Beschäftigung, und ich trollte mich davon, wobei ich auf dem Weg nach draußen vor Daisys Schreibtisch stehen blieb.

»Mein Manuskript wird nach Amerika geschickt«, sagte ich und zog den Reißverschluß meiner Jacke hoch. Ich mußte die Neuigkeit einfach jemandem mitteilen, ganz egal wem.

»Ja«, strahlte sie. »Ich habe es vergangenen Freitag zur Post gebracht.«

»Ach was!«

Ich ging weiter zum Fahrstuhl, noch unsicher, ob ich über die Tatsache lachen oder weinen sollte, daß Ronnie meine Einwilligung für etwas einholte, das bereits geschehen war. Dabei hätte es mir nicht das geringste ausgemacht, wenn er mir mitgeteilt hätte, daß das Buch schon unterwegs war. Es gehörte zu seinen Aufgaben, alles für mich zu tun, was in seiner Macht stand. Meiner Meinung nach war er zu derartigen Alleingängen durchaus berechtigt.

Ich fuhr die beiden Stockwerke hinab und ging hinaus in die bitterkalte Nachmittagsluft. Ich dachte an die Entscheidungen, die mich zu dieser Tür gebracht hatten.

Ein Buch zu Ende zu bringen war die eine Sache; einen Verlag dafür zu finden eine völlig andere. Die sechs kleinen Handbücher, die ich vorher geschrieben hatte, waren, obwohl sie sämtlich regulär veröffentlicht wurden und auch in den Läden zu kaufen waren, ein Teil meiner Arbeit für die Reiseagentur gewesen. Man hatte mich nicht nur für die Niederschrift recht gut bezahlt, sondern mich zusätzlich an alle möglichen weitentfernten Flecken der Erde geschickt, damit ich mir das Wissen vor Ort aneignen konnte. Die Reisefirma besaß die Rechte an den Handbüchern und veröffentlichte sie auch selbst. Leider konnte sie mir bei meinem Roman keine Hilfestellung leisten.

So hatte ich mir mein wertvolles Manuskript unter den Arm

geklemmt und mich zu einem kleinen, aber wohlbekannten Verlagshaus aufgemacht (dessen Adresse ich dem Telefonbuch entnommen hatte), dort mein Buch einem hübschen Mädchen überreicht, das mir versicherte, sie würde es gleich auf den Müllhaufen packen und sich zu gegebener Zeit damit befassen.

Der Müllhaufen, klärte sie mich mit süßem Grübchenlächeln auf, war der Stapel unaufgefordert eingegangener Manuskripte, die tagaus tagein mit der Post bei ihr eintrudelten. Sie würde mein Buch auf dem Weg zur Arbeit lesen. Ihre Beurteilung könne ich mir in etwa drei Wochen abholen.

Drei Wochen später teilte sie mir mit – die Grübchen saßen noch immer an der gleichen Stelle –, daß mein Buch leider nicht so ›ihr Ding‹ sei, womit sie wohl hauptsächlich ›ernsthafte Literatur‹ verstanden haben wollte. Sie schlug vor, es einem Literaturagenten vorzulegen, der viel besser wüßte, wo man es unterbringen konnte. Sie gab mir eine Liste mit Namen und Adressen mit auf den Weg.

»Versuchen Sie es bei einem von denen«, sagte sie. »Mir persönlich hat Ihr Buch sehr gefallen. Viel Glück.«

Ich probierte es bei Ronnie Curzon aus dem einfachen Grund, weil ich wußte, wo sein Büro war. Die Kensington High Street lag direkt auf meinem Heimweg. Meine Eingebungen hatten mich in meinem Leben sowohl gut als auch schlecht beraten, und doch hörte ich immer dann auf sie, wenn sie sich sehr stark bemerkbar machten. Ronnie hatte sich als guter Tip erwiesen. Sich für die Armut zu entscheiden, war so lala. Auf Tremaynes Angebot einzugehen, die Hölle.

2

Als ich von Ronnies Büro nach Chiswick zurückschlenderte, hatte ich nicht die geringste Absicht, Tremayne Vickers jemals wieder zu begegnen. Ich vergaß ihn einfach. Ich dachte vielmehr an mein Buch, an dem ich gerade arbeitete. Insbesondere daran, wie ich eine der Figuren aus einem mit Helium gefüllten Versuchsballon, der sich losgerissen hatte und dessen Luftdüsen nicht funktionierten, wieder herunter auf die Erde bringen sollte. Ich hatte da so meine Zweifel. Vielleicht sollte ich die ganze Angelegenheit noch einmal überdenken. Vielleicht sollte ich alles in den Mülleimer werfen und noch einmal von vorn anfangen. Die Person in dem Ballon machte sich vor Angst in die Hose. Ich wußte recht gut, wie sie sich fühlte. Was ich beim Schreiben ganz unerwartet kennengelernt hatte, war vor allem die Angst, alles falsch zu machen.

Das Buch, das der Verlag angenommen hatte, hieß *Zuhause ist weit* und handelte vom Überleben im allgemeinen und ganz speziell vom sowohl körperlichen als auch geistigen Überlebenskampf einer Gruppe von Menschen, die durch ein Unglück von der Umwelt abgeschnitten wurden. Nicht gerade sehr originell, doch ich hatte einen guten Rat befolgt, nur über das zu schreiben, von dem man etwas versteht, und beim Überleben kannte ich mich nun mal am besten aus.

Um nun auch die kommenden acht oder zehn Tage zu überleben, machte ich bei einem Supermarkt in der Nähe des Hauses der Tante meines Freundes halt und deckte mich aus meinem spärlichen Essensbudget mit zu diesem Zweck tauglichen Vorräten ein: ein Armvoll Päckchensuppen, ein Laib Brot, eine Pakkung Spaghetti, eine Packung Haferflocken, ein halber Liter Milch, ein Kopf Blumenkohl und ein paar Karotten. Das Gemüse knabberte ich normalerweise roh; ansonsten ließ ich mir Suppe mit eingebrocktem Brot schmecken, oder Suppe mit Spaghetti, oder Haferflocken mit Milch. Gelegentlich wurde die Auswahl durch Tee, Brotaufstrich und Salz abgerundet. In Ausnahmefällen, wenn ich nicht mehr widerstehen konnte, gab es zusätzlich Teekuchen mit Butter. Außerdem leistete ich mir einmal pro Monat ein Röllchen Vitamintabletten, um mich mit all dem Kram vollzustopfen, der bei meiner Diät eventuell zu kurz kam. Auch wenn es sehr langweilig klingt; abgesehen von dem permanenten Hungergefühl erfreute ich mich alles in allem bester Gesundheit.

Ich öffnete die Vordertür mit dem Schlüssel und traf im Flur auf die Tante meines Freundes.

»Hallo, mein Lieber«, sagte sie. »Alles in Ordnung?«

Ich erzählte ihr, daß Ronnie mein Buch nach Amerika schikken wolle, worauf ihr schmales Gesichtchen vor echter Freude erstrahlte. Sie war so um die Fünfzig, geschieden, Großmutter, blond, sehr liebenswürdig, unaufdringlich und langweilig. Ich hatte bald bemerkt, daß sie die Miete, die ich ihr zahlte (ein Fünftel dessen, was ich für meine frühere Wohnung hatte hinblättern müssen), eher als Bestechungsgeld dafür ansah, daß sie einen Fremden in ihr Haus ließ, denn als fixen Bestandteil ihrer Einkünfte. Abgesehen davon hatte sie mir erlaubt, meine Milch in ihren Kühlschrank zu stellen, mein Geschirr in ihrer Spüle zu waschen, in ihrem Bad zu duschen und einmal pro Woche ihre Waschmaschine plus Trockner zu benutzen. Ich meinerseits durfte keinen Krach machen und keinen Besuch einladen. Wir hatten diese Details in aller Freundschaft miteinander abgesprochen. Sie hatte für mich ein elektrisches Heizgerät mit Münzbetrieb installieren lassen und stellte des weiteren einen Toaster, einen Wasserkessel, einen winzigen Plattenkocher und neue Steckdosen für Fernseher und Rasierapparat zur Verfügung.

Sie war mir als ›Tantchen‹ vorgestellt worden, und so nannte ich sie auch; mich schien sie als eine Art entfernten Neffen zu betrachten. Seit zehn Monaten lebten wir in stiller Harmonie nebeneinanderher, ohne uns groß in das Leben des anderen einzumischen.

»Es ist sehr kalt geworden ... ist es Ihnen warm genug dort oben?« fragte sie freundlich.

»Ja, danke der Nachfrage«, antwortete ich. Das Elektroheizgerät verschlang bares Geld, deshalb schaltete ich ihn so gut wie nie ein.

»Diese alten Häuser ... da ist es unter dem Dach immer recht frisch.«

»Mir geht's gut«, entgegnete ich.

»Schön, mein Lieber«, sagte sie freundlich, wir nickten einander zu, und dann ging ich nach oben; wenn ich am Polarkreis überlebt hatte, dachte ich mir, und nicht einmal mit einem kalten Londoner Dachboden fertig würde, dann müßte ich mich schämen. Ich trug langärmelige Unterhemden und lange Unterhosen aus Seidenjersey, darüber Pullover, Jeans und Skianzug, und ich schlief mollig warm in einem polartauglichen Schlafsack. Nur beim Schreiben fing ich an zu frieren.

Oben in meinem Adlerhorst schlug ich mich ein paar Stunden mit der Problematik des Heliumballons herum, bis ich mich schließlich in wilde Spekulationen über Nervenbahnen verstrickte. Warum wurde man vor Angst nicht *taub*, nur mal angenommen? Weshalb schlägt Angst immer schnurstracks auf den Darm? Mein Held im Ballon wußte es nicht, außerdem ging es ihm so schlecht, daß er sich nicht darum scherte. Wahrscheinlich mußte ich mir eine Bergkette in seiner Flugbahn einfallen lassen, damit er endlich zu Potte kam. Dann mußte er nur noch das Problem lösen, wie er aus annähernd Everest-Höhe, nur mit Fingern, Zehen und seiner Entschlossenheit ausgerüstet, herunterkam. Halb so schlimm. Da hatte ich den einen oder anderen

Tip in petto: als erstes hieß es, sich den längsten Weg nach unten aussuchen, denn das war bestimmt der am wenigsten steile. Schroffe Felsen hatten oft wesentlich sanftere Rückseiten.

Meine Dachkammer, einst die Fluchtburg der jüngsten von Tantchens Töchtern, zierte ein verschlissener, rosafarbener Teppich sowie beige Tapeten mit sich ineinander rankenden rosa Röschen. Die dazugehörigen Möbel, ein Bett, eine Kommode, ein kleiner Kleiderschrank, zwei Stühle und ein Tisch verschwanden förmlich unter der Flut von Kisten, Pappschachteln und Koffern, auf die mein gesamter weltlicher Besitz verteilt war: Klamotten, Bücher, Hausrat und Sportausrüstung, alles in Topqualität und bestem Zustand, angeschafft in den verflossenen Zeiten sorglosen Wohlstands. In der Ecke standen zwei Paar sündhaft teure Skier in Schutzüberzüge verpackt. Extravagante Kameras und dazugehörige Objektive schlummerten in ihren Schaumstoffbetten. Ein nur drei Pfund schweres Zelt, das sich innerhalb von Sekunden selbst aufstellte – winddicht, sanddicht und ungezieferdicht –, war jederzeit einsatzbereit. Ab und zu überprüfte ich meine Kletterausrüstung und den Camcorder. Ein Textverarbeiter mit Laserdrucker, den ich noch immer benutzte, blieb die meiste Zeit über unter der Plastikhülle versteckt. In der Schublade lag mein Flugschein für Helikopter, inzwischen automatisch abgelaufen, da ich ein Jahr lang nicht mehr geflogen war. Ein Leben im Schwebezustand, dachte ich. Ein Leben in Warteposition.

Gelegentlich dachte ich daran, daß ich mich besser ernähren könnte, wenn ich etwas von meinen Sachen verkaufte; doch ich würde niemals den Kaufpreis der Skier, um nur ein Beispiel zu nennen, zurückbekommen. Außerdem kam es mir sehr dumm vor, Dinge zu kannibalisieren, die mir einst sehr viel Freude bereitet hatten. Das meiste davon war das Rüstzeug für meinen ehemaligen Beruf. Vielleicht würde ich es noch einmal dringend brauchen. Diese Sachen waren mein Sicherheitsnetz. Die Reisefirma hatte mir angeboten, ich könne jederzeit zurückkommen, sobald diese fixe Idee aus meinem Hirn verschwunden war.

Hätte ich gewußt, was da auf mich zukam, ich hätte womöglich besser geplant und rechtzeitig einiges zur Seite gelegt. Leider hatten zwischen dem ersten unwiderstehlichen Impuls und seiner Umsetzung nicht mehr als sechs Wochen gelegen. Die unbestimmte Absicht hatte mich schon weitaus länger begleitet; beinahe mein ganzes Leben lang.

Heliumballon ...

Die zweite Hälfte des Vorabhonorars für *Zuhause ist weit* war erst am Tage der Veröffentlichung fällig, noch ein gutes Jahr hin. Meine kleinen, wochenweise eingeteilten Geldrationen reichten nicht mehr so lange, und ich sah keine Möglichkeit, mit noch weniger auszukommen. Die Miete, die ich im voraus gezahlt hatte, war erst Ende Juni wieder fällig. Gesetzt den Fall, dachte ich, gesetzt den Fall, ich bin bis dorthin mit dem Ballonwitz fertig und gesetzt den Fall, er wird angenommen und sie zahlen den gleichen Vorschuß wie beim erstenmal, dann könnte es gelingen, die vollen zwei Jahre durchzuhalten. Gesetzt den Fall, das Buch geht unter wie eine bleierne Ente, dann würde ich aufgeben und zu den harmlosen Gefahren der Wildnis zurückkehren.

In dieser Nacht fielen die Temperaturen in London vollends in den Keller, und am Morgen war Tantchens Haus Stein und Bein gefroren.

»Wir haben kein Wasser«, rief sie mir bekümmert entgegen, als ich die Treppe hinunterkam. »Die Zentralheizung ist ausgefallen, und alle Leitungen sind eingefroren. Ich habe den Klempner schon angerufen. Er hat gesagt, wir sitzen alle im gleichen Boot, und wir sollen alles ausschalten. Bevor es taut, kann er überhaupt nichts ausrichten, dann kommt er vorbei und repariert die Lecks.« Sie schaute mich hilflos an. »Es tut mir wirklich leid, mein Lieber, aber ich werde in ein Hotel umsiedeln, bis das alles hier vorbei ist. Ich muß das Haus zusperren. Haben Sie die Möglichkeit, irgendwo anders für ein oder zwei Wochen unterzukommen? Natürlich rechne ich die Zeit auf Ihre sechs Monate drauf, Sie werden dabei nichts verlieren, mein Lieber.«

Bestürzung ist ein viel zu gelinder Ausdruck für das, was ich empfand. Ich half ihr beim Zudrehen sämtlicher Hähne und vergewisserte mich, daß sie ihre Wasserboiler ausgeschaltet hatte; im Gegenzug durfte ich ihr Telefon benutzen, um für mich ein anderes Dach über dem Kopf aufzutreiben.

Ich erreichte ihren Neffen, der noch immer bei der Reisefirma arbeitete.

»Hast du noch mehr Tanten?« fragte ich drängend.

»Herr im Himmel, was hast du denn mit der einen angestellt?«

Ich erklärte ihm die Sachlage. »Leihst du mir einen Meter achtzig Fußboden, wo ich mein Bettzeug ausrollen kann?«

»Weshalb erfreust du nicht deine Eltern mit deiner Anwesenheit, dort auf dieser karibischen Insel?«

»Eine winzige Kleinigkeit: die Flugkosten.«

»Du kannst für ein, zwei Nächte kommen, wenn du sonst nichts findest«, sagte er dann. »Wanda ist bei mir eingezogen, und du weißt ja, wie winzig die Bude ist.«

Zu allem Elend konnte ich Wanda nicht besonders leiden. Ich bedankte mich und sagte, ich würde mich wieder melden, dabei zerbrach ich mir bereits den Kopf, wo ich sonst noch hinkonnte.

Es war geradezu unvermeidlich, daß mir Tremayne Vickers in den Sinn kam.

Ich rief Ronnie Curzon an und schenkte ihm gleich reinen Wein ein. »Kannst du mich mit diesem Pferdetrainer verbinden?«

»Was?«

»Er hat mir freie Unterkunft und Verpflegung angeboten.«

»Erklär's mir mal eins nach dem anderen.«

Ich erklärte es Schritt für Schritt, und er war strikt dagegen.

»Du arbeitest besser an deinem neuen Buch weiter.«

»Mmh«, sagte ich. »Je höher ein Heliumballon steigt, um so dünner wird die Luft und um so niedriger der Druck. Der Heliumballon dehnt sich aus, steigt immer höher und höher, bis er platzt.«

»*Was?*«

»Es ist viel zu kalt, um sich Geschichten auszudenken. Meinst du, ich kann das leisten, was Tremayne haben will?«

»Willst du nicht lieber als Handwerker arbeiten?«

»Wie lange dauert der Auftrag?«

»Tu's nicht.«

»Sag ihm, daß ich sehr wohl brillant bin und jederzeit anfangen kann.«

»Du bist verrückt.«

»Ich kann was über Pferderennen dazulernen. Warum nicht? Könnte ich vielleicht in einem Buch verwenden. Reiten kann ich auch. Sag ihm das.«

»Eines Tages wirst du das Opfer deiner eigenen Eingebungen.«

Ich hätte auf ihn hören sollen, aber ich tat es nicht.

Ich habe nie genau herausgefunden, was Ronnie Tremayne erzählte, aber als ich gegen Mittag noch einmal anrief, verkündete er den düsteren Triumph.

»Tremayne ist damit einverstanden, daß du sein Buch schreibst. Du hast ihm gestern anscheinend ganz gut gefallen.« Ich spürte seinen Pessimismus durch den Draht vibrieren. »Er garantiert dir eine feste Summe als Honorar.« Ronnie nannte einen Betrag, der mich bis über den Sommer retten würde. »Gezahlt wird in drei Raten – ein Viertel nach dem ersten Arbeitsmonat, ein Viertel, wenn er das Manuskript komplett in Händen hält und die zweite Hälfte bei der Veröffentlichung.

Wenn ich einen regulären Verleger finde, wird der dich bezahlen, wenn nicht, zahlt Tremayne. Außerdem hat er sich damit einverstanden erklärt, daß du vierzig anstelle der dreißig Prozent an allen Rechten erhältst. In der Zeit, in der du sein Leben recherchierst, kommt er auch für sämtliche anfallenden Spesen auf. Das bedeutet, er zahlt die Fahrtkosten, wenn du jemanden interviewen willst, der ihn kennt. Das ist eine recht gute Abmachung. Er findet es eigenartig, daß du kein Auto hast, aber ich habe ihm erklärt, daß viele Leute, die in London leben, nicht Auto fahren. Er meinte, du kannst eins von seinen nehmen. Er war sehr erfreut darüber, daß du reiten kannst. Du solltest Reitkleidung mitbringen und einen Smoking, weil er bei irgendeinem Abendessen als Ehrengast erscheinen wird; da mußt du dabei sein. Ich habe ihm auch gesagt, du seist ein hervorragender Fotograf. Deshalb möchte er, daß du eine Kamera mitbringst.«

Ronnies unverhüllte und deutlich hörbare Ablehnung des Projekts hätte mich fast noch zu jenem Zeitpunkt dazu gebracht, die Sache abzublasen – wenn mir Tantchen nicht kurz zuvor drei Uhr als allerletzten Auszugstermin mitgeteilt hätte.

»Wann erwartet mich Tremayne?« fragte ich Ronnie.

»Nachdem ihn die Spitzenleute haben abblitzen lassen, scheint er jetzt geradezu freudig bewegt zu sein, daß sich überhaupt jemand bereit erklärt hat. Er sagt, er freue sich auf deine baldige Ankunft, ganz egal wann. Du kannst sogar heute kommen, sagte er. Willst du gleich heute los?«

»Ja.«

»Er wohnt in einem Dorf namens Shellerton, in Berkshire. Wenn du telefonisch mitteilst, wann dein Zug ankommt, holt dich jemand am Bahnhof von Reading ab. Hier ist die Nummer.« Er las sie mir vor.

»Prima«, sagte ich. »Und heißen Dank, Ronnie.«

»Bedank dich nicht bei mir. Schreib... schreib einfach ein oder zwei brillante Kapitel, dann versuche ich das Buch auf dieser Basis unterzukriegen. Aber du mußt weiter Belletristik schreiben. Das ist deine Zukunft.«

»Meinst du das wirklich?«

»Selbstverständlich meine ich das.« Er schien sich über meine Frage zu wundern. »Für einen, der sich nicht im Dschungel fürchtet, legst du einen seltsamen Mangel an Selbstvertrauen an den Tag.«

»Im Dschungel weiß ich immer, wo ich bin.«

»Verpaß deinen Zug nicht«, sagte er und wünschte mir viel Glück.

Statt dessen nahm ich den Bus, was bedeutend billiger war, und wurde vor dem Busdepot in Reading von einer schlotternden jungen Frau in einem gefütterten Mantel erwartet, die mich sichtlich von den Stiefeln über die einsachtzig Skianzug bis hinauf zu den dunklen Haaren musterte und dann zu dem Schluß kam, daß ich der – wie sie es ausdrückte – Schreiber sein mußte.

»Sind Sie der Schreiber?« Sie machte einen sehr bestimmten Eindruck, gewohnt, Befehle auszuteilen, aber nicht unfreundlich.

»John Kendall«, sagte ich nickend.

»Ich bin Mackie Vickers. Schreibt sich M-a-c-k-i-e«, buchstabierte sie. »Nicht Maggie. Ihr Bus hat Verspätung.«

»Die Straßen sind sehr schlecht«, sagte ich entschuldigend.

»Auf dem Land sind sie noch schlechter.« Es war dunkel und extrem kalt. Sie führte mich zu einem bulligen, jeepähnlichen Fahrzeug, das nicht weit entfernt geparkt stand, und öffnete die hintere Tür. »Stellen Sie Ihre Tüten hier rein. Sie können sich unterwegs mit allen bekannt machen.«

Im Wagen befanden sich augenscheinlich noch vier andere frierende Leute, die froh zu sein schienen, daß ich endlich aufgekreuzt war. Ich verstaute meine Siebensachen und setzte mich zwischen zwei nur undeutlich zu erkennende Gestalten, die sofort zusammenrutschten, um mir Platz zu machen. Mackie

Vickers klemmte sich hinter das Steuer, ließ den Wagen an, löste die Handbremse und reihte sich in den Verkehrsfluß ein. Von der Heizung her machte sich ein willkommener Schwall heißer Luft breit.

»Der Schreiber sagt, er heiße John Kendall«, sagte Mackie einfach so ins Blaue hinein.

Die Reaktion auf diese Ankündigung hielt sich in Grenzen.

»Sie sitzen neben Tremaynes Futtermeister«, fuhr sie munter fort, »neben ihm sitzt seine Frau.«

Der Schatten neben mir sagte: »Bob Watson.« Seine Frau sagte nichts.

»Hier vorne, neben mir«, fuhr Mackie fort, »das sind Fiona und Harry Goodhaven.«

Weder Fiona noch Harry sagten etwas. Die Atmosphäre in der Gruppe war derart aufgeladen, daß der geringste Ansatz meinerseits, die Konversation zu beleben, im Keim erstickt wurde; und das hatte kaum etwas mit der Temperatur zu tun. Es war so, als würde selbst die Atemluft grollen.

Mackie fuhr schweigend einige Minuten weiter, wobei sie sich im gelblichen Licht der Scheinwerfer auf die von Schneematsch gesäumte Fahrbahn konzentrierte, die in westlicher Richtung aus Reading hinausführte. Der dichte Feierabendverkehr bewegte sich nur langsam voran, kroch mit aufflackernden Bremsleuchten dahin, eine Prozession der Verwünschungen.

Plötzlich drehte Mackie den Kopf über die Schulter zu mir nach hinten und sagte: »Wir sind keine guten Gesellschafter. Wir haben den ganzen Tag im Gericht zugebracht. Die Laune ist auf dem Nullpunkt. Sie müssen sich einfach damit zufriedengeben.«

»Kein Problem«, antwortete ich.

Als wollte sie die Spannung abbauen, sagte Fiona laut: »Ich kann immer noch nicht glauben, daß du so blöd warst.«

»Jetzt hör schon auf damit«, sagte Harry. Er hatte das anscheinend schon einmal gehört.

»Aber du weißt verdammt genau, daß Lewis betrunken war.«

»Das ist keine Entschuldigung.«

»Aber eine *Erklärung*. Du weißt genau, daß er betrunken war.«

»Alle *behaupten*, daß er betrunken war«, sagte Harry, der dabei sehr vernünftig klang, »aber ich *weiß* es nicht, oder? Ich habe nicht *gesehen*, daß er zuviel getrunken hat.«

Bob Watson neben mir sagte mit flüsternder Stimme: »Lügner«, doch Harry hörte es nicht.

»Nolan kommt ins *Gefängnis*«, sagte Fiona bitter. »Ist dir das klar? Ins *Gefängnis*. Bloß wegen dir.«

»Das *weißt* du doch noch nicht«, beschwerte sich Harry. »Die Geschworenen haben ihn noch nicht für schuldig erklärt.«

»Das werden sie aber tun, oder nicht? Und du bist daran schuld. Verdammt noch mal, du hast unter Eid ausgesagt. Du hättest nur zu sagen brauchen, daß Lewis betrunken war. Jetzt glauben die Geschworenen, er war nicht betrunken und müsse sich deswegen an alles erinnern können. Die glauben doch, er lügt, wenn er sagt, er erinnere sich nicht. Herrgott noch mal, Nolans gesamte Verteidigung war darauf gebaut, daß Lewis sich an nichts erinnern kann. Wie kann man nur so *blöd* sein?«

Harry antwortete nicht. Die Stimmung wurde, falls das möglich war, noch schlechter, und ich kam mir vor, als wäre ich mitten in einen Film geplatzt, bei dem ich einfach nicht mehr in die Handlung hineinkam.

Ohne sich einzumischen, bog Mackie von der Great Western Road auf die Autobahn M 4 ein, wo es dann in westlicher Richtung besser voranging, vorbei an einem unbeleuchteten Streifen zwischen schneebedeckten, bewaldeten Hügeln; Eiskristalle glitzerten im Scheinwerferlicht.

»*Bob* sagt, daß Lewis betrunken war.« Fiona ließ nicht lokker. »Er muß es wissen, schließlich hat er die Drinks serviert.«

»Dann werden ihm die Geschworenen bestimmt glauben.«

»Sie glaubten ihm bereits – bis du dich hingestellt und alles vermasselt hast.«

»*Dich* hätten sie in den Zeugenstand rufen sollen«, verteidigte sich Harry, »du hättest geschworen, daß er im Koma lag und hinausgetragen werden mußte, auch wenn du nicht mal dort warst.«

»Er lag nicht im Koma«, sagte Bob Watson.

»Halt du dich raus, Bob«, blaffte Harry.

»Oh, Verzeihung«, preßte Bob Watson kaum vernehmbar zwischen den Zähnen hervor.

»Du hättest nur zu bezeugen brauchen, daß Lewis betrunken war.« Fionas Stimme bebte vor Wut. »Mehr wollte die Verteidigung nicht von dir. Und du sagst es nicht! Nolans Anwalt hätte dich am liebsten umgebracht.«

»*Dich* wollte ich mal die Fragen des Staatsanwalts beantworten sehen.« Harry klang genervt. »Hast du nicht gehört, was er gesagt hat? Wie konnte ich wissen, ob Lewis betrunken war? Hatte ich etwa eine Blutprobe, eine Urinprobe vorgenommen, hatte ich ihn pusten lassen? Worauf basierte mein Urteil? Konnte ich irgendwelche medizinischen Kenntnisse vorweisen? Du hast ihn doch gehört. Immer und immer wieder. Wieviel Gläser hatte ich ihn trinken sehen? Woher wußte ich denn, was in den Gläsern war? War mir bekannt, daß Lewis bei ähnlichen Gelegenheiten Blackouts hatte?«

»Dieser Frage wurde nicht stattgegeben«, sagte Mackie.

»Du hast dich von diesem Staatsanwalt aufs Glatteis führen lassen. Du hast dich völlig *blöde* angestellt...« Fiona wollte sich nicht beruhigen.

Allmählich tat mir Harry ein bißchen leid.

Wir erreichten die Ausfahrt Chieveley und fuhren nach Norden ab, auf der breiten A 34, Richtung Oxford. Mackie hatte sich klugerweise für die geräumten Hauptstraßen entschieden, anstatt über die Hügel zu fahren, auch wenn es laut Karte der kürzere Weg gewesen wäre. Ich hatte mich vorab informiert, wo Tremaynes Dorf lag, getreu der Theorie, daß der schlaue Mann sein Ziel immer kennt, insbesondere dann, wenn es irgendwo in den Berkshire Downs, weitab jeglicher Zivilisation zu suchen ist.

Ab dem Zeitpunkt, an dem sich Shellerton auf einem Ortsschild ankündigte, hielt Fiona ihre Zunge gnädigerweise im Zaum. Mackie bremste sachte ab, setzte den Blinker und bog vorsichtig von der Hauptstraße in ein sehr schmales Sträßchen ein, nicht viel breiter als ein Feldweg. Dort hatte man den Schnee notdürftig zur Seite geschoben, trotzdem war die Fahrbahn noch immer von gefrorenen Flecken überzogen. Die Reifen rollten knirschend über die zerspringenden Eisplatten. Sofort legte sich ein feiner Schleier auf die Innenseite der Windschutzscheibe; Mackie versuchte, ihn ungeduldig mit dem Handschuh wegzureiben.

An dem Sträßchen standen keine Häuser. Wie ich später erfuhr, ging es von der Hauptstraße bis zum Dorf an die zwei Kilometer quer durch unbesiedeltes Land. Autos schienen ebenfalls nicht unterwegs zu sein. Jeder, der nicht unbedingt das Haus verlassen mußte, blieb bei dieser Kälte im Warmen. Trotz Mackies Vorsicht spürte man ab und zu, wie die Räder wegrutschten, einige unsichere Sekunden lang die Haftung verloren. Der Motor jaulte angestrengt im zweiten Gang eine sanfte Steigung hinauf.

»Jetzt ist es noch schlimmer als heute morgen«, sagte Mackie besorgt. »Die Straße ist die reinste Eisbahn.«

Niemand antwortete. Ich hoffte inständig – und alle anderen vermutlich mit mir –, daß wir, ohne rückwärts wieder hinabzurutschen, auf den Hügel gelangen würden. Wir schafften es, doch oben angekommen, wurde klar, daß es mindestens genauso gefährlich war, auf der anderen Seite hinabzufahren. Mackie wischte die Windschutzscheibe frei und fuhr besonders vorsichtig rechts um die Kurve.

Mitten auf der Straße stand unbeweglich im Scheinwerferlicht ein Pferd. Ein dunkles Pferd mit übergeworfener dunkler Decke, den Kopf erschreckt in die Luft gereckt. Ein schimmernder Glanz bedeckte sein Fell, die weit aufgerissenen Augen glitzerten. Der Augenblick erstarrte wie die Landschaft ringsumher.

»*Verflixt!*« entfuhr es Mackie, als sie auf das Bremspedal stieg. Das Auto schlitterte unerbittlich über das Eis, und obwohl Mackie die Bremse sofort wieder losließ, hatte das so gut wie keine Wirkung.

Das Pferd, von panischem Schrecken ergriffen, versuchte, von der Straße runter ins angrenzende Feld zu fliehen. Mackie, die einerseits versuchte, ihm auszuweichen, andererseits gegen das Rutschen ankämpfte, unterschätzte die Kurve, die Wölbung der Straße und unsere Geschwindigkeit, obwohl man fairerweise zugeben muß, daß es eines Stuntfahrers bedurft hätte, um unbeschadet aus dieser Situation herauszukommen.

Der Jeep rutschte auf den Straßenrand zu, die Räder drehten auf der schneebedeckten Grasnarbe durch, dann war er darüber hinweg, schlitterte noch einmal, schien sich dann auf eigene Faust querfeldein auf den Weg machen zu wollen, bevor er seitlich in einen vorher unsichtbaren Entwässerungsgraben kippte und mit einem Krachen wie Pistolenschüsse durch die dicke Eisdecke brach.

Zum Glück waren wir langsam genug gefahren, so daß der Sturz nicht gleich tödlich ausging, trotzdem tat es einen ordentlichen Schlag, bei dem einem die Zähne aufeinander schlugen. Die Räder auf der linken Seite, vorne und hinten, kamen einen guten Meter unter dem Niveau der Straße zur Ruhe; die gegenüberliegende Grabenböschung stützte das Wagendach ab, so daß der Jeep nicht ganz auf der Seite lag. Ich öffnete meine Tür, die in Richtung Himmel zeigte, und hatte mich aus dem Wagen befreit, noch bevor der Motor richtig zum Stillstand gekommen war.

Der Heidewind, der hier unaufhörlich blies, biß mir eine

frostige Warnung ins Gesicht. Kalter Wind war ein unnachgiebiger Feind und konnte für einen Arglosen sogar den Tod bedeuten.

Bob Watson war auf seine Frau gefallen. Ich streckte die Arme ins Wageninnere, packte ihn und versuchte, ihn herauszuziehen.

Er wollte sich aus meinem Griff befreien, rief mit angsterfüllter Stimme: »Ingrid« und gleich darauf entsetzt: »Es ist naß ... sie liegt im Wasser!«

»Kommen Sie raus«, sagte ich entschieden. »Wir ziehen Ihre Frau anschließend gemeinsam heraus. Na los, Sie zerquetschen sie ja. So kriegen wir sie niemals aus dem Wagen.«

Ein Rest Vernunft bewegte ihn dazu, sich von mir so weit herausziehen zu lassen, daß er wieder nach hinten, nach seiner Frau greifen konnte. Ich zog ihn, und er zog sie, und gemeinsam schafften wir es, sie auf die Straße zu bugsieren.

Unter der Eisschicht war der Graben beinahe bis obenhin voll mit schmutzigbraunem Wasser. Sogar nachdem wir Ingrid herausgehoben hatten, stieg das Wasser im Wageninneren sehr schnell, und auf dem Vordersitz brüllte Fiona nach Harry, der sie befreien sollte, doch Harry lag, wie ich zu meinem Entsetzen sah, unter ihr begraben und lief Gefahr zu ertrinken.

Der eine Scheinwerfer, der bis jetzt gebrannt hatte, ging plötzlich aus.

Mackie hatte noch keinerlei Anstalten gemacht, sich in Sicherheit zu bringen. Ich riß ihre Tür auf und fand sie halb bewußtlos und verwirrt in den Sitzgurten hängend.

»Holen Sie uns raus«, gellte Fiona.

Unter ihr versuchte Harry, aus dem Wasser herauszukommen. Seine heftigen Bewegungen ließen nicht erkennen, ob er seine Frau oder sich selbst zu befreien versuchte. Ich langte um Mackie herum, fand den Verschluß des Gurtes, machte ihn auf, hob sie aus dem Wagen und legte sie Bob Watson in die Arme.

»Setzen Sie sie auf der Böschung ab«, sagte ich. »Wischen Sie den Schnee vom Gras. Drücken Sie sie an sich. Halten Sie den Wind von ihr ab.«

»Bob«, sagte Ingrid kläglich. Sie stand hilflos auf der Straße und schien zu denken, ihr Mann müsse sich allein um ihr Wohl sorgen: »Bob, ich brauche dich. Ich fühle mich schrecklich.«

Bob warf ihr einen Blick zu, doch er nahm mir Mackie ab und half ihr, sich hinzusetzen. Sie fing an, sich zu rühren und zu jammern und wollte wissen, was geschehen war; alles in allem willkommene Lebenszeichen.

Kein Blut, dachte ich. Nicht ein einziger Tropfen. Verdammt Glück gehabt. Meine Augen gewöhnten sich an die Dunkelheit.

Bereits halb von Panik ergriffen streckte mir Fiona die Arme entgegen und ließ sich ins Freie heben, leicht, graziös und sportlich wie sie war. Ich ließ sie los und beugte mich zu Harry hinab, der inzwischen seinen Gurt gelöst hatte und den Kopf über Wasser hielt; er hatte wohl den ersten Schrecken einigermaßen überwunden. Er kam aus eigener Kraft aus dem Wagen und ging triefend zu Mackie hinüber, um die er sich am meisten zu sorgen schien und die noch immer von Bob Watson gestützt wurde.

Ingrid stand auf der Straße, durchnäßt, schlotternd, verängstigt, hilflos und weinend. Der schneidende Wind blies ohne Unterlaß ... unendlich gefährlich. Man unterschätzt allzu leicht, wie rasch Kälte töten kann.

»Ziehen Sie Ihrer Frau alle Kleider aus«, sagte ich zu Bob Watson.

»*Was?*«

»Wenn Sie ihr die nassen Kleider nicht ausziehen, gefriert sie auf der Stelle zum Eisblock.«

Er machte den Mund auf.

»Fangen Sie oben an«, sagte ich. »Ziehen Sie alles aus und packen Sie sie in meinen Anorak, schnell. Er ist warm.« Ich machte den Reißverschluß auf und zog den Anorak aus, wobei ich ihn zusammenlegte, um soviel Körperwärme wie möglich darin aufzuspeichern. Die Kälte drang mir durch Pullover und Unterhemd, als wären sie nicht vorhanden. Ich war unendlich dankbar dafür, daß ich nicht naß geworden war.

»Ich helfe Ingrid«, sagte Fiona, da Bob noch immer zögerte. »Sie meinen doch nicht, ihren BH auch?«

»Doch, alles.«

Während die beiden Frauen zu knöpfen und zu ziehen anfingen, ging ich um den gekippten Wagen herum und stellte zu meiner Erleichterung fest, daß sich die Heckklappe öffnen ließ. Ich streifte mir die Ärmel hoch und mußte meine beiden Taschen buchstäblich aus dem Kofferraum fischen. Harry, der dicht neben mir stand, schaute mit düsterer Miene zu, wie das Wasser davon abtropfte.

»Alles naß geworden«, sagte er niedergeschlagen.

»Nein.« Wasserdicht, sanddicht, ungezieferdicht, anders ging ich nicht auf die Reise, auch nicht ins ländliche England. Ich fand den Kamerakoffer aus Aluminium unter Wasser und stellte ihn neben den Taschen auf die Straße.

»Was hätten Sie lieber«, fragte ich Harry. »Bademantel oder Smoking?«

Er fing tatsächlich an zu lachen.

»Runter mit den Klamotten«, sagte ich, »bevor der Eismann kommt. Zuerst oben.«

Sie waren alle für einen Tag im Gericht angezogen und nicht für eine Landpartie. Selbst Mackie und Bob Watson, die trocken geblieben waren, hatten unter diesen Umständen nicht genug an.

Bob Watson kümmerte sich wieder um Mackie, und Harry pellte sich aus seinem durchnäßten Mantel, aus Anzug, Hemd und Krawatte. Als die Kälte über seinen nassen Körper herfiel, krümmte er sich vor Schmerzen. Sein Unterhemd klebte an seinem Oberkörper; ich half ihm heraus.

»Wie war doch noch Ihr Name?« fragte er schlotternd und mit zusammengebissenen Zähnen.

»John.«

Ich reichte ihm ein marineblaues Seidenunterhemd und ein Paar lange Unterhosen, zwei Pullover, eine graue Hose und den Bademantel. Nie war jemand schneller in die Kleider geschlüpft. Meine Schuhe seien eine Nummer zu groß, monierte er komischerweise, zog sie jedoch auf einem Bein hüpfend schließlich über einem Paar trockener Socken an.

Fiona hatte Ingrid unterdessen bis zur Hüfte umgezogen und wartete darauf, das Gleiche mit der unteren Hälfte zu tun. Ich zog mir Stiefel und Skihosen aus; Fiona gab alles an Ingrid weiter, nachdem sie versuchte, den für einen kurzen Moment entblößten Unterleib vor meinen Blicken zu schützen, was mich ziemlich erstaunte. Für derartiges Getue war nun wirklich nicht der richtige Zeitpunkt. An Ingrid wirkten meine Stiefel gigantisch, und sie war zwanzig Zentimeter kleiner als mein Skianzug.

Für mich selbst kramte ich eine dunkelblaue Sportjacke und Reitstiefel hervor, während mir die eisige Kälte durch die Wollstrümpfe in die Zehen kroch.

»In meinen Schuhen steht das Wasser«, sagte Fiona zitternd, sehnsüchtige Blicke auf die Stiefel gerichtet. »Ich bin naß bis zur Halskrause. Haben Sie noch etwas übrig?«

»Ziehen Sie besser die hier an.«

»Aber... ich...« Sie schaute auf meine Socken und zögerte noch.

Ich drückte ihr Stiefel und Jacke in die Hand. Meine schwarzen Abendschuhe, die als einzige noch übrig waren, wären ihr bei jedem Schritt von den Füßen gefallen.

Noch einmal wühlte ich in der Tasche herum, diesmal nach Reithosen, schwarzen Socken und einem Sweatshirt. »Kann ich Ihnen damit dienen?«

Dankend nahm sie an und versteckte sich hinter Ingrid, um sich umzuziehen. Ich schlüpfte in die schwarzen Schuhe und den Smoking; besser als nichts.

Bei ihrer Rückkehr zitterte Fiona nicht mehr. Sie schnatterte vor Kälte. Sie hatte immer noch viel zu wenig an, war jetzt aber wenigstens trocken. Das einzige, was ich noch anbieten konnte, war die Plastikhülle, in der ich meinen Smoking aufbewahrt hatte. Ich stülpte sie Fiona über den Kopf und weitete das Loch aus, das normalerweise für den Bügel gedacht war. Wenn es ihr nichts ausmachte, auf Vorder- und Rückseite für ›Top Reinigung‹ Reklame zu laufen, dann schützte sie die Hülle wenigstens vor dem Wind und staute ein bißchen von ihrer Körperwärme auf.

»Na denn«, sagte Harry erstaunlich gut gelaunt und betrachtete die in der Dunkelheit schlecht zu erkennenden Ergebnisse unserer bunt gemischten Modenschau, »dank John werden wir Shellerton wohl alle lebend wiedersehen. Ihr macht euch am besten allesamt gleich auf den Weg. Ich bleibe hier bei Mackie. Wir kommen nach, sobald wir können.«

»Nein«, sagte ich. »Wie weit ist es bis zum Dorf?«

»Ungefähr eine Meile.«

»Dann gehen wir alle zusammen los. Wir tragen Mackie. Glauben Sie mir, es ist zu kalt, um zurückzubleiben. Wie wäre es mit einem Tragesitz?«

Und so setzten Harry und ich die halb bewußtlose Mackie auf unsere verschränkten Handgelenke, jeder legte sich einen ihrer Arme um den Hals und los ging's. Bob Watson trug eine meiner Taschen mit den nassen Kleidern, Fiona trug trockenes Zeug in der anderen Tasche, und Ingrid schlurfte vorneweg mit meinem Kamerakoffer und leuchtete uns mit der Dynamotaschenlampe aus meiner Grundausrüstung den Weg.

»Zusammenpressen.« Ich zeigte ihr, wie die Lampe funktionierte. »Sie hat keine Batterien. Leuchten Sie auf die Straße, damit wir alle etwas sehen.«

»Gott sei Dank schneit es nicht«, bemerkte Harry. Aber die Sterne wurden von unheilverkündenden Wolken verdeckt. Das wenige Licht, das die Natur uns spendete, wurde vom Weiß des Schnees reflektiert, wenn er schon sonst nichts Gutes gebracht hatte. Ich war froh darüber, daß es nicht allzu weit bis zum Dorf war. Mackie war zwar nicht übermäßig schwer, aber wir marschierten auf blankem Eis.

»Kommt denn hier niemals ein Auto vorbei?« fragte ich ungläubig, nachdem wir bereits über eine halbe Meile gegangen waren, ohne einem Fahrzeug zu begegnen.

»Es gibt noch zwei andere Straßen nach Shellerton«, erklärte Harry. »Herrgott nochmal, der Wind ist wirklich die Hölle. Mir fallen gleich die Ohren ab.«

Auch mir schmerzte der Schädel vor Kälte. Mackie und Fiona trugen Wollmützen, Ingrid hatte es am wärmsten unter der Kapuze meines Skianzuges, Bob Watson hatte eine Kappe auf. Ingrid trug meine Handschuhe. Harrys und meine Hände wurden allmählich taub unter Mackies Allerwertestem. Wenn ich nur mehr Socken mitgenommen hätte, dann hätten wir sie als Fäustlinge benutzen können.

»Es ist nicht mehr weit«, sagte Bob. »Wenn wir erst um die Kurve sind, dann sehen Sie das Dorf schon.«

Er hatte recht. Nicht weit unter uns blinkten die Lichter der elektrischen Beleuchtung, die Wärme und Geborgenheit verhieß. Laß jetzt bitte nicht den Strom ausfallen, betete ich.

Auf der letzten Strecke des Wegs kam Mackie plötzlich wieder voll zu sich und wollte wissen, was geschehen war.

»Wir sind in einen Graben gerutscht«, sagte Harry kurz und bündig.

»Das Pferd! Ist dem Pferd etwas passiert? Warum tragt ihr mich? Laßt mich runter.«

Wir hielten an und stellten sie auf die Füße; sie schwankte noch etwas und drückte die Hand gegen den Kopf.

»Haben wir das Pferd angefahren?«

»Nein«, antwortete Harry. »Wir tragen dich besser weiter.«

»Was ist mit dem Pferd?«

»Hat sich davongemacht, in die Downs. Nun komm schon, Mackie, wir erfrieren wirklich, wenn wir noch länger hier herumstehen.« Harry ließ die Arme in meinem Bademantel kreisen und schlang sie dann um den eigenen Körper, um die Hände in den Achselhöhlen zu wärmen. »Los, weiter, in Herrgotts Namen.«

Mackie weigerte sich, noch weiter getragen zu werden, und so kämpften wir uns weiter an das Dorf heran, eine dunkle Truppe, schlitternd und stolpernd und uns aneinander festklammernd. Uns war kalt bis ins Mark. Ich hätte die Skier mitbringen sollen, dachte ich. Seit heute morgen schien bereits eine unendlich lange Zeit vergangen zu sein.

Einer der Gründe für den spärlichen Autoverkehr wurde uns gleich am Ortseingang offenbart: zwei Wagen standen ineinander verkeilt quer auf der Straße. In diese Richtung würde mit Sicherheit niemand das Dorf verlassen.

»Am besten, ihr kommt alle mit zu uns«, sagte Fiona mit zitternder Stimme, als wir uns an den Wracks vorbeischoben. »Das ist am nächsten.«

Niemand widersprach ihr.

Wir bogen in eine langgezogene, unbeleuchtete Dorfstraße ein, kamen an einer dunklen und verlassenen Autowerkstatt vorbei und an einer Kneipe, die geöffnet war.

»Wie wär's mit einem auf die Schnelle?« schlug Harry nur halb im Scherz vor.

Fiona antwortete mit wiedergewonnener Schroffheit: »Hast du heute nicht schon genug zum Thema Trinken gehört? Außerdem gehst du in diesem Aufzug nirgendwohin als auf dem kürzesten Weg nach Hause.«

Es war zu dunkel, um Harrys Gesichtsausdruck zu sehen. Niemand hatte Lust, seine Meinung dazu abzugeben, und plötzlich bog Ingrid mit der Taschenlampe in einen Zufahrtsweg ein, der sich um einige Bauernhäuser herumschlängelte und sich endlich zu einer breiten Auffahrt vor einem großen Haus in anscheinend georgianischem Stil weitete.

Ingrid blieb stehen. »Da lang«, sagte Fiona und führte unsere immer noch schweigende Prozession um die Ecke zu einem Seiteneingang, den sie mit einem unter einem Stein hervorgezogenen Schlüssel aufsperrte.

Das Gefühl, endlich dem Wind entronnen zu sein, war wie eine Wiedergeburt. Die Wärme der weitläufigen Küche, die wir im Gänsemarsch betraten, war in der Tat ein Luxus, der unsere Lebensgeister wiedererweckte. Dort, im Licht der Küchenlampen, sah ich meine Gefährten zum erstenmal deutlich von Angesicht zu Angesicht.

3

Bis auf Ingrid zitterten alle am ganzen Leibe, inklusive John Kendall. Die bläulich-weißen Gesichter zeigten Spuren der durchlittenen Strapazen.

»Meine Güte«, sagte Fiona, »das war die reinste Hölle.«

Sie war älter, als ich gedacht hatte. Nicht um die Dreißig, eher an die Vierzig. Die Hülle aus der ›Top Reinigung‹ reichte ihr fast bis zu den Knien und bedeckte auch ihre Arme, was beinahe absurd aussah.

»Nehmt mir dieses blöde Ding ab«, flehte sie. »Und hört bloß auf zu lachen.«

Folgsam hob Harry den Plastiksack an und zog ihn ihr über den Kopf aus; dabei nahm er auch die Strickmütze mit und befreite Fionas vollen, silberblonden Haarschopf. Wie bei einem *coup de théâtre* verwandelte er sie von einer Obdachlosen in eine selbstbewußte, charismatische Frau in Reithosen, blauer Sportjacke und einem Sweatshirt mit Rollkragen und weißen Bündchen an Hals und Handgelenken.

Obwohl sie recht groß war, waren die Ärmel viel zu lang für sie. Das hatte sich jedoch als vorteilhaft erwiesen, weil sie auf diese Weise doch bequem die Hände darin verbergen und die Ärmel als Handschuhe benutzen konnte. Sie blickte unverwandt zu mir herüber und betrachtete nicht ohne Neugier den Mann, dessen Kleider sie anhatte. Vermutlich sah sie einen ziemlich großen, ziemlich schlanken, ziemlich jungen Menschen mit braunen Augen, einem grellroten Pullover und einem absolut unpassenden Smoking.

Ich lächelte ihr zu, und sie, der Bewunderung in meinem

Ausdruck bewußt, schaute aufmunternd in die Runde ihrer unerwarteten Gäste und ging dann zu dem riesigen roten Ofen hinüber, der den ganzen Raum beheizte, machte die Klappe auf und ließ einen ordentlichen Schwall Hitze heraus. Die miese Reiselaune war wie weggeblasen, und Fiona hatte sich in eine einfühlsame, kompetente Frau verwandelt.

»Heiße Getränke«, sagte sie energisch. »Harry, setz den Kessel auf und hol ein paar Becher.«

Harry, ungefähr meine Größe, aber blond und mit blauen Augen, befolgte die Anweisungen, als wäre er schon seit langem daran gewöhnt, von Fiona Anweisungen zu erhalten, und kramte sogleich nach Löffeln, Instantkaffee und Zucker. Eingewickelt in meinen blauen Bademantel sah er aus, als wolle er auf der Stelle ins Bett gehen. Auch er war älter, als ich zunächst vermutet hatte. Es sah ganz danach aus, als seien er und Fiona recht wohlhabend, vielleicht sogar reich. Die Küche war sehr geräumig, individuell eingerichtet, eine Mischung aus Funktionalität und Wohnzimmer, und sowohl die Umgangsformen als auch die Sprache der Eigentümer ließen das unbefangene Selbstvertrauen erkennen, das einem ein sorgenfreier sozialer Status verleiht.

Mackie setzte sich unsicher an den großen Tisch in der Mitte. Ihre Finger kreisten sachte an den Schläfen.

»Ich sah auf einmal nur noch das Pferd«, sagte sie. »Ich muß mir den Kopf irgendwo angeschlagen haben. Ist der Jeep in Ordnung?«

»Sieht nicht so aus«, antwortete Harry tonlos. »Er liegt noch im Wasser und ist bis morgen früh garantiert eingefroren. Die Tür auf meiner Seite hat sich verzogen, als wir umgekippt sind. Das schmutzige Wasser aus dem Graben kam sofort hereingesprudelt.«

»Mist«, sagte Mackie erschöpft. »Das hat gerade noch gefehlt.«

Sie kuschelte sich in ihren rehbraunen, gefütterten Mantel, noch immer vor Kälte bibbernd, und es ließ sich schwer sagen, wie sie wohl warm und gutgelaunt aussehen mochte. Momentan sah ich von ihr nicht mehr als eine Stirn voll rötlicher Locken, gefolgt von geschlossenen Augenlidern, blassen Lippen und vor Erschöpfung angespannten Kiefermuskeln.

»Ist Perkin zu Hause?« wollte Fiona von ihr wissen.

»Müßte er eigentlich. O Gott, ich hoffe es wenigstens.«

Fiona, die sich schneller als alle anderen erholte, vielleicht weil sie sich in ihrer vertrauten Umgebung befand, ging zum Wandtelefon und drückte einige Knöpfe. Perkin, wer immer das sein mochte, schien zu antworten und wurde sofort mit einem Haufen schlechter Nachrichten überschüttet.

»Ja, genau«, sagte Fiona zum wiederholten Male, »ich sagte, der Jeep liegt im Graben ... dort unten in der Senke, gleich hinter dem Hügel, wenn man von der A 34 herunterkommt ... ich weiß nicht, wessen Pferd, herrje ... Nein, der Tag im Gericht war *grauenvoll.* Paß auf, kannst du nicht herkommen und die anderen abholen? Mackie geht es gut, aber sie hat sich den Kopf angestoßen ... Bob Watson und seine Frau sind auch bei uns ... Ja, den Schriftsteller haben wir auch mitgebracht, er ist hier. Komm einfach her, Perkin, herrje. Und hör auf zu jammern.« Sie knallte den Hörer auf.

Harry goß kochendes Wasser in eine ganze Batterie mit löslichem Kaffee gefüllter Becher und ging dann mit einer Tüte Milch in der einen und einer Flasche Brandy in der anderen Hand herum, um jedem seiner Gäste etwas zur Verfeinerung anzubieten. Alle außer Ingrid entschieden sich für Brandy, und Harrys Vorstellung von einem ordentlichen Schuß kühlte das Gebräu soweit ab, daß man es ohne weiteres trinken konnte.

Obwohl der Alkohol draußen in der Kälte keine besonders gute Idee gewesen wäre, verscheuchte er hier drinnen fürs erste die schlimmste Kälte aus unseren zitternden Gliedern. Bob

Watson nahm seine Kappe ab und sah plötzlich viel jünger aus, ein etwas untersetzter Mann mit drahtigem, braunem Haar und einer Aura von wiederbelebter Unabhängigkeit. Man konnte noch gut erkennen, wie er als Schuljunge ausgesehen haben mußte, mit runden Wangen und einer gehörigen Portion Unverschämtheit, gerade so knapp unter der Oberfläche, daß er sie stets unter Kontrolle und sich selbst aus allem Ärger heraushalten konnte. Er hatte Harry einen Lügner genannt, aber nur so leise, daß dieser ihn nicht gehört hatte. Das sagt so einiges über Bob Watson aus, dachte ich im stillen.

Ingrid, die sich in meinem Skianzug beinahe verlor, schaute aus einem schmalen, hübschen Gesicht in die Welt hinein und schniefte in regelmäßigen Abständen. Sie saß neben ihrem Mann am Tisch, ohne etwas zu sagen und ganz auf ihn fixiert.

Den Rücken an den Ofen gelehnt, hielt Harry seine heiße Kaffeetasse mit beiden Händen fest umklammert und betrachtete mich mit der schelmischen Heiterkeit, die wohl normalerweise sein Wesen bestimmte, wenn er nicht wie aus gegebenem Anlaß unter Streß stand.

»Herzlich willkommen in Berkshire«, sagte er.

»Vielen Dank.«

»Ich wäre ja beim Jeep geblieben und hätte gewartet, bis jemand kommt.«

»Ich hatte schon vermutet, daß jemand auf diese Idee kommen würde«, stimmte ich ihm zu.

Mackie sagte: »Ich hoffe, dem Pferd ist nichts passiert«, als hätte sie sich total in diese Gedankenschleife verstrickt. Außer ihr, so kam es mir vor, scherte sich niemand auch nur im geringsten um den Verursacher unserer Qualen, und ich vermutete außerdem, vielleicht zu Unrecht, daß Mackie so an dem Pferd festhielt, weil sie uns beständig daran erinnern wollte, daß der Unfall nicht ihre Schuld gewesen war.

Allmählich kehrte die Wärme auch in das Innere unserer Körper zurück, und alle sahen so aus, als wären sie inzwischen auf Zimmertemperatur wie Wein. Ingrid streifte die Kapuze meines Skianzuges zurück und enthüllte ihr weiches, haselnußbraunes Haar, das dringend nach einer Bürste verlangte.

Niemand schien groß an einer Unterhaltung interessiert zu sein. Im Gegenteil, die alte Verstimmung von vor dem Unfall schlich sich wieder ein, und so war es geradezu eine Erlösung, als knirschende Reifen, Türenknallen und näherkommende Schritte Perkins Ankunft verkündeten. Er war nicht allein gekommen. Als erster stürmte Tremayne Vickers in die Küche und mischte die matte Truppe, die dort vor ihren Kaffeetassen saß, mit seiner lauten Stimme und seiner dominanten Persönlichkeit auf.

»Da habt ihr euch ja schön in die Scheiße geritten«, polterte er mit nicht ganz unfreundlich gemeintem Spott. »Die Straße war zuviel für dich, was?«

Mackie spulte zur Verteidigung ihre Pferdenummer ab, als hätte sie vorher nur dafür geprobt.

Der Mann, der hinter Tremayne durch die Tür kam, sah wie dessen blasse Blaupause aus: gleiche Größe, gleiche Statur, prinzipiell die gleichen Gesichtszüge, aber nichts von Tremaynes Bulligkeit. Wenn das Perkin war, dachte ich, dann mußte er Tremaynes Sohn sein.

Die Blaupause fuhr Mackie schroff an: »Warum bist du nicht hinten herum gefahren? Hat dir dein Verstand nicht gesagt, daß man unmöglich die Abkürzung nehmen kann?«

»Heute morgen ging es noch einwandfrei«, sagte Mackie. »Außerdem fahre ich immer dort entlang. Aber das Pferd ...«

Tremaynes Blick blieb an mir haften. »Sie haben es also geschafft. Sehr schön. Haben Sie sich inzwischen bekannt gemacht? Mein Sohn, Perkin. Mackie, seine Frau.«

Wie mir jetzt erst auffiel, hatte ich vermutet, Mackie sei Tremaynes Ehefrau oder doch zumindest seine Tochter; Schwiegertochter war mir nicht in den Sinn gekommen.

»Weshalb um alles in der Welt tragen Sie einen Smoking?« fragte Tremayne und starrte mich an.

»Wir haben uns im Wassergraben naß gemacht«, antwortete Harry knapp. »Ihr Freund, der Schriftsteller, hat uns mit trockener Kleidung ausgeholfen. Er selbst nahm mit dem Smoking vorlieb. Mir wollte er ihn nicht anvertrauen, ein schlauer Kopf. Was ich hier anhabe, ist sein Bademantel. Ingrid steckt in seinem Skianzug. Fiona gehört ihm von Kopf bis Fuß.«

Tremayne sah leicht verwirrt aus, unternahm jedoch vorläufig keinen Versuch, sich alles näher erklären zu lassen. Statt dessen fragte er Fiona, ob sie sich bei dem Unfall verletzt habe: »Fiona, meine Liebe...«

Fiona, seine Liebe, konnte ihn in dieser Hinsicht beruhigen. Er benahm sich ihr gegenüber mit einem Anflug von Schalkhaftigkeit, die sie auf spielerische Art und Weise parierte. Ich vermutete, daß sie bei jedem Mann das Verlangen weckte, mit ihr zu flirten.

Mit gelinder Verspätung erkundigte sich Perkin bei Mackie nach ihrem Kopf, wobei er nach seiner unwirschen Kritik nun eine äußerst linkische Besorgtheit an den Tag legte. Mackie lächelte ihn müde, aber verständnisvoll an, und ich gewann den Eindruck, daß in dieser Ehe sie diejenige war, die nachzugeben gelernt hatte, die sich um alles kümmerte, die für ihr gutaussehendes Ehemann-Kind die Rolle des Erwachsenen spielte.

»Trotzdem«, sagte er, »war es dumm von dir, dort entlang zu fahren.« Er reagierte immer noch mit Schuldzuweisungen auf ihre Verletzung, doch ich fragte mich, ob diese Überreaktion in Wirklichkeit nicht aus der nackten Angst resultierte; wie bei den Eltern, die ihren verschwunden geglaubten Kindern als erstes eine saftige Ohrfeige verpassen. »Außerdem müßte dort an der Kreuzung ein Schild von der Polizei sein, auf dem steht, daß die Straße gesperrt ist. Sie ist schon seit heute mittag gesperrt, nachdem die beiden Autos aufeinander geknallt sind.«

»Da stand kein Polizeischild«, sagte Mackie.

»Muß aber. Du hast es wohl übersehen.«

»Da war weit und breit kein Polizeischild«, sagte Harry, und wir alle bestätigten seine Aussage.

»Und trotzdem . . .« Perkin wollte nicht klein beigeben.

»Sieh mal«, sagte Mackie, »wenn ich noch mal zurück könnte und alles neu entscheiden, dann würde ich nicht mehr dort entlang fahren, aber es sah ganz gut aus, ich bin heute früh anstandslos raufgekommen, also habe ich mich so *entschieden*, und damit Schluß.«

»Das *Pferd* hingegen haben wir alle gesehen«, räsonierte Harry. Der trockene Humor in seiner Stimme ließ ahnen, was er insgeheim von Perkins Benehmen hielt.

Perkin warf ihm einen verwirrten Blick zu und hackte nicht weiter auf Mackie herum.

»Was geschehen ist, ist geschehen«, sagte Tremayne, als verkünde er damit seine Lebensphilosophie, und fügte hinzu, daß er »mal bei der Polizei durchklingeln« würde, sobald er wieder zu Hause sei, was jetzt auch nicht mehr lange dauern solle.

»Wegen Ihrer Kleider«, sagte Fiona zu mir, »soll ich sie zusammen mit unseren nassen Sachen zur Reinigung geben?«

»Nein, machen Sie sich darüber keine Gedanken«, entgegnete ich. »Ich komme morgen vorbei und hole sie ab.«

»In Ordnung.« Sie lächelte sanft. »Ich weiß, daß wir Ihnen zu Dank verpflichtet sind. Glauben Sie nicht, wir wüßten das nicht.«

»Wissen was nicht?« mischte sich Perkin ein.

Harry sagte auf seine Art: »Der Knabe hier hat uns vor der Eisverzapfung gerettet.«

»Vor *was*?«

Ingrid fing an zu kichern. Alle schauten auf sie. »Entschuldigung«, flüsterte sie verschämt.

»Vor dem sicheren Tod«, sagte Mackie schlicht. »Fahren wir

nach Hause.« Sie erhob sich, sichtlich wiederbelebt durch die Wärme, den großzügig gestreckten Kaffee und, wie mir schien, erleichtert, daß ihr Schwiegervater nicht mit ihrem nörgelnden Ehemann ins gleiche Horn gestoßen hatte. »Und morgen«, fügte sie gedehnt hinzu, »wer fährt denn morgen nach Reading?«

»O Gott«, sagte Fiona. »Das hätte ich beinahe vergessen.«

»Jemand muß hingehen«, sagte Mackie. Es sah so aus, als hätte niemand Lust dazu.

Nach einer kurzen Pause regte sich Harry: »Ich fahre. Ich nehme Bob mit. Fiona braucht nicht mit, Ingrid auch nicht. Mackie...« Er hielt inne.

»Ich komme mit. Das bin ich ihm schuldig.«

Fiona sagte: »Ich auch. Er ist mein Cousin, trotz allem. Er braucht unsere Unterstützung. Obwohl – nach dem, was Harry heute getan hat, weiß ich nicht, ob ich ihm ins Gesicht sehen kann.«

»Was hat Harry denn getan?« wollte Perkin wissen.

Fiona zuckte die Schultern und machte einen Rückzieher. »Mackie wird es dir erzählen.« Fiona durfte Harry anscheinend nach eigenem Gutdünken jederzeit angreifen, aber anderen Wölfen warf sie ihn nicht zum Fraß vor. Ohne Zweifel stand ihm noch ein gehöriges Donnerwetter bevor, sobald wir gegangen waren, und tatsächlich beäugte er seine Frau mit einer Mischung aus banger Vorahnung und Schicksalsergebenheit.

»Wir brechen auf«, sagte Tremayne. »Los, Bob.«

»Ja, Sir.«

Bob Watson, ich erinnerte mich, war Tremaynes Futtermeister. Er und seine Ingrid gingen zur Tür, gefolgt von Mackie und Perkin. Ich setzte meine Tasse ab und bedankte mich bei Harry für die Stärkung.

»Kommen Sie morgen um die gleiche Zeit, um Ihre Kleider abzuholen«, sagte er. »Kommen Sie auf einen Drink vorbei; auf einen zünftigen Drink, nicht so einen Erste-Hilfe-Becher.«

»Vielen Dank. Sehr gerne.«

Er nickte mir freundschaftlich zu, Fiona ebenso, und ich packte die Tasche mit meinen trockenen Kleidern sowie den Kamerakoffer und folgte Tremayne und den anderen hinaus in den Schnee. Wir quetschten uns zu sechst in einen großen Volvo, Tremayne hinter dem Steuer, Perkin neben ihm, hinten saßen Mackie und ich und Bob, der Ingrid auf den Schoß nahm. Am anderen Ende des Dorfes hielt Tremayne an, um Bob und Ingrid aussteigen zu lassen. Ingrid versuchte zu lächeln und sagte mir, Bob werde meinen Anzug und die Stiefel am Morgen mitbringen, wenn es mir nichts ausmache. Alles klar, sagte ich.

Sie drehten sich um, gingen durch eine Gartentür auf ein kleines, dunkles Haus zu, und Tremayne fuhr wieder los in Richtung freies Feld. Er grummelte vor sich hin, daß ihm die Gerichtsverhandlung seinen Futtermeister noch einen vollen Tag entreißen würde. Weder Mackie noch Perkin sagten dazu etwas, und ich hatte noch immer keine Ahnung, worum es bei der Verhandlung eigentlich ging. Andererseits kannte ich sie noch nicht gut genug, um einfach danach zu fragen.

»Nicht gerade ein rauschender Empfang, was, John?« sagte Tremayne über seine Schulter. »Haben Sie eine Schreibmaschine mitgebracht?«

»Nein. Aber einen Bleistift. Und einen Kassettenrecorder.«

»Sie werden wissen, was Sie zu tun haben.« Er hörte sich zuversichtlich an, weit mehr von der Angelegenheit überzeugt, als ich selbst es war. »Wir können gleich am Morgen anfangen.«

Nachdem wir eine Zeitlang vorsichtig über Sträßchen von ähnlicher Beschaffenheit gezuckelt waren wie das, das uns soviel Ärger bereitet hatte, fuhr er zwischen zwei imposanten Torpfeilern hindurch und hielt vor einem geradezu riesigen Haus an, durch dessen Vorhänge schwacher Lichtschein nach draußen drang. Da die Bewohner solch großer Häuser äußerst selten die Vordertür benutzten, betraten wir auch dieses hier durch den

Seiteneingang. Diesmal gelangten wir nicht direkt in die Küche, sondern in eine warme, mit Teppichen ausgelegte Diele, von der aus Türen in alle Richtungen abgingen.

Tremayne grunzte: »Verflucht kalter Abend«, ging durch eine Tür zu unserer Linken und drehte sich nach mir um. »Kommen Sie doch herein. Fühlen Sie sich wie zu Hause. Das hier ist das Familienzimmer, wo Sie Zeitungen, ein Telefon, etwas zu trinken und all so was finden. Bedienen Sie sich ruhig selbst, solange Sie hier wohnen.«

Der große Raum sah auf eine natürlich gewachsene Art sehr gemütlich aus, nicht übermäßig aufgeräumt oder dekoriert. Alle möglichen Farben und Stilrichtungen präsentierten sich in bunter Mischung, es gab eine Menge Fotografien, ein paar Weihnachtssterne als Überbleibsel von Weihnachten, und in dem großzügig dimensionierten Steinkamin glühte ein Holzfeuer.

Tremayne nahm den Telefonhörer ab und teilte der örtlichen Polizei in knappen Worten mit, daß sein Jeep im Straßengraben lag, keine Angst, niemand verletzt, er werde ihn am nächsten Morgen abholen lassen. Nachdem das erledigt war, stellte er sich ans Feuer und wärmte sich die Hände.

»Perkin und Mackie bewohnen einen eigenen Teil des Hauses, aber hier in diesem Zimmer treffen wir uns immer«, sagte er. »Wenn Sie eine Nachricht für jemanden hinterlassen wollen, pinnen Sie sie einfach an die Tafel dort drüben.« Er zeigte auf einen Stuhl, auf dem eine Korktafel stand, ähnlich der in Ronnies Büro. Darin steckten wahllos einige rote Nadeln, eine davon steckte in einem Zettel, auf dem in Großbuchstaben eine kurze Botschaft zu lesen stand: ZUM FUTTERN WIEDER DA.

»Das stammt von meinem anderen Sohn«, sagte Tremayne, der die Nachricht aus der Entfernung zur Kenntnis nahm. »Er ist fünfzehn. Kaum zu bändigen.« Aus seinen Worten klang trotz allem Milde und Nachsicht. »Ich denke, Sie haben es schnell heraus, wie der Haushalt hier funktioniert.«

»Ähm... und *Mrs.* Vickers?« sagte ich zögernd.

»Mackie?« Er schien erstaunt.

»Nein... ich meine Ihre Frau.«

»Oh. Ach so. Nein, nein, meine Frau hat sich aus dem Staub gemacht. Habe ihr nicht viele Tränen nachgeweint. Außer mir wohnt nur noch mein Junge, Gareth, hier. Ich habe noch eine Tochter, mit einem Franzmann verheiratet, wohnen in der Nähe von Paris, mit drei Kindern. Manchmal besuchen sie uns und stellen das ganze Haus auf den Kopf. Sie ist die Älteste, dann Perkin. Gareth kam später.«

Er serviert mir Fakten ohne eine Spur von Gefühl, dachte ich. Das mußte sich ändern, wenn ich mit guten Ergebnissen aufwarten sollte; aber vielleicht war es für Gefühle noch etwas zu früh. Er freute sich, daß ich da war, doch er benahm sich zerfahren, beinahe nervös, beinahe – jetzt, da wir allein waren – schüchtern. Jetzt, wo er seinen Willen durchgesetzt, sich seinen Schriftsteller gesichert hatte, fiel eine Menge der Unruhe und Besorgnis, die er in Ronnies Büro an den Tag gelegt hatte, von ihm ab. Der Tremayne des heutigen Abends stand nicht mehr unter Volldampf.

Als Mackie hereinkam, wurde er wieder der alte. Sie brachte einen Eiskübel, warf ihrem Schwiegervater einen prüfenden Blick zu, als wolle sie sich versichern, daß die Nachsicht, die er bei Harry und Fiona in der Küche hatte walten lassen, noch immer vorherrschte. Prinzipiell zufriedengestellt trug sie den Kübel mit dem Eis zu einem Tisch hinüber, auf dem eine Reihe Flaschen und Gläser standen, und fing an, einen Drink zu mixen.

Sie hatte inzwischen ihren gefütterten Mantel und die Strickmütze abgelegt und trug ein blaues Jerseykleid über engen, schwarzen, kniehohen Stiefeln. Ihr rotbraunes, kurzgeschnittenes Haar kringelte sich neckisch auf dem wohlgeformten Kopf, doch sie war noch immer blaß, ohne Lippenstift und ohne Lebhaftigkeit.

Sie mixte einen Gin Tonic, reichte ihn Tremayne. Er dankte nickend, als sei er daran gewöhnt.

»Und für Sie, John?« fragte mich Mackie.

»Mir reicht der Kaffee, danke.«

Sie lächelte kaum merklich. »Gut.«

Um die Wahrheit zu sagen: Ich hatte keinen Durst, sondern Hunger. Da es in Tantchens Haus kein Wasser mehr gab, hatte ich an diesem Tag außer dem Kaffee nicht mehr zu mir genommen als ein bißchen Brot mit Marmite und zwei Gläser Milch, und auch die war in der Tüte schon halb gefroren gewesen. Allmählich hoffte ich, daß Gareth' Rückkehr ZUM FUTTERN nicht mehr lange auf sich warten ließe.

Perkin kam herein, mit einem Glas voll brauner Flüssigkeit, die wie Coca-Cola aussah. Er ließ sich in einen der Ledersessel sinken und fing erneut wegen des verunglückten Jeeps an zu jammern, ohne zu merken, daß er von Glück sagen konnte, daß er seine Frau nicht verloren hatte.

»Die blöde Karre ist doch versichert«, sagte Tremayne derb. »Die Leute von der Werkstatt sollen sie morgen früh aus dem Graben ziehen und uns sagen, ob noch etwas zu machen ist. Jedenfalls ist das kein Weltuntergang.«

»Was machen wir bloß ohne den Jeep?« nölte Perkin.

»Einen neuen kaufen«, gab Tremayne zurück.

Diese einfache Lösung ließ Perkin verstummen, und Mackie sah dankbar aus. Sie setzte sich auf ein Sofa, zog die Stiefel aus und sagte, sie seien noch feucht vom Schnee, sie habe furchtbar kalte Füße. Dann fing sie an, sich die Zehen zu massieren, und ihr Blick fiel auf meine schwarzen Schuhe.

»Ihre Schuhe eignen sich bestimmt besser zum Tanzen als dazu, Frauen durch Schnee und Eis zu tragen«, sagte sie. »Das Ganze tut mir wirklich sehr leid.«

»*Tragen*?« wunderte sich Tremayne mit hochgezogenen Augenbrauen.

»Ja, habe ich das nicht erzählt? John und Harry mußten mich einen guten Kilometer weit tragen, glaube ich. Ich erinnere mich noch an den Aufprall, dann muß ich wohl ohnmächtig geworden sein, und dann bin ich erst kurz vor dem Dorf wieder aufgewacht. Ich kann mich nur sehr schwach daran erinnern, wie sie mich getragen haben ... sehr verschwommen ... ich saß auf ihren Handgelenken ... durfte nicht herunterfallen ... kommt mir vor wie ein Traum.«

Perkin starrte erst sie, dann mich an. Nicht gerade erfreut, fiel mir auf.

»Alle Wetter«, sagte Tremayne.

Ich lächelte Mackie zu, sie lächelte zurück. Offensichtlich mochte Perkin das überhaupt nicht. Ich mußte mich vorsehen, dachte ich. Ich war nicht gekommen, um in den Familienverhältnissen herumzustochern, sondern um eine Arbeit zu erledigen, mich aus allem herauszuhalten und es so zu belassen, wie ich es vorgefunden hatte.

Das Kaminfeuer heizte ordentlich ein, so daß ich zumindest die Smokingjacke endlich ausziehen konnte. Ich hängte sie über einen Stuhl und kam mir nicht mehr ganz so wie das dekadente Überbleibsel einer Orgie vor. Ich fragte mich, ab wann ich wohl das Thema ›Essen‹ anschneiden durfte, ohne unhöflich zu erscheinen. Wenn die Fahrkarte für den Bus nicht gewesen wäre, hätte ich etwas Nahrhafteres, vielleicht Kakao gekauft. Vielleicht sollte ich Tremayne bitten, mir das Busgeld zu ersetzen. Nichtsnutzige Gedanken, geistiger Schrott.

»Setzen Sie sich, John.« Tremayne zeigte auf einen Sessel. Ich setzte mich folgsam. »Was war im Gericht los?« fragte er Mackie. »Wie ist es gelaufen?«

»Es war fürchterlich.« Sie schüttelte sich. »Nolan sah so ... so *verwundbar* aus. Die Geschworenen halten ihn für schuldig, da bin ich sicher. Und außerdem wollte Harry nicht bezeugen, daß Lewis betrunken war ...« Sie schloß die Augen und seufzte schwer. »Ich wünschte, wir hätten diese verdammte Party niemals gegeben.«

»Was geschehen ist, ist geschehen«, sagte Tremayne bedeutsam. Ich fragte mich, wie oft sie sich schon gegenseitig bedauert haben mochten. Tremayne schaute mich an und fragte Mackie: »Hast du John eigentlich erzählt, was vorgefallen ist?« Sie schüttelte den Kopf, und er klärte mich ein wenig auf:

»Letztes Jahr im April hatten wir hier eine Party, um den Sieg beim Grand National mit Top Spin Lob zu feiern. Feiern! Über hundert Leute waren hier, darunter auch Fiona und Harry, die Sie ja bereits kennengelernt haben. Ich trainiere ihre Pferde. Auch Fionas Cousins waren hier, Nolan und Lewis, zwei Brüder. Niemand weiß genau, was passiert ist, aber als die Party zu Ende war und die meisten Leute schon nach Hause gegangen waren, ist ein Mädchen ums Leben gekommen. Nolan schwört, daß es ein Unfall war. Lewis war dabei ... er könnte die Sache so oder so entscheiden, doch er behauptet, er sei betrunken gewesen und würde sich an nichts erinnern.«

»Er *war* betrunken«, protestierte Mackie. »Bob hat das vor Gericht bezeugt. Er sagt, er hat Lewis im Laufe des Abends mindestens zwölf Drinks ausgegeben.«

»Bob Watson war unser Barmann«, fügte Tremayne hinzu. »Das ist er immer bei unseren Parties.«

»Wir wollen gar keinen anderen«, sagte Mackie.

»Steht Nolan wegen Mordes vor Gericht?« fragte ich in die entstandene Pause hinein.

»Wegen tätlichem Angriff mit Todesfolge«, sagte Tremayne. »Die Anklage versucht, Absicht nachzuweisen. Das würde auf Mord hinauslaufen. Nolans Anwälte sagen, der Klagepunkt sei Totschlag, doch sie plädieren mit Nachdruck auf fahrlässige Tötung, was nichts anderes heißt als Unachtsamkeit oder schlicht Unfall. Der Fall zieht sich schon seit Monaten hin. Zum Glück ist es morgen zu Ende.«

»Er wird Berufung einlegen«, warf Perkin ein.

»Bislang ist er ja noch nicht verurteilt«, protestierte Mackie.

Tremayne fuhr mit seiner Erklärung fort: »Mackie und Harry sind zusammen in das Wohnzimmer von Mackie und Perkin gekommen, wo Nolan über dem Mädchen stand, das vor ihm auf dem Boden lag. Lewis saß in einem Sessel. Nolan sagte, er habe nur die Hände um den Hals des Mädchens gelegt, um sie zu schütteln, und schon sei sie zusammengebrochen und zu Boden gestürzt, und als Mackie und Harry versuchten, sie wiederzubeleben, merkten sie, daß sie tot war.«

»Der Gerichtsmediziner heute vor Gericht sagte, sie sei erdrosselt worden«, ergänzte Mackie, »aber daß manchmal nur wenig Druck ausreicht, um jemanden zu töten. Er sagte, sie sei an vagaler Inhibition gestorben, das heißt, der Nervus vagus habe plötzlich nicht mehr funktioniert, was angeblich leicht passieren kann. Der Nervus vagus ist für den Herzschlag verantwortlich. Der Pathologe sagte, es sei immer sehr gefährlich, wenn man jemandem plötzlich den Hals zudrückt, auch wenn es nur im Spaß geschieht. Trotzdem besteht kein Zweifel daran, daß Nolan wütend auf Olympia war – so hieß das Mädchen –, den ganzen Abend über war er sauer, und die Anklage hat einen Zeugen aufgetrieben, der gehört hat, wie Nolan sagte: ›Ich erwürge diese Schlampe‹, also hatte er bereits daran gedacht, sie am Hals zu packen...« Sie unterbrach sich und seufzte wieder. »Ohne Olympias Vater hätte es nicht einmal ein Verfahren gegeben. Der ursprüngliche Bericht des Pathologen besagte, daß es genausogut ein Unfall gewesen sein konnte und daß man auf Strafverfolgung verzichten könne. Aber Olympias Vater erhob Klage gegen Nolan. Er wollte es nicht auf sich beruhen lassen. Er ist besessen. Er saß dort im Gerichtssaal und starrte uns an.«

»Wäre es nach ihm gegangen«, sagte Tremayne bestätigend, »würde Nolan schon die ganze Zeit hinter Gittern sitzen und wäre nicht auf Kaution draußen.«

Mackie nickte. »Die Anklage – also Olympias Vater via seine Anwälte – wollte Nolan heute über Nacht in Gewahrsam stekken, aber der Richter sagte nein. So sind Nolan und Lewis wieder zu Lewis nach Hause gefahren. Weiß Gott, wie es den beiden jetzt geht, nachdem sie vor Gericht so durch die Mangel gedreht wurden. Man sollte Olympias Vater erwürgen, nach all dem Ärger, den er verbreitet.«

Mir kam es eher so vor, als hätte Nolan für all den Ärger gesorgt, aber ich hielt meinen Mund.

»Wie auch immer.« Tremayne zuckte die Schultern. »Die Geschichte ist zwar hier im Hause passiert, aber Gott sei Dank betrifft sie nicht meine eigene Familie.«

Mackie sah aus, als sei sie da nicht so sicher. »Es sind unsere Freunde«, sagte sie.

»Noch nicht einmal das«, meinte Perkin und sah mich an. »Fiona und Mackie sind befreundet. So hat alles angefangen. Mackie besuchte Fiona, ich machte dort ihre Bekanntschaft ...« er lächelte kurz – »und dann, wie man so schön sagt, schlossen wir den Bund fürs Leben.«

»Und lebten glücklich bis an unser Lebensende«, ergänzte Mackie treu ergeben, obwohl mir schien, daß sie, wenn sie wirklich glücklich war, hart daran arbeitete. »Wir sind seit zwei Jahren verheiratet«, sagte sie. »Fast schon zweieinhalb.«

»Sie wollen doch nicht etwa diesen Kram mit Nolan in mein Buch hineinschreiben?« erkundigte sich Tremayne.

»Keine Veranlassung«, sagte ich, »es sei denn, Sie wollen es so haben.«

»Nein, will ich nicht. Ich war gerade dabei, ein paar Gäste zu verabschieden, als das Mädchen starb. Perkin sagte mir Bescheid, und ich mußte mich darum kümmern, aber ich kannte sie nicht einmal. Sie war mit Nolan gekommen, ich hatte sie vorher noch nie gesehen. Sie gehört nicht zu meinem Leben.«

»In Ordnung«, sagte ich.

Tremayne schien nicht besonders erleichtert; er nickte nur. Hier in seinen eigenen vier Wänden, wie er so vor seinem Kamin stand, war er ein großer kräftiger Mann, der seit langem gewohnt war, Verantwortung zu übernehmen und sein Königreich mit fester Hand zu regieren. Zweifellos war dies die Person, um die es in dem Buch gehen sollte: ein Mann, der die Fäden in der Hand hielt, ein Mann von praktischem Verstand und dauerhaftem Erfolg.

So soll es sein, dachte ich. Wenn ich schon für mein täglich Brot singen mußte, dann würde ich auch die gewünschten Lieder singen. Nur: *wo* blieb inzwischen mein täglich Brot?

»Morgen früh«, wechselte Tremayne das Thema, nachdem er offensichtlich genug von der Verhandlung und den damit verbundenen Unannehmlichkeiten gehört hatte, »hätten Sie vielleicht Lust, morgen früh mitzukommen und zuzusehen, wenn meine Pferde bewegt werden?«

»Sehr gern.«

»Gut. Ich wecke Sie um sieben Uhr. Die erste Gruppe wird um halb acht herausgeführt, kurz vor Anbruch der Dämmerung. Momentan, bei dem Frost, können wir natürlich kein Sprungtraining machen, aber wir haben eine Allwetter-Galoppstrecke. Sie werden es morgen früh ja sehen. Wenn es sehr stark schneit, gehen wir nicht.«

»In Ordnung.«

Er drehte sich nach Mackie um: »Ich vermute, daß du bei der ersten Gruppe noch nicht draußen bist?«

»Nein, leider nicht. Wir müssen wieder früh los, um rechtzeitig in Reading zu sein.«

Er nickte und sagte zu mir: »Mackie ist meine Assistentin.«

Mein Blick wanderte von Mackie zu Perkin.

»Doch, bestimmt«, sagte Tremayne, der meine Gedanken gelesen hatte. »Perkin arbeitet nicht für mich, nur Mackie. Perkin wollte nie Pferdetrainer werden, er führt sein eigenes Leben.

Gareth ... wer weiß ... vielleicht tritt Gareth eines Tages in meine Fußstapfen, aber er ist noch zu jung, um zu wissen, was er einmal werden will. Als Perkin Mackie heiratete, brachte er mir jedenfalls einen verdammt guten Assistenten ins Haus, das klappt wirklich ganz vorzüglich.«

Mackie freute sich über das zweifellos ernstgemeinte Lob, und es schien, als wäre auch Perkin mit dem Arrangement zufrieden.

»Das Haus ist groß genug«, fuhr Tremayne fort, »und da Perkin und Mackie sich nicht gleich etwas Eigenes leisten konnten, haben wir es einfach geteilt; sie bewohnen ihre eigene Hälfte. Das kriegen Sie bestimmt bald mit.« Er leerte sein Glas und stand auf, um sich nachzugießen. »Sie können im Eßzimmer arbeiten«, sagte er und drehte den Kopf in meine Richtung. »Morgen zeige ich Ihnen, wo Sie die Zeitungsausschnitte, die Videos und die Bücher mit den Formen der Pferde finden. Was Sie brauchen, können Sie mit ins Eßzimmer nehmen. Wir stellen dort den Videorecorder auf.«

»Sehr schön«, sagte ich. Essen im Eßzimmer wäre mir bedeutend lieber, dachte ich im stillen.

Tremayne sagte: »Sobald das Tauwetter einsetzt, nehme ich Sie mit zum Rennen. Sie kapieren das bestimmt schnell.«

»Kapieren?« wiederholte Perkin erstaunt. »Versteht er denn nichts von Pferderennen?«

»Nicht sehr viel«, sagte ich.

Perkin zuckte skeptisch mit den Augenbrauen: »Das wird bestimmt ein tolles Buch.«

»Er ist Schriftsteller«, sagte Tremayne, ein wenig defensiv. »Er wird es lernen.«

Ich nickte beipflichtend. Schließlich hatte ich die Lebensgewohnheiten der entferntesten Ureinwohner erlernt, da müßte das Gleiche eigentlich auch bei der Bruderschaft der Rennställe im heimischen England funktionieren. Zuhören, zuschauen, fragen, verstehen, ausprobieren; ich würde mich an die gleiche Methode wie schon sechsmal vorher halten, und diesmal brauchte ich noch nicht einmal einen Dolmetscher. Die wirklich brennende, quälende Frage bei dem Unternehmen war die, ob es mir gelingen würde, Tremaynes Leben in eine auch für andere ansprechende Form zu bringen.

Endlich wehte Gareth mit einem Schwall kalter Luft herein. Nachdem er seine wattierte psychedelische Jacke, deren Farben in den Augen schmerzten, ausgezogen hatte, fragte er seinen Vater ohne Umschweife: »Was gibt's zum Abendessen?«

»Was du willst«, antwortete Tremayne, dem es sichtlich egal war.

»Dann Pizza.« Sein Blick blieb an mir hängen. »Hallo, ich bin Gareth.«

Tremayne nannte ihm meinen Namen und sagte, daß ich seine Biographie schreiben und solange bei ihnen wohnen würde.

»Hand aufs Herz«, sagte der Junge mit erwartungsfrohem Blick, »möchten Sie Pizza?«

»Ja, gern.«

»Kommt in zehn Minuten.« Er wandte sich Mackie zu. »Wollt ihr beiden auch was?«

Mackie und Perkin schüttelten gleichzeitig den Kopf und murmelten etwas in der Richtung, daß sie sich sowieso gleich in ihre eigenen Gefilde zurückziehen wollten, und genau das schienen Gareth und Tremayne erwartet zu haben.

Gareth war etwa einsfünfundsiebzig groß, verfügte über eine gehörige Portion der Selbstsicherheit seines Vaters und über eine heisere, mitunter krächzende Stimme. Er bedachte mich mit einem taxierenden Blick, als wollte er noch einmal überprüfen, mit wem er es auf die Dauer meines Besuches zu tun haben würde, und schien weder enttäuscht noch sonderlich beglückt zu sein.

»Ich habe drüben bei Coconut den Wetterbericht gehört«, erzählte er seinem Vater. »Heute war der kälteste Tag seit fünfundzwanzig Jahren. Die Pferde von Coconuts Vater haben unter der Jute ihre gefütterten Decken an.«

»Genau wie unsere«, entgegnete Tremayne. »Haben sie noch mehr Schnee für morgen angekündigt?«

»Nein, es soll aber noch ein paar Tage so kalt bleiben. Ostwind aus Sibirien. Hast du daran gedacht, mein Schulgeld zu überweisen?«

Tremayne hatte eindeutig nicht daran gedacht.

»Wenn du den Scheck unterschreibst, dann gebe ich ihn dort direkt ab. Sie werden so langsam ein bißchen ungeduldig.«

»Die Schecks sind im Büro«, sagte Tremayne.

»Klar.« Gareth nahm seinen Josefsmantel mit hinaus und kam sofort noch einmal zurück. »Ich nehme an, es besteht nicht die geringste Chance«, sagte er zu mir, »daß Sie kochen können?«

4

Als ich am nächsten Morgen hinunterging, fand ich das Gemeinschaftszimmer dunkel vor; in der Küche brannte jedoch Licht.

Die Küche war nicht ganz so hochherrschaftlich eingerichtet wie die von Fiona, doch immerhin gab es hier einen großen Tisch mit Stühlen ringsum, ebenso einen soliden Gasherd, dessen Wärme den frühmorgendlichen Frost ohne Schwierigkeiten verscheuchte. Ich hatte mir schon überlegt, daß ich von Tremayne einen Mantel ausleihen mußte, wenn ich mir die Pferde ansehen ging, doch auf einem der Stühle lagen meine Stiefel, die Handschuhe und der Skianzug, an dem mit einer Sicherheitsnadel festgesteckt ein Zettel hing: »Mit herzlichstem Dank zurück.«

Ich mußte grinsen, nahm den Zettel ab und zog mir gerade Anzug und Stiefel an, als Tremayne in gefüttertem Mantel, mit Mütze und gelbem Schal hereinkam, sich in die bloßen Fäuste hauchte und den Nordpol mit in die Küche brachte.

»Ah, da sind Sie ja«, sagte er schnaufend. »Bob Watson hat vor dem Füttern Ihre Sachen vorbeigebracht. Fertig?«

Ich nickte.

»Ich muß nur rasch meine Handschuhe holen.« Er vergewisserte sich, daß auch ich welche dabei hatte. »Es ist so kalt, wie ich es noch nie erlebt habe. Wir werden nicht sehr lange draußen bleiben, der Wind ist gräßlich. Kommen Sie.«

Während wir durch die Diele nach draußen gingen, erkundigte ich mich nach dem Füttern.

»Bob Watson kommt um sechs«, sagte er kurz gefaßt. »Sämtliche Pferde, die im Training stehen, bekommen frühmorgens eine Ration. Sehr proteinhaltig. Hält sie warm. Gibt Energie. Ein Vollblut entwickelt bei Proteindiät eine Menge Hitze. Auch bei diesem Wetter. Sie werden selten in einer Pferdebox einen zugefrorenen Wassereimer finden, ganz gleich, wie kalt es draußen ist. Merken Sie sich eins«, sagte er, »wir tun unser Möglichstes, damit es nicht durch die Türen zieht, aber die Tiere müssen frische Luft haben. Andernfalls, wenn Sie sie zu sehr verhätscheln, haben die Viren freie Bahn.«

Wir machten ein paar Schritte vor die Tür, und schon verschluckte der Wind seine letzten Worte und saugte uns den Atem aus den Lungen. Ich schätzte, daß wir immer noch mindestens zehn Grad minus hatten, plus Wind, also die gleichen Bedingungen wie am Abend vorher. Wahrscheinlich würde der Frost nicht so lange anhalten wie 1963, dachte ich. Damals hatten wir den kältesten Winter seit 1740 erlebt.

Nach wenigen Schritten erreichten wir die Stallungen. Am Abend vorher waren sie im Dunkeln kaum zu sehen gewesen, jetzt war alles hellerleuchtet und schwirrte vor Betriebsamkeit.

»Bob Watson ist kein gewöhnlicher Futtermeister. Er kann einfach alles und ist auch stolz darauf. Egal, was es ist – tischlern, klempnern, betonieren, alles, was den Zustand des Hofs oder die Arbeitsbedingungen angeht – er macht Verbesserungsvorschläge und erledigt die Arbeiten auch größtenteils selbst.«

Derjenige, dem dieser Lobgesang galt, kam auf uns zu, registrierte, daß ich den Skianzug anhatte und nahm meinen Dank entgegen.

»Alles fertig, Boss«, sagte er zu Tremayne.

»Schön. Laß sie heraus, Bob. Und dann machst du dich besser auf den Weg, wenn du nach Reading willst.«

Bob nickte und gab ein Signal, woraufhin aus vielen offenen Türen Pferde herausgeführt wurden. Die Reiter trugen Hartschalenhelme und die Pferde warme Decken. Inmitten der Lichter und der umgebenden Dunkelheit weckten diese riesigen, elementaren Kreaturen, die weiße Atemwolken ausstießen, im Kreis herum geführt wurden und das Eis unter ihren Hufen zermalmten, in mir ein jähes Gefühl von Freude und Ergriffenheit, so daß ich zum ersten Mal wirkliche Begeisterung für die Aufgabe empfand, der ich mich nun mal verschrieben hatte. Ich wünschte mir, malen zu können, doch keine Leinwand, nicht einmal ein Film hätte diesen Eindruck von bodenständigem Leben oder das Prickeln oder den Geruch des gefrorenen Hofes einfangen können.

Bob bewegte sich durch die Szene, half jedem der Burschen in die Steigbügel. Dann bildeten sie eine lange Reihe, vielleicht zwanzig an der Zahl, und zogen durch einen weiter entfernten Ausgang davon. Die Pferde schritten auf langen, kräftigen Beinen, die Reiter kauerten mit nickenden Köpfen obenauf.

»Wunderschön«, sagte ich beinahe schwärmerisch zu Tremayne.

Er sah mir ins Gesicht. »Sie haben etwas für Pferde übrig, nicht wahr?«

»Sie auch? Nach all der Zeit?«

Er nickte und sagte: »Ich liebe sie«, als wäre das eine völlig normale Aussage, und fuhr in der gleichen Tonlage fort: »Da der Jeep im Graben liegt, müssen wir uns auf dem Traktor zur Galoppstrecke begeben. Einverstanden?«

»Aber ja«, gab ich zurück und erhielt kurz darauf, hoch über den kettenbewehrten Rädern des Traktors meine Einführung in das Trainieren von Pferden für Hindernisrennen. Wie mir Tremayne mitteilte, war der Platzwart an diesem Morgen schon einmal mit dem Traktor oben in den Downs gewesen, um die Strecke für die Pferde zu präparieren. Tremayne setzte sich mit der Selbstverständlichkeit langjähriger Gewohnheit selbst hinter das Steuer, blickte jedoch nicht in die Richtung, in die er fahren wollte, sondern ließ seinen Blick über alles andere wandern, was ringsumher zu erkennen war.

Sein Haus und die Stallungen lagen, wie ich jetzt sah, genau am Rand des grasbewachsenen Hochlands, so daß die Pferde nur eine einzige öffentliche Straße überqueren mußten und sogleich auf einem Heideweg waren, dessen Oberfläche mit einem nicht näher zu identifizierenden Zeug bestreut war, damit sie auf dem Eis besser treten konnten.

Um die Tiere nicht zu erschrecken, wartete Tremayne, bis die ganze Reihe sicher drüben angekommen war, bevor er ihnen in gebührendem Abstand folgte. Kurz darauf schritten sie nach rechts weg, wir hingegen rumpelten weiter den ausgefahrenen Weg mit seinen gefrorenen Schlammspuren hinauf, einem Horizont entgegen, der sich allmählich aus der nachlassenden Dunkelheit schälte.

Durch das Heulen des Windes rief mir Tremayne zu, in dieser ausgedehnten Heidelandschaft, die sich in westöstlicher Richtung durch Wiltshire und Berkshire erstreckte, sei ein absolut windstiller Morgen so selten anzutreffen wie ein ehrlicher Bettler. Dessen ungeachtet brach ein schöner klarer Tag an. Hinter den sanft geschwungenen, schneebestäubten Hügeln färbte sich der blaßgraue Himmel strahlend blau. Als Tremayne den Traktor anhielt und die Stille und die Abgeschiedenheit alle Sinne betörten, kam man schnell auf den Gedanken, daß es hier oben schon seit Tausenden von Jahren so aussah, daß diese urwüchsige Landschaft, die da vor unseren Augen lag, schon lange vor Menschengedenken dagewesen ist.

Tremayne teilte mir ganz prosaisch mit, daß wir schon hinter der nächsten Biegung nicht mehr weit von den Trainingsplätzen entfernt waren, wo seine Pferde über Hürden und andere Hindernisse springen lernten. Heute würden sie jedoch nur mit halbem Tempo auf die Allwetterstrecke gehen, und er führte mich zu Fuß ein Stück des mit Pulverschnee bedeckten Weges vom Traktor weg zu einer kleinen Bodenerhebung, von wo aus wir ein langes dunkles Band präparierter Erde sehen konnten.

Es zog sich am Fuße des Hügels entlang und machte an seinem Ende, irgendwo außerhalb unserer Sicht, eine Kehre.

»Sie kommen hier zu uns herauf«, sagte er. »Der Allwetterbelag besteht aus Sägespänen. Erzähle ich Ihnen gerade etwas, das Sie schon wissen?«

»Nein«, antwortete ich. »Erklären Sie mir alles.«

Er grunzte unverbindlich und setzte einen Feldstecher an die Augen, der stark genug war, um den Reitern direkt ins Gehirn zu sehen. Ich schaute in die Richtung, in die er blickte, aber es dauerte sehr lange, bis ich die drei dunklen Umrisse ausgemacht hatte, die sich da unten über die dunkle Bahn bewegten. Es schien, als brauchten sie unglaublich lange, bis sie auf unserer Höhe angekommen waren, doch die Langsamkeit war pure Illusion. Sobald sie näher heran waren und an uns vorbeisausten, legten sie eine lebhafte, quirlige Schnelligkeit an den Tag; Muskeln streckten sich, und Hufe trommelten auf die stille Oberfläche.

Sie kamen alle an uns vorbei, immer zwei oder drei auf einmal.

»Die beiden gehören Fiona«, kommentierte Tremayne hinter seinem Fernglas, als ein Paar herrlicher Füchse vorüberstob, und kurz darauf: »Der ganz links, in der nächsten Dreiergruppe, ist mein Grand-National-Gewinner, Top Spin Lob.«

Interessiert beobachtete ich, wie der Stolz des Reitstalls an uns vorüberzog und oben auf dem Hügel die Geschwindigkeit minderte, doch Tremayne neben mir zuckte plötzlich vor Schreck zusammen und sagte: »Was zum Teufel...?«

Ich schaute in die Richtung, in die sein Fernglas zeigte, den Hügel hinunter, sah dort aber nur die nächsten drei Pferde herangaloppieren, zwei vorneweg, eines etwas zurückgefallen. Erst als sie beinahe auf unserer Höhe waren, fiel mir auf, daß das letzte Pferd ohne Reiter ankam.

Die drei Pferde liefen an uns vorbei und wurden dann langsamer. »Scheiße«, sagte Tremayne voller Inbrunst.

»Ist der Bursche runtergefallen?« fragte ich nicht gerade sehr intelligent.

»Zweifellos«, wies mich Tremayne zurecht, angestrengt durch das Fernglas starrend, »aber es ist keiner von meinen.«

»Wie meinen Sie das?«

»Ich meine«, sagte Tremayne, »das ist nicht mein Pferd. Schauen Sie doch mal hin. Das ist keine von meinen Decken. Das Pferd ist nicht gesattelt und hat kein Zaumzeug. Sehen Sie das nicht?«

Nachdem er mir gesagt hatte, auf was ich achten sollte, fiel auch mir auf, was er meinte. Tremaynes Pferde hatten rehbraune Decken mit horizontalen roten und blauen Streifen; Überwürfe, die die Seiten und die Hinterteile bedeckten, den Beinen jedoch vollen Bewegungsspielraum ließen. Der Überwurf des reiterlosen Pferdes war graubraun, viel dicker und mit Riemen unter dem Bauch und vorne über die Schulter festgezurrt.

»Vermutlich halten Sie mich für übergeschnappt«, sagte ich zu Tremayne, »aber vielleicht ist das hier das Pferd, das gestern abend auf der Straße herumlief, bei unserem Unfall. Ich habe es ja nur einen kurzen Augenblick gesehen, aber es sah genauso aus wie dieses hier. Dunkel und mit so einer Decke.«

»So gut wie alle Rennpferde tragen nachts, im Winter, diese Decken«, sagte Tremayne. »Ich will damit nicht behaupten, Sie hätten unrecht; ich werde es aber gleich herausfinden.«

Er ruckte mit dem Fernglas herum und betrachtete in aller Ruhe ein weiteres Paar aus seinem Stall, das dort unten herankam. Erst dann kam er auf das fremde Pferd zurück.

»Das waren die letzten«, sagte er, als sie an uns vorüberpreschten. »Jetzt werden wir sehen, was los ist.«

Er ging neben der Bahn in die Richtung, in die die Pferde verschwunden waren. Schon bald kamen wir über die kleine Anhöhe, hinter der die gesamte Gruppe auf dem verschneiten Gras weite Kreise zog. Nach der Anstrengung stießen die Tiere den Atem in weißen Wolken aus den Mäulern. Ihre Silhouetten zeichneten sich gegen die aufsteigende Sonne ab, schwarz, aber auch strahlend. Bewegung, Frost, das Glitzern: ein unvergeßlicher Morgen.

Linker Hand, ein Stück von der Gruppe entfernt, blies das reiterlose Pferd seine eigenen sonnendurchfluteten Atemwolken in den Himmel. Seine Nervosität war unübersehbar: der Herdeninstinkt trieb es zu seinesgleichen, aber sein wildes Wesen signalisierte Flucht.

Tremayne war bei seinen Stalljungen angekommen und unterhielt sich mit ihnen.

»Weiß jemand, wessen Pferd das ist?«

Sie schüttelten den Kopf.

»Dann reitet zurück zum Hof. Nehmt den Weg über die Allwetterstrecke, sie wird heute morgen nicht mehr benutzt. Paßt auf, wenn ihr die Straße überquert.«

Sie nickten und stellten sich wie vorher vor den Ställen wieder in einer Reihe auf und schritten in einer Wolke aus selbstproduziertem Nebel auf der Bahn davon.

Tremayne kam zu mir: »Würden Sie bitte zum Traktor zurückgehen? Vermeiden Sie abrupte Bewegungen, die das Tier erschrecken könnten.« Seine Augen wanderten in die Richtung des entlaufenen Pferdes. »Im Führerhaus finden Sie einen Strick. Bringen Sie ihn her. Gehen Sie langsam, wenn Sie in Sichtweite kommen.«

»In Ordnung«, gab ich zurück.

Er nickte kurz, und als ich mich auf den Weg machte, sah ich, wie er die Hand in eine Tasche steckte, einige Würfel Spezialfutter herausholte, sie dem Pferd auf der Bahn entgegenstreckte und anfing, auf das Tier einzureden.

»Na komm schon, alter Knabe. Schön ruhig. Komm schon her, du hast bestimmt Hunger...« Seine Stimme war sanft und beruhigend, ohne jede Drohung.

Ich ging gemächlich davon, fand den Strick im Traktor, und als ich vorsichtig wieder über den Hügel in Tremaynes Blickfeld geriet, stand er bereits dicht bei dem Pferd und fütterte es aus der linken Hand, während die rechte einen Büschel Mähne gepackt hielt.

Ich blieb stehen, ging dann langsam weiter. Das Pferd fing an zu beben, wandte mir den Kopf zu, seine Witterung übertrug sich wie Elektrizität. Mit vorsichtigen Bewegungen formte ich eine Schlinge mit Knoten aus einem Ende des geschmeidigen Stricks. Dann ging ich langsam vorwärts, den Strick immer vor mich haltend, und zwar nicht mit einer kleinen Schlaufe, die das Pferd eher erschreckt hätte, sondern in einer weiten Schlinge, die mir fast bis zum Knie reichte.

Tremayne beobachtete mich, redete weiter besänftigend auf das Pferd ein und gab ihm ab und zu einen Futterwürfel zu fressen. Ich arbeitete mich äußerst vorsichtig näher, vermied alles, was nach Zögern oder Angst aussah, und blieb erneut etwa ein oder zwei Schritt von dem Tier entfernt stehen.

»Ja, braver Kerl«, sagte Tremayne zu dem Pferd, und ohne die Stimme zu verändern, forderte er mich auf: »Wenn Sie ihm die Schlinge über den Kopf ziehen können, dann tun Sie es.«

Ich legte die letzten beiden Schritte zurück und stellte mich ohne zu zögern auf der anderen Seite von Tremayne neben das Pferd, so daß es seinen Kopf beinahe wie von selbst durch die schaukelnde Schlinge streckte. Tremayne hatte die Hand mit dem Futter gerade so lange von dem dunklen Pferdemaul weggezogen, daß der Strick vorbeikonnte. Abrupte Bewegungen noch immer vermeidend, zog ich die Schlinge nach und nach enger, bis der Knoten fest, aber nicht zu fest am Hals des Tieres anlag.

»Gut«, sagte Tremayne. »Geben Sie mir den Strick. Ich bringe das Pferd zu meinem Hof. Können Sie den Traktor fahren?«

»Ja.«

»Warten Sie, bis ich dort unten nicht mehr zu sehen bin. Ich möchte nicht, daß er vor Angst durchgeht. Dann könnte auch ich ihn nicht mehr halten.«

»In Ordnung.«

Tremayne fischte erneut einige Futterwürfel aus der Tasche, und während er sie dem Pferd hinhielt, zog er gleichzeitig sanft am Strick. Fast als hätte es sich freiwillig für Futter und Gefangenschaft entschieden, setzte sich das riesige Tier mit ihm in Bewegung. Die beiden schritten hinab auf die dunkle Spur der Sägespäne und trotteten Richtung Stallungen davon.

Futter und ein warmes Plätzchen, kam es mir in den Sinn. Vielleicht hatte ich mit diesem Pferd eine Menge gemeinsam. Hatte ich mich nicht auch mit einer Art von Gefangenschaft abgefunden?

Wie auch immer: Was geschehen ist, ist geschehen, wie Tremayne sagen würde. Ich ging zum Traktor, fuhr auf dem gleichen Weg wieder zurück und stellte ihn dort ab, wo wir ihn am Morgen geholt hatten.

In der jetzt sonnendurchfluteten Küche stand Tremayne neben dem Tisch und redete mürrisch ins Telefon.

»Sie meinen also, wenn jemandem ein Pferd abhanden gekommen wäre, hätte er sich schon bei Ihnen gemeldet!« Er lauschte den Worten am anderen Ende und sagte dann: »Wie auch immer, ich habe hier eins zuviel, also geben Sie mir dann Bescheid.« Ärgerlich knallte er den Hörer auf. »Bei der Polizei hat sich niemand gemeldet, es ist nicht zu fassen!«

Er zog Mantel, Schal und Mütze aus und hängte alles an den einzigen vorhandenen Haken. Darunter kam ein Golfpullover mit Rautenmuster und ein buntkariertes Hemd mit offenem Kragen zum Vorschein. Der gleiche schrille Geschmack, der auch die Einrichtung des Gemeinschaftsraums prägte.

»Kaffee?« fragte er, bereits auf dem Weg zum Herd. »Es macht Ihnen doch nichts aus, sich selbst um Ihr Frühstück zu kümmern? Sehen Sie sich um, nehmen Sie alles, was Sie möchten.« Er schob den schweren Kessel auf die Kochplatte und ging dann zum Kühlschrank, der Brotscheiben, eine Schale mit gelblicher Butter und einen Topf Marmelade ausspie. »Toast?« fragte er, wobei er zwei Scheiben in einen Halter aus Drahtgeflecht steckte, der sodann hinter einer Luke im Herd verschwand. »Sie können auch Cornflakes haben, wenn Ihnen das lieber ist. Oder kochen Sie sich ein Ei.«

Ich sagte ihm, daß ich mit Toast vollauf zufrieden sei, und wurde dazu delegiert, aufzupassen, daß er nicht verbrannte. Tremayne führte währenddessen zwei weitere Telefongespräche, aus denen ich nicht schlau wurde.

Er zeigte auf einen Schrank: »Teller.« Dort fand ich außerdem Kaffeebecher und in einer Schublade Messer, Gabeln und Löffel. »Hängen Sie Ihre Jacke in die Garderobe, gleich nebenan.«

Er redete weiter in den Hörer hinein: selbstsicher, entschlossen. Ich hängte meine Jacke weg, machte Kaffee und noch mehr Toast. Er knallte den Hörer erneut auf die Gabel und ging in die Diele hinaus.

»Dee-Dee«, rief er laut. »Kaffee.«

Dann kam er zurück, setzte sich an den Tisch und winkte mich neben sich. Ich kam seiner Aufforderung nach, und kurz darauf erschien eine braunhaarige Frau, die Jeans und einen riesenhaften grauen Pullover trug, der ihr bis an die Knie reichte.

»Dee-Dee«, sagte Tremayne zwischen zwei Bissen Toast, »das ist John Kendall, mein Schriftsteller.« Für mich fügte er hinzu: »Dee-Dee ist meine Sekretärin.«

Ich wollte mich höflich erheben, doch sie bedeutete mir ohne ein Lächeln, ich solle sitzenbleiben. Mein erster Eindruck von ihr, als sie zum Kochherd ging, um sich einen Kaffee einzuschenken, war der einer Katze: ultra-samtpfotig, mit fließenden Bewegungen und absolut unabhängig.

Tremayne beobachtete, wie ich sie ansah, und lächelte amüsiert. »Sie werden sich an Dee-Dee gewöhnen. Ich wäre ohne sie aufgeschmissen.«

Sie nahm das Kompliment kommentarlos entgegen und setzte sich auf eine Stuhlkante, als sei sie auf dem Sprung und müsse sowieso gleich wieder gehen.

»Rufen Sie einige Leute an und fragen Sie nach, ob jemand ein Pferd vermißt«, trug ihr Tremayne auf. »Falls jemand in Panik gerät, das Pferd ist hier. Unverletzt. Wir haben ihm Futter und Wasser gegeben. Sieht so aus, als hätte es sich die ganze Nacht draußen in den Downs herumgetrieben. Da wird wohl jemand einen ordentlichen Tritt in den Arsch kriegen.«

Dee-Dee nickte.

»Der Jeep liegt südlich von der A 34 im Graben. Mackie ist da gestern abend reingeschlittert. Niemand verletzt. Die Werkstatt soll ihn herausfischen.«

Dee-Dee nickte.

»Unser Freund John wird im Eßzimmer arbeiten. Geben Sie ihm alles, was er braucht. Wenn er etwas wissen will, sagen Sie es ihm.«

Dee-Dee nickte.

»Der Schmied soll nach den beiden Pferden schauen, die heute morgen beim Galopp Eisen verloren haben. Die Burschen haben die Eisen wiedergefunden, wir brauchen keine neuen.«

Dee-Dee nickte.

»Sollte ich nicht hier sein, wenn der Tierarzt kommt, sagen Sie ihm, er soll sich Waterbourne mal ansehen, sobald er das Fohlen geholt hat; ihre linke vordere Fessel ist ziemlich heiß.«

Dee-Dee nickte.

»Fragen Sie beim Lieferdienst noch mal nach, damit sie das Heu rechtzeitig liefern. Wir sind schon knapp dran. Die sollen mit keinen faulen Ausreden kommen.«

Dee-Dee lächelte, was auf eine dreieckige Art ebenfalls sehr katzenhaft aussah, wenn auch nicht gerade wie ein Schmusekätzchen. Ich mußte flüchtig an Krallen denken.

Tremayne aß seinen Toast und erteilte sporadisch weitere Instruktionen, die sich Dee-Dee anscheinend problemlos merken konnte. Als die Redeflut versiegte, erhob sie sich, nahm ihre Tasse und sagte, sie würde ihren Kaffee im Büro zu Ende trinken, während sie weiterarbeitete.

»Absolut zuverlässig«, sagte Tremayne, kaum daß sie draußen war. »Mindestens zehn Trainer wollen sie mir abspenstig machen.« Er senkte die Stimme. »Ein kleiner Scheißkerl von Amateurjockey hat sie wie den letzten Dreck behandelt. Sie ist noch nicht ganz darüber hinweg. Ich nehme darauf Rücksicht. Wenn sie ab und zu weint, dann liegt es daran.«

Sein Mitgefühl erstaunte mich, und ich spürte, daß ich schon früher hätte erkennen müssen, wie viele Schichten von Tremayne unter dem lauten, befehlshaberischen Äußeren verborgen lagen: nicht nur seine Liebe zu den Pferden, nicht nur das Bedürfnis, sein Leben schriftlich festzuhalten, noch nicht einmal seine versteckte Freude an Gareth, sondern noch andere, intimere Seiten, zu denen ich mit der Zeit vielleicht vordringen würde, vielleicht auch nicht.

Die nächste halbe Stunde verbrachte er am Telefon, teils Anrufe entgegennehmend, teils rief er selbst an. Wie ich später herausfand, waren Trainer zu dieser Tageszeit am ehesten zu Hause anzutreffen. Nachdem er seinen Toast gegessen und den Kaffee getrunken hatte, holte er sich eine Zigarette aus einer Packung auf dem Tisch und zog ein Einwegfeuerzeug aus der Hosentasche.

»Rauchen Sie?« Er schob die Schachtel in meine Richtung.

»Hab's nie angefangen.«

»Ist gut für die Nerven«, meinte er und sog den Rauch tief ein. »Ich hoffe, Sie sind kein militanter Gegner.«

»Ich mag den Rauch sogar.«

»Gut.« Das schien ihm zu genügen. »Wir werden gut miteinander auskommen.«

Er teilte mir mit, daß er um zehn Uhr, wenn die erste Gruppe mit Heu und Wasser versorgt war und auch die Stallburschen gefrühstückt hatten, mit dem Traktor zurück zur Bahn fahren würde, um sich die zweite Gruppe anzusehen. Ich müßte mich darum nicht kümmern, sondern könnte mich im Eßzimmer so einrichten, wie es mir zum Arbeiten am liebsten sei. Da momentan wegen des Frosts keine Rennen stattfänden, würde er, wenn ich einverstanden wäre, den Nachmittag mit mir verbringen und von seiner Kindheit erzählen. Wenn erst die Rennen wieder losgingen, hätte er nicht mehr soviel Zeit.

»Gute Idee«, stimmte ich zu.

Er nickte. »Dann kommen Sie mit. Ich zeige Ihnen, wo alles ist.«

Wir gingen hinaus in die getäfelte Diele, und er zeigte auf den gegenüberliegenden Eingang.

»Das ist das Familienzimmer, wie Sie bereits wissen. Direkt neben der Küche...« – er öffnete die nächste Tür – »... ist mein Eßzimmer. Wir benutzen es nicht sehr oft. Sie müssen erst mal die Heizung aufdrehen, schätze ich.«

Ich warf einen Blick in das Zimmer, das ich schon bald besser kennenlernen sollte: ein weitläufiger Raum mit Mahagonimöbeln, protzigen karmesinroten Vorhängen, gediegen beige und gold gestreiften Tapeten und einem schlichten dunkelgrünen Teppich. Bestimmt nicht Tremaynes Wahl, dachte ich. Viel zu gut aufeinander abgestimmt.

»Ist doch prima«, sagte ich zuvorkommend.

»Schön.« Er machte die Tür wieder zu und blickte auf die Treppe, die wir gestern zu den Schlafzimmern hinaufgestiegen waren. »Die Treppe haben wir einziehen lassen, nachdem das Haus geteilt wurde. Der Durchgang direkt daneben führt zur Hälfte von Perkin und Mackie. Kommen Sie mit, ich zeige es

Ihnen.« Wir gingen einen breiten, mit blaßgrünem Teppich ausgelegten Korridor entlang, in dem links und rechts an den Wänden Bilder von Pferden hingen, und öffneten am anderen Ende eine weißgestrichene Doppeltür.

»Hier entlang kommt man zur Eingangshalle«, sagte er. »Der älteste Teil des Hauses.«

Wir gelangten in einen großen, mit Parkett ausgelegten Raum, von dem aus sich zwei Freitreppen anmutig zu einer Galerie emporschwangen. Unter der Galerie, zwischen den Treppen, befanden sich zwei weitere Türen, die Tremayne ohne große Worte öffnete. Dahinter bot sich unseren Blicken ein Bild aus goldenen und blauen Möbeln im gleichen Stil wie im Eßzimmer.

»Hier haben wir den Großen Salon«, sagte er. »Wir teilen ihn uns. Eigentlich benutzen wir ihn kaum. Beim letzten Mal feierten wir hier diese verdammte Party ...« Er unterbrach sich. »Na ja, wie Mackie schon sagte, ich weiß nicht, wann wir wieder einmal hier feiern werden.«

Schade, dachte ich. Das Haus war wie geschaffen für Parties. Tremayne machte die Tür zum Salon wieder zu und zeigte auf die gegenüberliegende Seite der Eingangshalle.

»Das ist der Vordereingang, und die Türflügel dort rechts führen zu Perkins und Mackies Hälfte. Wir haben für sie eine neue Küche einbauen lassen und auch eine neue Treppe. Das Ganze ist gedacht als zwei eigenständige Häuser mit diesem großen Gemeinschaftsteil dazwischen.«

»Es ist toll«, sagte ich, um ihm eine Freude zu machen, doch es gefiel mir wirklich.

Er nickte. »Es ließ sich recht gut aufteilen. Wer braucht heutzutage noch so große Häuser? Viel zuviel Heizkosten.« Es war tatsächlich frisch in der Eingangshalle. »Der größte Teil wurde so um neunzehnhundertsechs gebaut. Edwardianisch. Landsitz der Familie Windberry, falls Sie schon mal was von ihnen gehört haben.«

»Nein.« Ich mußte passen.

»Mein Vater hat das Anwesen für einen Appel und ein Ei gekauft, in der Depressionszeit. Ich habe mein ganzes Leben hier verbracht.«

»Ist Ihr Vater ebenfalls Trainer gewesen?«

Tremayne lachte. »Um Himmels willen, nein. Er hat ein Vermögen geerbt, keinen einzigen Tag je gearbeitet. Er ging gerne zum Pferderennen, und so kaufte er ein paar Springer, brachte sie in die Ställe, die seit der Zeit, als die Kutschen durch Automobile ersetzt worden waren, nicht mehr benutzt wurden, und engagierte einen Trainer für sie. Als ich größer wurde, übernahm ich einfach seine Pferde. Später baute ich einen zweiten Hof mit Stallungen an. Heute habe ich fünfzig Boxen, alle belegt.«

Er ging wieder voran in seine eigenen Gemächer und machte hinter uns die Türen zu. »Das ist mehr oder weniger alles«, sagte er, »mit Ausnahme des Büros.«

Sobald wir in seiner eigenen Diele angekommen waren, stürmte er durch die letzte der verbliebenen Türen in einen weiteren großen Raum, in dem Dee-Dee hinter einem riesigen Schreibtisch ziemlich verloren aussah.

»Das war früher einmal das Billardzimmer der Windberrys«, sagte Tremayne. »Als ich noch ein Kind war, war es unser Spielzimmer.«

»Sie hatten Geschwister?«

»Eine Schwester«, sagte er kurz angebunden, mit einem Blick auf die Armbanduhr. »Ich überlasse Sie jetzt Dee-Dee. Bis später.«

Er stürmte energisch aus dem Zimmer, und nach der kurzen Zeit, die er benötigte, um Mantel, Mütze und Schal anzuziehen, knallte die Haustür zu. Er war von Natur aus ein Türenknaller, dachte ich mir, er mußte dazu nicht wütend sein.

»Wie kann ich Ihnen behilflich sein?« fragte Dee-Dee ohne allzu viel Enthusiasmus.

»Sie halten wohl nicht viel von dem Biographieprojekt?« fragte ich.

Sie blinzelte. »Das habe ich nicht gesagt.«

»Sie sehen aber ganz so aus.«

Sie wühlte emsig in irgendwelchen Papieren herum, ohne mich dabei anzusehen.

»Er ist schon seit Monaten damit beschäftigt«, sagte sie schließlich. »Es ist sehr wichtig für ihn. Ich finde ... wenn Sie es schon wissen wollen ... er hätte sich um einen besseren ...« – sie zögerte – »... oder vielmehr um einen *bekannteren* Autor bemühen sollen. Kaum hat er Sie kennengelernt, sind Sie auch schon hier, ich finde, das ging zu *schnell.* Ich hatte ihm vorgeschlagen, erst Erkundigungen über Sie einzuziehen, aber er war der Meinung, Ronnie Curzons Wort sei Empfehlung genug. Und jetzt sind Sie hier.« Plötzlich schaute sie mich mit wildem Blick an. »Er verdient den allerbesten«, sagte sie.

»Ah.«

»Was meinen Sie mit Ah?«

Ich antwortete nicht sofort, sondern ließ meinen Blick in dem gigantischen Büro umherschweifen. Ich entdeckte Überreste des klassischen Einrichtungsstils, überlagert von einer Flut moderner Bücherregale und Aktenschränke, von Kopierer, Fax, Computer, Telefonen, Bürosafe, Fernsehapparat, Dutzenden von Videobändern, Pappschachteln, kniehohen Zeitungsstapeln und einem weiteren Korkbrett mit roten Reißzwecken und aufgespießten Zetteln. Außerdem stand dort ein antiker Schreibtisch mit Ledersessel, eindeutig Tremaynes Territorium. Auf dem Boden lagen kreuz und quer und in allen Mustern und Farben übereinandergeschichtet persische Teppiche, die den Großteil des alten grauen Bodenbelages verdeckten. Die Wände waren voll mit Bildern von Pferden, die über die Ziellinie galoppierten, und einer bunten Reihe seidener, von Häkchen herabhängender Schleifen.

Ich beendete die Besichtigung dort, wo ich angefangen hatte, auf Dee-Dees Gesicht. »Je mehr Sie mithelfen, um so größer ist seine Chance«, sagte ich.

»Wie denn das?« Sie preßte störrisch die Lippen zusammen.

»Dann andersherum: Je mehr Sie mich behindern, um so schlechter stehen seine Chancen.«

Sie starrte mich mit noch immer unverhohlener Abneigung an; ihr Gemüt ließ sich von Logik nicht so schnell überrumpeln.

Sie mochte so um die Vierzig sein, schlank, aber nicht gerade mager, sofern sich das bei dem Pullover mit einiger Gewißheit feststellen ließ. Gepflegte Haut, kurzgeschnittenes, glattes Haar, unauffällige Gesichtszüge, rosa Lippenstift, kein Schmuck, kleine, kräftig wirkende Hände. Allgemeiner Eindruck: reserviert, zurückhaltend. Vielleicht war das nur berufliches Gehabe; vielleicht das Werk eines Scheißkerls von Amateurjockey, der sie wie Dreck behandelt hatte.

»Wie lange arbeiten Sie schon hier?« fragte ich mit unbeteiligter Stimme, betont geschäftlich.

»Acht Jahre, so in etwa.« Schnörkellose Antwort.

»Was ich hauptsächlich brauche«, sagte ich, »sind die Ordner mit den Zeitungsausschnitten.«

Sie lächelte beinahe: »Gibt's nicht.«

Ich protestierte energisch: »Es müssen welche existieren. Er sprach von Zeitungsausschnitten.«

»Die sind nicht in Ordnern, sondern in Schachteln aufbewahrt.« Sie drehte den Kopf und zeigte mit dem Kinn in die Richtung. »Dort drüben, in dem Schrank. Bedienen Sie sich.«

Ich ging hinüber, öffnete die weißgestrichene Tür und erblickte eine stattliche Reihe von Pappschachteln, ordentlich in Regale eingeräumt, die vom Fußboden bis in Kopfhöhe reichten. Die Schachteln erinnerten an Hemdenkartons, nur zirka acht Zoll tief, und an den Frontseiten war mit Tusche jeweils ein Datum vermerkt.

»Ich habe sämtliche Ausschnitte vor drei oder vier Jahren neu sortiert«, sagte Dee-Dee. »Die alten Schachteln fielen allmählich auseinander. Das Zeitungspapier ist inzwischen vergilbt und brüchig. Sie werden ja sehen.«

»Darf ich alles mit rüber in den Eßraum nehmen?«

»Aber gerne doch.«

Ich lud mir vier Schachteln auf und machte mich auf den Weg. Nach einer Minute kam sie mir hinterher.

»Einen Moment«, sagte sie, »Mahagoni ist schnell zerkratzt.«

Sie ging zu einem Sideboard, holte aus einer der Schubladen eine große, grüne, bestickte Tischdecke heraus und drapierte sie über die ganze Fläche des riesigen, ovalen Tisches.

»Hierauf können Sie arbeiten.«

»Vielen Dank.«

Ich setzte die Schachteln ab und holte mir die nächste Ladung, pendelte hin und her, bis ich die Sammlung vollständig umgelagert hatte. Unterdessen war Dee-Dee an ihren Schreibtisch und zu ihrer Arbeit zurückgekehrt, die in der Hauptsache aus Telefonieren bestand. Ich hörte sie hin und wieder reden, während ich die Schachteln mit den Zeitungsausschnitten chronologisch ordnete und dann den Deckel der ersten abnahm. Der Datumsvermerk verriet mir, daß ihr Inhalt noch weit vor Tremaynes Zeit zurückreichen mußte; es sei denn, er hatte schon als Baby mit dem Pferdetrainieren angefangen. Gelbe, zerfetzte Zeitungsschnipsel informierten mich darüber, daß Mr. Loxley Vickers aus Shellerton House, Berkshire, ein Rennpferd namens Triple Subject, einen sechs Jahre alten Wallach, gekauft hatte, und zwar für die Rekordsumme von zwölfhundert Guineen. Ein Haus, schrieb ein erstaunter Reporter, war schon für weniger zu haben.

Ich blickte mit einem Grinsen auf und erblickte Dee-Dee an der Tür, auf deren Schwelle sie zögernd stehen geblieben war.

»Ich habe mit Fiona Goodhaven telefoniert«, sagte sie unverhofft.

»Wie geht es ihr?«

»Soweit gut. Dank Ihnen, wie es scheint. Weshalb haben Sie mir nichts von Ihrer Rettungsaktion erzählt?«

»Es kam mir nicht so wichtig vor.«

»Sind Sie verrückt?«

»Ich meine, es ist im Zusammenhang mit Tremaynes Biographie nicht wichtig, hat nichts damit zu tun, ob ich sie gut oder schlecht zu schreiben vermag.«

»Allmächtiger.« Sie ging weg, kam aber kurz darauf wieder. »Wenn Sie dort an dem Thermostat drehen, wird es hier drin wärmer.«

Sie war schon wieder draußen, bevor ich mich bei ihr bedanken konnte, doch ich hatte das Friedensangebot verstanden; zumindest waren die Feindseligkeiten bis auf weiteres eingestellt.

Tremayne kam rechtzeitig zurück. Er führte im Büro ein lautes Telefongespräch und kam dann in das Eßzimmer gestürmt, wo er mir mitteilte, endlich habe jemand gemerkt, daß in seinem Stall ein Pferd zu wenig stand.

»Es stammt aus einem Dorf auf der anderen Seite des Hügels. Sie schicken einen Transporter und holen es ab. Wie kommen Sie voran?«

»Ich lese gerade über Ihren Vater.«

»Ein Verrückter. Er war reinweg besessen von der Vorstellung, wie die Dinge, die er aß, hinterher in seinem Magen aussahen. Er ließ seinen Butler eine Extraration von allen Speisen, die er essen sollte, in einen Eimer füllen, und mischte es durcheinander. Wenn ihm der Anblick nicht gefiel, verzichtete er auf sein Essen. Er brachte den Koch auf die Palme.«

Ich mußte lachen.

»Und Ihre Mutter?«

»Die war damals schon hinüber. Als sie noch lebte, war es mit ihm nicht so schlimm. Erst danach ist er weggetreten.«

»Wie alt waren Sie, als sie ... äh ... hinüber ...?«

»Zehn. Genauso alt wie Gareth, als sich *seine* Mutter davonmachte. Man könnte sagen, ich weiß, wie Gareth sich fühlt. Mit der Ausnahme, daß *seine* Mutter noch am Leben ist und er sie manchmal sieht. Ich kann mich an die meine nicht sehr gut erinnern, wenn ich ehrlich bin.«

Nach einer kurzen Pause sagte ich: »Was darf ich Sie alles fragen?«

»Fragen Sie, was Sie wollen. Wenn ich nicht antworten will, teile ich Ihnen das mit.«

»Also ... Sie sagten, Ihr Vater erbte ein Vermögen. Hat er ... äh ... Ihnen etwas davon hinterlassen?«

Tremayne lachte kehlig. »Ein Vermögen von vor siebzig oder achtzig Jahren ist heutzutage keines mehr. Aber trotzdem, er hinterließ mir einiges. Dieses Haus beispielsweise. Er lehrte mich, wie man Landbesitz verwaltet, was er wiederum von seinem Vater gelernt hatte, auch wenn er kaum etwas davon umsetzte. Mein Vater hat ausgegeben, mein Großvater angehäuft. Ich komme eher nach meinem Großvater, auch wenn ich ihn nie kennengelernt habe. Manchmal sage ich Gareth, daß wir uns dies oder jenes nicht leisten können, obwohl es nicht stimmt. Ich möchte vermeiden, daß ein Verschwender aus ihm wird.«

»Und was ist mit Perkin?«

»Perkin?« Einen Moment lang machte Tremayne einen entgeisterten Eindruck. »Perkin kann überhaupt nicht mit Geld umgehen. Er lebt in einer völlig eigenen Welt. Es hat keinen Zweck, mit Perkin über Geld zu reden.«

»Und was tut er da«, fragte ich, »in seiner eigenen Welt?«

Tremayne sah aus, als hielte er die Beweggründe seines Ältesten für unergründliche Geheimnisse, doch ich spürte auch eine Art trotzigen Stolz.

»Er stellt Möbel her«, sagte er. »Er macht die Entwürfe und stellt alles selbst her, Stück für Stück. Kommoden, Tische, spanische Wände, alles mögliche. In zweihundert Jahren sind das wertvolle Antiquitäten. Soviel zu Perkins Geschäftssinn.« Er seufzte. »Das Klügste, das er jemals getan hat, war Mackie zu heiraten. Sie verkauft seine Stücke und paßt auf, daß er etwas dabei verdient. Früher hat er manchmal Sachen für weniger Geld verkauft, als ihn die Herstellung gekostet hatte. Ein hoffnungsloser Fall.«

»Solange er damit zufrieden ist.«

Tremayne ging nicht weiter auf die Zufriedenheit seines Sohnes ein, sondern fragte mich nach dem Kassettenrecorder.

»Ist er gestern nicht naß geworden? Er ist bestimmt ruiniert.«

»Nein. Ich verstaue meine Sachen immer in wasserdichten Taschen, eine alte Angewohnheit.«

»Dschungel und Wüste?« erinnerte er sich.

»Hm.«

»Dann holen Sie ihn, wir können gleich anfangen. Ich lasse auch den Fernseher aus dem Büro herüberbringen, dann können Sie sich die Rennen ansehen, die ich gewonnen habe. Falls Sie etwas essen möchten«, fügte er nebensächlich hinzu, »ich ernähre mich fast nur von Broten mit Rindfleisch. Ich kaufe sie immer fünfzigstückweise, schon fix und fertig im Supermarkt, und stecke sie in die Tiefkühltruhe.«

Und so verspeisten wir zur Mittagszeit ein paar beinahe aufgetaute, langweilige Rindfleischsandwiches, und ich dachte mir, Tremayne mochte zwar in punkto Haushalt etwas exzentrisch sein, aber wenigstens ließ er sich sein Essen nicht in einem Eimer durcheinanderrühren.

5

Am gleichen Tag gegen halb sieben Uhr abends spazierte ich hinunter nach Shellerton, um meine Kleider bei den Goodhavens, bei Harry und Fiona, abzuholen. Die Dunkelheit war schon hereingebrochen, aber mir kam es vor, als sei es nicht kälter geworden. Auch der Wind besaß nicht mehr die Kraft, mit der er noch am Morgen geweht hatte.

Zu dieser Zeit hatte ich drei Stunden Material aus Tremaynes außergewöhnlicher Kindheit auf Kassette gebannt und ihn anschließend zu einem Rundgang begleitet, auf dem er die Pferde noch einmal am Abend inspizierte. Er blieb bei jeder einzelnen der fünfzig Boxen stehen, vergewisserte sich, daß es dem Insassen gutging, plauderte kurz mit dem Stallburschen und verteilte Karotten an gierige Mäuler, tätschelte die Tiere und murmelte ihnen liebevolle Worte zu.

Während wir die Reihen entlang gingen, erklärte er mir zwischendurch, daß die Pferde jetzt zum Schutz gegen den Frost wollene Decken und Überwürfe erhielten, die dann sicherheitshalber mit einem Jutetuch (wie Sackleinen) festgezurrt wurden. Dann bekamen sie die Hauptmahlzeit des Tages, wurden eingeschlossen und über Nacht in Ruhe gelassen.

»In der Nacht macht einer von uns noch einen Rundgang«, sagte er, »Bob oder Mackie oder ich, um nachzusehen, ob alles in Ordnung ist; ob keins der Tiere gegen die Box tritt und so weiter. Wenn sie sich ruhig verhalten, störe ich sie nicht mehr.«

Wie fünfzig Kinder, dachte ich, alle in ihren kuscheligen Bettchen.

Ich fragte ihn, wie viele Stallburschen er habe. Einundzwanzig, sagte er, plus Bob Watson, der ganze sechs aufwog, plus den Reisefuttermeister, einen Fahrer für den Pferdetransport und einen Platzwart. Mit Mackie und Dee-Dee machte das insgesamt siebenundzwanzig Vollzeitangestellte. Die wirtschaftliche Seite beim Trainieren von Rennpferden, konnte er sich nicht verkneifen anzumerken, stellte selbst die Probleme des Büchermachens in den Schatten.

Als ich ihn daran erinnerte, daß ich zu Fiona und Harry gehen wollte, um meine Habseligkeiten abzuholen, bot er mir seinen Wagen an.

»Ich laufe eigentlich ganz gern«, sagte ich.

»Großer Gott.«

»Wenn ich zurückkomme, koche ich etwas.«

»Das müssen Sie nicht tun«, protestierte er. »Lassen Sie sich von Gareth nichts aufschwatzen.«

»Ich habe bereits zugesagt.«

»Mir ist es ziemlich egal, was ich esse.«

Ich grinste: »Damit sind Sie vielleicht nicht schlecht beraten. Ich werde kurz nach Gareth zurück sein, denke ich.«

Ich hatte herausgefunden, daß Gareth jeden Morgen mit dem Fahrrad zu seinem Freund Coconut fuhr, von wo aus die beiden in eine fünfzehn Kilometer entfernte Stadt zur Schule gefahren und auch wieder abgeholt wurden. Sie besuchten eine Anstalt, die sonst hauptsächlich als Internat eingerichtet war. Die Tage waren sehr lang, wie bei den meisten Schulen dieses Typs, und Gareth kam selten vor sieben Uhr nach Hause, oft sogar später. Seine Mitteilung ZUM FUTTERN WIEDER DA schien immer an der Tafel zu hängen. Tremayne sagte, er nehme sie nur dann ab, wenn er schon morgens wußte, daß er nicht vor dem Schlafengehen zurückkommen werde. Dann hinterließ er eine andere Mitteilung, der man entnehmen konnte, wo er sich aufhielt.

»Gut organisiert«, kommentierte ich.

»Schon seit jeher.«

Ich erreichte die Dorfstraße von Shellerton und schlenderte zum Haus der Goodhavens hinunter. Dort standen drei oder vier Autos in der Einfahrt; ich ging außen herum zur Küchentür und klingelte.

Kurz darauf öffnete Harry die Tür, und sein Gesichtsausdruck veränderte sich sichtbar um einige Grade von ungastlich zu freudig bewegt.

»Oh, hallo, kommen Sie herein. Ich hatte Sie ganz vergessen. Kurz gesagt, wir haben wieder einen lausigen Tag in Reading hinter uns. Aber jedenfalls ohne Unfall wieder zurückgekehrt, was will man mehr.«

Ich ging hinein, und er machte die Tür hinter uns zu, hielt mich gleichzeitig aber mit der Hand am Arm zurück.

»Vorab ein Wort«, sagte er. »Nolan und Lewis sind beide hier. Nolan wurde wegen Totschlags verurteilt. Sechs Jahre Gefängnis, ausgesetzt auf zwei Jahre auf Bewährung. Er muß zwar nicht hinter Gitter, aber trotzdem ist niemand besonders glücklich.«

»Ich kann ein andermal wiederkommen«, sagte ich. »Ich möchte nicht stören.«

»Tun Sie mir einen Gefallen: Lockern Sie die Atmosphäre ein bißchen auf.«

»Wenn das so ist...«

Er nickte, ließ meinen Arm los und führte mich durch die Küche und einen warmen roten Flur in ein mit rosa- und grünfarbenem Nesselstoff ausgestattetes Wohnzimmer.

Fiona drehte ihren silberblonden Schopf zur Tür, fragte: »Wer war es denn?« und sah mich mit Harry hereinkommen. »Oh, gütiger Himmel, das habe ich ja total vergessen.« Sie kam auf mich zu, streckte mir die Hand entgegen, und ich schüttelte sie, eine merkwürdige Geste nach unserem vorangegangenen Erlebnis.

»Das hier sind meine Cousins«, sagte sie. »Nolan und Lewis Everard.« Dabei gab sie mir mit den Augen zu verstehen, nur ja den Mund zu halten. Was ich auch tat. »Ein Freund von Tremayne«, stellte sie mich ihnen knapp vor. »John Kendall.«

Mackie saß erschöpft in einem Sessel und wackelte zur Begrüßung mit den Fignern. Die anderen hielten stehend ihre Gläser in den Händen. Harry drückte mir ein blaßgoldenes Getränk in die Hand und überließ es mir, herauszufinden, was sich unter den schaukelnden Eiswürfeln verbarg. Whisky, wie ich sogleich feststellte.

Ich hatte mir weder von Nolan noch von Lewis ein Bild gemacht, und doch überraschte mich ihr Äußeres. Beide waren untersetzt; Nolan gutaussehend und kantig, Lewis aufgeschwemmt und weichlich. Beide Ende Dreißig. Dunkles Haar, dunkle Augen, dunkle Bartstoppeln. Vermutlich hatte ich jemanden in der Art von Harry erwartet, wenn schon nicht von der Erscheinung, dann gewiß vom Charakter her. Diese Erwartung erfüllten die Cousins gewiß nicht. Im Gegensatz zu Harrys gutgelaunter Urbanität bestand Nolans aristokratisch gefärbte Sprache zu fünfzig Prozent aus Kraftausdrücken und Obszönitäten. Der Gehalt seines ersten Satzes war, daß er keine Lust auf Gäste habe.

Weder Fiona noch Harry zeigten Anzeichen von Bestürzung, lediglich von gelangweilter Toleranz.

Wenn sich Nolan vor Gericht auch so aufgeführt hat, dachte ich mir, ist es kein Wunder, daß sie ihn für schuldig befunden haben. Man konnte sich ohne weiteres vorstellen, wie er eine Nymphe erdrosselte.

»John schreibt Tremaynes Biographie«, sagte Harry ganz ruhig. »Er weiß Bescheid über die Verhandlung und über die Top Spin Lob Party. Er ist ein Freund von uns, und er bleibt hier.«

Nolan feuerte einen kriegslüsternen Blick gegen Harry ab, den Harry jedoch mit größter Sanftmut parierte.

»Jeder weiß über die Verhandlung Bescheid«, sagte Mackie. »Schließlich stand ja heute morgen alles in der Zeitung.«

Harry nickte zustimmend: »Fortsetzung folgt.«

»Verdammte Scheibe, das ist kein Witz«, sagte Lewis. »Sie haben Fotos von uns geschossen, als wir weggefahren sind.« Seine Stimme war genauso mürrisch wie die seines Bruders, wenn auch ein paar Töne höher gestimmt. Wie ich nach und nach bemerkte, hatte er sich angewöhnt, anstelle von wirklich obszönen Worten Euphemismen in der Art von ›Scheibe‹, ›abgef...‹ oder ›bescheiden‹ zu benutzen. Bei Harry hätte so etwas vielleicht witzig geklungen, bei Lewis wirkte es eher wie eine Form von Feigheit.

»Ein jeder rüstet sich mit den eigenen Waffen«, sagte Harry friedfertig. »Schon nächste Woche erinnert sich die Öffentlichkeit nicht mehr daran.«

In einem Schwall von Kraftausdrücken äußerte sich Nolan dahingehend, daß sich die Leute, die zählten, auf jeden Fall erinnern würden, allen voran der Jockey Club, die oberste Rennbehörde.

»Ich möchte bezweifeln, daß sie dir eine Verwarnung aussprechen«, sagte Harry. »Es ist ja nicht so, als hättest du deinen Buchmacher nicht bezahlt.«

»Harry!« rief Fiona streng.

»Entschuldige, Liebes«, murmelte ihr Ehemann, doch seine Lider verdeckten die Augen wie Jalousien, die über die wahren Gefühle heruntergelassen wurden.

Während wir mit den Sandwiches beschäftigt waren, hatten Tremayne und ich am Nachmittag jeder zwei Berichte über die Geschehnisse des vorangegangenen Tages durchgelesen, einen in einer Rennzeitung und den anderen in einer Illustrierten. Tremayne kommentierte die Lektüre mit entrüstetem Grunzen, und ich erfuhr ein paar Tatsachen, die die Familie Vickers am Abend zuvor ausgespart hatte.

So war Fionas Vetter Nolan etwa ein Amateurjockey (beide Blätter nannten ihn ›prominent‹), der oft Fionas Pferde ritt, die wiederum von Tremayne Vickers trainiert wurden. Eben dieser zie (Mackie) verlobt gewesen, die dann aber Perkin Vickers, Tremaynes Sohn, geheiratet hatte. Gewisse ›Quellen‹ bezeugten, daß die drei Familien Vickers, Goodhaven und Everard in Freundschaft miteinander verkehrten. Die Anklage hatte dieses Thema zwar nicht ausgeweitet, jedoch angedeutet, daß man eng zusammengerückt war, um Nolan vor seiner gerechten Strafe zu schützen.

Ein unscharfes Foto von Olympia (von ihrem Vater zur Verfügung gestellt) zeigte ein blondes Schulmädchen, unreif, ein unschuldiges Opfer. Wie es schien, war niemand in der Lage zu erklären, weshalb Nolan gesagt hatte, er würde die Schlampe erwürgen; nachdem ich ihn jetzt reden gehört hatte, war ich sicher, daß dies nicht seine einzigen Worte gewesen waren.

»Die Frage ist doch nicht die«, sagte Fiona, »ob ihn der Club sperrt oder nicht – was er bestimmt nicht tun wird, die lassen sogar richtige Ganoven reiten –, sondern ob er ihm die Lizenz als Amateur entzieht.«

Harry wandte sich in aufgesetzter Freundlichkeit an Nolan: »Dabei laufen doch deine Ambitionen darauf hinaus, *Mitglied* des Jockey Clubs zu werden, habe ich nicht recht, alter Knabe?«

Nolan funkelte ihn mit kalter Wut an und bemerkte giftig, daß Harry in der ganzen Angelegenheit nicht sehr hilfreich gewesen sei, habe er doch nicht einmal Tod und Teufel geschworen, daß Lewis absolut besoffen gewesen sei.

Harry ging nur mit einem Achselzucken darauf ein und füllte Lewis' Glas nach, das ganz fraglos absolut leer war.

Selbst wenn man Nolan alle möglichen Zugeständnisse machte, dachte ich, wenn man in die Waagschale warf, daß er eine lange, nervenzermürbende Zeit der Ungewißheit hinter sich hatte, in der er darauf wartete, ob er ins Gefängnis gehen mußte oder nicht, selbst wenn man die Belastung berücksichtigte, die ein Mann mit sich herumtrug, der eine junge Frau, wenn auch unbeabsichtigt, getötet hat, wenn man die Erniedrigungen hinzuzählte, denen er sich ab jetzt aufgrund seiner Verurteilung immer wieder zu stellen haben würde, wenn man all das in Betracht zog, dann war er immer noch ein unsympathischer, bösartiger, undankbarer Zeitgenosse.

Seine Familie und seine Freunde hatten alles Menschenmögliche für ihn getan. Ich hielt es für äußerst wahrscheinlich, daß Lewis unter Eid falsch ausgesagt hatte, und auch Harry war, was die Sache mit dem alkoholischen Blackout betraf, nicht weit davon entfernt gewesen. Harry war in letzter Sekunde zurückgeschreckt, entweder vor seiner tatsächlichen Meinung oder aber vor einer glatten Lüge, und ich hätte meine Hand dafür ins Feuer gelegt, daß der zweite Grund zutraf. Und dann waren sie zu Nolans Unterstützung alle noch einmal vor Gericht erschienen, auch wenn jeder von ihnen viel lieber weggeblieben wäre.

»Ich finde immer noch, du solltest Berufung einlegen«, sagte Lewis.

Nolans pornographische Antwort lief darauf hinaus, daß ihm sein Anwalt geraten habe, er solle es nicht auf die Spitze treiben, was Lewis sehr wohl wisse.

»Der Anwalt ist doch total ... bescheiden«, antwortete Lewis.

»Berufungsverhandlungen können das Strafmaß *heraufsetzen*«, sagte Fiona warnend. »Das kann dich deine Bewährung kosten. Man mag gar nicht dran denken.«

»Olympias Vater war weiß vor Zorn«, sagte Mackie düster und nickte vor sich hin. »Er wollte Nolan für den Rest seines Lebens ins Gefängnis stecken. Ein Leben für ein anderes, hat er geschrien.«

»Du kannst nicht einfach gegen ein Urteil Berufung einlegen, bloß weil es dir nicht gefällt«, warf Harry ein. »Da müßte es schon einen Fehler im Gerichtsverfahren gegeben haben.«

Lewis blieb halsstarrig: »Wenn Nolan nicht Berufung einlegt, heißt das soviel wie eine volle Anerkennung der Schuld.«

Eisiges Schweigen erfüllte den Raum. Sie hielten ihn wohl alle für schuldig, wenn auch in unterschiedlichem Maß. Die Sache nicht auf die Spitze zu treiben, schien mir ein äußerst pragmatischer Ratschlag zu sein.

Neugierig betrachtete ich Mackie und wunderte mich über ihre frühere Verlobung mit Nolan. Außer freundschaftlicher Besorgnis schien sie jetzt nichts mehr für ihn zu empfinden; weder alte Liebe noch Abneigung. Nolan war an nichs anderem als an sich selbst interessiert.

Fiona fragte mich: »Bleiben Sie zum Abendessen?« und Harry sagte: »Ja, tun Sie das«, aber ich schüttelte den Kopf.

»Ich habe Gareth und Tremayne versprochen, für sie zu kochen.«

»Herr im Himmel«, sagte Harry.

Fiona lächelte: »Mal etwas anderes als immer Pizza! Bei den beiden gibt es an neun von zehn Abenden Pizza. Gareth schiebt sie einfach in die Mikrowelle, man könnte Wetten abschließen.«

Mackie stellte ihr Glas ab und sagte mit müder Stimme: »Ich glaube, ich gehe auch gleich. Perkin wird schon auf die Neuigkeiten warten.«

Verpackt in eine Ansammlung von Fäkalausdrücken bemerkte Nolan schnippisch: »Wenn sich Perkin dazu bequemt hätte, nach Reading zu kommen, dann wüßte er die Neuigkeiten bereits.«

»Er hätte uns dort nicht helfen können«, sagte Harry sanft.

»Olympia ist in seiner Hälfte des Hauses gestorben«, sagte Lewis. »Man hätte doch erwartet, daß er ein bißchen mehr Interesse daran zeigte.«

Nolan erinnerte daran – seine Sprache blieb dabei weiterhin unter der Gürtellinie – daß auch Tremayne sie nicht unterstützt habe.

»Sie waren zu beschäftigt«, sagte Mackie unerschrocken. »Schließlich sind beide berufstätig, wie du weißt.«

»Soll das heißen, wir nicht?« fragte Lewis giftig.

Mackie stieß einen Seufzer aus. »Das kannst du dir aussuchen.« An mich gewandt sagte sie: »Sind Sie mit Tremaynes Wagen gekommen?«

»Nein, ich bin zu Fuß da.«

»Oh! Dann ... darf ich Sie mitnehmen?«

Ich nahm dankend an, und Harry kam mit uns vor die Tür, um uns zu verabschieden.

»Ihre Kleider sind hier in der Tüte«, sagte er. »Wir können Ihnen gar nicht genug danken, wirklich.«

»Ich bin jederzeit für Sie da.«

»Gott bewahre.«

Harry und ich sahen uns kurz an und wußten, daß wir uns verstanden; so fangen Freundschaften an. Ich fragte mich, ob Harry derjenige von ihnen allen war, der es ungern gesehen hätte, wenn Nolan hinter Gittern gelandet wäre.

»Er ist nicht immer so«, sagte Mackie, als wir die Auffahrt hinunterfuhren. »Nolan, meine ich. Er kann wirklich sehr lustig sein – jedenfalls konnte er das, vor dieser schrecklichen Sache.«

»Ich habe in der heutigen Zeitung gelesen, daß Sie mit ihm verlobt waren.«

Sie lachte auf. »Ja, das stimmt. Ungefähr drei Monate lang, vor fünf Jahren.«

»Wie kam das?«

»Wir trafen uns im Februar, bei einem Reiterball. Ich wußte, wer er war. Fionas Vetter, der Amateurjockey. Ich bin in dieser Szenerie aufgewachsen, hatte Ponies, bevor ich laufen konnte. Ich erzählte ihm, daß ich ab und zu bei Fiona wohnte. Die Welt ist ein Dorf, sagte er. Wir verbrachten den ganzen Abend zusammen und ... na ja ... auch die ganze Nacht. Es kam völlig unerwartet, wie ein Blitzschlag. Sagen Sie Perkin nichts davon. Warum nur erzählt man völlig fremden Leuten, was man sonst niemandem erzählt hätte? Tut mir leid, vergessen Sie's.«

»Mm«, brummte ich. »Was geschah am Morgen danach?«

»Es war wie auf der Achterbahn. Wir waren Tag und Nacht zusammen. Nach zwei Wochen fragte er mich, ob ich ihn heiraten würde, und ich sagte ja. Ich war selig, im siebten Himmel. Ich ging auf den Rennplatz, um ihm zuzusehen... ich war wie verzaubert. Er gewann und gewann und behauptete, ich würde ihm Glück bringen.« Sie hielt inne, doch sie lächelte dabei.

»Und dann?«

»Dann ging die Jagdrennsaison zu Ende. Wir fingen an, die Hochzeit zu planen... ich weiß auch nicht. Vielleicht haben wir uns erst da richtig kennengelernt. Ich kann nicht mehr genau sagen, wann mir klar wurde, daß alles ein großer Fehler war. Er wurde unausstehlich. Richtige Wutanfälle, wirklich. Eines Tages sagte ich einfach: ›Es wird nicht gutgehen mit uns‹, und er sagte: ›Nein‹, wir fielen einander in die Arme, verdrückten ein paar Tränen, und ich gab ihm seinen Ring zurück.«

»Glück gehabt.«

»Ja. Wie meinen Sie das?«

»Noch rechtzeitig davongekommen zu sein, ohne Ehejahre in Zank und Streit und ohne eine häßliche Scheidung.«

»Da haben Sie recht.« Sie bog in Tremaynes Auffahrt ein und hielt an. »Wir sind seither Freunde geblieben, aber Perkin hat sich in seiner Gegenwart immer unwohl gefühlt. Wissen Sie, Nolan ist ein hervorragender und wagemutiger Reiter, und Perkin reitet nicht sehr gut. Wenn wir allein sind, unterhalten wir uns nur selten über Pferde; was eigentlich sehr angenehm ist. Ich sage Perkin immer wieder, er solle Nolan dankbar dafür sein, daß ich für *ihn* frei wurde, aber ich vermute, er kann einfach nicht aus seiner Haut heraus.«

Sie seufzte erneut, löste ihren Sicherheitsgurt und stieg aus dem Wagen.

»Hören Sie«, sagte sie dann, »ich mag Sie, aber Perkin ist schnell eifersüchtig.«

»Dann werde ich Sie ignorieren«, versprach ich.

Sie lächelte lebhaft. »Ein klein bißchen altmodische Förmlichkeit müßte eigentlich ausreichen.« Sie wollte weggehen, drehte sich aber noch einmal um. »Ich nehme unseren eigenen Eingang, sehe mal nach, wie es ihm geht. Vielleicht hat er schon zu arbeiten aufgehört. Wahrscheinlich kommen wir noch auf einen Drink vorbei. Das tun wir oft, zu dieser Tageszeit.«

»Okay.«

Sie nickte und ging davon, und ich ging außen herum zu Tremaynes Seite des Hauses, geradeso, als hätte ich schon immer hier gelebt. Gestern morgen noch, ich wollte es kaum glauben, war ich in Tantchens Tiefkühlhaus aufgewacht.

Tremayne, der im Familienzimmer den Kamin angezündet und sich seinen Gin Tonic gemixt hatte, stand im Wärmebereich des Feuers und hörte sich das Ergebnis von Nolans Verhandlung ohne große Illusionen an.

»Schuldig und doch nicht bestraft«, urteilte er. »Neumodische Ausreden.«

»Sollten die Schuldigen denn immer bestraft werden?«

Er warf mir einen düsteren Blick zu: »Ist das eine Frage zur Charaktereinschätzung?«

»Vermutlich.«

»Sie ist sowieso nicht zu beantworten. Die Antwort lautet: Ich weiß es nicht.« Er drehte sich um und schob mit dem Fuß ein Scheit Holz weiter ins Feuer hinein. »Nehmen Sie sich einen Drink.«

»Danke. Mackie sagte, sie würden eventuell vorbeikommen.«

Tremayne nickte, als hätte er es nicht anders erwartet, und tatsächlich kamen sie und Perkin durch die große Empfangshalle herüber, während ich noch zwischen den Angeboten Whisky oder Gin hin und her schwankte, da ich beides nicht besonders gern trank. Perkin löste das Getränkeproblem für sich, indem er einen Umweg über die Küche machte und von dort mit einem Glas Cola zurückkam.

»Was trinken Sie denn eigentlich am liebsten?« fragte Mackie, der mein Zögern auffiel, als sie für sich einen Gin Tonic machte.

»Wein, glaube ich. Roten ziehe ich vor.«

»Drüben im Büro muß welcher sein. Tremayne bewahrt ihn dort für die Eigentümer auf, wenn sie sich ihre Pferde ansehen kommen. Ich hole ihn.«

Sie ging ohne Eile los und kehrte mit einer Flasche, die nach Bordeaux aussah, und einem wuchtigen Korkenzieher zurück; sie drückte mir beides in die Hand.

Als ich den Château Kirwan entkorkte, erkundigte sich Tremayne: »Taugt das Zeug wenigstens etwas?«

»Ein ausgezeichneter Wein«, sagte ich und sog den würzigen Geruch des Korkens ein.

»Meiner Meinung nach ist das alter Traubensaft. Wenn Sie so etwas mögen, setzen Sie es auf die Einkaufsliste.«

»Die Einkaufsliste«, erklärte Mackie, »hängt an der Korktafel in der Küche und wird laufend ergänzt. Jeder, der einkaufen geht, nimmt sie einfach mit; oder jede.»

Perkin, der in einem Sessel lümmelte, meinte, ich solle mich am besten gleich daran gewöhnen, selbst einkaufen zu gehen, insbesondere wenn ich Wert aufs Essen legte.

»Tremayne fährt ab und zu mit Gareth zum Supermarkt«, sagte er, »und das ist auch schon alles. Oder Dee-Dee geht, wenn es schon drei Tage lang keine Milch für den Kaffee gibt.« Sein Blick wanderte von mir zu Mackie. »Ich hielt so etwas für völlig normal, bevor ich eine hervorragende Hausfrau heiratete.«

Mir fiel auf, daß Perkin, der sich gerade ein Lächeln von seiner Frau ergattert hatte, heute viel entspannter wirkte als am Abend vorher, obwohl die unterschwellige Feindschaft mir gegenüber noch immer zu spüren war. Tremayne erkundigte sich nach seiner Meinung zu Nolans Verurteilung, und Perkin widmete sich lang und breit seinem Glas, als suche er darin die Erleuchtung.

»Ich glaube«, sagte er endlich, »ich freue mich, daß er nicht ins Gefängnis muß.«

Das war eine ziemlich vieldeutige Aussage nach dieser langen Bedenkzeit, doch Mackie zeigte sich angenehm erleichtert. Sie war zweifellos die einzige von den dreien, die sich um den Menschen Nolan Sorgen machte. Für Vater und Sohn hätte ein Nolan hinter Gittern nicht mehr als eine Unannehmlichkeit, eine Peinlichkeit bedeutet, der man jetzt zum Glück entgangen war.

Wenn man sich die beiden betrachtete, waren die Unterschiede so offensichtlich wie die Ähnlichkeit. Abgesehen von Tremaynes Haar, das inzwischen im Gegensatz zu Perkins braunem Haar ergraut war, und abgesehen von seiner altersbedingten Beleibtheit waren die beiden wahrhaftig aus einem Holz geschnitzt. Aber dort, wo Tremayne Stärke ausstrahlte, schien Perkin schwach, während Tremayne ein geborener Anführer war, zog sich Perkin eher unauffällig zurück. Tremaynes ganze Liebe galt den vor Leben strotzenden Pferden, Perkin hingegen beschäftigte sich lieber mit totem Holz. Schlagartig wurde mir klar, daß Tremayne seine Errungenschaften womöglich deswegen in einem Buch, das er vererben konnte, aufgezeichnet haben wollte, weil Perkins Arbeiten noch in zweihundert Jahren wertvoll sein würden. Ich fragte mich, ob der starke Vater das Bedürfnis hatte, es dem schwachen Sohn gleichzutun. Ich verwarf die Idee jedoch sofort als allzu spitzfindig und in jedem Fall eines angestellten Biographen nicht würdig.

Gareth stürmte mit abgehetzter Miene ins Zimmer und schien enttäuscht, mich im Sessel sitzend mit einem Glas Wein in der Hand vorzufinden.

»Ich dachte, Sie hätten gesagt –«, platzte er los, doch dann unterbrach er sich sofort; in einem Anfall von gutem Benehmen kämpfte er seine Enttäuschung nieder.

»Ich fange gleich an«, sagte ich.

»Wirklich? Jetzt gleich?«

Ich nickte.

»Prima. Dann kommen Sie mit, ich zeige Ihnen die Tiefkühltruhen.«

»Laß ihn in Ruhe«, sagte Mackie sanft. »Laß ihn wenigstens noch austrinken.«

Perkin reagierte auf diese harmlose Bemerkung ziemlich gereizt: »Wenn er versprochen hat zu kochen, dann laß ihn doch.«

»Keine Frage«, rief ich gutgelaunt und erhob mich. Mein Blick fiel auf Tremayne: »Sind Sie einverstanden?«

»Sie können tun und lassen, was Sie wollen, ich melde mich dann schon«, sagte er. Perkin hörte diesen Beweis seines Wohlwollens nicht sehr gerne, Gareth dafür um so mehr.

»Dad ist ja rundum begeistert von Ihnen«, verriet er mir freudestrahlend, als er mich quer durch die Küche führte. »Was haben Sie denn mit ihm angestellt?«

»Nichts.«

»Was haben Sie eigentlich mit mir angestellt?« fragte er sich selbst im Scherz. »Nichts. Das ist es wahrscheinlich. Sie brauchen überhaupt nichts zu tun, Sie sind einfach so, wie Sie sind. Die Tiefkühler sind da hinten, im Allzweckraum. Wenn man geradeaus durch den Allzweckraum geht, kommt man in die Garage. Durch die Tür dort drüben.« Er wies geradeaus auf eine stabil wirkende Tür mit starken Riegeln. »Ich bewahre mein Fahrrad dort drin auf.«

Es gab zwei Tiefkühlschränke, beide mannshoch und beide von schier unglaublichem Fassungsvermögen.

»Diesen hier«, sagte Gareth und öffnete die Tür, »nennt Dad den Pizzafrost.«

»Oder den Pizzaiglu?« schlug ich vor.

»Das paßt auch.«

Im Schrank stapelte sich Pizza auf Pizza, sonst nichts, obwohl die Truhe momentan nur halbvoll war.

»Wir futtern uns von oben nach unten durch«, lautete Gareth' durchaus vernünftige Erklärung, »dann füllen wir ihn alle zwei oder drei Monate wieder auf.«

»Logisch.«

»Die meisten Leute halten uns für verrückt.«

Er machte die Tür wieder zu und öffnete den anderen Tiefkühler, in dem sich vier Packungen mit Rindfleisch-Sandwiches befanden, immer fünfzig Sandwiches pro Paket. Außerdem fanden sich dort ungefähr zehn geschnittene Brotlaibe (für Toast, sagte Gareth), ein riesengroßer Truthahn (den Tremayne von jemandem zu Weihnachten bekommen hatte), Unmengen von Familienpackungen Schokoladeneis mit Schokosplittern (Gareth' Lieblingseis) und eine ordentliche Anzahl Eiswürfelbehälter für die Gin Tonics.

Und dafür hatte ich nun meine Seele verkauft, argwöhnte ich im stillen.

»Na schön«, sagte ich amüsiert, »und was haben wir in der Speisekammer?«

»Welche Speisekammer?«

»Von mir aus auch Vorratsschränke.«

»Da sehen Sie besser selbst nach«, sagte Gareth und machte die Tür des zweiten Gefrierschranks zu. »Was wollen Sie denn kochen?«

Ich hatte nicht die geringste Vorstellung, aber was Tremayne, Gareth und ich nicht viel später verspeisten, war eine Rindfleischpastete, für die das kleingehackte Fleisch von zwanzig aufgetauten Sandwiches herhalten mußte, das ich mit unverdünnter, kondensierter Pilzsuppe vermischt und dann mit einer zentimeterdicken Schicht aus gerösteten Sandwichbröseln bestreut hatte.

Fasziniert beobachtete Gareth meine simplen Verrichtungen, und schon bald verriet ich ihm andere Techniken, die ich erlernt hatte, um mich unterwegs in der Wildnis, wo es keine Supermärkte gab, von der Hand in den Mund zu ernähren.

»Gebackene Würmer schmecken nicht schlecht«, sagte ich.

»Sie nehmen mich auf den Arm.«

»Würmer sind sehr proteinhaltig. Die Vögel gedeihen davon prächtig. Und wo liegt der Unterschied zu Schnecken?«

»Könnten Sie wirklich ohne Zivilisation überleben, ganz auf sich allein gestellt?«

»Sicher«, sagte ich. »Aber man kann auch an Fehlernährung sterben, wenn man nur Kaninchen ißt.«

»Woher *wissen* Sie nur all diese Dinge?«

»Das ist mein Beruf, wenn man so will. Mein Handwerkszeug.« Ich erzählte ihm von den sechs Reisehandbüchern. »Die Firma schickte mich überall hin, um Ferienexpeditionen für wirklich rauhe Typen auszukundschaften. Ich mußte lernen, sie aus allen erdenklichen Katastrophen, die vor Ort eintreffen können, herauszulavieren. Besonders wenn sie solche Dinger drehten wie etwa die gesamte Ausrüstung in einem reißenden Strudel zu verlieren. Ich schrieb die Bücher, und die Kunden durften ohne sie nicht losfahren. Ich habe mir immer vorgestellt, was passiert, wenn das Buch zum Überleben mit allem anderen in den reißenden Fluß fällt; aber vielleicht würden sie sich wenigstens an ein paar Sachen erinnern, man kann ja nie wissen.«

Gareth, der mir half, in einer Pfanne Semmelbrösel zu rösten, fragte ein wenig wehmütig: »Wie sind Sie denn dazu gekommen?«

»Mein Vater war ein Camping-Freak. Ein Naturbursche. Eigentlich arbeitete er in einer Bank, das macht er noch immer, aber in jeder freien Minute schleppte er mich und meine Mutter hinaus in die freie Natur. Mir kam das alles ganz normal vor, es gehörte zu unserem Leben. Später, nach dem College, fand ich heraus, daß all die Dinge im Reisegeschäft sehr nützlich sind. Zack, und schon war ich drin.«

»Geht er immer noch zum Camping? Ihr Vater, meine ich.«

»Nein. Meine Mutter bekam Arthritis und weigerte sich, noch

länger mitzugehen; und ihm machte es ohne sie nicht sehr viel Spaß. Er arbeitet jetzt schon seit drei oder vier Jahren in einer Bank auf den Cayman-Inseln. Das Klima dort ist gut für die Gesundheit meiner Mutter.«

»Wo sind die Cayman-Inseln?« fragte Gareth geradeheraus.

»In der Karibik, südlich von Kuba, westlich von Jamaica.«

»Was soll ich mit diesen Semmelbröseln machen?«

»Schütte sie in die Bratpfanne.«

»Waren *Sie* schon einmal auf den Cayman-Inseln?«

»Ja«, sagte ich. »Ich war zu Weihnachten dort. Das Flugticket war ihr Weihnachtsgeschenk.«

»*Sie* haben es gut«, sagte Gareth.

Ich hörte einen Moment lang auf, das Rindfleisch kleinzuschneiden. »Ja«, stimmte ich zu, nachdem ich kurz nachgedacht hatte. »Ja, stimmt. Ich bin auch dankbar dafür. Und du hast es mit deinem Vater ebenfalls gut getroffen.«

Er schien sich außerordentlich darüber zu freuen, daß ich so etwas gesagt hatte, und bei mir verfestigte sich der Eindruck, daß Tremayne – unkonventionelle Haushaltsführung hin oder her – die Sache mit seinem jüngstem Sohn außerordentlich gut machte.

Ungeachtet seines demonstrativen Desinteresses an Eßkultur ließ er sich die Pastete schmecken; unsere drei hungrigen Mäuler vertilgten alles bis auf den letzten gerösteten Krümel. Ich wurde auf der Stelle zum Küchenchef des Hauses ernannt, was mir nur recht sein konnte. Gleich am nächsten Tag sollte ich einkaufen gehen, und ohne viel Aufhebens zog er seine Brieftasche heraus und gab mir genug Geld, um uns drei einen Monat lang durchzufüttern, auch wenn er behauptete, es reiche wohl für eine Woche. Ich protestierte, es sei zuviel Geld, aber er meinte nur nachsichtig lächelnd, ich hätte keine Ahnung, was Lebensmittel kosten. Mir schoß der schmerzliche Gedanke durch den Kopf, daß ich bis auf den letzten Penny wußte, wieviel alles kostete, aber es hatte nicht viel Sinn, deswegen zu streiten. Ich steckte das Geld weg und erkundigte mich, was sie auf keinen Fall essen wollten.

»Broccoli«, sagte Gareth wie aus der Pistole geschossen. »Würg.«

»Kopfsalat«, sagte Tremayne.

Gareth erzählte seinem Vater von den gebackenen Würmern und wollte von mir wissen, ob ich einige Exemplare der Reiseführer mitgebracht hätte.

»Nein, tut mir leid, daran habe ich nicht gedacht.«

»Können wir nicht welche besorgen? Ich würde sie auch von meinem Taschengeld bezahlen. Ich möchte sie gerne behalten. Sind sie im Buchladen erhältlich?«

»Eigentlich schon. Aber ich könnte die Reisefirma beauftragen, einen Satz zu schicken«, schlug ich vor.

»Ja, tun Sie das bitte«, sagte Tremayne. »Ich werde sie bezahlen. Ich vermute, wir alle würden sie uns gerne einmal ansehen.«

»Aber Dad ...«, protestierte Gareth.

»In Ordnung«, beruhigte ihn Tremayne, »lassen Sie zwei Sätze herschicken.«

Tremaynes einfache Art, Probleme zu lösen, wurde mir immer sympathischer. Gleich am nächsten Morgen, nachdem ich Tremayne mit dem Traktor in die Downs begleitet und die Pferde bei der morgendlichen Übung beobachtet hatte, sowie nach Orangensaft, Kaffee und Toast, rief ich meinen Freund im Reisebüro an und beauftragte ihn, die Angelegenheit in die Wege zu leiten.

»Heute noch?« fragte er, und ich sagte: »Ja, bitte«, und er sagte, er würde sie als Eilpäckchen mit dem Zug schicken, wenn mir das recht sei. Ich besprach mich mit Tremayne, der es für eine gute Idee hielt und meinte, ich solle sie zum Bahnhof von Didcot liefern lassen, wo ich sie auf dem Weg zum Einkaufen gleich mitnehmen könne.

»Geht in Ordnung«, sagte mein Freund, »du hast sie heute nachmittag.«

»Die allerherzlichsten Grüße an deine Tante«, sagte ich, »und vielen Dank.«

»Sie wird in Ohnmacht fallen«, lachte er. »Bis bald.«

Tremayne vertiefte sich in die Tageszeitungen, die beide über den Ausgang der Verhandlung berichteten. Keine der Zeitungen ergriff Partei für oder gegen Nolan, doch beide zitierten Olympias Vater in voller Länge. Er wurde als trauriger, besessener Mann dargestellt, den Schmerz und Verzweiflung in selbstzerstörerische Wut getrieben hatten; er konnte einem aus vielen Gründen leid tun. Tremayne las die Artikel grunzend, äußerte jedoch keine Meinung dazu.

Der Tag verwandelte sich langsam in einen Abklatsch des vorhergegangenen. Dee-Dee kam in die Küche, um sich Kaffee und Instruktionen abzuholen, und als Tremayne sich aufgemacht hatte, die zweite Staffel seiner Pferde zu inspizieren, kehrte ich zu den Schachteln und den Zeitungsausschnitten im Eßzimmer zurück.

Ich entschloß mich, den Entschluß vom Vortag umzukehren und mit den neuesten Ausschnitten zu beginnen, um mich nach und nach in die Vergangenheit zurückzuarbeiten. Wie ich herausgefunden hatte, schnitt Dee-Dee die Artikel aus den Zeitungen und Magazinen heraus, und mit Sicherheit war sie fleißiger als die Person, die diese Aufgabe vor ihr erledigt hatte, denn die Schachteln für die letzten acht Jahre waren wesentlich voller.

Ich legte die aktuelle Schachtel beiseite, da sie noch beinahe leer war, und arbeitete mich vom Januar bis zum Dezember des vorigen Jahres durch; ein gutes Jahr für Tremayne, das nicht nur den Sieg von Top Spin Lob beim Grand National, sondern auch eine ganze Reihe anderer Erfolge gebracht hatte, genug, um die Sportreporter jubeln zu lassen. Tremaynes Gesicht lächelte unentwegt von Schnipsel zu Schnipsel, selbst auf denen – ziemlich unpassend – die sich mit dem Tod des Mädchens Olympia beschäftigten.

Unwiderstehlich davon angezogen, las ich einen ganzen Stapel dieser Berichte aus den unterschiedlichsten Zeitungen, deren Anzahl den Schluß nahelegte, daß jemand losgezogen war und einen Armvoll von allem, was nur zu kriegen war, gekauft hatte. Alles in allem verrieten sie mir nicht mehr, als ich sowieso schon wußte, außer daß Olympia zweimal als ›Jockette‹ bezeichnet wurde, ein Ausdruck, der mir etwas anstößig vorkam. Anscheinend war sie in einigen Damenrennen bei Amateur-Jagdrennen ›Point-to-Point‹ geritten, ein Fachausdruck, den eine Zeitung, um den Ignoranten unter die Arme zu greifen, als ›die Tage, an denen die jagenden Schichten es unterlassen, die Füchse zu hetzen, und statt dessen gegenseitig Jagd auf sich machen‹ definierte. Die Jockette Olympia war dreiundzwanzig Jahre alt gewesen, stammte aus einer ›unbescholtenen Vorstadtgegend‹ und hatte als Lehrerin in einer Reitschule in Surrey gearbeitet. Ihre Eltern, wen wunderte es, waren ›sehr verzweifelt‹.

Dee-Dee kam herein, bot mir noch Kaffee an und sah, was ich gerade las. »Diese Olympia war ein sexbesessenes Flittchen«, sagte sie kraß. »Ich war auf dieser Party dabei, man konnte es direkt riechen. Unbescholtene kleine Reitlehrerin aus der Vorstadt, daß ich nicht lache.«

»Im Ernst?«

»Ihr Vater hat eine süße, unschuldige kleine Heilige aus ihr gemacht. Vielleicht glaubt er sogar selbst daran. Nolan hat natürlich auch nichts anderes gesagt, weil es ihm nicht weitergeholfen hätte, und so erzählte keiner, wie es wirklich war.«

»Und wie war es wirklich?«

»Sie hatte keine Unterwäsche an«, sagte Dee-Dee seelenruhig. »Sie trug nur ein langes, signalrotes, trägerloses Kleid, fast bis zu den Hüften geschlitzt. Fragen Sie Mackie. Sie hat versucht, sie wiederzubeleben.«

»Ähm ... ziemlich viele Frauen tragen keine Unterwäsche«, warf ich ein.

»Tatsächlich?« Sie traf mich mit einem ironischen Blick.

»Ich werde nicht mehr so schnell rot.«

»Also möchten Sie jetzt noch Kaffee oder nicht?«

»Ja, bitte.«

Sie entfernte sich in Richtung Küche, und ich las mich weiter durch die Ausschnitte, von ›Keine Strafverfolgung wegen Todesfall auf Shellerton-Hof‹ bis zu ›Olympias Vater veranlaßt Zivilklage‹ und ›Friedensrichter gibt Fall Nolan Everard an das Landesgericht weiter‹. Weil das Verfahren danach vor Gericht anhängig war, mußten die Zeitungen schweigen, und es gab keine weiteren Schnipsel.

Nachdem ich einen Stapel Statistiken zum Ende der Springsaison durchgeackert hatte, stieß ich auf folgende eigenartige Meldung, die eine Tageszeitung in Reading an einem Freitag im Juni veröffentlicht hatte:

›Pferdepflegerin vermißt‹ lautete die Schlagzeile, und daneben war ein Foto von Tremayne, der immer noch gutgelaunt lachte.

> Angela Brickell (17), angestellt als ›Stallbursche‹ bei dem prominenten Pferdetrainer Tremayne Vickers, ist am Donnerstag nachmittag nicht zur Arbeit erschienen und wurde seither nicht mehr gesehen. Vickers sagte, es passiere nur allzuoft, daß sich Stallburschen ohne ein Wort davonmachen, es verwundere ihn jedoch, daß sie sich nicht vorher ihren ausstehenden Lohn ausbezahlen ließ. Wer etwas über den Verbleib von Angela Brickell weiß, wird gebeten, sich an die Polizei zu wenden.

Angela Brickells Eltern waren, wie die von Olympia, laut Zeitungsbericht ›sehr verzweifelt‹.

6

Im Verlauf der darauffolgenden Woche hatten auch alle überregionalen Zeitungen über das Verschwinden von Angela Brickell berichtet. Obwohl in allen Blättern zwei Monate zuvor etwas über den Tod von Olympia in Shellerton zu lesen gewesen war, zog niemand konkrete Schlüsse aus den Fakten.

Ich erfuhr, daß Angela mit fünf anderen Mädchen, die sie als ›launisch‹ bezeichneten, in einem Quartier bei den Stallungen wohnte. Ein unscharfes Foto von ihr zeigte das Gesicht eines Kindes, nicht das einer jungen Frau. Der Aufforderung ›Finden Sie dieses Mädchen‹ war wohl von Anfang an nicht sehr viel Aussicht auf Erfolg beschieden, wenn die Leser sich darauf verlassen mußten, das Mädchen aufgrund des Zeitungsbildes zu erkennen.

Ich fand keinerlei Nachricht, daß man sie gefunden hätte, und nach ungefähr einer Woche versiegten die Zeitungsausschnitte zu ihrem Fall. Für den Juli existierten überhaupt keine Schnipsel, es schien, als hätte zu dem Zeitpunkt die Bruderschaft der Jagdrennen geschlossen Urlaub genommen; im August jedoch ging es gleich mit mehreren Berichten über die Eröffnung der neuen Saison in Devon los. ›Vickers siegt weiter!‹

Nolan hatte einen Sieg auf einem von Fionas Pferden heimgeholt: »Der überaus bekannte Amateur, der zur Zeit auf Kaution frei ist und einer Verhandlung wegen tätlichen Angriffs mit Todesfolge entgegensieht...«

Anfang September tauchte Nolan erneut in den Nachrichten auf, diesmal als Entlastungszeuge für Tremayne, der vom Jockey Club beschuldigt wurde, eines seiner Pferde gedopt zu haben.

Sogar nach dieser kurzen Zeit unserer Bekanntschaft schien mir Tremayne der letzte zu sein, der seine ganze Existenz wegen einer solchen Bagatelle aufs Spiel setzte, und so las ich ungläubig, daß eines seiner Pferde positiv auf einen Test reagiert hatte, der Spuren der Stimulansmittel Theobromin und Koffein nachwies, verbotene Substanzen also.

Das betreffende Pferd hatte im Mai ein Amateurrennen gewonnen. Nolan, der es für die Besitzerin, Fiona, geritten hatte, sagte aus, er habe nicht die geringste Vorstellung, wie die Drogen hätten verabreicht werden können. Er selbst war an diesem Tag für das Pferd verantwortlich gewesen, da Tremayne das Rennen nicht besucht und das Tier in die Obhut seines Futtermeisters und eines Stallmädchens gegeben hatte. Weder der Aufseher noch Tremayne wußten etwas darüber, wie die Drogen zu dem Tier gelangt waren. Auch Mrs. Fiona Goodhaven konnte keine Erklärung abgeben, obwohl sie und ihr Mann beim Rennen anwesend waren

Der Urteilsspruch des Clubs lautete dahingehend, daß es keine Möglichkeit gab, herauszufinden, wer dem Pferd das Mittel auf welchem Wege verabreicht hatte, da man das Mädchen, das für das Pferd verantwortlich gewesen war, nicht befragen konnte, weil sie, Angela Brickell, nicht aufzufinden war.

Angela Brickell. Du meine Güte, dachte ich.

Ungeachtet dessen war Tremayne der Anklage für schuldig erklärt und zu einem Bußgeld von fünfzehnhundert Pfund verurteilt worden. Nicht mehr als eine Kopfnuß, wie mir schien.

Beim Verlassen der Anhörung hatte Tremayne mit den Schultern gezuckt und gesagt: »So was kommt vor.«

Die Droge Theobromin, wußte ein Reporter zu berichten, läßt sich, ebenso wie Koffein, in ganz gewöhnlicher Schokolade aufspüren. So, so, so, dachte ich, langweilig darf es beim Rennsport wohl auch nie zugehen.

Der Rest des Jahres erwies sich im Vergleich eher als Talsohle, obwohl es auch da eine lange Reihe bemerkenswerter Siege zu verzeichnen gab. ›Der Stall in Höchstform‹ oder ›Noch mehr Schwung bei Vickers‹ oder ›Gloria Vicktoria‹, je nachdem, welches Blatt oder welches Magazin man zu Rate zog.

Ich brachte das Jahr zu Ende und saß nachdenklich vor den Schachteln, als Tremayne mit einem Mantel voll kühler Heideluft hereingestürmt kam.

»Na, wie geht's?« fragte er.

Ich zeigte auf den Stapel Ausschnitte neben der leeren Schachtel. »Ich habe mich durch das letzte Jahr gelesen, mit all seinen Siegern.«

Er strahlte. »Ich konnte einfach nichts falsch machen. Unglaublich. Manchmal läuft alles nach Plan. Dann gibt es wieder Jahre, in denen geht ein Virus um: Pferde brechen zusammen, Eigentümer sterben, eine furchtbare Zeit. Spielerglück, wie es so schön heißt.«

»Ist Angela Brickell jemals wieder aufgetaucht?«

»Wer? Ach, die. Nein. Weiß Gott, wo dieses dumme kleine Luder geblieben ist. Jeder Blödmann im Renngeschäft weiß, daß man Pferden beim Training keine Schokolade geben darf. Leider mögen die meisten Schokolade über alles. Jeder weiß auch, daß hier und da ein Riegel Mars einem Pferd nicht gleich zum Sieg verhilft, aber was will man machen, nach den Bestimmungen ist Schokolade eben ein Stimulans, Pech gehabt.«

»Hätte das Mädchen großen Ärger bekommen, wenn sie geblieben wäre?«

Er lachte. »Von mir bestimmt. Ich hätte sie rausgeschmissen, doch sie war schon weg, bevor ich erfuhr, daß das Pferd positiv getestet worden war. Ein reiner Routinetest. Fast jeder Sieger wird getestet.« Er unterbrach sich, setzte sich auf einen Stuhl mir gegenüber auf der anderen Seite des Tisches und starrte nachdenklich auf einen Stapel Ausschnitte. »Wissen Sie, es hätte jeder gewesen sein können, jeder hier vom Hof. Sogar Nolan selbst, obwohl ich nicht wüßte, warum er so etwas hätte tun sollen. Wie auch immer«, er zuckte die Achseln, »das passiert öfter, seitdem die Testverfahren so hochentwickelt sind. Gott sei Dank mahnen sie nicht gleich, so wie früher, bei jeder Unregelmäßigkeit automatisch den Trainer ab. Es muß schon kraß kommen, jenseits von Zufall oder Auslegung. Trotzdem lebt jeder Trainer mit einem hohen Risiko. Man ist irgendwelchen Schurken ausgeliefert, der puren Boshaftigkeit. Man trifft alle möglichen Vorkehrungen, aber dann hilft nur noch Beten.«

»Das würde ich gerne zitieren, wenn es Ihnen recht ist.«

Er blickte mich prüfend an. »Ich habe wohl doch einen guten Autor erwischt, was?«

Ich schüttelte den Kopf. »Sie haben einen, der sein Bestes geben wird.«

Sein Lächeln schien Zufriedenheit auszudrücken, und nach dem Mittagessen (Rindfleisch-Sandwiches) machten wir uns daran, seine frühen Jahre, die er mit dem exzentrischen Vater verbracht hatte, auf Band aufzunehmen. Allem Anschein nach hatte sich Tremayne unbeschwert über einige psychologische Lappalien hinweggesetzt wie etwa die Erfahrung, als Steigbügelbursche und Zaumzeugpfleger an eine Familie, die in Leicestershire die Fuchsjagd betrieb, vermietet zu werden und ein Jahr später als Stallbursche an einen Polospieler in Argentinien.

»Aber das war Kindesmißhandlung«, protestierte ich.

Tremayne kicherte ungerührt. »Man hat mich nicht belästigt, falls Sie das meinen. Mein Vater vermietete mich, strich das Geld ein, das ich verdiente, und zog mir eins mit dem Spazierstock über, wenn ich sagte, das sei nicht fair. Natürlich war es nicht fair. Er sagte, das wäre eine wertvolle Lektion, zu erfahren, daß das Leben nicht fair ist. Erwarte niemals und von niemandem Fairneß. Ich sage Ihnen, was er mir damals sagte, aber Sie dürfen sich glücklich schätzen, daß es Ihnen nicht eingeprügelt wird.«

»Werden Sie mich denn bezahlen?«

Er lachte herzhaft. »Darum wird sich bestimmt Ronnie Curzon kümmern.« Er amüsierte sich prächtig. »Hat Ihr Vater Sie jemals geschlagen?«

»Nein, er hielt nichts davon.«

»Ich auch nicht, so wahr mir Gott helfe. Ich habe weder Perkin noch Gareth jemals geschlagen. Es ging nicht. Ich erinnerte mich zu gut daran, wie ich mich dabei gefühlt hatte. Aber auf der anderen Seite nahm er mich mit nach Argentinien, um die ganze Welt. Ich habe mehr gesehen als die meisten englischen Jungs. Ich habe in der Schule eine Menge versäumt. Er war verrückt, keine Frage, aber er verpaßte mir eine unbezahlbare Erziehung, und ich würde nichts daran ändern wollen.«

»Sie hatten einen ziemlich starken Willen«, sagte ich.

»Klar.« Er nickte. »Den braucht man im Leben.«

Bestimmt kann man ihn gut gebrauchen, ging es mir durch den Kopf, aber ein starker Wille gehört nicht zur Grundausstattung. Viele Kinder wären zerbrochen, hätten sie das durchgemacht, was Tremayne als seine Erziehung bezeichnete. Ich gewöhnte mich allmählich an Tremayne und seinen Stoizismus.

Am späten Nachmittag, nachdem wir die Bandaufnahmen beendet hatten, lieh er mir seinen Volvo, damit ich am Bahnhof von Didcot mein Päckchen mit den Büchern abholen und den Einkauf erledigen konnte; dabei gab er mir den guten Rat, nach Möglichkeit nicht in einen der vielen Straßengräben zu rutschen. Die Straßen waren jetzt auch etwas besser und die Luft war nicht mehr so gnadenlos kalt, obwohl die Wetterfrösche noch mehr Frosttage voraussagten. Ich kaufte mit der Sorglosigkeit des Luxus Lebensmittel ein, holte die Bücher ab und war wieder zu Hause, als Tremayne noch draußen in den Ställen bei der abendlichen Inspektion war.

Er kehrte zusammen mit Mackie zurück, und beide hauchten sich in die Fäuste und trampelten mit den Füßen, während sie das Befinden der einzelnen Pferde diskutierten.

»Du reitest morgen am besten Selkirk«, sagte Tremayne zu ihr. »Er ist in letzter Zeit ein bißchen zu keck für seinen Stallburschen.«

»In Ordnung.«

»Außerdem habe ich vergessen, Bob zu sagen, daß die Burschen den Tieren zwei Decken überwerfen sollen, wenn sie nur Trabübungen machen.«

»Ich erinnere ihn daran.«

»Schön.«

Er sah, wie ich in der Küche gerade die letzten Einkäufe verstaute, und fragte mich, ob die Bücher angekommen seien. Ich bejahte.

»Großartig. Bringen Sie sie mit ins Familienzimmer. Los komm, Mackie, Gin Tonic.«

Die großen Scheite im Kamin des Familienzimmers gingen nie ganz aus; Tremayne schob die Glut geschickt mit dem Fuß zusammen, warf ein paar trockene Äste und ein Stück Birkenholz obendrauf und entfachte ein neues Feuer. Der Abend spulte sich genauso ab, wie schon zweimal zuvor, als Perkin auf die Sekunde genau eintraf und sich eine Cola holte.

Mit schmeichelhafter Neugier öffnete Tremayne das Bücherpaket und verteilte einige davon an Mackie und Perkin. Die Büchlein, die mir so vertraut waren, schienen einen großen Eindruck auf die anderen zu machen, obwohl ich mir nicht recht erklären konnte, weshalb.

Sie waren kaum größer als Taschenbücher und sahen eher aus wie Videokassetten, mit weißen Hochglanzeinbänden und mehrfarbigen, schwarz unterlegten Schriftzügen: *Überleben im Dschungel* in Grün, *Überleben in der Wüste* in Orange, *Überleben auf See* in Blau, *Überleben im Eis* in Violett, *Überleben auf Safari* in Rot und *Überleben in der Wildnis* in kräftigem Rotbraun.

»Hol's der Teufel«, entfuhr es Tremayne. »Richtige Bücher.«

»Was haben Sie denn erwartet?« fragte ich.

»Na... Heftchen vielleicht, dünne Taschenbücher.«

»Die Reisefirma wollte sie auffällig gestalten«, erklärte ich, »außerdem sollten sie praktisch sein.«

»Das muß Ihnen einen Haufen Arbeit bereitet haben«, stellte Mackie fest, die in *Eis* herumblätterte und sich die Illustrationen betrachtete.

»Ehrlich gesagt, so einiges wiederholt sich da schon«, sagte ich. »Ich meine, viele Überlebenstechniken kann man überall anwenden, egal wo man sich befindet.«

»Was zum Beispiel?« wollte Tremayne mit dem vertrauten herausfordernden Klang in der Stimme wissen.

»Feuer anmachen, Wasser finden, einen Unterschlupf bauen. So was in der Art.«

»Die Bücher sind faszinierend«, sagte Mackie, inzwischen mit *Auf See* beschäftigt, »aber wie viele Menschen stranden heutzutage noch auf einsamen Inseln?«

Ich mußte grinsen. »Nicht viele. Die Leute sind aber von der *Vorstellung* des Überlebens fasziniert. Es gibt Schulen, in denen Leute Ferienkurse im Überleben absolvieren. Tatsächlich gehört zu den tödlichsten Situationen, in die man geraten kann, der Aufenthalt in den britischen Bergen, wenn ein kalter Nebel aufzieht und man nicht die richtige Kleidung dabei hat. Jedes Jahr gibt es eine nicht unbeträchtliche Zahl von Menschen, die *das* nicht überleben.«

»Sie würden es überleben?« fragte Perkin.

»Ja, aber vor allem würde ich nie mit der falschen Ausrüstung dort herumkraxeln.«

»›Das Überleben fängt bereits an, bevor Sie unterwegs sind‹«, zitierte Tremayne aus den ersten Seiten von *Dschungel.* Er blickte amüsiert auf und ergänzte: »›Überleben ist eine Geistesverfassung.‹«

»Stimmt.«

»Ich besitze sie«, sagte er.

»Das ist richtig.«

Die drei lasen mit offensichtlichem Interesse weiter in den Büchern, tauchten in zufällig aufgeschlagene Kapitel ein, überblätterten manche Seite und lasen sich wieder fest. Ich dachte, daß sie die Überzeugung der Reisefirma aufs schönste bestätigten, daß nämlich die Grundbegriffe des Überlebens vor allem auf die hochkultivierten, ultraverhätschelten Leute einen unwiderstehlichen Reiz ausübten – solange sie sie nicht unter bitterernsten Bedingungen in die Praxis umsetzen mußten.

Gareth platzte in die friedliche Szene hinein wie ein Poltergeist bei der Generalprobe. »Na, alle so beschäftigt?« fragte er, und dann erblickte er die Bücher auf dem Tisch. »Jungejunge! Sie sind da!« Er grabschte sich *Überleben in der Wildnis* und stürzte sich sofort hinein; ich saß da mit meinem Glas Wein und fragte mich, ob ich jemals drei Leute bei der Lektüre von *Zuhause ist weit* erwischen würde.

»Das geht aber gut zur Sache«, meinte Mackie nach einer Weile und legte ihr Buch zur Seite. »Tiere abziehen und ausnehmen, bäh.«

»Wenn du am Verhungern wärst, würdest du es tun«, sagte Tremayne.

»Ich würde es für dich tun«, rief Gareth.

»Ich auch«, meldete sich Perkin.

»Dann muß ich aufpassen, daß ich nirgendwo ohne euch beide ausgesetzt werde.« Sie scherzte liebevoll mit ihren Beschützern. »Und ich bleibe dann im Camp und mahle das Korn.« In gespieltem Schrecken schlug sie sich die Hand vor den Mund. »Gütiger Himmel, die Feministinnen mögen mir verzeihen.«

»Das ist ja ganz schön langweilig, mit den Impfungen und so«, beschwerte sich Gareth, der sich nicht für geschlechtsspezifische Rollenverteilungen interessierte.

»›Lieber die Impfungen als die Krankheiten‹, steht hier«, konterte Tremayne.

»Na denn.«

»Die Tetanusspritze hast du ja schon.«

»Hoffentlich«, sagte Gareth zustimmend. Er schaute mir in die Augen. »Haben Sie all diese Impfungen über sich ergehen lassen?«

»Klar.«

»Tetanus?«

»Ganz besonders Tetanus.«

»Da steht unheimlich viel über erste Hilfe«, sagte er dann beim Weiterblättern. »›Wie man Blutungen zum Stoppen bringt... Druckverbände.‹ Eine ganze Karte mit Arterien. ›Was tun bei Vergiftung?... schlucken Sie *Holzkohle*!‹ Meinen Sie das im Ernst?«

»Sicher«, antwortete ich. »Man zerstößt ein bißchen in Wasser und trinkt es. Das Karbon hilft dabei, gewisse Gifte ohne schlimme Folgen durch die Därme zu transportieren.«

»Großer Gott«, sagte Tremayne.

Sein jüngster Sohn las weiter. »Hier steht, daß man Urin trinken kann, wenn man ihn destilliert.«

»Gareth!« rief Mackie angewidert.

»Hier steht es jedenfalls so. ›Urin ist steril und kann keine Krankheiten verursachen. Kochen Sie ihn auf und kondensieren Sie den Dampf, der nichts anderes ist als reines destilliertes Wasser, das Sie absolut gefahrlos trinken können.‹«

»John, also wirklich!« protestierte Mackie.

»Es stimmt«, sagte ich mit einem Lächeln. »Wassermangel ist ein furchtbarer Killer. Wenn Sie ein Feuer haben, aber kein Wasser, dann wissen Sie jetzt, was zu tun ist.«

»Das könnte ich nie.«

»Überleben ist eine Geistesverfassung«, wiederholte Tremayne. »Man weiß nie, wozu man fähig ist, solange man nicht dazu gezwungen ist.«

Perkin wandte sich an mich: »Haben Sie es jemals getrunken?«

»Destilliertes Wasser?«

»Sie wissen schon, was ich meine.«

Ich nickte. »Ja, habe ich. Um es für die Bücher auszuprobieren. Ich habe noch ganz andere Dinge destilliert. Brackiges Dschungelwasser; nassen Schlamm; besonders Meerwasser. Solange die Grundflüssigkeit wasserhaltig und noch nicht vergoren ist, entsteht aus dem Dampf reines H_2O. Wenn Meerwasser verdampft, bleibt Salz übrig, was auch ganz nützlich ist.«

»Was geschieht, wenn die Grundflüssigkeit vergoren ist?«

»Dann ist der Dampf Alkohol.«

»Ach ja, ich glaube, das haben wir schon in der Schule gehabt.«

»Gin Tonic in der Wildnis?« schlug Tremayne vor.

»Ich könnte Sie ohne Probleme in der Wildnis *betrunken* machen«, sagte ich gutgelaunt, »aber für richtigen Gin braucht man Wacholderbüsche, und für Tonic Chinchonabäume wegen des Chinins, und ich befürchte, die wachsen nicht beide am gleichen Ort; aber wer weiß.« Ich überlegte kurz. »Eiswürfel könnten im Regenwald etwas problematisch werden.«

Tremayne lache dröhnend. »Mußten Sie jemals auf all den Kram zurückgreifen, um Ihr Leben zu retten?«

»Nicht ganz. Ich habe mehrere Wochen hintereinander mit Hilfe dieser Methoden gelebt, aber es wußte immer jemand so ungefähr, wo ich mich befand. Ich hatte immer die Möglichkeit, die Sache abzubrechen. Grundsätzlich erprobte ich praktikable, durchführbare, sinnvolle Möglichkeiten in den Gebieten, in denen unsere Reisefirma Abenteuerurlaube veranstalten wollte. Aber ich mußte nie beispielsweise nach einem Flugzeugabsturz im Gebirge überleben.«

Im Jahre 1972 mußten sich ein paar Leute nach einem Flugzeugunglück in den Anden dadurch am Leben erhalten, daß sie andere Menschen aßen. Ich hielt es für besser, Mackie nichts davon zu erzählen.

»Ist denn jemals etwas schiefgegangen?« wollte sie dennoch wissen.

»Hin und wieder.«

»Was zum Beispiel?«

»Na ja, Insektenstiche, und hin und wieder mußte ich Sachen essen, die sich nicht so recht mit meinem Magen vertragen wollten.« Sie sahen alle so aus, als wären das alltägliche Erfahrungen, aber ich bin tatsächlich einige Male so krank gewesen, daß ich mich nur ungern daran erinnerte.

Wahrheitsgemäß fügte ich hinzu: »Einmal, in Kanada, wurde mein Lager von einem Bären verwüstet; der Kerl trieb sich noch tagelang in der Nähe herum. Ich kam nicht mehr an meine Ausrüstung heran. Das war nicht ganz ungefährlich, damals.«

»Wirklich?« Gareth hörte mir mit offenem Mund zu.

»Es ist nichts passiert«, sagte ich. »Der Bär hat sich davongemacht.«

»Hatten Sie nicht Angst, daß er zurückkommt?«

»Ich habe schleunigst zusammengepackt und bin woanders hingegangen.«

»Toll!«

»Bären sind Menschenfresser«, wies Perkin seinen Bruder zurecht. »Nicht daß du auf die Idee kommst, es John nachzumachen.«

Tremayne betrachtete seine beiden Söhne nachsichtig. »Habt ihr noch nichts von Ersatzbefriedigung gehört?«

»Nein«, sagte Gareth. »Was ist das?«

»Träumereien«, tippte Mackie.

Perkin sagte: »Wenn andere Leute sich für einen abplagen.«

»Laßt Gareth ruhig träumen«, sagte Tremayne und nickte nachdenklich. »Das ist normal. Ich glaube keine Sekunde daran, daß er auf die Bärenjagd gehen will.«

»Jugendliche stellen die blödsinnigsten Sachen an, Gareth ist da keine Ausnahme.«

»Hey«, rief Gareth protestierend, »das sagt gerade der Richtige. Wer ist denn aufs Dach geklettert und konnte dann nicht mehr herunter?«

»Halt die Klappe«, sagte Perkin.

»Hört auf damit«, stöhnte Mackie. »Warum müßt ihr beide euch immerzu streiten?«

»Im Vergleich zu Lewis und Nolan sind wir Waisenknaben«, meinte Perkin. »Die können richtig bösartig werden.«

»Seit Olympias Tod haben sie sich nicht mehr gestritten«, sagte Mackie ernst.

»Nicht wenn wir dabeiwaren«, pflichtete ihr Perkin bei, »aber wir wissen nicht, was sie sich in ihren eigenen vier Wänden an den Kopf werfen.«

Vorsichtig, da es mich eigentlich nichts anging, fragte ich: »Weswegen streiten sie sich denn?«

»Warum streiten sich die Leute?« sagte Tremayne. »Diese beiden sind neidisch aufeinander. Sie haben sie doch gestern abend kennengelernt. Nolan ist der gutaussehende Draufgänger und Lewis der betrunkene Schlaukopf. Nolan besitzt Mut und ist schwer von Begriff, Lewis ist körperlich gesehen eine Katastrophe, nüchtern jedoch ist er geradezu ein Finanzkünstler. Nolan ist ein Gewinnertyp, Lewis haut überall daneben. Lewis wäre gerne der strahlende Amateurjockey, und Nolan würde gerne stinkreich die gesellschaftliche Erfolgsleiter hinaufschweben. Keiner von ihnen wird sein Ziel erreichen, was dem Neid allerdings keinen Abbruch tut.«

»Du gehst zu hart mit ihnen ins Gericht«, murmelte Mackie.

»Du weißt, daß ich recht habe.«

Sie stritt es nicht ab, sagte aber: »Vielleicht hat sie die Geschichte mit Olympia zusammengebracht.«

»Du bist eine liebenswerte junge Frau«, entgegnete Tremayne. »Du siehst in allen nur das Gute.«

»Hände weg von meiner Frau«, schaltete sich Perkin ein, was

spaßig oder schon ernsthaft gemeint sein konnte. Tremayne nahm die Bemerkung von der lustigen Seite, und ich dachte mir, er müsse die besitzergreifende Art seines Sohnes gewöhnt sein.

Er wandte sich von Perkin zu mir und wechselte das Thema ohne Überleitung: »Wie gut können Sie reiten?«

»Äh ... ein Rennpferd habe ich noch nie geritten.«

»Sondern?«

»Mietgäule, Touristenklepper, Ponywanderungen, arabische Heißblüter in der Wüste.«

»Hm.« Er überlegte. »Hätten Sie Lust, morgen früh mein altes Arbeitspferd mit den anderen auszuführen?«

»Okay.« Anscheinend hörte ich mich sehr halbherzig an, denn er fragte noch einmal nach.

»Möchten Sie wirklich?«

»Ja, sehr gern.«

Er nickte zufrieden. »Na schön. Mackie, richte Bob bitte aus, er soll Touchy für John satteln, falls du vor mir auf dem Hof bist.«

»In Ordnung.«

»Touchy hat den Cheltenham Gold Cup gewonnen«, informierte mich Gareth.

»Tatsächlich? Schönes Arbeitspferd.«

»Keine Bange«, lächelte mir Mackie zu, »er hat inzwischen fünfzehn Jahre auf dem Buckel und ist schon fast ein Gentleman.«

»Normalerweise schmeißt er die Leute nur freitags runter«, beruhigte mich Gareth.

Am nächsten Morgen, einem Freitagmorgen, angetan mit Reithosen, Stiefeln, Anorak und Handschuhen, ging ich nicht ohne Beklemmungen zu den Stallungen hinüber. Ich hatte schon beinahe zwei Jahre auf keinem Pferd mehr gesessen, und egal was Mackie sagen mochte, meine Vorstellung von einer behutsamen

Rückkehr in den Sattel sah nicht gerade vor, in dem eines erstklassigen Jagdpferdes, pensioniert oder nicht pensioniert, zu landen. Touchy war ein Koloß mit ausgeprägten Muskeln; die brauchte er auch, fiel mir ein, um Tremaynes Gewicht auszuhalten. Bob Watson begrüßte mich mit einem Helm in der Hand und einem Grinsen; er half mir in den Sattel. Von dort oben war der sichere Erdboden ziemlich weit entfernt.

Also gut, dachte ich. Viel Spaß. Ich habe gesagt, ich kann reiten. Jetzt ist die Zeit der Wahrheit gekommen. Tremayne, der mich aufmunternd mit schräggestelltem Kopf beobachtete, riet mir, mich hinter Mackie zu halten, die die Führung der Gruppe übernehmen würde. Er selbst kam mit dem Traktor hinterher. Ich könne Touchy in strammem Trab auf der Allwetterstrecke ausreiten, sobald die anderen fertig seien.

»Alles klar«, sagte ich.

Er lächelte versteckt und ging davon, und ich faßte die Zügel und ein paar entschlossene Gedanken und versuchte, mich nicht selbst zum Clown zu machen.

Bob Watson erschien noch einmal an meinem Ellenbogen.

»Halten Sie ihn zurück, wenn er losgaloppieren will«, teilte er mir mit, »sonst reißt er Ihnen die Arme ab.«

»Danke sehr«, sagte ich, doch er war schon wieder weg.

»Heraus mit euch!« rief er, und schon kamen sie alle aus ihren Boxen, stampften im Lampenlicht, drehten sich mit dampfenden Nüstern, als Bob die Burschen in die Sättel hievte, alles wie gehabt, nur war ich jetzt ein Teil davon, war mitten auf der Leinwand, wie in einem lebenden Gemälde von Munnings, unglaublich.

Ich folgte Mackie zum Hof hinaus, über die Straße auf den Heideweg und fand schnell heraus, daß Touchy aus Gewohnheit sehr wohl wußte, was er zu tun hatte, und daß er auf Fersendruck besser reagierte als auf kräftige Anweisungen mit den Zügeln in seinem zähen alten Maul.

Mackie drehte sich mehrmals um, um sich zu vergewissern, daß ich mich nicht in Luft aufgelöst hatte, und sie beobachtete mich, als ich mit den anderen im Kreise ritt, während wir auf Tremaynes Ankunft warteten und es allmählich heller wurde.

Sie kam neben mich und fragte: »Wo haben Sie reiten gelernt?«

»In Mexiko.«

»Dann hat Sie ein Spanier unterrichtet!»

»Ja, stimmt.«

»Ließ er Sie mit verschränkten Armen reiten?«

»Ja, woher wissen Sie das?«

»Habe ich mir gedacht. Bei Touchy sollten Sie die Ellenbogen lieber anlegen.«

»Danke.«

Sie lächelte und ritt davon, um die Reihenfolge zu bestimmen, in der die einzelnen Gruppen auf die Galoppstrecke gehen sollten.

Noch immer war alles von einer dünnen Schneedecke bestäubt; es war wieder ein klarer Morgen, beißend kalt und wunderschön. Ein winterlicher Sonnenaufgang in den Downs; einmal erlebt, nie vergessen.

Eine Gruppe nach der anderen verschwand auf der mit Sägespänen bestreuten Strecke, bis zuletzt nur noch Mackie und ich übrig waren.

»Ich halte mich zu Ihrer Rechten«, sagte sie, schräg versetzt hinter mir. »So kann Tremayne sehen, wie Sie reiten.«

»Heißen Dank«, sagte ich ironisch.

»Sie schaffen das schon.«

Plötzlich schwankte sie im Sattel, und ich streckte meine Hand aus, um sie zu stützen.

»Geht es Ihnen nicht gut?« fragte ich besorgt. »Sie hätten sich nach diesem Schlag gegen den Kopf länger schonen sollen.« Sie war blaß und hatte die Augen weit aufgerissen. Beunruhigend.

»Nein ... ich ...« Sie schnaufte unregelmäßig. »Mir war nur auf einmal ... oh ... oh ...«

Sie schwankte wieder und sah aus, als würde sie ohnmächtig werden. Ich beugte mich zu ihr hinüber und legte meinen rechten Arm um ihre Taille; ich hielt sie fest, damit sie nicht vom Pferd fallen konnte. Sie sackte zusammen und hing schlaff in meinem Arm, bis ich sie richtig stützen konnte. Da sie eine Hand in die Zügel geschlungen hatte, blieb ihr Pferd dicht bei meinem stehen, die Köpfe der Tiere berührten sich beinahe.

Ich nahm ihre Zügel in meine Linke, hielt sie mit der Rechten fest gepackt, und als ihr Pferd den Rumpf leicht zur Seite bewegte, rutschte sie vollends aus dem Sattel und lag sodann, nur von meinem Griff gehalten, halb auf meinem Knie und halb auf Touchys Schulter.

Ich durfte sie nicht fallen lassen, und ich konnte auch nicht absteigen, ohne daß sie mir aus dem Arm geglitten wäre, und so zog ich sie mit beiden Händen weiter herauf, bis sie schließlich halb auf Touchys Sattel saß, halb lag, und von meinen Armen gehalten wurde. Touchy war davon nicht sehr begeistert, und Mackies Pferd hatte einen Satz zur Seite gemacht, so weit ihm das die Zügel erlaubten; es war kurz davor, sich loszureißen. Ich überlegte mir, ob ich es nicht einfach loslassen sollte, trotz der eisigen Gefahren, die hier draußen überall auf es lauerten. Vielleicht würde es mir gelingen, den doppelt beladenen Touchy zurück zum Stall zu bringen, womit ein schlimmeres Unglück als Mackies Bewußtlosigkeit verhindert wäre. Die Dringlichkeit, Hilfe für sie herbeizuschaffen, eröffnete mehr Möglichkeiten, als ich mir hätte vorstellen können.

Touchy bekam ein unmißverständliches Zeichen von meinem Schenkel und machte sich gehorsam auf den Heimweg. Ich entschloß mich, Mackies Pferd so lange am Zügel mitzuführen, wie es sich das gefallen ließ, und wie durch ein Wunder verstand es, daß es wieder nach Hause ging und sträubte sich nicht länger.

Wir hatten ungefähr drei Schritte auf diese Weise zurückgelegt, als Mackie aufwachte und sofort voll da war, als hätte jemand das Licht wieder angeschaltet.

»Was ist passiert...?«

»Sie sind ohnmächtig geworden und hier herübergekippt.«

»Das kann doch nicht sein.« Sie mußte jedoch einsehen, daß es sehr wohl geschehen war. »Lassen Sie mich bitte herunter. Mir ist furchtbar schlecht.«

»Können Sie stehen?« Ich war besorgt. »Oder soll ich Sie besser so nach Hause bringen?«

»Nein.« Sie drehte sich auf den Bauch und ließ sich hinabrutschen, bis sie mit den Füßen den Boden berührte. »Wie dumm von mir«, sagte sie. »Mir geht es wieder besser, wirklich. Geben Sie mir bitte meine Zügel.«

»Mackie...«

Plötzlich drehte sie sich von mir weg und erbrach sich, von Krämpfen geschüttelt, in den Schnee.

Ich sprang mit beiden Zügeln in den Händen ab und versuchte, ihr zu helfen.

»O je«, sagte sie mit schwacher Stimme und suchte nach einem Taschentuch, »Ich muß irgend etwas Mieses gegessen haben.«

»Meine Kochkünste können es nicht gewesen sein.«

»Nein.« Sie fand das Tuch und lächelte gequält. Sie und Perkin waren am Vorabend nicht zum Essen – es gab Brathähnchen – geblieben. »Ich fühle mich schon seit einigen Tagen nicht wohl.«

»Gehirnerschütterung«, vermutete ich.

»Nein, schon vorher. Vielleicht die Anspannung wegen der Verhandlung.« Sie atmete einige Male tief durch und putzte sich die Nase. »Ich bin wieder in Ordnung. Das verstehe ich nicht.«

Sie blickte mich verwirrt an, und ich sah ganz deutlich, wie ihr ein Gedanke in den Kopf fuhr, der ihren Gesichtsausdruck von Erstaunen in Hoffnung und dann... in Freude verwandelte.

»Oh!« stieß sie verzückt aus. »Denken Sie, daß... ich meine, ich habe mich schon die ganze Woche morgens nicht so gut ... aber nach zwei Jahren hatte ich schon nicht mehr zu hoffen gewagt, und außerdem wußte ich nicht, daß es einem gleich am Anfang so schlecht wird ... ich meine, ich hatte nicht den geringsten Verdacht ... bei mir ist es immer sehr unregelmäßig.« Sie lachte. »Verraten Sie Tremayne nichts davon; auch Perkin nicht. Ich will erst noch ein bißchen warten, um sicher zu sein. Aber ich *bin* mir sicher. Es erklärt eine ganze Reihe eigenartiger Dinge, die mir in der letzten Woche passiert sind. Meine Brustwarzen haben gespannt, meine Hormone verrückt gespielt. Ich kann es noch nicht glauben. Ich platze gleich vor Freude.«

Ich dachte, ich hätte noch nie zuvor jemanden so uneingeschränkt und aus tiefstem Herzen glücklich gesehen, und ich freute mich außerordentlich für sie.

»Was für eine Offenbarung!« rief sie. »Als hätte es gerade ein Engel verkündet ... wenn das nicht allzu blasphemisch klingt.«

»Steigern Sie sich nicht zu sehr hinein.«

»Seien Sie nicht albern. Ich bin sicher.« Auf einmal schien ihr wieder einzufallen, wo wir uns befanden. »Tremayne wird sich aufregen, wenn wir ihn so lange warten lassen.«

»Ich reite zu ihm und erzähle ihm, daß Sie nach Hause sind, weil Sie sich nicht wohl fühlten.«

»Nein, auf keinen Fall. Ich fühle mich wieder gut. Ich habe mich in meinem ganzen Leben noch nicht besser gefühlt. Es geht mir außerordentlich und unübertroffen gut. Helfen Sie mir in den Sattel.«

Ich sagte ihr, sie müsse sich ausruhen, doch sie widersprach mir energisch, und zu guter Letzt beugte ich mich ihrem Willen, hob sie in den Sattel und kletterte selbst wieder auf Touchys breiten Rücken. Sie nahm die Zügel, als wäre nichts geschehen, und ritt in leichtem Galopp die Strecke hinauf, wobei sie sich umschaute, ob ich ihr auch folgte. Ich schloß mich ihr an, in der Erwartung, den ganzen Weg in diesem gemächlichen Tempo zurückzulegen, doch kaum hatte ich sie eingeholt, wurde sie erheblich schneller, und ich konnte schlecht zurückbleiben und sagen, Augenblick mal, ich bin schon lange nicht mehr geritten und könnte leicht vom Pferd fallen. Statt dessen legte ich, wie mir gesagt worden war, die Ellenbogen an und verließ mich auf mein Glück.

Kurz vor dem Ziel spornte Mackie ihr Pferd zum vollen Galopp an, und in genau diesem Tempo rasten wir an Tremayne vorbei. Ich nahm ihn schemenhaft wahr, wie er breitbeinig auf dem kleinen Beobachtungshügel stand, aber meine ganze Aufmerksamkeit konzentrierte sich auf mein Gleichgewicht, die Zügel und auf das, was sich da vor mir zwischen Touchys Ohren abspielte.

Als Mackie ihr Tempo verlangsamte, wurde auch Touchy Gott sei Dank langsamer und kam gütigerweise zum Stehen, ohne seinen Reiter abzuwerfen, Freitag hin, Freitag her. Ich war außer Atem und erregt und konnte mir gut vorstellen, mich nach ein oder zwei weiteren solcher Übungen an Touchy zu gewöhnen.

»Wo zum Teufel seid ihr gewesen?« wollte Tremayne, der bei uns und dem Rest der Reiter angekommen war, von mir wissen. »Ich dachte schon, Sie hätten gekniffen.«

»Wir haben uns nur unterhalten«, sagte Mackie.

Tremayne sah in ihr vor Aufregung glühendes Gesicht und zog womöglich falsche Schlüsse daraus, sagte aber nichts. Er befahl allen, im Schritt zurück auf die Bahn zu gehen, dort abzusteigen und die Pferde wie sonst auch den letzten Teil des Weges am Zügel zurückzuführen.

Mackie, die wieder an der Spitze ritt, fragte mich, ob ich die Nachhut übernehmen wollte, um sicherzugehen, daß alle wohlbehalten daheim ankamen; ich übernahm die Aufgabe gerne. Tremaynes Traktor folgte uns langsam in angebrachter Entfernung.

Etwas später stampfte er in die Küche, wo ich mir gerade

Orangensaft aus dem Kühlschrank angelte, und polterte ohne Vorwarnung los: »Was hatten Sie denn mit Mackie zu besprechen?«

»Das wird sie Ihnen noch erzählen«, sagte ich lächelnd.

»Mackie kommt für Sie nicht in Frage«, sagte er angriffslustig.

Ich setzte den Orangensaft ab und richtete mich auf; ich wußte zuerst nicht, was ich sagen sollte.

»Wenn Sie wissen wollen, ob mir Mackie gefällt«, sagte ich dann doch, »dann antworte ich Ihnen: Ja, sie gefällt mir, sie ist ein tolles Mädchen. Aber ich habe kapiert, daß sie nicht in Frage kommt. Wir haben nicht geflirtet, Süßholz geraspelt oder wie Sie es sonst ausdrücken wollen. Absolut nicht!«

Er grummelte eine Weile vor sich hin und sagte dann: »Gut, in Ordnung«, und ich dachte mir, daß er Mackie auf seine Weise nicht weniger für sich beanspruchte als Perkin.

Kurz darauf, als er den Toast kaute, den ich für ihn zubereitet hatte, schien er den Vorfall schon vergessen zu haben.

»Wenn Sie möchten«, sagte er, »können Sie jeden Morgen ausreiten.«

Er bemerkte, wie sehr ich mich darüber freute. »Das würde ich sehr gerne tun.«

»Dann ist es beschlossene Sache.«

Der Tag verging nach dem Muster, das sich inzwischen eingeschliffen hatte: Zeitungsschnipsel, Rindfleisch-Sandwiches, Tonbandaufnahmen, Drinks am Abend, Gareth' Ankunft, Abendessen kochen. Dee-Dee hatte ihr Mißtrauen mir gegenüber verloren, Perkin hingegen nicht. Tremayne hatte anscheinend meine Versicherung vom Morgen akzeptiert, und Mackie grinste in ihren Tonic ohne Gin hinein, wobei sie es vermied, meinem Blick zu begegnen; sie befürchtete, jemand könnte entdecken, daß wir ein kleines Geheimnis miteinander hatten.

Am Samstagmorgen ritt ich Touchy wieder, aber Mackie war nirgends zu sehen. Sie hatte Tremayne angerufen und ihm gesagt, sie fühle sich nicht wohl, doch beim Frühstück erschien sie mit Perkin in der Küche, er hatte den Arm um ihre Schulter gelegt, noch besitzergreifender als sonst.

»Wir müssen dir etwas mitteilen«, sagte Perkin zu Tremayne.

»So, was denn?« fragte Tremayne, der mit irgendwelchen Papieren beschäftigt war.

»Dann hör mal zu. Wir bekommen ein Baby.«

»Das glauben wir jedenfalls«, fügte Mackie hinzu.

Tremayne war augenblicklich die Aufmerksamkeit selbst und sofort tief ergriffen. Er, der nicht gerade ein Mann war, der seine Gefühle offen zeigte, sprang zwar nicht von seinem Stuhl auf, um die beiden zu umarmen, aber er schnurrte buchstäblich wie ein Katze und schlug mit der Faust auf die Tischplatte. Sohn und Schwiegertochter dechiffrierten diese Signale ohne Schwierigkeiten und sahen rundum zufrieden mit sich und der Welt aus. Sie setzten sich an den Tisch, tranken einen Kaffee mit uns und rechneten aus, daß die Geburt im September stattfinden würde, über das genaue Datum waren sie sich nicht einig.

Mackie warf mir ein verstohlenes Lächeln zu, das mir Perkin verzieh. Sie wirkten jetzt beide viel verliebter und viel entspannter, als wäre ein großes Gewicht, das sich durch die vergebliche Liebesmühe auf sie getürmt hatte, plötzlich von ihnen gefallen.

Nach dieser Aufregung arbeitete ich den ganzen Morgen über an den Zeitungsausschnitten, ohne Unterstützung von Dee-Dees Kaffee, da sie samstags nicht arbeitete. Gareth ging Samstag morgens zur Schule und hatte einen zweiten Zettel an die Korktafel gepinnt: NACHMITTAGS FUSSBALLSPIEL; der Zettel mit ZUM FUTTERN WIEDER DA wurde deswegen nicht entfernt.

Tremayne verfluchte die noch immer andauernde Flaute im Pferderennsport, die sogar auf die Fernsehsendungen übergegriffen hatte, und sprach die Saga seiner frühen Lebensjahre auf Band, bis zu der Zeit, als er seinen Vater in ein Bordell begleitete.

»Mein Vater wollte keine andere haben als die Madame. Sie sagte, sie habe sich schon lange aus dem aktiven Geschäft zurückgezogen, doch zu guter Letzt entsprach sie seinen Wünschen doch. Sie konnte ihm einfach nicht widerstehen, dem verrückten alten Charmeur.«

Am Abend kochte ich für uns drei Junggesellen Lammkoteletts mit Erbsen und ungeschälten Kartoffeln, und am Sonntagmorgen besuchten Fiona und Harry die Ställe, um nach ihren Pferden zu sehen und sich anschließend mit Tremayne im Familienzimmer einen Schluck zu genehmigen. Nolan begleitete sie, aber ohne Lewis. Eine Tante von Harry, auch eine Mrs. Goodhaven, war ebenfalls mit von der Partie. Mackie, Perkin und Gareth stießen dazu, wie bei einem gängigen Ritual.

Mackie konnte die frohe Neuigkeit nicht länger für sich behalten, und Fiona und Harry umarmten sie herzlich, während Perkin eine wichtige Miene aufsetzte und Nolan halbherzig seine Glückwünsche loswurde. Tremayne spendierte Champagner.

Ungefähr zur gleichen Zeit, zehn Meilen entfernt im tiefen Forst, stieß ein Wildhüter auf das, was von Angela Brickell übriggeblieben war.

7

Die Entdeckung hatte an diesem Sonntag noch keine Auswirkungen auf Shellerton, denn zunächst wußte niemand, wessen Knochen dort zwischen den kahlen Dornbüschen und den schlafenden Eichen lagen.

Der Wildhüter ging nach Hause zu seinem Sonntagsbraten und benachrichtigte die Ortspolizei, nachdem er gegessen hatte. Wenn die Knochen schon so alt waren, dachte er, dann macht es nichts aus, wenn sie noch eine Stunde länger dort draußen warteten.

In Tremaynes Haus zeigte Gareth, nachdem man auf die zukünftigen Vickers getrunken hatte, Fiona einige meiner Reiseführer, und sie reichte die Bücher voll Staunen an Harry weiter. Nolan schnappte sich zerstreut den Band *Safari* und sagte zu niemand Bestimmtem, daß nur die allerletzten Blödmänner nach Afrika zur Tigerjagd fahren würden.

»In Afrika gibt es keine Tiger«, sagte Gareth.

»Stimmt. Deshalb sind es ja Blödmänner.«

»Oh, ... das war ein Witz.« Gareth erkannte, daß er zum Narren gehalten worden war. »Sehr lustig.«

Obwohl Nolan der kleinste Mann im Raum war, dominierte er in körperlichem Sinne alle anderen, er stellte sogar Tremayne in den Schatten. Seine starke animalische Ausstrahlung und sein grobschlächtiges, finsteres Äußeres schienen die Luft statisch aufzuladen, als könne er allein durch seine Gegenwart Funken schlagen. Man konnte sich vorstellen, daß Mackie wie vom Blitz getroffen worden war. Man konnte sich vorstellen, wie Olympia durch einen gewalttätigen Unfall gestorben war. Auf Nolan reagierte man nicht mit dem Verstand, sondern mit dem Instinkt.

Harrys Tante blätterte leicht pikiert in *Eis*, geradeso als hätte man sie mit der Ausgeburt einer minderwertigen Gattung konfrontiert.

»Wie furchtbar holprig«, sagte sie mit einer Stimme, deren Trägheit an die von Harry erinnerte, ohne jedoch Harrys gottgegebenen Schalk zu besitzen.

»Ähm«, Harry wandte sich an mich, »ich habe euch noch nicht richtig miteinander bekannt gemacht. Darf ich Sie meiner Tante vorstellen, Erica Goodhaven. Sie ist Schriftstellerin.«

Ich bemerkte einen unterschwelligen Anflug von Boshaftigkeit in seinen Augen. Fiona lächelte mich verstohlen an, und beide sahen so aus, als sollte ich in diesem Moment zu ihrer Unterhaltung den Löwen zum Fraß vorgeworfen werden; die reinste Vorfreude, unbestreitbar.

»Erica«, sagte Harry, »John hat diese Bücher geschrieben.«

»Und einen Roman«, fügte Tremayne hinzu, der mir zu Hilfe kam, obwohl ich mir nicht sicher war, ob ich diese Hilfe benötigte. »Er wird bald veröffentlicht. Außerdem verfaßt er meine Biographie.«

»Einen *Roman*«, sagte Harrys Tante, genauso schleppend wie vorher. »Wird bald veröffentlicht. Wie *interessant*. Auch ich, mein Herr, schreibe Romane. Unter meinem Mädchennamen, Erica Upton.«

Jetzt wurde mir alles klar: einem Literaturlöwen zum Fraß vorgeworfen; und gleich einem ausgewachsenen, einer wahren Löwin. Erica Upton hatte ihre hochkarätige, mit Preisen bedachte Reputation aufgrund ihrer Gelehrsamkeit, ihrer eleganten Syntax, der esoterischen Hintergrundinformationen, der elegischen Charakterzeichnungen und der tiefgreifenden Kenntnisse auf dem Gebiet des Inzests erlangt.

»Ihre Tante?« fragte ich Harry.

»Angeheiratet.«

Tremayne füllte mein Glas mit Champagner auf, als hätte ich das jetzt bitter nötig, und murmelte mir zu: »Die frißt Sie mit Haut und Haaren.«

Momentan befand sie sich noch auf der anderen Seite des Zimmers. Sie sah tatsächlich ein bißchen raubtierhaft aus, ansonsten war sie eine schlanke, energisch wirkende grauhaarige Dame in einem grauen Wollkleid; sie trug flache Schuhe und keinen Schmuck. Eine Tante wie aus dem Bilderbuch, dachte ich; mit der Ausnahme, daß die Tanten der meisten Leute nicht Erica Upton waren.

»Worum geht es denn in Ihrem Roman?« hakte sie sofort nach. Ihre Stimme klang gönnerhaft, aber das machte mir nichts aus. Es stand ihr zu.

Auch die anderen warteten gespannt auf meine Antwort. Nicht zu fassen, dachte ich, daß neun Leute plötzlich aufhörten, sich wie üblich lautstark zu unterhalten.

»Es geht um das Überleben«, sagte ich höflich.

Alle hörten zu. Erica Upton hörten immer alle zu.

»Welche Art von Überleben?« fragte sie. »Medizinisch? Ökologisch? Künstlerisch?«

»Es handelt von einer Gruppe Reisender, die durch ein Erdbeben von der Zivilisation abgeschnitten wurden. Es geht darum, wie sie damit zurechtkommen. Der Titel lautet: *Zuhause ist weit*.«

»Wie putzig«, sagte sie.

Anscheinend hatte sie nicht vor, mich niederzumachen, dachte ich. Sie wollte wohl nur bestätigt wissen, daß ihr eigenes Werk sich in lichten Höhen bewegte, die ich niemals erreichen würde; und damit hatte sie recht. Trotzdem überkam mich ein Anflug von Verwegenheit, genau, wie es mir auch auf Touchy passiert war: selbst wenn mir das Selbstvertrauen fehlte, einfach entspannen und ausprobieren!

»Mein Agent meint«, schob ich beiläufig nach, »daß *Zuhause ist weit* eigentlich von den spirituellen Konsequenzen von Erniedrigung und Furcht handelt.«

Sie nahm den Fehdehandschuh ohne Zögern auf. Ich sah, wie sich ihr Körper straffte und vermutete das gleiche bei ihrem Geist.

»Sie sind zu jung, als daß Sie wirklich etwas Ergreifendes über spirituelle Konsequenzen zu schreiben in der Lage wären. Zu jung, als daß Ihre Seele davon berührt sein könnte. Zu jung für ein tiefes, intensives Verständnis, dessen man nur durch die Erfahrung tiefsten Unglücks anteilig wird.«

Stimmt das, fragte ich mich. Wie alt ist alt genug?

Ich mußte antworten: »Sollten nicht auch der Zufriedenheit gewisse Erkenntnisse zugestanden werden?«

»Sie verfügt über keine. Erkenntnis gedeiht am besten auf steinigem Boden. Wer niemals gelitten hat, arm ist oder der Melancholie frönt, leidet unter verzerrter Wahrnehmung.«

Das mußte ich mir erst einmal auf der Zunge zergehen lassen. Ich suchte nach einer Antwort.

»Ich *bin* arm«, sagte ich. »Arm genug jedenfalls, um wahrzunehmen, daß die Armut der Erzfeind der Moral ist.«

Sie beäugte mich, als würde sie gleich zum letzten Schlag gegen ihr Beutetier ausholen.

»Sie sind ein Leichtgewicht«, sagte sie dann, »wenn es Ihnen an der Erkenntnis der moralischen Kraft gebricht, die in der Befreiung und der Genugtuung liegt, die eben dieser Mangel hervorruft.«

Ich schluckte. »Ich möchte kein Heiliger sein. Ich suche Erkenntnis mittels einer Kombination aus Phantasie und gesundem Menschenverstand.«

»Sie sind kein ernsthafter Schriftsteller.« Eine schwere Anschuldigung; ihre schärfste.

»Ich schreibe, um die Leute zu unterhalten«, sagte ich.

»Und ich«, sagte sie einfach, »schreibe, um die Leute zu erleuchten.«

Darauf fiel mir keine passende Antwort ein. Mit einer kleinen Verbeugung sagte ich leicht säuerlich: »Ich gebe mich geschlagen.«

Sie lachte erfreut auf, ihre Muskeln entspannten sich. Die Löwin hatte ihr Opfer verschlungen, und alles war gut. Sie drehte sich weg und fing ein Gespräch mit Fiona an. Harry bahnte sich einen Weg zu mir, während ich mich mit einem großen Schluck meines Champagners entledigte.

»Sie haben sich ganz gut geschlagen«, sagte er. »Ein erfrischendes kleines Duell.«

»Sie hat mich aufgespießt.«

»Allerdings. Machen Sie sich nichts daraus. Wir hatten jedenfalls unseren Spaß.«

»Sie haben das doch arrangiert.«

Er grinste. »Sie rief mich heute vormittag an. Hin und wieder kommt sie zum Mittagessen vorbei, und ich fragte sie, ob sie nicht Lust hätte vorbeizuschauen. Ich konnte einfach nicht widerstehen.«

»So was nenne ich einen guten Kumpel.«

»Seien Sie ehrlich. Sie haben es genossen.«

Ich seufzte. »Sie hat mich um Längen geschlagen.«

»Sie ist mehr als doppelt so alt wie Sie.«

»Um so schlimmer.«

»Mal im Ernst«, lenkte er dann ein, als brauche mein Ego ein freundliches Schulterklopfen, »diese Überlebensbücher sind sehr gut. Hätten Sie etwas dagegen, wenn wir ein paar davon mit nach Hause nehmen?«

»Sie gehören eigentlich Tremayne und Gareth.«

»Ich werde sie fragen.« Er schaute mich merkwürdig an. »Mit Ihrer Courage haben Sie wohl keine Probleme, was?«

»Wie meinen Sie das?«

»Sie haben sie herausgefordert. Das hätten Sie nicht tun müssen.«

Ich lachte auf. »Mein Agent nennt das impulsives Verhalten. Er meint, es wird mich eines schönen Tages umbringen.«

»Sie sind älter, als Sie aussehen«, sagte Harry geheimnisvoll, dann ging er zu Tremayne, um mit ihm zu reden.

An seiner Stelle gesellte sich Mackie zu mir, die ihren Drink so gut wie nicht angerührt hatte, um mir freundlicherweise die empfangenen Blessuren zu verarzten.

»Es ist nicht fair von ihr, Sie ein Leichtgewicht zu nennen«, sagte sie tröstend. »Harry hätte sie nicht mitbringen sollen. Ich weiß, daß sie überall hochgelobt wird, aber sie kann sehr verletzend sein. Ich habe schon gesehen, wie sie Menschen zum Weinen brachte.«

»Meine Augen sind trocken«, beruhigte ich sie. »Trinken Sie etwas Champagner?«

»Das sollte ich wohl besser nicht tun.«

»Vielleicht reichen Sie ihn gleich an die Schwerverletzten weiter.« Sie lächelte ihr bezauberndes Lächeln, und wir tauschten die Gläser.

»Ehrlich gesagt«, gab sie dann zu, »habe ich nicht alles verstanden, was Erica von sich gegeben hat.«

»Sie wollte sagen, daß sie klüger ist wie ich.«

»Klüger als.«

»Klüger als«, pflichtete ich ihr bei.

»Ich möchte wetten, sie kann niemanden auffangen, der gerade ohnmächtig vom Pferd fällt.«

Mackie war, wie schon Tremayne bemerkt hatte, eine außerordentlich liebenswerte, nette junge Frau.

Angela Brickells Überreste lagen auf dem Quillersedge Anwesen, in der westlichen Ecke, die an die Ländereien der Chilterns angrenzt.

Der Wildhüter von Quillersedge teilte der Ortspolizei per Telefon mit, daß sie ihn in seinem Landhaus auf dem Anwesen abholen und dann gemeinsam auf Privatwegen so nah wie möglich an die Knochen heranfahren sollte. Den Rest des Weges müsse man dann zu Fuß zurücklegen.

Die wenigen Polizisten, die an diesem Sonntagnachmittag Dienst hatten, dachten an das nasse Unterholz und schüttelten sich.

Die ungeplante Party in Tremaynes Haus nahm ihren Fortgang. Fiona und Mackie saßen nebeneinander auf dem Sofa, Silberblond neben dunklem Rotbraun, und unterhielten sich über Mackies Baby. Nolan diskutierte mit Tremayne über die Pferde, die er auch weiterhin zu reiten hoffte, sobald die Rennsaison anfing. Gareth reichte Kartoffelchips herum, wobei er die meisten selbst vertilgte, und Perkin las allen laut vor, wie man sich verhalten soll, wenn man sich verlaufen hat.

»›Gehen Sie nach unten, nicht nach oben‹«, las er. »›Menschen leben in Tälern. Folgen Sie den Flüssen stromabwärts. Menschen siedeln sich entlang der Flüsse an.‹ Ich kann mir nicht vorstellen, daß ich diese Ratschläge jemals gebrauchen könnte. Ich mache einen großen Bogen um jeden Dschungel.«

»Sogar im Lake District können Sie in die Verlegenheit kommen«, sagte ich ruhig.

»Ich haße es, zu Fuß zu gehen, basta!«

»John«, rief Harry, »Erica möchte wissen, aus welchem Grund Sie bei Ihren Büchern das Bergsteigen ausgelassen haben.«

»Ich bin nie dazu gekommen«, sagte ich, »außerdem gibt es zu diesem Thema schon Dutzende von Büchern.«

Erica, der ein siegreiches Funkeln noch in den Augen blitzte, fragte mich, welcher Verlag meinen Roman herausbringen würde. Als ich ihr den Namen nannte, zog sie bedächtig die

Augenbrauen in die Höhe und machte keinerlei herabsetzende Bemerkung.

»Ein guter Verlag, oder nicht?« fragte Harry mit bebenden Lippen.

»Renommiert«, gab sie immerhin zu.

Fiona sprang auf und fing an, sich von allen zu verabschieden, bei den meisten mit Küßchen. Gareth duckte sich unter seinem weg, bei mir jedoch blieb sie stehen und drückte ihre Wange an die meine.

»Wie lange bleiben Sie hier?« fragte sie.

Tremayne kam mir mit der Antwort zuvor: »Noch drei Wochen. Dann werden wir weitersehen.«

»Dann laden wir Sie zum Abendessen ein«, sagte Fiona. »Nolan, auf geht's. Erica, fertig? Mach's gut, Mackie, paß auf dich auf.«

Als alle draußen waren, schwebten Mackie und Perkin wie auf Wolken in ihre Gefilde hinüber; ich sammelte mit Tremayne die Gläser ein und steckte sie in den Geschirrspüler.

Gareth meldete sich: »Wenn ihr noch mal mit Rindfleischpastete einverstanden seid, dann koche ich das Mittagessen.«

Ungefähr zur gleichen Zeit, als wir uns die Pastete schmecken ließen, kamen zwei Polizisten mit dem Wildhüter bei der kläglichen Ansammlung von Knochen an, und das Schicksal nahm seinen Lauf. Sie knüpften Seile an Baumstämme, um den Fundort zu markieren und abzusperren, und forderten über Funk weitere Instruktionen an. Langsam, aber sicher sickerte die Information nach oben durch, bis sie schließlich bei Chefinspektor Doone von der Thames Valley Police ankam, der gerade bei einem Mittagschläfchen seinem Yorkshire Pudding nachtrauerte.

Da das Tageslicht nurmehr eine knappe Stunde halten würde, entschied Doone, daß er am nächsten Morgen sofort als Allererstes sämtliche Männer zusammenrufen und dann mit einem Gerichtsmediziner und einem Fotografen vor Ort ziehen würde, zwecks Fundortuntersuchung und Dokumentation. Er war fest davon überzeugt, daß die Knochen von einem der aberhundert Teenager stammten, die im vergangenen Sommer sein Revier mit nächtelangen Parties verseucht hatten. Drei andere waren schließlich schon an Drogenmißbrauch draufgegangen.

In Tremaynes Haus ging ich mit Gareth hinauf in mein Zimmer. Er wußte, daß ich eine Überlebensausrüstung dabeihatte und wollte sie sich ansehen.

»Ist es so eine wie in den Büchern?« fragte er ungeduldig, als ich einen schwarzen, wasserdichten Beutel, den man um die Taille tragen konnte, hervorkramte.

»Nein, nicht direkt.« Ich überlegte kurz. »Zur Zeit besitze ich drei Überlebensausrüstungen. Eine kleine, die ich immer dabei habe. Diese hier für längere Ausflüge und schwieriges Terrain; und dann noch eine, die ich nicht mitgebracht habe, die besteht aus einer Menge Campingausrüstung für die Wildnis, eher sowas wie ein Rucksack auf einem Gestell.«

»Das hätte ich gerne gesehen«, sagte Gareth sehnsüchtig.

»Vielleicht klappt es eines Tages, wer weiß.«

»Ich erinnere Sie daran.«

»Ich zeige dir zuerst die kleinste Ausrüstung«, sagte ich, »die mußt du dir aber von unten holen. Du findest sie in der Jacke meines Anoraks in der Garderobe.«

Er rannte eifrig davon und kam kurz darauf mit skeptischer Miene zurück; in der Hand hielt er eine flache Metallbüchse, kleiner als ein Taschentuch, die mit schwarzem Klebeband verschlossen war.

»Ist es das?« fragte er.

Ich nickte. »Mach es vorsichtig auf.«

Er tat wie geheißen und breitete den Inhalt auf der weißen Bettdecke aus, wobei er die einzelnen Posten laut aufsagte.

»Zwei Streichholzheftchen, ein Kerzenstummel, eine kleine

Rolle dünner Draht, ein Stück gezackter Draht, ein paar Angelhaken, ein kleiner Bleistift und ein Stück Papier, Nadel und Zwirn, zwei Heftpflaster und ein Plastiksäckchen, zusammengefaltet und mit einer Büroklammer verschlossen.« Er sah enttäuscht aus. »Damit kann man nicht sehr viel anfangen.«

»Nur ein Feuer anzünden, Holz sägen, etwas Eßbares fangen, Wasser sammeln, eine Landkarte anfertigen und Wunden nähen. Der gezackte Draht ist eine aufrollbare Säge.«

Er sperrte den Mund auf.

»Außerdem trage ich an meinem Gürtel immer zwei Dinge.« Ich löste den Gürtel und zeigte ihn. »In den Gürtel selbst sind auf der Innenseite Taschen mit Reißverschluß eingearbeitet, wo man sein Geld aufbewahren kann. Momentan ist da das Geld von deinem Vater drin. Ich habe so gut wie nie eine Brieftasche dabei. Und was die anderen Dinge da im Gürtel betrifft: eins ist ein Messer und das andere ein Mehrzweck-Überlebenswerkzeug.«

»Darf ich mal sehen?«

»Klar.«

Bei der Klinge in der schwarzen Leinenhülle mit Klettverschluß handelte es sich um ein starkes Klappmesser mit schräggezackter, ungewöhnlich scharfer Schneide, die im aufgeklappten Zustand nicht mehr als achtzehn, zusammengeklappt ganze zehn Zentimeter maß. Gareth klappte es auf, bis die Klinge einrastete, und betrachtete es mit großem Erstaunen.

»*Das* ist ein Messer«, sagte er. »Hatten Sie es auch vorhin während der Party bei sich?«

»Ich habe es immer dabei. Es wiegt nur hundertunddreißig Gramm, ein achtel Kilo. Das Gewicht ist sehr wichtig, vergiß das nicht. Wenn man alles tragen muß, sollte man so leicht wie möglich auf Tour gehen.«

Er öffnete das andere Objekt, das am Gürtel befestigt war, ein kleines Lederetui von zirca zehn mal acht Zentimetern, in dem sich ein etwas kleineres flaches, rechteckiges Objekt befand, Gesamtgewicht einhundert Gramm.

»Was ist das?« fragte er und legte es auf seine Handfläche. »So etwas habe ich noch nie gesehen.«

»Das habe ich anstelle eines normalen Taschenmessers dabei. Auf der einen Seite ist eine Klinge und auf der anderen eine kleine Schere versteckt. Das kleine runde Ding dort ist ein Vergrößerungsglas; damit kann man Feuer machen, wenn die Sonne scheint. Mit diesen anderen komisch geformten Kanten kann man Büchsen aufmachen, Kronkorken abziehen, Schrauben eindrehen, Fingernägel feilen und Messer schärfen. An den Längsseiten sind wie bei einem Lineal Inches und Zentimeter eingetragen, und die Rückseite ist blankpoliert, damit kann man Signale geben.«

»Toll.« Er drehte die Scheibe um und schaute in sein eigenes Gesicht. »Das ist wirklich Klasse.«

Dann packte er all die vielen kleinen Sachen in die flache Metallschachtel zurück und meinte, Angelhaken würden nicht allzuviel nutzen, wenn weit und breit kein Fluß in der Nähe ist.

»Man kann auch Vögel mit Angelhaken fangen. Sie stürzen sich wie Fische auf den Köder.«

Er starrte mich ungläubig an. »Haben Sie schon Vögel gegessen?«

»Hühner sind auch Vögel.«

»Normale Vögel, meine ich.«

»Tauben? Vierundzwanzig Amseln? Wenn man genug Hunger hat, ißt man alles mögliche. Unsere Vorväter haben sich von allem ernährt, was ihnen in die Finger kam. Das war ganz normal, damals.«

Für ihn war die Normalität ein Tiefkühler voll Pizza. Er hatte nicht die geringste Vorstellung davon, was es bedeutete, wie ein Urmensch nur auf die Natur angewiesen zu sein. Es war auch sehr unwahrscheinlich, daß er diese Erfahrung jemals machen würde, trotz des lebhaften Interesses, das er im Augenblick an den Tag legte.

Ich hatte einmal einen vollen Monat auf einer Insel zugebracht, ohne Ausrüstung oder sonstige moderne Hilfsmittel. Ich wußte nur, daß es Wasser gab und daß ich am Ende abgeholt werden würde, und trotz dieser Gewißheiten und meiner geballten Professionalität auf diesem Gebiet war es mir unsagbar schwer gefallen durchzuhalten. Bei dieser Gelegenheit hatte ich für mich persönlich entdeckt, daß das Überleben weit mehr vom geistigen als vom körperlichen Zustand abhing.

Aufgrund meines dringlichen Anratens nahm die Reisefirma von Ferienangeboten dieser Art Abstand.

»Und wenn wir eine Gruppe aussetzen?« fragten sie. »Nicht nur einen einzelnen.«

»Eine Gruppe braucht mehr Lebensmittel«, ermahnte ich sie. »Die Spannungen wären unerträglich. Die würden sich gegenseitig umbringen.«

»Na gut. Dann also komplette Campingausrüstung, mit den wichtigsten Hilfsmitteln und mit Radios.«

»Und wählt einen Anführer, bevor sie losziehen.«

Selbst mit diesen Vorsichtsmaßnahmen verliefen nur die wenigsten Urlaube von ›Schiffbrüchigen‹ ohne ernsthafte Zwischenfälle, so daß die Firma sie letztendlich aus dem Programm strich.

Gareth legte die Rolle mit dem feinen Draht in den Behälter zurück und sagte: »Ich nehme an, dieser Draht ist für die Fallen, die im Buch beschrieben sind.«

»Nur für die einfachsten.«

»Ein paar von den Fallen sind ganz schön gemein.«

»Das müssen sie leider sein.«

»Da kommst du so als harmloses Kaninchen angehoppelt, kümmerst dich nur um deine eigenen Angelegenheiten und merkst nicht, daß da ein Draht gespannt ist; du stolperst drüber und plötzlich zack! hängst du zusammengeschnürt in einem Netz oder wirst von Holzbalken erschlagen. Haben Sie das alles ausprobiert?«

»Sogar oft.«

»Mir gefällt die Sache mit Pfeil und Bogen viel besser.«

»Na ja, ich habe eine Anleitung mit hineingenommen, wie man so etwas effektiv bastelt, weil unsere Vorväter mit Pfeil und Bogen gejagt haben, aber es ist nicht einfach, ein bewegliches Ziel zu treffen; sogar unmöglich, wenn es sehr klein ist. Es ist nicht mit einem herkömmlichen Bogen zu vergleichen, mit dem man Metallpfeile auf ein nettes, rundes, feststehendes Ziel abfeuert, wie beim Wettschießen. Mir sind Fallen immer lieber gewesen.«

»Haben Sie denn jemals etwas mit einem Pfeil getroffen?«

Ich mußte grinsen. »Einmal habe ich einen Apfel vom Baum geschossen, als ich noch klein war. Ich durfte nur das Fallobst essen, aber es lag gerade nichts unten. Pech, daß meine Mutter gerade zum Fenster herausschaute.«

»Mütter!«

»Tremayne sagte, du siehst deine Mutter ab und zu.«

»Ja, das stimmt auch.« Er blickte mich kurz an und sah sogleich wieder weg. »Hat Dad Ihnen erzählt, daß meine Mutter nicht Perkins Mutter ist?«

»Nein«, sagte ich langsam. »Ich glaube, bis dahin sind wir noch nicht gekommen.«

»Die Mutter von Perkin und Jane ist schon vor Urzeiten gestorben. Jane ist meine Schwester – Halbschwester, besser gesagt. Sie hat einen französischen Trainer geheiratet und lebt mit ihm in Chantilly, so eine Art französisches Newmarket. Es ist immer sehr lustig bei Jane. Im Sommer fahre ich immer hin, für ein paar Wochen.«

»Sprichst du Französisch?«

Er grinste. »Ein bißchen. Mir kommt es immer so vor, als

müßte ich gerade dann wieder wegfahren, wenn ich es beinahe kapiert hätte. Und Sie?«

»Ein wenig Französisch, Spanisch etwas besser, aber momentan sind beide Sprachen ein bißchen eingerostet.«

Er nickte und fummelte an einem Stück Klebeband, das er wieder um die Büchse wickelte.

Ich beobachtete ihn, und nach einer Weile sagte er: »Meine Mutter kommt oft im Fernsehen. Das meint Dad, wenn er sagt, ich sehe sie ab und zu.«

»Im Fernsehen! Ist sie Schauspielerin?«

»Nein. Sie kocht. Sie macht manchmal in einer von diesen Nachmittagssendungen mit.«

»Eine Köchin!« Ich konnte es kaum glauben. »Aber dein Vater macht sich nichts aus Essen.«

»Ja, das behauptet er immer, aber er hat sehr wohl gegessen, was Sie gekocht haben. Ich glaube, meine Mutter hat ihn mit ihren ausgefallenen Rezepten auf die Palme gebracht. Mir war das ziemlich egal, außer daß ich auch nicht das gekriegt habe, was mir am besten schmeckt, und als sie weg war, haben wir uns einfach darauf beschränkt, was wir am liebsten essen, und dabei ist es dann geblieben. Nur vor kurzem hätte ich gerne Vanillesoße gemacht, doch mir ist dabei die Milch angebrannt, und es schmeckte abscheulich. Wußten Sie, daß Milch anbrennen kann? Na egal, sie ist jetzt mit jemand anderem verheiratet. Ich kann ihn nicht leiden. Ich kümmere mich nicht um die beiden.«

Es klang so, als hätte er alles gesagt, was es zu diesem Thema zu sagen gab, und beschäftigte sich wieder mit den einfacheren Dingen wie dem Überleben; jetzt wollte er die zweite Ausrüstung begutachten, den schwarzen Beutel.

»Langweilst du dich nicht?« fragte ich.

»Ich kann's kaum abwarten.«

Ich gab ihm den Beutel und ließ ihn die drei mit Reißverschluß und Klettband verschlossenen Taschen leeren und den Inhalt wieder auf dem Bett ausbreiten. Obwohl die Tasche selbst wasserdicht war, hatte ich fast jedes einzelne Stück darin extra in eine kleine Plastiktüte eingewickelt und mit einem Stück Drahtband fest zugedreht; ein zusätzlicher Schutz vor Sand und Insekten. Gareth machte einige der Tüten auf und wunderte sich über den Inhalt.

»Erklären Sie mir, was das ist. Klar, mit zwanzig Streichholzbriefchen kann man viel Feuer anmachen, aber was haben diese Baumwollbällchen da zu suchen?«

»Sie brennen sehr schnell und zünden wiederum trockene Zweige an.«

»Oh. Die Kerze soll wohl Licht spenden, hab ich recht?«

»Und beim Feuermachen helfen. Das Wachs ist noch für eine Menge anderer Dinge von Nutzen.«

»Was ist das?« Er zeigte auf eine kleine, dicke Spule mit dünnem, gelbem Draht.

»Das ist Kevlar-Garn, eine Art Plastik, so stark wie ein Stahlseil; gut fünfhundert Meter lang. Daraus kann man Netze knüpfen, alles mögliche zusammenbinden, angeln oder ein reißfestes Seil flechten. Es kam nicht mehr rechtzeitig auf den Markt, so daß ich es in den Büchern hätte erwähnen können.«

»Und das hier?« Diese kleine Dose mit der hellen Flüssigkeit und dem abgesägten Pinsel?«

Ich lächelte. »Das wird im Buch über die Wildnis erklärt: Leuchtfarbe.«

Er machte große Augen.

»Paß auf«, fing ich an zu erklären, »wenn du ein Lager aufgeschlagen hast und dich auf die Suche nach Essen oder Feuerholz machst, dann möchtest du ja nach Möglichkeit wieder zurückfinden, oder? Versteht sich. Also malst du mit dieser Farbe einen Klecks auf einen Baumstumpf oder einen Stein, immer so, daß man von einem Klecks aus den anderen noch sehen kann, und auf diese Weise findest du selbst im Dunkeln wieder zu deinem Lager zurück.«

»Geil«, meinte er.

»Das kleine rechteckige Ding dort mit dem Griff ist ein starker Magnet. Nützlich, aber nicht unbedingt notwendig. Damit kann man verlorene Angelhaken aus dem Wasser fischen. Man bindet den Magneten an eine Schnur und läßt ihn über den Grund baumeln. Angelhaken sind sehr wertvoll.« Er hielt mir einen kleinen, zylindrischen Plastikbehälter entgegen, einen von sechs im Beutel. »Da sind noch mehr Angelhaken drin«, sagte er. »Sind das nicht Filmdöschen? Ich dachte, die sind schwarz.«

»Fuji-Filme werden in diesen durchsichtigen Dosen verkauft. Ich benutze sie lieber, weil man sofort sehen kann, was drin ist. Sie wiegen nichts; sie lassen sich fest verschließen; sie sind absolut dicht. Perfekt. In den anderen Behältern befinden sich noch mehr Angelhaken, Nadel und Faden, Sicherheitsnadeln, Aspirin, Tabletten zum Wasserreinigen, lauter solche Sachen.«

»Was ist das für ein Knopf? Oh, ein Teleskop!« Er lachte und wog es auf der Handfläche.

»Fünfzig Gramm«, sagte ich, »vergrößert aber acht mal zwanzig.«

Er legte einen gewöhnlichen Kugelschreiber mit eingebauter Taschenlampe zur Seite, mit dem man im Dunkeln schreiben konnte, und zeigte sich auch von der Trillerpfeife, dem Block mit selbstklebenden Notizzetteln und der zusammengelegten Aluminiumfolie nicht sehr begeistert. (»Darin kann man Essen einwickeln und in der Glut backen«, sagte ich.) Was ihn wirklich faszinierte, war ein winziger Flammenwerfer, der eine fauchende blaue Flamme produzierte, die heiß genug war, um Lötmetall zu schmelzen.

»Geil«, wiederholte er. »Das ist echt Klasse.«

»Unfehlbar beim Feueranzünden«, sagte ich, »solange das Butangas reicht.«

»Sie schreiben in Ihren Büchern, daß das Feuermachen zuallererst kommt.«

Ich nickte. »Ein Feuer hebt die Stimmung. Man kommt sich nicht mehr so allein vor. Außerdem braucht man Feuer, um Flußwasser abzukochen, damit man es trinken kann, und natürlich zum Kochen; und zum Signalisieren, wo man sich aufhält, falls jemand nach einem Ausschau hält.«

»Und zum Wärmen.«

»Das auch.«

Gareth war beim letzten Stück angelangt, einem Paar Lederhandschuhe, die er für ziemlich weibisch hielt.

»Damit verdoppelst du deine Griffsicherheit«, erklärte ich. »Sie schützen dich vor Kratzern und Schnittwunden. Ganz abgesehen davon sind sie Gold wert beim Brennesselpflücken.«

»Ich würde sowieso keine Brennesseln pflücken.«

»Oh, doch. Gekocht schmecken die Blätter gar nicht mal übel, aber das Beste sind die Stiele; unglaublich sehnig. Wenn sie geschmeidig geklopft sind, kann man damit Äste zusammenbinden, damit baut man wiederum Schutzhütten oder Regale, damit die Sachen nicht auf dem Boden stehen, wegen der Feuchtigkeit und der Tiere.«

»Sie wissen so vieles«, sagte er.

»Ich bin in der Wildnis geboren; bildlich gesprochen.«

Er packte alles wieder akribisch zusammen, in umgekehrter Reihenfolge, wie er es ausgepackt hatte, und erkundigte sich, wieviel alles zusammen wog.

»Ungefähr zwei Pfund. Weniger als ein Kilo.«

Da fiel ihm plötzlich etwas ein: »Sie haben keinen Kompaß!«

»Er ist nicht da drin«, gab ich zu. Ich machte eine Schublade der Kommode auf und holte ihn für ihn heraus: ein flacher, mit Flüssigkeit gefüllter Kompaß, eingefaßt in ein farbloses, rechteckiges Stück Plastik, an dessen Rändern ein Zentimetermaß eingeprägt war. Ich zeigte ihm, wie er mit den Landkarten zusammenpaßte und es einem somit vereinfachte, seinen Kurs zu bestimmen, und erzählte ihm, daß ich ihn immer in meiner Hemdentasche parat hatte.

»Aber er war doch in der Schublade«, widersprach er.

»Ich werde wohl in Shellerton so schnell nicht verlorengehen.«

»Oben in den Downs schon«, sagte er mit vollem Ernst.

Ich bezweifelte das, versicherte ihm jedoch, daß ich den Kompaß von nun an immer mitnehmen würde, was mir den erwarteten schiefen Blick einbrachte. Als ich die Sachen wieder auf die Kommode stellte, fiel mir ein, wie wenig Zeit ich in diesem Zimmer mit seiner zusammengewürfelten Einrichtung und den verschlissenen Bezügen zugebracht hatte. Ich hatte mich noch kein einziges Mal danach gesehnt, mich hierher zurückzuziehen, obwohl es mir für einen Menschen, der Einsamkeit gewohnt war, recht eigenartig vorkam, daß ich plötzlich inmitten dieser Leute lebte, geradeso als wäre ich in ein Theaterstück gestolpert, das schon lange angefangen hatte und in dem ich ganz unerwartet mitspielen sollte. Noch drei Wochen würde ich hier verbringen und dann meinen Abgang machen, und das Stück würde einfach weitergespielt werden, als hätte ich die Bühne nie betreten. Bis dahin jedoch fühlte ich mich hineingezogen und überaus interessiert; ich wollte keine einzige Szene versäumen.

»Dieses Zimmer hat früher einmal Perkin gehört«, teilte mir Gareth mit, als hätte er die Verschlingungen meiner Gedanken mitgelesen. »Als das Haus unterteilt wurde, hat er sein ganzes Zeug mitgenommen. Damals war das hier ein super Zimmer.« Er zuckte die Achseln. »Wollen Sie meins mal sehen?«

»Sehr gerne.«

Er nickte und ging voraus. Gareth und ich benutzten das gleiche Badezimmer, das zwischen unseren Schlafzimmern lag. Weiter hinten befand sich Tremaynes Suite, in der er normalerweise mit lautem Türenschlagen verschwand.

Gareths Zimmer war ein typisches Jugendzimmer. Er schlief auf einer Plattform, die einen herausziehbaren Schreibtisch barg, ansonsten war das Zimmer mit einigen weißen Möbeln aus dem Raumzeitalter eingerichtet, die wahllos mit Postern von Popstars und Sportlern tapeziert waren. In den Regalen stand alles mögliche herum, und der Fußboden war mit Kleidern übersät.

Ich murmelte etwas Aufmunterndes, doch er ließ einen geringschätzigen Blick durch seine Räuberhöhle schweifen und sagte, daß er im Sommer, wenn sein Dad zustimmte, die ganze Bude umrüsten werde.

»Dad hat das Zimmer für mich eingerichtet, nachdem Mama weg war, damals war es absolut spitze. Aber jetzt werde ich allmählich zu alt dafür.«

»So ist das Leben«, sagte ich.

»Immer?«

»Sieht so aus.«

Er nickte, als hätte er bereits entdeckt, daß Veränderungen unvermeidbar und nicht immer das Schlechteste sind. In wortloser Übereinstimmung machten wir die Tür hinter seinem verblassenden Lebensabschnitt zu und gingen in das Familienzimmer hinunter, wo wir einen schlafenden Tremayne vorfanden.

Gareth zog sich gleich zurück, ohne ihn zu stören, und bat mich, ihm durch die Eingangshalle zu folgen. Er durchquerte sie und klopfte bei Mackie und Perkin an, woraufhin nach einigen Momenten Perkin öffnete.

»Dürfen wir für fünf Minuten reinkommen? Dad ist in seinem Sessel eingeschlafen, und du weißt ja, wie er sich anstellt, wenn ich ihn wecke.«

Perkin gähnte und machte seine Tür ein Stück weiter auf, allerdings ohne ausgeprägte Begeisterung, besonders was mich betraf. Er führte uns in sein Wohnzimmer, wo deutlich wurde, daß er und Mackie sich einen faulen Nachmittag bei der Lektüre der Sonntagszeitung gemacht hatten.

Mackie wollte sogleich aufstehen, als sie mich erblickte, doch dann entspannte sie sich wieder, als wollte sie sagen, ich gehörte jetzt zur Familie und könnte für mich selber sorgen. Perkin sagte zu Gareth, im Kühlschrank sei Cola, falls er etwas trinken wolle, aber Gareth wollte nicht.

Mit leichtem Kribbeln erinnerte ich mich daran, daß Olympia in diesem Zimmer, in Perkins und Mackies Wohnzimmer, gestorben war. Ich konnte nicht anders und schaute mich in dem Zimmer um, fragte mich, wo es geschehen war, wo Mackie und Harry Nolan gefunden hatten, wie er über dem Mädchen mit dem roten Kleid ohne Unterwäsche stand, und Lewis, betrunken oder nicht betrunken, in einem Sessel saß.

Von der gewalttätigen Szene war nichts mehr zu spüren in diesem angenehm großen Zimmer, kein verweilendes Schaudern störte die komfortable Atmosphäre, weder Kummer noch Bedauern. Die Verhandlung war vorbei, Nolan war frei und Olympia ein Häufchen Asche.

Unbekümmert von all dem fragte Gareth Perkin: »Darf ich John deinen Arbeitsraum zeigen?«

»Rühr dort bloß nichts an. Überhaupt nichts, hast du mich verstanden?«

»Großes Ehrenwort.«

Mit mir noch immer gehorsam im Schlepptau, durchquerte er die Diele und öffnete dann die Tür, die zu einer völlig anderen Welt führte, einer Welt, die von dem unglaublich feinen Geruch unbehandelten Holzes durchdrungen war.

Der Raum, in dem Perkin seine zukünftigen Antiquitäten schuf, war sehr großzügig geschnitten, wie auch all die anderen Zimmer in diesem riesigen Haus, aber auch nicht größer als sie. In dem Zimmer war alles sehr aufgeräumt, was ich eigentlich nicht erwartet hätte; nicht ein Stäubchen Holzwolle war auf dem lackierten, säuberlich gekehrten Holzfußboden zu entdecken.

Auf meinen Kommentar hin sagte Gareth, hier würde es immer so aussehen. Perkin benutzte immer nur ein Werkzeug und das räumte er wieder weg, bevor er ein anderes benötigte. Stichel und Schabhobel und all so was.

»Absolut ordentlich«, sagte Gareth. »Unheimlich penibel.«

Zu meiner Überraschung entdeckte ich an der einen Wand einen Gaskocher. »Da drin erhitzt er den Leim«, klärte mich Gareth auf, als er sah, daß ich ihn betrachtete, »und auch allerhand anderen Kram, zum Beispiel Leinöl.« Er zeigte in die andere Ecke des Zimmers: »Dort ist seine Werkbank, hier seine Kreissäge, da seine Schleifmaschine. Ich habe ihn noch nicht oft arbeiten sehen. Er mag es nicht, wenn ihm jemand dabei zuschaut, angeblich stört ihn das in seinem Gespür für das, woran er gerade arbeitet.«

Gareth' Stimme klang ungläubig, ich jedoch dachte mir, wenn ich schreiben sollte und mir laufend jemand dabei zusähe, würde auch nicht allzu viel dabei herauskommen.

»Woran arbeitet er zur Zeit?«

»Keine Ahnung.«

Er schnürte im Zimmer hin und her, blieb vor einigen Brettern Furnierholz stehen, die an der Wand lehnten, und betrachtete einen ordentlichen Stapel rechtwinklig abgeschnittener Hölzer, deren Farbpalette von exotisch schwarz bis walnußgolden reichte. »Aus denen macht er Beine«, sagte Gareth und zeigte mit dem Finger darauf.

Dann blieb er vor einer langen, soliden Arbeitsplatte stehen, einem Metzgertisch nicht unähnlich, und drehte den Kopf zu mir nach hinten: »Sieht so aus, als hätte er gerade hiermit angefangen.«

Ich ging zu ihm hinüber und sah die Bleistiftzeichnung einer Vitrine, deren karge, funktionelle und ungewöhnliche Linien darauf verwiesen, daß es sich hier um ein Stück handelte, dessen Design das Auge auf den Inhalt, nicht auf sich selbst lenken sollte.

Die Zeichung war mit zwei Holzklötzen beschwert. Einer davon, dachte ich, aus Kirschholz, der andere aus gebleichter Eiche, doch ich kannte mich mit lebenden Bäumen besser aus als mit totem Holz.

»Er verbindet oft zwei Holzsorten miteinander«, sagte Gareth, »das sieht dann so gestreift aus. Eigentlich sehen seine Sachen nicht mal schlecht aus. Die Leute reißen sie ihm aus den Händen.«

»Das überrascht mich nicht.«

»Nicht?« Er freute sich offensichtlich, als habe er befürchtet, ich wäre nicht beeindruckt, doch ich war es, und zwar beträchtlich.

Gerade als wir wieder zurückgehen wollten, fragte ich ihn: »Ist das arme Mädel dort im Wohnzimmer ums Leben gekommen?«

»Gräßlich«, sagte Gareth und nickte. »Ich habe sie nicht gesehen. Perkin schon. Er kam direkt nach Mackie und Harry dazu und hat alles gesehen. Und, ich will sagen, ekelhaft... dort wo sie gelegen hat, war eine schöne Sauerei auf dem Teppich, und als sie endlich die Erlaubnis erhielten, alles zu säubern, ging es nicht. Und so haben sie von der Versicherung einen neuen Teppich gekriegt, aber Perkin benimmt sich immer noch, als ob die Sauerei noch drauf wäre, jetzt hat er ein Sofa genau über die Stelle geschoben. Ganz schön bescheuert, finde ich.«

Ich konnte mir leicht vorstellen, daß ich es ebenso gemacht hätte. Wer wollte schon jeden Tag über ein Totenbett spazieren? Wir gingen zurück ins Wohnzimmer. Wenn man es wußte, konnte man sehr genau erkennen, welches der drei leinenbezogenen Sofas an einem nicht sehr logischen Platz stand.

Wir hielten uns nicht mehr lange auf, bevor wir wieder ins Familienzimmer zurückkehrten, wo Tremayne inzwischen aufgewacht war und sich gähnend zu seinem abendlichen Rundgang durch die Stallungen aufmachte. Er lud mich ein, mit ihm zu kommen, was ich mit Freude annahm. Anschließend machte ich einen Blumenkohl mit Käse zum Abendessen, den Tremayne ohne mit der Wimper zu zucken aß.

Als er kurz vor dem Schlafengehen noch einen letzten Blick nach draußen warf, kam er mit einem zuversichtlichen breiten Grinsen zurück.

»Es fängt an zu tauen«, sagte er und hauchte sich in die kalten Hände. »Es tropft schon überall. Gott sei Dank.«

Tatsächlich verwandelte sich die weiße Welt über Nacht in eine grüne und brachte somit neuerwachtes Leben nach Shellerton – und die Rennsaison.

Draußen in den auftauenden Wäldern verbrachte Angela Brikkell ihre letzte Nacht im stillen Unterholz bei den kleinen Aaskäferchen, die ihr demütig die Knochen angenagt hatten. Sie bot weder einen schrecklichen Anblick noch den Geruch der Verwesung, sie war dort vom Wetter blankgeputzt worden und schon lange in den ewigen Frieden eingegangen.

8

An diesem Montagmorgen beförderte mich Tremayne von Touchy auf einen noch aktiv im Rennleben stehenden Steeplechaser, einen neun Jahre alten Wallach namens Drifter. Außerdem durfte ich regulär am Arbeitsgalopp teilnehmen, und mit des Schicksals und des Glückes Hilfe hielt ich mich sogar im Sattel. Weder Tremayne noch Mackie ließen sich zu einem Kommentar bezüglich meiner Fähigkeiten oder deren Mangel hinreißen, sondern ließen sich lediglich über den gesundheitlichen Zustand des Pferdes aus. Mir wurde mit einem Mal klar, daß meine Anwesenheit für sie selbstverständlich war; ich fühlte mich geschmeichelt und freute mich darüber.

Als wir von den Downs, die sich nun in grünbrauner Tracht zeigten, zurückkehrten, stand ein fremder Wagen im Hof. In der Küche saß ein fremder Mann beim Kaffee; das heißt, nur für mich war er ein Fremder. Alle anderen kannten ihn sehr wohl.

Er war jung, kurz gewachsen, dünn, kantig und dreist und mit einem Selbstbewußtsein ausgestattet, das er auch äußerlich zur Schau trug. Sein Mundwerk war, wie ich bald herausfand, beinahe so schändlich wie das von Nolan, nur im Unterschied zu diesem sehr witzig.

»Hallo, Sam«, begrüßte ihn Tremayne. »Die Arbeit ruft, was!«

»Sie haben verdammt recht. Ich bin so steif wie 'ne frostige Jungfrau.«

Ich fragte mich ernsthaft, wie vielen Jungfrauen er das Frösteln persönlich beigebracht haben mochte; seine Ausstrahlung rief diese Art Vermutungen förmlich auf den Plan.

Tremayne wandte sich an mich. »Das ist Sam Yaeger, unser Jockey.« Sam erläuterte er den Grund meiner Anwesenheit und sagte ihm auch, daß ich gerade vom Reiten komme.

Sam Yaeger nickte mir zu und taxierte mich augenscheinlich dahingehend, ob ich ihm eher nützlich oder gefährlich werden könnte; sein Blick inspizierte meine Reithosen und meine Größe. Ich stellte mir vor, daß allein meine einsachtzig jegliche Befürchtungen seinerseits zerstreuten, ich könne ihm sein Territorium streitig machen.

Auch er trug Reithosen, dazu ein grellgelbes Sweatshirt. Über seiner Stuhllehne hing ein buntgemusterter Anorak, das Gegenstück zu dem von Gareth. Außerdem hatte er seinen eigenen Helm mitgebracht, leuchtend türkis, mit den roten Buchstaben YAEGER vorne drauf gemalt. Nicht gerade ein schüchterner oder zurückhaltender Zeitgenosse, unser Sam.

Dee-Dee kam herein und wollte ihren Kaffee holen; bei seinem Anblick strahlte sie um mindestens fünfzig Watt auf.

»Guten Morgen, Herzblatt«, sagte sie.

Herzblatt unternahm einen Versuch, sie in den Hintern zu zwicken, als sie an ihm vorbeiging, was ihr aber nichts auszumachen schien. Sieh mal einer an, dachte ich mir, da lauerte doch tatsächlich eine ausgewachsene Miezekatze irgendwo da drinnen hinter der zugeknöpften Rühr-mich-nicht-an-Sekretärinnenschale. Sie machte sich ihren Kaffee zurecht und nahm neben dem Jockey Platz. Sie flirtete nicht offen mit ihm, behielt ihn jedoch genau im Auge.

Ich bereitete den Toast zu, was zu meiner persönlichen Aufgabe geworden war, und stellte Gelee, Butter, Marmelade und alles andere auf den Tisch. Sam Yaeger beobachtete mich mit übertrieben hochgezogenen Augenbrauen.

»Sagte Tremayne vorhin nicht, Sie sind Schriftsteller?« fragte er.

»Meistens. Einen Toast?«

»Eine Scheibe, hellbraun. Sie sehen überhaupt nicht aus wie so ein komischer Schriftsteller.«

»Die meisten Leute sind's nicht.«

»Sind was nicht?«

»Das, wonach sie aussehen. Ob nun komisch oder nicht.«

»Wie sehe ich denn aus?« wollte er wissen. Ich vermutete, nicht ganz ohne echte Neugier.

»Wie jemand, der im letzten Jahr neben neunundachtzig anderen Rennen das Grand National gewonnen und auf Platz drei der Jockeyliste abgeschlossen hat.«

»Sie haben gekiebitzt«, sagte er überrascht.

»Ich werde Sie demnächst dazu interviewen, was Sie von Ihrem Boss als Trainer halten.«

Tremayne schaltete sich mit gespielter Strenge ein: »Dabei erbitte ich mir den nötigen Respekt!«

»Da können Sie verflucht sicher sein, oder, Boss?«

»Wenn du nur einen Funken Verstand im Leibe hast«, stimmte Tremayne nickend zu.

Ich teilte den Toast aus und bereitete eine neue Ladung vor. Sams physische Präsenz beherrschte das Frühstück bis zum Schluß, und ich fragte mich, wie er wohl mit Nolan zurechtkam, der dunklen Seite derselben Medaille. Ich stellte Dee-Dee die gleiche Frage, nachdem Tremayne und Sam gegangen waren, um sich die zweite Gruppe anzusehen. Ich fragte sie im Büro, während ich ein paar Einzelheiten in einem alten Ordner nachprüfte.

»Wie sie miteinander zurechtkommen?« wiederholte sie amüsiert. »Überhaupt nicht.« Sie machte eine Pause, überlegte, ob sie mir mehr verraten solle, zuckte mit den Schultern und fuhr fort: »Sam kann nicht ausstehen, daß Nolan so viele Pferde aus unserem Stall reitet. Nolan reitet fast alle Rennpferde von Fiona, das akzeptiert Sam, aber Tremayne hat mehr Pferde in Amateurrennen laufen als die meisten anderen Trainer. Auf diese Weise gewinnt er natürlich auch mehr. Die Eigentümer, die ihr Geld setzen, mögen das, denn man kann über Nolan sagen, was man will, niemand streitet ab, daß er ein hervorragender Jockey ist. Schon seit Jahren mischt er an der Spitze der Amateure mit.«

»Warum wechselt er nicht zu den Profis über?«

»Allein die Vorstellung läßt Sam vor Schreck erstarren«, sagte Dee-Dee gelassen, »aber ich glaube nicht, daß das passiert. Nolan zieht seinen Amateurstatus vor. In seinen Augen ist Sam im Gegensatz zu ihm ein einfacher Angestellter, deshalb...« Sie unterbrach sich mitten im Satz, als wollte sie eine Enthüllung zurückhalten, die sich bereits zwischen Gehirn und Mund auf den Weg gemacht hatte. Die Unterbrechung kam jedoch so kraß, daß mein Interesse sofort geweckt war, und ich sie möglichst unverfänglich fragte: »Deshalb was?«

Sie schüttelte den Kopf. »Nein, das wäre den beiden gegenüber nicht fair.«

»Reden Sie weiter«, sagte ich, ohne zuviel Druck anzuwenden. »Ich werde es niemandem weitersagen.«

»Es hat keine Bedeutung für das Buch«, sagte sie.

»Es könnte mir helfen zu verstehen, wie so ein Hof funktioniert und woher sein Erfolg kommt, abgesehen von Tremaynes Fähigkeiten. Er könnte, zumindest teilweise, das Resultat einer Rivalität zwischen zwei Jockeys sein, die sich gegenseitig beweisen wollen, wer der bessere ist.«

Sie schaute mich verwundert an. »Sie haben merkwürdige Einfälle. Daran habe ich noch nie gedacht.« Sie überlegte hin und her, und ich wartete einfach ab. »Es sind nicht nur die Pferderennen«, sagte sie endlich. »Es sind die Frauen.«

»*Frauen*?«

»Sie sind auch auf diesem Gebiet Rivalen. In der Nacht, als Nolan – ich meine, als Olympia starb...«

Ich hatte bemerkt, daß alle stets ›als Olympia starb‹ sagten, und nie ›als Nolan Olympia umbrachte‹, doch Dee-Dee war knapp davor gewesen.

»Sam war drauf und dran, Olympia zu verführen«, erzählte Dee-Dee, als hätte niemand etwas anderes erwartet. »Nolan brachte sie mit zur Party, und natürlich machte sich Sam sofort an sie heran.« Irgendwo in ihrer ruhigen Stimme schwang Nachsicht für Sam Yaeger mit, hingegen Kritik an Nolan, ungeachtet dessen, daß Nolan anscheinend den kürzeren gezogen hatte.

»War Sam mit Olympia schon vorher... äh... bekannt?«

»Er hatte nie zuvor mit ihr zu tun gehabt. Keiner von uns kannte sie. Nolan hatte sie für sich selbst zurückgehalten. Wie auch immer, an jenem Abend brachte er sie mit. Sie sah Sam nur an und fing an zu kichern. Ich weiß es, ich war ja dabei, Frauen reagieren oft so auf Sam.« Sie hob die Augenbrauen. »Sagen Sie nichts. Ich bin auch dafür anfällig. Ich kann nichts dafür. Er ist halt ein lustiger Typ.«

»Das habe ich bemerkt«, sagte ich.

»Wirklich? Olympia hat das auch sofort bemerkt. Sie war wie Wachs in seinen Fingern, die sie natürlich sofort von oben bis unten begrapschten, kaum daß Nolan gegangen war, um ihr einen Drink zu besorgen. Als er zurückkam, war sie mit Sam weg. Ich habe Ihnen ja schon gesagt, sie trug ein knallrotes Kleid mit tiefem Ausschnitt und einem Schlitz bis zum Oberschenkel hoch... das kommt einer schriftlichen Einladung ziemlich nahe. Nolan vermutete Sam und Olympia in einem der Ställe und suchte sie dort, aber ohne Erfolg.«

Sie machte erneut eine Pause, als zweifelte sie noch immer daran, ob es rechtens war, mir das alles zu erzählen, doch es schien ihr weitaus schwerer zu fallen aufzuhören, als anzufangen.

»Nolan kam grollend und fluchend ins Haus zurück und sagte mir, er würde die... äh... die kleine Nutte umbringen. Wie Sie sehen, schob er ihr und nicht Sam, glaube ich jedenfalls, die Schuld dafür in die Schuhe, daß er wie ein Idiot dastand. Er, Nolan, der aristokratische Amateurreiter. Er wollte die Sache nicht weiter publik machen und hielt den Mund, aber er war die ganze Zeit über geladen. So, also das ist jedenfalls an dem Abend passiert.«

»Natürlich hat das niemand«, sagte ich leise, »vor Gericht vorgebracht.«

»Selbstverständlich nicht. Sehen Sie, es wußten ja nicht viele, außerdem hätte das ein *Motiv* für Nolan ergeben.«

»Eben.«

»Er wollte sie aber doch nicht umbringen. Das weiß jeder. Wenn er Sam angegriffen und umgebracht hätte, wäre das etwas anderes gewesen.«

»Es sind nicht zufällig Sie gewesen«, fragte ich stirnrunzelnd, »die bei der Verhandlung aussagte, sie hätte gehört, wie er sagte, er würde die Schlampe umbringen?«

»Nein, natürlich nicht. Ein paar andere Leute haben es gehört, noch bevor er zu mir kam, aber die wußten nicht, *warum* er das sagte. Zu diesem Zeitpunkt schien es recht unwichtig zu sein. Natürlich hat mich nie jemand gefragt, ob *ich* wüßte, warum er es gesagt hat, und so hat es auch niemand herausgekriegt.«

»Die Anklage muß doch *Nolan* gefragt haben, warum er so etwas gesagt hat.«

»Sicher, aber er behauptete, deswegen, weil er sie nicht gefunden habe, nur deshalb. Extravagante Ausdrucksweise, aber keine Drohung.«

Ich seufzte. »Und *Sam* sagte nichts, weil es seine angeknackste Reputation noch weiter torpediert hätte?«

»Ja. Außerdem glaubt er nicht daran, daß Nolan sie wirklich umbringen wollte. Das hat er mir gesagt. Es war wohl nicht das erste Mal, daß er und Nolan das gleiche Mädchen flachgelegt haben, und manchmal hat ihm Nolan eins von seinen ausgespannt. Es war so eine Art Jux zwischen den beiden, kein Grund, jemanden umzubringen.«

»Eher ein Jux für Sam als für Nolan.«

»Möglich.« Sie schüttelte sich. »Meine Arbeit bleibt inzwischen liegen.«

»Sie haben mir bei meiner geholfen.«

»Schreiben Sie das bloß nicht ins Buch«, ermahnte sie mich erschrocken.

»Werde ich nicht tun. Versprochen.«

Ich zog mich ins Eßzimmer zurück und, da sich Tremaynes Lebensweg mittlerweile immer klarer und klarer abzeichnete, begann ich damit, das Buch in generelle Abschnitte zu unterteilen sowie jeden Abschnitt mit einer vorläufigen Überschrift und einzelnen Kapitelüberschriften zu versehen. Ich hatte noch keinen einzigen sinnvollen Satz zu Papier gebracht und fühlte mich von den vielen leeren Seiten, die vor mir lagen, tyrannisiert. Ich hatte schon von Schriftstellern gehört, die sich auf ihre Schreibmaschine wie auf eine Geliebte stürzen. Bei mir gab es Tage, an denen ließ ich nichts unversucht, nur um den Stift nicht in die Hand nehmen zu müssen, und es war nie sehr leicht, in meinen Gehirnwindungen nach Worten und Einfällen zu schürfen. Meistens konnte ich selbst nicht glauben, daß ich mir diese Art von Beschäftigung ausgesucht hatte; den Rest der Zeit sehnte ich mich nach der unkomplizierteren Einsamkeit unter dem Sternenzelt.

Ich kritzelte: »Finde etwas, das dir Spaß macht, und verbringe dein Leben damit, es zu tun« an den Schluß der Kapitelübersicht und entschied, daß ich für diesen Tag genug getan hatte. Wenn ich es morgen immer noch in Ordnung fand, würde ich es vielleicht übernehmen und dann zügig weiterarbeiten.

Draußen im Wald blickte Chefinspektor Doone mürrisch auf Angela Brickells hingestreute Knochen, während der Pathologe ihm erklärte, daß sie zu einem jungen Mädchen gehörten, das wahrscheinlich weniger als ein Jahr tot war.

Der Fotograf machte ein paar Bilder. Der Wildhüter markierte die Stelle auf einer großformatigen Karte. Der Mediziner sagte, es sei unmöglich, die Todesursache ohne Autopsie genau zu bestimmen, wahrscheinlich noch nicht einmal dann.

Mit einem Anflug von Ehrerbietung der Person gegenüber, die sie einmal gewesen war, wurden die Knochen und der Schädel in eine sargähnliche Kiste gepackt, zum Kleinbus getragen und sodann zum Leichenhaus gebracht.

Chefinspektor Doone erkannte, daß es nicht viel Sinn hatte, die Umgebung nach Reifenspuren, Fußabdrücken oder Zigarettenstummeln abzusuchen. Er beauftragte zwei Wachtmeister damit, sich im Unterholz nach Kleidern, Schuhen oder sonstigen Sachen, die nicht so schnell vermodern, umzusehen. Auf diese Art und Weise stießen sie unter einer Schicht trockenen Laubes auf ein Paar nasse, dreckige Jeans, einen BH kleiner Größe, ein Damenhöschen und ein T-Shirt, auf dem noch Überreste eines Musters zu erkennen waren.

Chefinspektor Doone sah zu, wie seine Männer die traurigen Fundstücke in einen Plastiksack steckten, und dachte darüber nach, daß keins der Kleidungsstücke auf den Knochen oder nur in ihrer Nähe gelegen hatte.

Er kam zu dem Schluß, daß das Mädchen, als es starb, nackt gewesen sein mußte.

Er stieß einen tiefen Seufzer aus. Diese Art von Fällen waren ihm zuwider. Er hatte selbst Töchter zu Hause.

Tremayne kam gutgelaunt von der Inspektion der zweiten Riege zurück. Er pfiff durch die Zähne und marschierte direkt in sein Büro, wo er auf Dee-Dee eine neue Salve Anweisungen niederprasseln ließ, und führte selbst mehrere rasche Telefongespräche. Dann kam er zu mir ins Eßzimmer und klärte mich kurz über den Stand der Dinge auf, bevor er mich um einen, besser gesagt zwei Gefallen bat, von denen er (nicht zu Unrecht) annahm, daß ich sie ihm nicht abschlagen würde.

Der Unfalljeep war in die ewige Schrotthalde im Himmel eingegangen; man hatte jedoch in Newbury schon einen Ersatz ausfindig gemacht, einen zwar nicht neuen, wohl aber ganz brauchbaren Landrover. Wenn ich Tremayne im Volvo nach Newbury begleitete, könnte ich den Ersatzwagen heim nach Shellerton fahren.

»Selbstverständlich«, sagte ich.

Nachdem durchgedrungen war, daß die Rennbahn in Windsor am Mittwoch in Betrieb sein würde, erwachte die Rennindustrie zu neuem Leben. Tremayne hatte mehrere Pferde angemeldet, von denen vier auch an den Start gehen sollten. Er wollte gerne, daß ich mitkäme, damit ich sah, was noch so alles zu seinem Job gehörte.

»Mit Vergnügen«, sagte ich.

Außerdem wollte er am Abend gerne zum Pokern zu Freunden gehen; ob ich wohl bei Gareth zu Hause bleiben würde?

»Klar«, sagte ich.

»Er ist alt genug, um auf sich selbst aufzupassen, aber... nun ja...«

»Gesellschaft«, sagte ich. »Damit er nicht allein ist.«

Er nickte.

»Keine Ursache«, sagte ich.

»Dee-Dee ist der Meinung, wir nutzen Sie aus«, sagte er offen. »Finden Sie das auch?«

»Nein.« Ich war überrascht. »Mir gefällt meine Tätigkeit.«

»Kochen, Babysitting, Ersatzchauffeur, Ersatzpferdeknecht?«

»Doch, wirklich.«

Er war unsicher. »Sie dürfen jederzeit nein sagen.«

»Ich sage Ihnen früh genug, wenn ich beleidigt bin. Bis dahin möchte ich lieber überall Anteil nehmen, nützlich sein. In Ordnung?«

Er nickte wieder.

»Außerdem«, fügte ich hinzu, »lerne ich Sie auf diese Weise besser kennen – für das Buch.«

Zum ersten Mal sah er etwas besorgt aus, als wolle er womöglich nicht, daß sein ganzes Ich in aller Öffentlichkeit ausgebreitet wurde. Andererseits würde ich jedes Geheimnis respektieren, das er mir anvertraute, dachte ich, falls er es lieber unerwähnt lassen wollte. Hier handelte es sich nicht um spektakulären Enthüllungsjournalismus, sondern eher um das Äquivalent zu einem Auftragsbildnis, eine Bestätigung des Lebens. Es mochte hingehen, daß man die eine oder andere Warze mit auf die Leinwand brachte, aber nicht jeder Makel sollte unter das Vergrößerungsglas gezerrt werden.

Der Tag lief wie geplant. Auf dem Weg nach Newbury galoppierte Tremayne gleich mit mir durch seine spätere Jugend und seine Einführung (natürlich durch seinen Vater) in die Welt des Glücksspiels mit höchsten Einsätzen. Sein Vater habe ihm geraten, so sagte er, immer mehr zu setzen, als man sich leisten könne, andernfalls spüre man weder die nötige Spannung noch die Enttäuschung tief genug.

»Natürlich hatte er recht«, sagte Tremayne, »aber ich bin da vorsichtiger. Ich spiele Poker, setze auf Pferde, ich gewinne ein bißchen und ich verliere ein bißchen, dabei flattert mir nicht der Puls. Ich kenne Eigentümer, die werden totenblaß beim Rennen und fangen an zu zittern. Sie sehen aus, als würden sie jeden Moment sterben, es steht einfach zuviel auf dem Spiel für sie. Mein Vater hätte das verstanden. Ich nicht.«

»Ihr ganzes Leben ist ein Glücksspiel«, sagte ich.

Einen Moment lang sah er mich verdutzt an. »Sie meinen, weil ich Rennpferde trainiere? Es stimmt, manchmal steigert sich die Spannung wie bei Top Spin Lob, und manchmal wird man herb enttäuscht. Man könnte sagen, ich lege immer mein ganzes Herz auf die Waagschale, aber niemals viel Geld.«

Das schrieb ich mir auf. Tremayne, der sehr konservativ fuhr, warf einen kurzen Blick auf mein Notizbuch und schien erfreut darüber, daß er zitiert wurde. Der Mann sollte selbst aus den Seiten hervortreten, ging mir ein sehr befriedigender Gedanke durch den Kopf; er sollte mit möglichst wenig Dazutun meinerseits zum Leben erweckt werden.

Am Abend, nachdem Tremayne zu seiner Pokerrunde gefahren war, fragte mich Gareth, ob ich ihm das Kochen beibringen wolle.

Ich war Feuer und Flamme. »Es ist ganz einfach«, sagte ich.

»Wie haben Sie es gelernt?«

»Keine Ahnung. Vielleicht, als ich meiner Mutter zuschaute.« Ich sah in sein Gesicht. »Tut mir leid, ich habe nicht daran gedacht.«

»Meine Mutter hat immer alles sehr kompliziert gemacht, nicht leicht; und ich durfte ihr nie dabei zusehen. Sie sagte, ich laufe ihr nur zwischen den Füßen herum.«

Ich erinnerte mich daran, daß ich bei meiner Mutter immer den Kuchenteig mit den Fingern ausschlecken durfte. Sie unterhielt sich immer gerne mit mir, wenn etwas auf dem Herd oder im Ofen brutzelte.

»Na schön«, sagte ich, »was willst du essen?«

Wir gingen in die Küche, und Gareth erkundigte sich versuchsweise nach ›echter‹ Hirtenpastete, »nicht das Zeug aus dem Supermarkt, das nach Pappdeckel schmeckt und nicht einmal einen Pygmäen satt macht.«

»Richtige Hirtenpastete«, sagte ich zustimmend. »Man nehme als erstes einen Hirten . . .«

Er grinste und schaute mir genau zu, wie ich meine Zutaten zusammenstellte: Hackfleisch, eine Zwiebel, Soßenpulver und ein Glas mit getrockneten Kräutern.

»Das Soßenpulver ist eigentlich Schummelei«, sagte ich. »Deine Mutter würde sich schütteln, aber es dickt das Fleisch ein wenig an und schmeckt gut.«

Ich löste etwas Pulver in ein bißchen Wasser auf, gab es zu dem Fleisch, schnitt die Zwiebel in kleine Stückchen, gab sie hinzu, streute ein paar Kräuter darüber und rührte alles in einem Kochtopf durcheinander, setzte den Deckel drauf und ließ es auf kleiner Flamme kochen.

»Nächster Punkt: richtige Kartoffeln oder Kartoffelbrei aus dem Päckchen? Wie gut bist du im Kartoffelschälen? Lieber nicht? Dann wohl das Päckchen!«

Er nickte.

»Die Anleitung steht drauf«, sagte ich und gab ihm die Pakkung.

»›Erhitzen Sie einen viertel Liter Wasser und einen achtel Liter Milch‹«, las er laut vor. Dann blickte er auf. »Hey, was ich Sie fragen wollte... Sie sagten, bevor man Flußwasser trinkt, muß man es abkochen. Aber worin?«

Ich lächelte. »Am besten ist eine Coca-Cola-Dose. Die Dinger liegen gewöhnlich überall herum, so wie diese Nation hier mit dem Abfall umgeht. Man muß sie nur vorher ausspülen, falls da Spinnen drin sind oder anderes Getier, ansonsten sind Cola-Dosen ziemlich sauber.«

»Super«, sagte er begeistert. »So, für die Kartoffeln brauchen wir noch Butter und Salz... Schreiben Sie bitte alles auf, was Sie letzte Woche gekauft haben, damit ich alles nachkaufen und kochen kann, wenn Sie wieder weg sind?«

»Klare Sache.«

»Von mir aus könnten Sie gerne bleiben.«

Seine Einsamkeit war schmerzlich herauszuhören. »Ich bin noch keine drei Wochen hier«, sagte ich. »Hättest du Lust, vielleicht nächsten Sonntag, falls das Wetter einigermaßen mitspielt, mit mir hinaus über die Felder oder eventuell in den Wald zu gehen? Ich könnte dir ein paar von den Sachen zeigen, die in den Büchern beschrieben sind... wie das im richtigen Leben funktioniert.«

Sein Gesicht glühte: Belohnung genug für mich.

»Darf ich Coconut mitnehmen?«

»Sicher.«

»Megageil.«

Er quirlte das Kartoffelgranulat gutgelaunt in die heiße Flüssigkeit, und das flockige Resultat türmten wir zusammen mit der gekochten Fleischmixtur in eine runde Pastetenform. Dann schoben wir alles in den Backofen, damit die Oberfläche schön braun und knusprig wurde. Das Ergebnis verspeisten wir mit beiderseitiger Genugtuung, und hinterher räumten wir alles beiseite.

»Nehmen wir auch die Überlebensausrüstung mit?«

»Natürlich.«

»Und machen ein Feuer an?«

»Am besten wohl auf eurem eigenen Land, wenn es dein Vater erlaubt. In England kann man nicht einfach irgendwo ein Feuer anzünden. Jedenfalls sollte man das nicht tun, es sei denn, es handelt sich um einen Notfall. Trotzdem machen es viele Leute einfach, aber eigentlich sollte man sich zuerst die Erlaubnis des Eigentümers einholen.«

»Er läßt uns bestimmt.«

»Ja, das denke ich auch.«

»Ich kann es kaum erwarten.«

Am Dienstagmorgen lieferte der Pathologe seinen Bericht bei Chefinspektor Doone ab.

»Es sind die Knochen einer jungen, erwachsenen Frau, wahrscheinlich einssechzig bis einsfünfundsechzig groß, mögliches Alter: zwanzig Jahre. Plusminus ein oder zwei Jahre, eher weniger. Von der Kopfhaut war ein kleines Stück übrig, daran befanden sich einige Haare: die Haare sind mittelbraun, ungefähr zehn Zentimeter lang, unmöglich zu sagen, welche Länge ihr Haar sonst hatte.«

»Wie lange ist sie bereits tot?« wollte Doone wissen.

»Seit vergangenem Sommer, würde ich sagen.«

»Todesursache? Drogen? Unterkühlung?«

»Was die Drogen betrifft, müssen wir erst die Haare untersuchen, mal sehen, was wir finden. Aber abgesehen davon, gibt es ein kleines Problem.«

Doone seufzte auf. »Was für ein Problem?«

»Ihr Zungenbein ist gebrochen.«

Doone wirkte plötzlich sehr niedergeschlagen. »Sind Sie sicher?«

»Absolut. Sie wurde erdrosselt.«

In Shellerton verging der Dienstag ohne besondere Ereignisse, mit Ausreiten, Frühstück, Zeitungsausschnitten, Mittagessen, Bandaufnahmen, Drinks am Abend und danach Abendessen.

Am nächsten Morgen traf ich Dee-Dee still vor sich hinweinend über ihre Schreibmaschine gesunken; ich bot ihr ein Papiertaschentuch an.

»Es ist nichts«, sagte sie schniefend.

»Möchten Sie es loswerden?«

»Ich weiß nicht, warum ich Ihnen alles erzähle.«

»Ich höre zu.«

Sie putzte sich die Nase und warf mir einen kurzen, entschuldigenden Blick zu.

»Ich bin alt genug, um es eigentlich besser zu wissen. Ich bin sechsunddreißig.« Beinahe vorwurfsvoll schleuderte sie ihr Alter heraus, als wäre die Zahl selbst schon eine Katastrophe.

»Tremayne erzählte mir, Sie hätten eine Enttäuschung in Sachen Liebe erlebt«, sagte ich zögernd. »Er hat mir nicht verraten, um wen es sich handelte.«

»Enttäuschung! Huh!« Sie schluchzte schwer. »Ich habe dieses Biest geliebt. Ich habe sogar seine Hemden gebügelt. Wir waren schon lange zusammen, und dann läßt er mich von einer

Minute auf die andere plötzlich fallen. Und jetzt kriegt Mackie ein *Baby*.« Tränen schossen ihr wieder in die Augen, und ich sah, daß es das blanke Verlangen nach Mutterschaft war, dieser wilde Instinkt, der solch unstillbare Qualen auslösen konnte, und der sie mindestens so schmerzte wie der Verlust des Mannes.

»Wissen Sie was?« fragte Dee-Dee jammervoll. »Diese Laus wollte erst nach der Hochzeit ein Kind haben. *Danach*. Dabei hatte er nie vor, mich zu heiraten, jetzt weiß ich es, aber ich habe wegen ihm so lange gewartet... und... *drei Jahre*... vergeudet...« Sie schluckte, und noch ein Seufzer entrang sich ihrer Brust. »Ich sage Ihnen eins. Ich nehme jetzt jeden. Ich brauche keinen Ehering. Ich will ein *Kind*.«

Ihre Stimme verlor sich in einem hilflosen, sehnsüchtigen Heulen, einem Klagelied. Mit einem so starken Verlangen konnte sie leicht fatale Entscheidungen treffen, aber wer wußte zu sagen, was am Ende für sie besser war, unbesonnen zu sein oder kinderlos? So oder so war mit Kummer zu rechnen.

Sie trocknete sich die Augen, putzte sich erneut die Nase und schüttelte sich, als würde sie damit ihre Gefühle wieder in die Reihe zwingen, und als ich kurz darauf noch einmal hereinschaute, tippte sie gefaßt weiter, in der üblichen selbstgenügsamen Weise, als hätte unsere Unterhaltung nie stattgefunden.

Am Dienstag nachmittag schickte Chefinspektor Doone seine Männer los, um das gesamte Gebiet, in dem die Knochen gefunden worden waren, abzusuchen. In erster Linie, so sagte er ihnen, sollten sie nach Schuhen Ausschau halten; ansonsten nach allem, was normalerweise nicht dorthin gehörte. Die Beamten sollten Metalldetektoren benutzen. Sie sollten unter dem alten Laub nachsehen. Sie sollten auf der Karte einzeichnen, wo jedes Stück gefunden wurde, außerdem die Stücke einzeln katalogisieren und aufpassen, daß keine Beweismittel zerstört wurden. Er erinnerte sie daran, daß sie es jetzt mit einem Mordfall zu tun hatten.

Als wir am Mittwoch morgen von der ersten Gruppe zurückkamen, saß Sam Yaeger wieder in der Küche.

Diesmal war er nicht mit seinem Wagen da, sondern mit einem geliehenen Kleinlaster, mit dem er eine Lieferung Burma-Teakhölzer abtransportieren wollte, die Perkin für ihn mit Geschäftsrabatt besorgt hatte.

»Sam besitzt ein Boot«, teilte mir Tremayne trocken mit. »Ein altes Wrack, das er langsam in einen Palast verwandelt, passend für einen ganzen Harem.«

Yaeger grinste gutgelaunt und leugnete nichts. »Es ist bereits verkauft, jedenfalls so gut wie«, erklärte er mir. »Jeder Jockey muß ein Auge auf seine vermaledeite Zukunft haben. Ich kaufe ausrangierte alte Boote und möble sie wieder auf, besser als neu. Das letzte habe ich an einen von diesen vermaledeiten Zeitungsmoguln verkauft. Die blechen jeden Preis, wenn's nur gut ist. Keinen Fiberglasschrott.«

Das Leben steckt voller Überraschungen, dachte ich.

»Wo liegt Ihr Boot denn?« fragte ich und machte mir mit dem Toast zu schaffen.

»Maidenhead. An der Themse. Vor einiger Zeit habe ich dort eine Bootswerft, die Bankrott machte, gekauft. Sieht aus wie Kraut und Rüben, aber ein bißchen Unordnung schadet nichts; da denken die vermaledeiten Diebe, es gibt nichts zu holen. So ein Saustall ist besser als ein Rottweiler.«

»Ich vermute«, sagte Tremayne, »daß du das Holz auf dem Weg zum Rennen bei der Werft vorbeibringst.«

Sam schaute mich mit gespieltem Erstaunen an. »Wie er so was immer rauskriegt, ist mir ein Rätsel, Ihnen nicht auch?«

»Das reicht, Sam«, sagte Tremayne. Man erkannte sofort, wo er die Grenzen zwischen dem zog, was sich Sam Yaeger herausnehmen durfte und was nicht. Er fing an, die Pferde durchzugehen, die er am Nachmittag in Windsor an den Start schicken wollte; zu Sam sagte er, »Bluecheesecake ist besser geworden, nicht schlechter, nach dem Arbeitsstop « und »Nimm Just the Thing nicht hart ran, wenn du merkst, daß sie nicht durchzieht.

Ich will sie nicht ruinieren, sie ist noch ganz grün.«

»In Ordnung«, sagte Sam und konzentrierte sich. »Was ist mit Cashless? Soll ich ihn wieder vorne reiten?«

»Was meinst du?«

»Er hat das gerne. Letztes Mal wurde er lediglich von Speed-Pferden geschlagen.«

»Dann laß ihn vorne seinen Strich gehen.«

»Gut.«

»Nolan reitet Telebiddy im Amateurrennen«, sagte Tremayne. »Wenn ihn die Rennbehörde nicht herausnimmt.«

Sam verdrehte die Augen, sagte aber nichts. Tremayne unterrichtete ihn darüber, wo er am kommenden Tag in Towcester reiten würde, und sagte, daß er am Freitag überhaupt keine Rennen habe.

»Am Samstag schicke ich fünf oder sechs nach Chepstow. Du gehst mit. Ich auch. Mit etwas Glück reitet Nolan Fionas Pferd im Wilfried Johnstone Jagdrennen in Sandown. Vielleicht geht Mackie nach Sandown, das werden wir sehen.«

Dee-Dee kam hereingerauscht, um sich einen Kaffee zu holen, und setzte sich wieder neben Sam. Als ich mir die beiden so ansah, dachte ich mir, daß Sam zwar ein unermüdlicher Verführer sein mochte, daß er aber bestimmt kein Interesse daran hätte, eine Spur von Vaterschaftsproblemen hinter sich herzuziehen. Dee-Dee konnte ihn vielleicht ins Bett, nicht aber als Vater für ein Kind kriegen. Pech gehabt – nächster Versuch.

Tremayne wies sie an, wie sie den Transport für Samstag vororganisieren sollte, und wie immer merkte sie sich alles auswendig.

»Denken Sie daran, die Liste für Folkestone und Wolverhampton telefonisch durchzugeben. Ich überlege mir die Nennungen für Newbury noch heute vormittag, bevor ich nach Windsor fahre.«

Dee-Dee nickte.

»Packen Sie die Rennblusen für Windsor ein.«

Dee-Dee nickte.

»Rufen Sie den Sattler an, er soll diese Longierzügel abholen und reparieren.«

Dee-Dee nickte.

»Na schön. Das wär's.« Er drehte sich zu ihr um. »Wir fahren um halb eins nach Windsor.«

»Gut«, sagte ich.

Dann fuhr er mit dem neuen Landrover hinauf in die Downs, um sich die zweite Gruppe anzusehen. Sam Yaeger fuhr den Laster vor Perkins Haustür und lud sein Teakholz auf. Dee-Dee nahm ihren Kaffee mit ins Büro, und ich startete einen ernsthaften Versuch, die Zeitungsartikel eines jeden Jahres ihrer Wichtigkeit nach zu sortieren, die interessantesten immer obenauf.

Ungefähr zur gleichen Zeit betrat Chefinspektor Doone den bis dahin unbenutzten Büroraum, der wegen der Knochennachforschungen in ›Ereignisraum‹ umbenannt worden war, und breitete alles, was seine Männer im Unterholz aufgelesen hatten, auf einer Tischplatte aus.

Da waren einmal die Kleider, die man sofort gefunden hatte. Sie trockneten nach und nach in der zentralgeheizten Luft des Büros. Dann gab es ein Paar unförmige, ausgelatschte Turnschuhe, immer noch durchnäßt, die wahrscheinlich einmal weiß gewesen waren.

Abgesehen davon waren da noch vier alte, leere, verdreckte Limonadendosen, ein total verrostetes Spielzeugfeuerwehrauto, eine zerbrochene Sonnenbrille, ein eingeschrumpfter Ledergürtel mit eingerissenen Löchern, eine Ginflasche, ein blauer, von Wind und Wetter unberührter Plastikkamm, ein gut durchgekauter

Gummiball, ein goldverzierter Kugelschreiber, ein rosafarbener Lippenstift, Schokoladenpapierchen, ein schartiger Gartenspaten und ein zerrissenes Hundehalsband.

Chefinspektor Doone lief brütend im Zimmer auf und ab und nahm die Ausbeute aus allen Blickwinkeln ins Visier.

»Sprich mit mir, Mädel«, sagte er. »Verrate mir, wer du bist.«

Die Kleider und die Schuhe gaben keine Antwort.

Er rief seine Leute zusammen und hieß sie, noch einmal in die Wälder zu gehen und die Suche auszuweiten; er selbst ging, wie bereits am Vortag, die Listen mit sämtlichen vermißten Personen durch; vielleicht paßte ja etwas zusammen.

Er wußte, daß es gut möglich war, daß die junge Frau von sehr weit her stammte, doch er hielt es für weitaus wahrscheinlicher, daß sie nicht mehr als achtzig Kilometer von ihrem Zuhause entfernt war. Das war bei fast allen Opfern so. Er entschied sich automatisch dafür, zuerst bei den Vermißten aus der Umgebung nachzusehen.

Vor ihm lag eine Liste mit zwölf jugendlichen Ausreißern; alles Wiederholungstäter, alle kamen in Frage. Eine Aufstellung von vier flüchtigen jugendlichen Strafgefangenen. Eine kurze Liste mit zwei verschwundenen Prostituierten. Eine Liste mit sechs Personen, die ›aus unterschiedlichen Gründen‹ verschwunden waren.

Eine davon war Angela Brickell. Der angeführte Grund lautete: ›Hat wahrscheinlich ein Rennpferd gedopt, das in ihrer Obhut stand. Davongelaufen.‹

Doones Aufmerksamkeit glitt über sie hinweg und blieb bei der durchgebrannten Tochter eines Politikers hängen. Grund für ihr Verschwinden: ›Treibt sich in schlechten Kreisen herum. Sehr widerspenstig.‹

Es würde seiner stockenden Karriere ein bißchen Auftrieb verschaffen, ging es Doone durch den Kopf, wenn es sich herausstellte, daß *sie* es war.

9

Tremayne teilte mir mit, daß der einzige Ort, an den er mich in Windsor nicht mitnehmen durfte, das Allerheiligste war, der Wiegeraum. Überall sonst, sagte er, solle ich mich dicht neben ihm halten. Er könne nicht ständig kontrollieren, ob ich noch da war, ich müsse halt selbst die nötige Anhänglichkeit entwickeln.

Daraufhin folgte ich ihm wie ein Hund, manchmal mußte ich ihm sogar hinterherrennen. Immer, wenn er irgendwo stehenblieb, um sich mit anderen Leuten zu unterhalten, stellte er mich als einen Freund, John Kendall, vor, nicht als seinen Eckermann. Er überließ es mir, die Informationen, die von allen Seiten auf mich einstürmten, auseinanderzudividieren. Er selbst gab nur höchst selten eine Erklärung ab, mehr hätte ihn offensichtlich zu sehr abgelenkt. Es hatte sich ergeben, daß seine vier Pferde in vier aufeinanderfolgenden Rennen liefen. Kurz nach unserer Ankunft auf dem Rennplatz lud er mich zu einem kurzen Imbiß ein, von da an stürzte er förmlich von einem Ort zum anderen: in den Wiegeraum, wo er den Sattel und die Satteldecke seines Jockeys, die mit exakt der richtigen Menge Blei beschwert waren, abholte, dann im Laufschritt zu den Sattelboxen, wo er das Pferd eigenhändig sattelte, das Zaumzeug festzurrte und es im Tiptop-Zustand in den Führring hinausschickte. Anschließend gesellte er sich zu den Eigentümern und gab dem Jockey letzte Anweisungen, dann hinauf auf die Tribüne, um das Pferd laufen zu sehen, wieder hinunter zum Absatteln, in der Hoffnung, einen Sieger begrüßen zu können, andernfalls um sich die Warum-nicht-Geschichte des Jockeys anzuhören, und dann sofort wieder in den Wiegeraum, um den nächsten Sattel mit Gewichten abzuholen, damit die ganze Sache von vorne anfangen konnte.

Nolan war da und erkundigte sich ängstlich bei Tremayne, ob er vom Jockey Club negative Nachrichten erhalten habe.

»Nein«, sagte Tremayne. »Du etwa?«

»Keinen bekackten Pieps.«

»Dann reitest du. Und keine Nachfragen. Weck keine schlafenden Hunde. Wenn sie dich nicht dabeihaben wollen, teilen sie es dir früh genug mit. Konzentrier dich auf den Sieg. Telebiddys Eigentümer sind hier, das Wettgeld brennt ihnen schon Löcher in die Hosentaschen, also gib dein Bestes, klar?«

»Sagen Sie ihnen, ich will ein besseres Geschenk als beim letzten Mal.«

»Gewinn erst einmal das Rennen«, sagte Tremayne.

Dann verschwand er erneut im Wiegeraum und ließ mich mit Nolan zurück, der hergekommen war, um eventuelle Kritik sofort zu ersticken. Trotzdem beschwerte er sich bei mir darüber, daß ihn die bekackten Medienfritzen direkt am Haupteingang abgefangen hätten und daß er auf ihr bescheidenes Interesse verzichten könne, diese obszönen und so weiter und so fort.

Mir fiel auf, wie leicht Nolans Sprachmüll über einen hinwegschwappte; das Gehirn schien automatisch auf Durchzug zu schalten.

So ziemlich das gleiche ließ sich von Sam Yaeger sagen, der zu uns herangeschlurft kam und Nolan sofort damit ärgerte, daß er ihm auf den Rücken klopfte. Auch Sam war in seiner adretten Kleidung wie verwandelt; nach und nach fiel mir auf, daß viele Jockeys wie zum Empfang gekleidet auf der Rennbahn eintrafen und sie so auch wieder verließen. Ihre Arbeitskleidung mochte aus Rosa, Violett und sonstigen Phantasiefarben zusammengestellt sein, aber zuallererst waren sie hier als Geschäftsleute, und das wollten sie betonen.

Die geballte physische Wucht von Sam und Nolan zusammen

wurde hier im Freien abgeschwächt und verpuffte in der kalten Luft, die nebenbei bemerkt noch immer so frostig war wie die Stimmung zwischen den beiden.

»Reite Bluecheesecake bloß ordentlich«, sagte Nolan. »Ich will nicht, daß er mir vor dem Kim Muir in Cheltenham versaut wird.«

»Muß ich jetzt auch noch für blöde Amateure die Amme spielen?« gab Sam zurück.

»Das Kim Muir ist das bekackte Hauptziel.«

»Scheiß doch auf das Scheißhauptziel.«

Werden die beiden denn nie erwachsen, fragte ich mich. Man sollte sie auf den Schulhof zurückschicken.

Jeder für sich allein verhielt sich jedoch selbstbewußt, sensibel und absolut professionell, wie ich im Laufe des Nachmittags herausfand.

Sam machte keinerlei Zugeständnisse auf Bluecheesecake. Durch Tremaynes Ersatzfernglas verfolgte ich seine goldene Kappe vom Start bis zum Ziel, sah, wie er mit gleichmäßigem Rhythmus dicht an den Bahnbegrenzungen blieb, wohingegen andere, die weiter außen liefen, wiederholt nach vorne drängten und dann wieder zurückfielen.

Der Steeplechase Kurs in Windsor stellte sich als gewundene Figur in Form einer Acht dar, was bedeutete, daß man mit Taktik vorgehen mußte. Manchmal sah man die Teilnehmer direkt von vorne, schwer zu sagen, wer tatsächlich die Nase vorne hatte. Als er um die letzte einer Reihe von Kehren herumkam, verpatzte Bluecheesecake einen mannshohen Zaun, seine Nase berührte beinahe den Boden, und Sams Rücken war von den Schultern bis zum hochgereckten Hintern weithin sichtbar. Tremayne neben mir stieß einen Fluch aus, der Nolan zur Ehre gereicht hätte, doch wie durch ein Wunder kamen Pferd und Jockey ohne zu stürzen wieder hoch und verloren, berichtete Sam hinterher, nicht mehr als drei oder vier Längen.

Vermutlich weil er die verlorenen Längen rechtzeitig vor dem Ziel wieder gutmachen mußte, ging Sam, der seinem Pferd zusätzlich wertvolle Sekunden zur Rückgewinnung der Balance hatte gewähren müssen, über die letzten beiden Hindernisse ohne jede Rücksicht auf seine eigene Sicherheit; soviel konnte sogar ich erkennen. Ohne viele Umstände zu machen, holte er aus Bluecheesecake alles heraus, was das Pferd zu bieten hatte.

Tremayne nahm das Glas von den Augen und betrachtete den raketengleichen Finish beinahe teilnahmslos, selbst als Bluecheesecake mit den letzten langen Schritten eindeutig die Nase vorn hatte, ließ er nur ein zufriedenes Grunzen hören.

Noch bevor der Jubel verstummt war, befand sich Tremayne nach einem kurzen Spurt in der Gewinnerkoppel, ich immer dicht hinterher. Er untersuchte seinen erregten, schwitzenden, atemlosen Schützling nach Wunden und anderen Verletzungen (keine), wechselte ein paar knappe Worte mit der Presse und folgte dann Sam in den Wiegeraum, um den Sattel für Just The Thing abzuholen.

Als er herauskam, klebte ihm Nolan an den Fersen, der sich bei ihm aufs energischste darüber beschwerte, daß Sam mit Bluecheesecake ein so rücksichtsloses Rennen gelaufen war und damit seine, Nolans, Chancen in Cheltenham verdorben hatte.

»Cheltenham ist noch sechs Wochen hin«, sagte Tremayne in aller Ruhe. »Eine lange Zeit.«

Nolan wiederholte seine Beschwerden.

Mit erstaunlicher Langmut entgegnete ihm Tremayne: »Sam hat genau das Richtige getan. Jetzt zieh los und mach es mit Telebiddy genauso.«

Nolan stiefelte von dannen. Er sah noch immer viel wütender aus, als es sich für seine Stellung gebührte, und Tremayne ließ sich zwar zu einem Seufzer, jedoch zu keinem Kommentar hinreißen. Er ließ sich von Nolan weit mehr gefallen als von Sam, dachte ich bei mir, obwohl es schien, als könne er Sam weitaus besser leiden. Da steckte wohl eine ganze Menge mehr dahinter: Status, Sprachstil, Verbindungen; die Signalflaggen der Klassengesellschaft.

Im nächsten Durchgang, einem Hürdenrennen, ritt Sam Just The Thing mit unauffälliger Anmut. Er überließ der noch unerfahrenen Stute den Blick für die Sprünge und trieb sie im Finish an, so daß sie einen Eindruck davon erhielt, was von ihr in Zukunft erwartet wurde. Zu Tremaynes beinahe greifbarer Freude ging sie auf einem respektablen dritten Platz durchs Ziel. Nicht minder faszinierend war es für mich, die Absprachen im voraus gehört zu haben und zu sehen, wie exakt sie in die Tat umgesetzt wurden.

Auf dem Weg vom Wiegeraum zu Telebiddy, der im nächsten Rennen laufen sollte und schon in der Sattelbox wartete, drückte mir Tremayne einen Briefumschlag in die Hand und bat mich, den Inhalt am Totalisator zu setzen; Telebiddy, alles auf Sieg.

»Ich mag nicht, wenn mich die Leute beim Wetten sehen«, sagte er. »Einmal wissen sie dann, wie überzeugt ich bin, und zudem setzen alle auf das gleiche, und damit sinkt die Gewinnquote. Normalerweise setzte ich per Telefon über einen Buchmacher, aber heute wollte ich erst den Zustand des Bodens überprüfen. Er kann sehr trügerisch sein, nach dem Schnee. Es macht Ihnen doch nichts aus?«

»Nicht im geringsten.«

Er nickte und eilte davon, und ich machte mich auf den Weg zu den Wettschaltern, wo ich soviel Geld loswurde, daß ich ein ganzes Jahr davon hätte leben können. Klein wie Tremaynes ›kleine Beträge‹ war ein relativer Begriff, fiel mir auf.

Ich schloß mich ihm im Führring wieder an und fragte ihn, ob er die Tickets haben wolle.

»Nein. Wenn er gewinnt, holen Sie es für mich ab, ja?«

»Okay.«

Nolan unterhielt sich mit den Eigentümern, wobei er seinen seltenen Charme präsentierte und seine Lästerzunge im Zaum hielt. Selbst in der Jockeykleidung wirkte er klobig, kräftig und arrogant, doch sobald er auf dem Pferd saß, schien er alle Großmannssucht abzustreifen. Er verwandelte sich in einen Profi und wirkte konzentriert, ruhig und sattelfest.

Ich folgte Tremayne und den Eigentümern auf die Tribüne; von dort aus beobachtete ich, wie Nolan eine Darbietung seines rasiermesserscharfen Könnens lieferte, das die restlichen Amateure wie lahme Sonntagsreiter aussehen ließ.

Er machte wertvolle Sekunden an den Hindernissen gut, sein Pferd gewann Längen um Längen, schien immer genau an der richtigen Stelle zu springen. Das war Augenmaß, nicht Glück. Der Mut, den Mackie so geliebt hatte, war noch immer da, zweifellos.

Die Eigentümer, Mutter und Tochter, waren ausgesprochene Zitterer. Sie waren zwar nicht gänzlich weiß und kurz vor dem Kollaps, doch nach dem, was sie sagten, hatten sie ihr gesamtes Wettgeld ganz groß auf ihr Pferd gesetzt, und so gab es gehörig Lippen- und Knöchelbeißen vom Start bis zum Ziel.

Als wolle er Sam Yaeger um jeden Preis ausstechen, flog Nolan förmlich über die letzten drei Hindernisse und gewann mit zehn Längen Vorsprung, obwohl er am Ende verhalten ritt.

Tremayne stieß einen Seufzer der Erleichterung aus, die Eigentümer fielen sich um den Hals, umarmten auch Tremayne und hörten auf zu zittern.

»Dafür könnten Sie Nolan eine schöne kleine Barzahlung präsentieren«, sagte Tremayne unverblümt.

Die Eigentümer waren der Meinung, Nolan wäre es peinlich, wenn sie ihm ein derartiges Geschenk machen würden.

»Geben Sie es mir, ich gebe es an ihn weiter. Keine Peinlichkeiten.«

Die Eigentümer meinten, sie müßten jetzt schleunigst hinunter und ihren Sieger empfangen, was sie sofort in die Tat umsetzten. »Geizige Glucken«, raunte mir Tremayne ins Ohr, während wir zusahen, wie sie um das Pferd herumflatterten und sich fotografieren ließen.

»Geben sie Nolan wirklich überhaupt nichts?« wollte ich wissen.

»Es verstößt gegen das Reglement, und das wissen sie. Amateure sollen kein Geld für ihre Siege einstreichen. Nolan hat wahrscheinlich sowieso auf das Pferd gesetzt, das macht er immer bei einem so heißen Tip. Und ich bekomme immer hundertprozentigen Einsatz von meinem Jockey.« Seine Stimme knarzte vor trockenem Humor. »Manchmal glaube ich, daß die Rennbehörde einen Fehler macht, wenn sie Jockeys nicht auf ihre eigenen Pferde setzen läßt.«

Er ging wieder in den Wiegeraum, um den Sattel und die Satteldecke für Cashless abzuholen, während ich am Schalter den Gewinn auf Telebiddy kassierte, der nicht viel höher war als der Einsatz. Wie es aussah, hatte Nolan den heißen Favoriten geritten.

Als ich es Tremayne im Führring mitteilte, wo wir zuschauten, wie Cashless im Kreis herumgeführt wurde, sagte er mir, daß allein die Tatsache, daß Nolan ein Pferd ritt, die Gewinnchancen am Schalter herunterschraubte; außerdem hatte Telebiddy in dieser Saison schon zweimal für ihn gewonnen. Eigentlich war es ein Wunder, meinte Tremayne, daß er sich am Schalter noch auszahlte; er hatte erwartet, weniger zurückzubekommen. Er fügte hinzu, daß ich ihm einen großen Gefallen erweisen könne, wenn ich ihm den Gewinn nicht in aller Öffentlichkeit, sondern erst auf dem Heimweg aushändigte. Und so lief ich mit einem kleinen Vermögen auf dem Platz herum, das ich beim besten Willen niemals würde zurückzahlen können, falls ich es verlor; ich schloß meine Hand in der linken Hosentasche fest um die Scheine und ließ sie nicht mehr los.

Pünktlich zum Start gingen wir auf die Tribüne und sahen, wie Cashless erwartungsgemäß in Führung ging und diese Position lange mit Leichtigkeit hielt, bis auf die letzten, die entscheidenden fünfzig Meter. Dort drückten drei Jockeys, die bis dahin abgewartet hatten, auf die Tube, und obwohl Cashless nicht im mindesten aufgab, zogen sie an ihm vorbei.

Tremayne zuckte die Achseln. »Schade.«

»Lassen Sie ihn beim nächsten Mal wieder vorne laufen?« fragte ich, als wir die Tribüne verließen.

»Vermutlich. Wir haben schon versucht, ihn zurückzuhalten, doch dann läuft er schlechter. Er galoppiert im Finish immer seinen Strich, das ist sein Malheur. Er ist ein Kämpfer, aber es ist schwierig, Rennen zu finden, die er gewinnen kann.«

Wir waren im Führring angekommen, wo die erfolglosen Teilnehmer abgesattelt wurden. Sam, der gerade die Sattelgurte über seinem Arm aufrollte, begrüßte Tremayne mit einem kläglichen Lächeln und versicherte ihm, daß Cashless sein Bestes gegeben hätte.

»Das habe ich gesehen«, sagte Tremayne zustimmend. »Da kann man nichts machen.« Wir schauten Sam nach, wie er zum Wiegeraum ging, und Tremayne vertraute mir vorsichtig an, daß er Cashless womöglich in einem Amateurrennen ausprobieren wolle, mal sehen, was Nolan mit ihm ausrichtete.

»Spielen Sie die beiden absichtlich gegeneinander aus?« fragte ich.

Tremayne warf mir einen blitzenden Blick zu. »Für meine Besitzer tue ich mein Bestes«, sagte er. »Lust auf einen Drink?«

Wie es sich herausstellte, hatte er sich mit den Besitzern von Telebiddy in der Club Bar verabredet, und als wir ankamen, feierten sie das Ereignis bereits mit Champagner. Nolan war auch anwesend und obendrein ihnen gegenüber unglaublich freundlich, jedoch ohne finanzielle Resultate.

Nachdem die beiden Frauen in euphorischem Zustand davongegangen waren, fragte Nolan Tremayne gereizt, ob er ihnen gesagt habe, daß sie ihn belohnen sollten.

»Ich habe es ihnen angetragen«, sagte Tremayne ruhig. »Aber du hast Glück und kannst dich mit dem zufriedengeben, was du selbst beim Buchmacher gewonnen hast.«

»Scheißwenig«, sagte Nolan, oder so ähnlich, »und die Anwälte, diese Blutsauger, kriegen sowieso alles.« Er polterte in selbstgerechter Wut zur Bar hinaus, ein Gemütszustand, der bei ihm wohl als vorherrschend zu bezeichnen war.

Tremayne betrachtete Nolans Abgang mit unverbindlich halbgeschlossenen Augenlidern und heftete seinen Blick dann auf mich.

»Nun«, fragte er, »was haben Sie gelernt?«

»Das, was Sie beabsichtigten, vermute ich.«

Er lächelte. »Und ein bißchen mehr, als ich beabsichtigte. Es ist mir schon aufgefallen, daß Sie das ständig tun.« Mit einem genügsamen Seufzer setzte er sein leeres Glas ab. »Zwei Gewinner«, sagte er. »Ein überdurchschnittlicher Tag auf der Rennbahn. Fahren wir nach Hause.«

Ungefähr zur gleichen Zeit, als wir heimwärts fuhren, Tremaynes Gewinn nicht mehr in meinen, sondern sicher in seinen eigenen Taschen verstaut, brütete Chefinspektor Doone über den neuen Fundstücken aus dem Waldgebiet.

Man konnte mit gutem Gewissen behaupten, daß der Chefinspektor schnurrte. Zwischen unbedeutendem, längst verrostetem Gerümpel lag der Hit seiner Kollektion, eine Frauenhandtasche. Die absolute Befriedigung war ihm jedoch versagt geblieben, da dieser Treffer, wie die Zahnabdrücke bewiesen, wahrscheinlich von den Fängen eines Hundes an einer Seite aufgerissen und das meiste vom Inhalt verschwunden war. Trotz alledem blieb ihm ein Schulterriemchen, eine verwitterte Schnalle und zumindest die Hälfte einer Art Schultasche, in deren mit einem noch intakten Reißverschluß verschlossener Innentasche sich ein kleiner Spiegel und ein zusammenklappbares Fotoetui fand.

Mit äußerst vorsichtigen Bewegungen öffnete Doone das Etui. Es enthielt einen Schnappschuß, der zwar an einer Seite Wasserflecken hatte, ansonsten aber gestochen scharf war. Das Bild eines Mannes, der neben einem Pferd stand.

Enttäuscht darüber, daß damit die Identifikation der vormaligen Eigentümerin der Handtasche noch immer nicht ganz einfach war, nahm Doone einen Anruf des Pathologen entgegen.

»Sie haben nach Zähnen gefragt«, sagte der Mediziner. »Die Zahnberichte haben eindeutig nichts mit denen von unserem Gerippe zu tun. Unser Mädchen hatte gesunde Zähne. Ein oder zwei Lücken, aber keine Plomben. Tut mir leid.«

Doones Enttäuschung wuchs. Damit war die Tochter des Politikers aus dem Rennen. Vor seinem geistigen Auge ließ er noch einmal die Liste vorbeiziehen, übersprang die Prostituierten und stoppte vorläufig bei Angela Brickell, Stallgehilfin. Angela Brickell ... Pferd.

Die Bombe platzte am Donnerstag in Shellerton.

Tremayne machte sich oben nach dem Duschen reisefertig, war auf dem Sprung zu den Rennen nach Dowcester, als es an der Tür klingelte. Dee-Dee ging los, um nachzusehen, und kam kurz darauf mit einem geheimnisvollen Gesichtsausdruck ins Eßzimmer zurück.

»Es sind zwei Männer«, sagte sie. »Sie sagen, sie seien von der Polizei. Sie haben irgendwelche Ausweise gezückt, aber sie verraten nicht, was sie wollen. Ich habe sie in das Familienzimmer geführt, bis Tremayne herunterkommt. Würden Sie hingehen und sie ein wenig im Auge behalten?«

»Klar«, sagte ich und war schon unterwegs.

»Danke«, sagte sie und ging ins Büro zurück. »Was die Kerle auch wollen, es ist wahrscheinlich langweilig.«

Ich sah sofort, was sie auf diesen Gedanken gebracht hatte. Die beiden Männer hätten gut und gerne das Wort ›grau‹ erfunden haben können, so farblos kamen sie einem auf den ersten Blick vor. Konkurrenzlos nichtssagende Kleidung, dachte ich.

»Kann ich etwas für Sie tun?« fragte ich sie.

»Sind Sie Tremayne Vickers?« fragte einer von ihnen zurück.

»Nein. Er wird gleich hier sein. Kann ich etwas für Sie tun?«

»Nein, danke. Können Sie ihn holen?«

»Er ist unter der Dusche.«

Der Polizist runzelte die Stirn. Trainer duschten nun mal nicht vor dem Morgentraining, sie duschten hinterher, bevor sie auf den Rennplatz gingen. Jedenfalls hielt es Tremayne so. Ich wußte es von Dee-Dee.

»Er ist schon seit sechs Uhr auf den Beinen«, sagte ich.

Der Polizist machte große Augen, als hätte ich seine Gedanken gelesen.

»Ich bin Chefinspektor Doone, Thames Valley Police«, sagte er. »Das hier ist Inspektor Rich.«

»Erfreut, Sie kennenzulernen«, sagte ich höflich. »Ich bin John Kendall. Möchten Sie sich nicht setzen?«

Sie setzten sich auf die Kante zweier Stühle, schlugen den angebotenen Kaffee jedoch ab.

»Wird er noch lang oben bleiben?« wollte Doone wissen. »Wir müssen ihn so bald wie möglich sprechen.«

»Nein, er muß gleich hier sein.«

Bei näherem Hinsehen schien Doone so um die Fünfzig zu sein, mit graumeliertem, hellbraunem Haar und einem dicken, mittelbraunen Schnurrbart. Er hatte hellbraune Augen, große, knochige Hände und, wie wir alle nach und nach herausfanden, besaß er die Angewohnheit, viel zu reden, und das mit leichtem Berkshire Akzent. Seine Geschwätzigkeit kam während der ersten zehn Minuten noch nicht zur Geltung, nicht bevor Tremayne herunterkam, der sich die blauweißgestreiften Ärmel seines Hemdes zuknöpfte und die Jacke zwischen Unterarm und Brust geklemmt hatte.

»Hallo«, sagte er, »wen haben wir denn da?«

Dee-Dee tauchte hinter ihm auf, offensichtlich um ihn darüber zu unterrichten, doch Doone stellte sich selbst vor, noch bevor sie oder ich etwas sagen konnten.

»Polizei?« fragte Tremayne unbekümmert. »Worum geht es?«

»Wir hätten Sie gerne allein gesprochen, Sir.«

»Wie? Ach so, natürlich.«

Er deutete mir mit den Augen an, daß ich mit Dee-Dee hinausgehen solle, und machte hinter uns die Tür zu. Ich kehrte ins Eßzimmer zurück, doch kurz darauf hörte ich, wie die Tür zum Familienzimmer geöffnet wurde und Tremayne laut rief:

»John, würden Sie bitte zurückkommen?«

Ich ging wieder hinein. Doone protestierte gegen meine Anwesenheit, die seiner Meinung nach unnötig und nicht ratsam war.

Tremayne blieb stur: »Ich möchte, daß er das hört. Würden Sie bitte wiederholen, was Sie gerade gesagt haben?«

Doone zuckte die Achseln. »Ich bin hier, um Mr. Vickers darüber zu informieren, daß wir menschliche Überreste gefunden haben, die sich möglicherweise als die einer jungen Frau herausstellen könnten, die früher einmal hier angestellt gewesen ist.«

»Angela Brickell«, sagte Tremayne resigniert.

»Oh.«

»Was bedeutet dieses ›Oh‹, Mr. Kendall?« fragte Doone scharf.

»Es bedeutet nichts anderes als ›Oh‹«, gab ich zurück. »Armes Ding. Alle dachten, sie wäre einfach ausgerissen.«

»Sie haben ein Foto«, sagte Tremayne. »Sie versuchen, den Mann zu identifizieren.« Er wandte sich an Doone. »Zeigen Sie ihm das Bild.« Er nickte in meine Richtung. »Verlassen Sie sich nicht auf meine Aussage.«

Widerstrebend reichte mir Doone eine Fotografie, die in eine Plastikhülle eingeschlagen war.

»Kennen Sie diesen Mann, Sir?«

Ich blickte zu Tremayne, der eine unbeteiligte Miene aufgesetzt hatte.

»Sie können es ihm ruhig sagen«, forderte er mich auf.

»Harry Goodhaven?«

Tremayne nickte. »Das ist Fionas Pferd, Chickweed, das angeblich gedopt wurde.«

»Wie kann man denn ein Pferd erkennen?« wollte Doone wissen.

Tremayne starrte ihn entgeistert an. »Pferde haben Gesichter, genau wie Menschen. Ich würde Chickweed überall erkennen. Er ist immer noch hier, draußen im Stall.«

»Wer ist dieser Mann, dieser Harry Goodhaven?«

»Der Ehemann der Eigentümerin des Pferdes.«

»Aus welchem Grund hat wohl Angela Brickell ein Foto von ihm dabeigehabt?«

»Hat sie nicht«, widersprach Tremayne. »Das heißt, sie hat wohl, aber es dreht sich hier eher um eine Aufnahme von dem *Pferd*. Sie war für das Pferd verantwortlich.«

Doone sah nicht sehr überzeugt aus.

»Einem Stallburschen bedeutet das Pferd, das ihm anvertraut wird, so viel wie sein eigenes Kind«, sprang ich ein. »Sie lieben die Tiere, und sie verteidigen sie. Es ist durchaus verständlich, daß Angela Chickweeds Foto bei sich trug.«

Tremayne schaute mich mit unterdrücktem Staunen an; aber schließlich hatte ich den Stallburschen seit einer Woche zugehört.

»Was John Ihnen gesagt hat«, bestätigte Tremayne, »ist absolut wahr.«

Doones Begleiter, Inspektor Rich, machte sich die ganze Zeit über Notizen; nicht gerade in Steno.

Doone fragte weiter: »Sir, können Sie mir die Adresse von diesem Harry Goodhaven geben?«

Leicht irritiert antwortete Tremayne: »Dieser Harry Goodhaven, wie Sie ihn nennen, ist Mr. Harry Goodhaven, der Eigentümer von Manor House in Shellerton.«

Beinahe hätte jetzt Doone ›Oh‹ gesagt, überlegte es sich aber in letzter Sekunde anders.

»Ich bin schon spät dran«, gab Tremayne zu bedenken und deutete seinen Aufbruch an.

»Aber, Sir...«

»Bleiben Sie hier, solange es Ihnen gefällt«, sagte Tremayne schon im Gehen. »Unterhalten Sie sich mit John, unterhalten Sie sich mit meiner Sekretärin, unterhalten Sie sich mit wem Sie möchten.«

»Ich fürchte, Sie verstehen nicht recht, Sir«, sagte Doone mit einem Anflug von Verzweiflung. »Angela Brickell wurde *erdrosselt.*«

»Was?« Tremayne blieb wie vom Schlag gerührt stehen. »Ich dachte, Sie sagten...«

»Ich sagte, wir haben die Überreste gefunden. Jetzt, nachdem Sie... äh... das Pferd wiedererkannt haben, Sir, sind wir ziemlich sicher, daß es sich um Angela handelt. Alles andere paßt: Größe, Alter, vermutetes Todesdatum. Außerdem, Sir...«, er zögerte kurz, als müsse er seinen Mut zusammennehmen, »erst in der vergangenen Woche hatten wir einen Fall vor dem Crown Court, bei dem es um eine andere junge Frau ging, die ebenfalls erdrosselt wurde... erdrosselt hier in diesem Haus.«

Eisiges Schweigen.

Endlich unterbrach Tremayne die Stille: »Da kann es keine Verbindung geben. Der Todesfall in diesem Haus war ein Unfall, egal, was die Geschworenen davon halten.«

Doone hakte unverdrossen nach: »Stand Mr. Nolan Everard in irgendeiner Verbindung zu Angela Brickell?«

»Ja, selbstverständlich. Er reitet Chickweed, das Pferd auf dem Foto. Er war beruflich schon oft mit Angela Brickell zusammengekommen.« Tremayne überlegte kurz. »Wo, sagten Sie, wurden ihre ... Überreste ... gefunden?«

»Ich glaube, das hatte ich noch nicht erwähnt, Sir.«

»Nun, wo denn?«

»Alles zu seiner Zeit, Sir«, sagte Doone eine Spur zu ungemütlich; mir kam der Verdacht, daß er insgeheim gehofft hatte, jemand würde es *wissen*, und wer das wußte, war auch derjenige, der sie erwürgt hatte.

»Armes Mädel«, sagte Tremayne. »Trotz allem, Herr Chefinspektor, muß ich jetzt zum Rennplatz. Bleiben Sie, so lange Sie wollen, fragen Sie, wen Sie wollen. John wird meiner Assistentin und meinem Futtermeister alles erklären. John, sagen Sie Mackie und Bob, was passiert ist, ja? Rufen Sie über Autotelefon an, falls Sie mich brauchen. Gut, dann muß ich los.«

Er machte sich zielstrebig und eiligst auf den Weg. Kurz darauf war der Volvo zu hören, und man konnte sehen, wie er vom Hof fuhr. Auf eigenartige Weise amüsiert, schaute ihm Doone nach: ein erster Vorgeschmack davon, wie schwierig es war, Tremayne von einem einmal eingeschlagenen Weg abzubringen.

»Nun, Herr Chefinspektor, wo wollen Sie anfangen«, sagte ich möglichst neutral.

»Ihr Name, Sir?«

Ich nannte ihn. Mit mir ging er ein ganzes Stück dreister um, fiel mir auf. Ich konnte nicht die Sorte Persönlichkeit vorweisen, die die seine überschattete.

»Und Ihre ... äh ... Beschäftigung hier?«

»Ich schreibe die Geschichte dieses Rennstalls.«

Es schien ihn einigermaßen zu überraschen, daß jemand sich

mit solch einem Unterfangen beschäftigte. »Höchst interessant, da habe ich keine Zweifel«, nuschelte er.

»Allerdings.«

»Und ... äh ... kannten Sie die Verstorbene?«

»Angela Brickell? Nein, ich kannte sie nicht. Sie verschwand im letzten Sommer, glaube ich, und ich bin erst seit kurzem hier, seit knapp zehn Tagen.«

»Aber Sie wußten über sie Bescheid, Sir«, sagte er schroff.

»Erlauben Sie, daß ich Ihnen zeige, weshalb ich die Geschichte kenne. Kommen Sie mit und sehen Sie selbst.«

Ich führte ihn in das Eßzimmer, wo ich ihm die Stapel mit den Zeitungsausschnitten zeigte und ihm erklärte, sie seien die Rohmaterialien für mein zukünftiges Buch.

»Dies hier ist mein Arbeitszimmer«, sagte ich. »Irgendwo in *diesem* Stapel«, ich zeigte auf einen Haufen Schnipsel, »befindet sich ein Bericht über Angela Brickells Verschwinden. Daher kenne ich die Geschichte, und das ist auch alles, was ich über sie weiß. Seit ich hier bin, wurde sie außerhalb dieses Zimmers mit keiner Silbe erwähnt.«

Er wühlte in den Ausschnitten vom letzten Jahr und fand die Artikel über das Mädchen. Er nickte einige Male und legte sie dann wieder dorthin zurück, wo er sie gefunden hatte; über meine Person schien er sich jetzt vergewissert zu haben. Ich bekam eine Ahnung von der in Bälde über mich hereinbrechenden Schwatzhaftigkeit.

»Tja, mein Herr«, sagte er entspannt, »Sie können jetzt damit anfangen, mich allen anderen Leuten hier vorzustellen und ihnen zu erklären, warum ich diese Fragen stelle, und da ich bereits bei anderen Fällen, in denen nur noch Überreste gefunden wurden, festgestellt habe, daß die Leute das Allerschlimmste annehmen und sich die wüstesten Horrorgeschichten ausmalen, so daß ihnen regelrecht schlecht wird und wir dadurch sehr viel Zeit verlieren, deshalb also sage ich Ihnen gleich – und Sie sagen es dann weiter –, daß das, was wir gefunden haben, *Knochen* waren, schön sauber, ohne Gestank, nichts Schauerliches, das können Sie den Leuten versichern.«

»Danke«, sagte ich etwas benommen.

»Tiere und Insekten haben sie schön blankgeputzt, verstehen Sie?«

»Glauben Sie nicht, daß allein diese Tatsache den Leuten auf den Magen schlägt?«

»Dann malen Sie es nicht so aus, Sir.«

»Gut.«

»Wir haben ihre Kleider, ihre Schuhe und ihre Handtasche bei uns im Polizeirevier... sie waren ringsum verstreut, ich mußte meine Männer alles absuchen lassen...« Er unterbrach sich, ohne mir zu verraten, wo die Suche stattgefunden hatte; außer der Tatsache, daß die Knochen fein säuberlich abgenagt wurden, was darauf hinwies, daß die Leiche irgendwo draußen gelegen hatte. Das wiederum war nichts Außergewöhnliches für eine Stallgehilfin. »Außerdem möchte ich Sie darum bitten, Sir, daß Sie den Leuten nur sagen, daß sie gefunden wurde – nicht daß man sie erdrosselt hat.«

»Woher wollen Sie wissen, daß sie erdrosselt wurde, wenn nichts mehr von ihr übrig ist?«

»Das Zungenbein, Sir. In der Kehle. Gebrochen. So was passiert nur bei einem direkten Schlag oder durch handfesten Druck. Normalerweise durch Finger, von hinten.«

»Aha, verstehe. Na schön, das überlasse ich Ihnen. Am besten fangen wir mit Dee-Dee an, Mr. Vickers' Sekretärin.«

Ich schob ihn ins Büro und stellte ihn vor. Inspektor Rich folgte uns wie ein Schatten, ein stummer Notizenschreiber. Ich erzählte Dee-Dee, daß man Angela Brickell wahrscheinlich gefunden hatte.

»Oh, das ist schön«, sagte sie spontan, und dann, als sie sah, daß es doch nicht so schön war: »Oh, weh!«

Doone fragte, ob er telefonieren dürfe, was ihm Dee-Dee sofort erlaubte. Doone rief seine Leute im Hauptquartier an.

»Mr. Vickers hat das Pferd als dasjenige identifiziert, das Angela Brickell in seinem Stall versorgt hat, und den Mann als den Besitzer des Pferdes, besser gesagt als den Ehemann der Besitzerin. Ich würde sagen, es ist ziemlich sicher, daß wir da Angela Brickell in der Leichenhalle haben. Könnt ihr eine Benachrichtigung an ihre Eltern rausschicken? Sie wohnen da draußen in der Nähe von Wokingham. Die Adresse liegt in meinem Büro. Das muß aber pronto passieren, verstanden? Ich möchte nicht, daß ihnen vorher jemand aus Shellerton damit ins Haus fällt. Bringt's ihnen schonend bei, ja? Fragt, ob sie eventuell ihre Kleider oder ihre Handtasche wiedererkennen würden. Mollie soll hingehen, falls sie Dienst hat. Sie macht es den Leuten immer etwas erträglicher; wischt den ersten Schmerz auf. Ja, schickt Mollie hin. Sagt ihr, sie soll noch einen Wachtmeister mitnehmen, wenn sie will.«

Er lauschte noch einige Augenblicke, dann legte er auf.

»Das arme Mädel ist schon seit sechs Monaten oder länger tot«, sagte er zu Dee-Dee. »Alles, was von ihr übrig ist, sind saubere, weiße Knochen.«

Dee-Dee sah so aus, als wäre diese Vorstellung schon ekelhaft genug, aber ich mußte einsehen, daß Doones rauhbeinige Menschlichkeit doch auch tröstete. Er war wie ein Chirurg mit Wurstfingern, fiel mir ein: entgegen aller Wahrscheinlichkeit feinfühlig in seinem Handwerk.

Er fragte Dee-Dee, ob sie wüßte, aus welchen Gründen Angela Brickell hätte verschwinden können. War das Mädchen unglücklich gewesen? Hatte es einen Streit mit dem Freund gehabt?

»Ich habe keine Ahnung. Erst als sie schon weg war, stellte sich heraus, daß sie Chickweed die Schokolade gegeben haben mußte. Das war dumm von ihr!«

Doone sah verloren aus. Ich erklärte ihm die Sache mit dem Theobromin. »Steht alles in den Zeitungsartikeln«, fügte ich hinzu.

»Wir haben bei dem Mädel einige Schokopapierchen gefunden, aber keine Schokolade«, sagte er. »Ist etwa das damit gemeint, wenn in unseren Aufzeichnungen steht: ›hat möglicherweise ein Pferd gedopt, das in ihrer Obhut war‹?«

»Treffer!« sagte ich.

»Schokolade!« Er verzog angewidert das Gesicht. »Dafür lohnt es sich nicht zu sterben.«

Jetzt ging mir ein Licht auf. »Haben Sie nach einer großen Verschwörung gefahndet? Nach einem Rauschgiftring?«

»Man muß mit allem rechnen.«

Dee-Dee sagte aus vollster Überzeugung: »Angela Brickell hatte nichts mit einem Rauschgiftring zu tun. Sie wissen ja nicht, was Sie da sagen.«

Doone ließ die Sache auf sich beruhen und sagte, er wolle jetzt mit den restlichen Stallangestellten reden; Dee-Dee solle inzwischen niemandem sonst von den Neuigkeiten berichten, das würde er gerne selbst tun. Außerdem wolle er nicht, daß jemand vorzeitig mit dieser Tragödie ins Haus der Eltern hineinplatzte.

»Aber Fiona darf ich es doch wohl erzählen«, protestierte sie.

»Wer ist Fiona?« Doone runzelte die Stirn, als versuche er sich zu erinnern.

»Fiona Goodhaven, ihr gehört Chickweed.«

»Ach ja. Nein, ihr auch nicht. Ihr *schon gar nicht*. Ich habe es lieber, wenn ich die spontanen Reaktionen der Leute mitkriege, als mir anzuhören, was sie davon halten, nachdem sie stundenlang mit all ihren Freunden darüber diskutiert haben. Ich habe die Erfahrung gemacht, daß die ersten Gedanken klarer und wertvoller sind.«

Er hatte sie eher überzeugt als angewiesen, mit dem Resultat, daß Dee-Dee ihm versprach, vorerst die Buschtrommeln ruhen zu lassen. Sie fragte nicht, wie das Mädchen gestorben war. Sollte sie bemerkt haben, daß Doones Äußerungen am ehesten auf ein Mordszenario hinwiesen, so ließ sie sich nichts anmerken. Vielleicht wollte sie solche Dinge einfach nicht wissen.

Doone verlangte, zu den Stallungen geführt zu werden. Unterwegs ersuchte ich ihn darum, falls er Mackie, Tremaynes Schwiegertochter und Assistentin, traf, daran zu denken, daß sie schwanger war.

Er warf mir einen stechenden Blick zu.

»Sie sind ein rücksichtsvoller Mensch«, sagte ich sanft. »Ich dachte mir, daß Sie den Schock vielleicht etwas abschwächen möchten.«

Das schien ihn etwas aus dem Gleichgewicht zu bringen, doch er machte keine Versprechungen. Als wir dann bei den Stallungen ankamen, stellte sich heraus, daß Mackie schon nach Hause gegangen war und Bob Watson allein emsig wie ein Biber mit Hammer, Säge und Nägeln an einem neuen Sattelbock für den Zeugraum herumbastelte. Wir fanden ihn vor der Tür zum Zeugraum; er war nicht besonders davon begeistert, bei der Arbeit gestört zu werden.

Ich stellte die beiden einander vor. Doone sagte ihm, daß man menschliche Überreste gefunden habe, von denen angenommen wurde, daß sie die von Angela Brickell waren.

»Nein!« sagte Bob. »Im Ernst? Armes kleines Luder. Wie ist das passiert? Ist sie in einen Steinbruch gefallen?« Er betrachtete abwesend ein Stück Holz, als hätte er zeitweilig vergessen, zu was es gut war.

»Wie kommen Sie darauf, Sir?« fragte Doone hellwach.

»Nur so eine Redewendung.« Bob zuckte die Achseln. »Ich dachte immer, sie hat einfach die Fliege gemacht. Der Boss war überzeugt davon, daß sie Chickweed mit Schokolade gefüttert hat, aber ich glaub's nicht. Mensch, wir wissen doch alle, daß so was nicht erlaubt ist. Wer hat sie denn gefunden? Wo war sie überhaupt?«

»Man hat sie zufällig gefunden«, sagte Doone erneut. »Hatte sie Kummer wegen einem Freund?«

»Nicht daß ich wüßte. Aber hier gibt es zwanzig Burschen und Mädchen, ein ständiges Kommen und Gehen. Ehrlich gesagt kann ich mich nicht sehr gut an sie erinnern, außer daß sie sexy war. Fragen Sie Mrs. Goodhaven, die war immer nett zu ihr. Fragen Sie die anderen Mädchen, ein paar haben mit ihr zusammen in der Gemeinschaftsunterkunft gewohnt. Warum haben Sie nach einem Freund gefragt? Sie ist doch nicht etwa irgendwo runtergesprungen? Oder doch?«

Doone antwortete weder mit Ja noch mit Nein. Ich verstand jetzt, was er damit meinte, daß er sich lieber die unverfälschten ersten Gedankengänge anhörte, die ersten Bilder und Vorstellungen, die den Leuten in den Sinn kamen, wenn sie befragt wurden.

Er unterhielt sich noch eine Weile mit Bob, erfuhr aber, soweit ich das erkennen konnte, nichts Besonderes.

»Sie sollten mit Mackie reden«, sagte Bob am Schluß. »Das ist die junge Mrs. Vickers. Die Mädchen erzählen ihr Sachen, die sie mir nie erzählen würden.«

Doone nickte, und ich führte ihn und den allgegenwärtigen Rich um das Haus herum zu Mackies und Perkins Eingang und klingelte an der Haustür. Perkin selbst, in einen khakifarbenen Overall gekleidet, öffnete uns. Er sah darin wie ein richtiger Handwerker aus und verströmte einen faszinierenden Geruch von Holz und Leinöl.

»Hallo«, sagte er, erstaunt über meinen Anblick. »Mackie ist unter der Dusche.«

Diesmal übernahm es Doone selbst, sich formell vorzustellen.

»Ich bin hier, um Mrs. Vickers davon zu unterrichten, daß Angela Brickell gefunden wurde«, sagte er.

»Wer?« fragte Perkin unbeeindruckt. »Ich wußte nicht, daß jemand vermißt wird. Ich kenne keine Angela... Angela, wie hieß sie noch?«

Doone erklärte ihm geduldig, daß sie schon seit sieben Monaten oder länger vermißt wurde, Angela Brickell.

»Gott im Himmel, wirklich? Und wer ist das?« Langsam dämmerte es ihm. »Ist das etwa das Stallmädel, das im letzten Jahr durchgebrannt ist? Ich erinnere mich, daß es da Unruhe gegeben hatte.«

»Genau die.«

»Na schön, meine Frau wird sich freuen, daß sie wieder da ist. Ich werde es ihr ausrichten.«

Er machte Anstalten, die Tür wieder zu schließen, doch Doone sagte, er wolle Mrs. Vickers persönlich sprechen.

»Oh? Von mir aus. Dann warten Sie doch besser hier drin. John? Kommen Sie auch mit?«

»Danke«, sagte ich.

Er brachte uns in eine Wohnküche, die ich noch nicht kannte, und bot uns Rattansessel an, die um einen Tisch standen, der aus einer runden Glasplatte auf drei gotischen Säulen aus Gips gefertigt war. Die Vorhänge und die Sesselbezüge waren hell türkis, mit großen grauen, schwarzen und weißen Blumen bedruckt, auch sonst war die Kücheneinrichtung in grauweiß gestreiften Oberflächen gehalten; absolut modern.

Perkin bemerkte meine Überraschung und sagte ironisch: »Mackie hat das alles in einer Revolte gegen den guten Geschmack ausgesucht.«

»Es wirkt fröhlich«, sagte ich. »Beschwingt.«

Mein Urteil schien ihn zu verwirren, doch da erschien Mackie selbst. Mit ihren noch feuchten Haaren wirkte sie in diesem Augenblick überaus erfrischt und lebensfroh. Sie reagierte auf Doones vorsichtig einleitende Sätze wie alle anderen auch: »Prima. Wo ist sie?«

Die allmähliche Enthüllung der traurigen Tatsachen ließ die Zufriedenheit und alle Farbe aus ihrem Gesicht weichen. Sie hörte seinen Fragen zu, beantwortete sie und erfaßte die Schlußfolgerungen nüchtern.

»Sie wollen uns damit sagen, daß sie sich entweder selbst umgebracht hat...«, sagte sie gerade heraus, »... oder daß sie jemand umgebracht hat.«

»Das habe ich nicht behauptet, Madam.«

»Aber so gut wie.« Sie seufzte bekümmert. »All diese Fragen über Rauschgiftringe... und Liebhaber. Oh, Gott.« Sie machte kurz die Augen zu, dann öffnete sie sie wieder und schaute Doone und mich an.

»Jetzt haben wir gerade Wochen und Monate der Angst und Unruhe wegen Nolan und Olympia hinter uns, Scharen von Fernsehreportern und Zeitungsleuten, die uns mit ihren Fragen fast in den Wahnsinn getrieben haben, gerade jetzt, wo wir allmählich etwas aufatmen... ich kann es nicht mehr ertragen... ich halte es nicht mehr aus... *jetzt fängt alles wieder von vorne an*.«

10

Ich borgte mir den Landrover und fuhr Doone, wie gewünscht, hinunter ins Dorf zum Haus von Harry und Fiona. Es überraschte mich, daß er mich immer noch dabeihaben wollte, und das sagte ich ihm auch. Eine Spur zu wichtigtuerisch klärte er mich darüber auf, daß er die Erfahrung gemacht habe, daß die Leute sich von einem Polizisten weniger *bedroht* fühlten, wenn er jemanden dabeihatte, den sie kannten.

»Möchten Sie denn nicht, daß sie sich bedroht fühlen?« hakte ich nach. »Vielen Polizisten ist das anscheinend ganz recht.«

»Ich bin nicht ›viele Polizisten‹.« Er schien nicht beleidigt zu sein. »Ich arbeite auf meine Art, Sir, und auch wenn sich meine Arbeit manchmal von der meiner Kollegen unterscheidet, so erhalte ich doch am Ende meine Ergebnisse, und letztendlich sind es die Ergebnisse, die zählen. Das mag nicht der beste Weg zur schnellen Beförderung sein«, auf seinem Gesicht zeigte sich ein kurzes Lächeln, »doch ich löse gemeinhin meine Fälle, das kann ich Ihnen versichern.«

»Da hege ich keine Zweifel, Herr Chefinspektor«, sagte ich.

Er seufzte. »Ich habe drei Töchter. Ich mag Fälle wie diesen hier nicht.«

Wir standen in der Auffahrt und betrachteten die noble Fassade des wunderhübschen georgianischen Landsitzes.

»Stellen Sie niemals Vermutungen an«, sagte er in Gedanken, als wolle er mir einen guten Rat erteilen. »Kennen Sie die drei jämmerlichsten Worte, die ein Polizist von sich geben kann, wenn sein Fall wie ein Kartenhaus um ihn herum zusammenstürzt?«

Ich schüttelte den Kopf.

»*Ich habe vermutet*«, sagte er.

»Das werde ich mir merken.«

Dann schaute er mich auf seine unbedrohliche Art an und meinte, es sei an der Zeit, die Goodhavens aufzuscheuchen.

Wie sich herausstellte, war nur Fiona zuhause. Sie trug einen dunkelblauen, geschneiderten Anzug mit einer weißen Seidenbluse, goldene Ketten und hochhackige schwarze Schuhe. Allem Anschein nach war sie gerade auf dem Sprung. Als sie mich erblickte, lächelte sie bedauernd.

»John«, sagte sie, »was kann ich für Sie tun? Ich fahre gerade zum Essen. Könnten wir uns etwas beeilen?«

»Äh ... das hier ist Chefinspektor Doone«, sagte ich, »von der Thames Valley Police. Und Inspektor Rich.«

»Polizisten?« fragte sie erstaunt. Und dann in plötzlich aufsteigender Angst: »Harry ist doch nichts passiert?«

»Nein, nein. Nichts. Es geht nicht um Harry. Nicht direkt. Es geht um Angela Brickell. Man hat sie gefunden.«

»*Angela* ...? Ach ja. Schön, das freut mich. Wo war sie denn?«

Doone stellte sich sehr geschickt an, dachte ich, indem er durch Schweigen die schlimmen Nachrichten übermittelte.

»Meine Güte«, sagte Fiona, als sie nach einigen Momenten begriffen hatte, »ist sie tot?«

»Leider ja, Madam.« Doone nickte. »Ich muß Ihnen einige Fragen stellen.«

»Ja, aber ...« Sie schaute auf die Uhr. »Kann das nicht warten? Es ist nicht nur ein Essen, ich bin der Ehrengast.«

Wir standen immer noch auf der Türschwelle. Ohne sich auf Streitereien einzulassen, zückte Doone die Fotografie und forderte Fiona auf, den Mann zu identifizieren, falls ihr das möglich sei.

»Natürlich. Das ist Harry, mein Mann. Und das ist mein Pferd, Chickweed. Wo haben Sie das her?«

»Aus der Handtasche der jungen Frau.«

Auf Fionas Gesicht mischten sich Güte und Trauer. »Sie liebte Chickweed«, sagte sie.

»Vielleicht dürfte ich Sie noch einmal besuchen, wenn Ihr Mann zu Hause ist?« schluge Doone vor.

Fiona war erleichtert. »Ja, jederzeit, tun Sie das. Heute abend nach fünf oder morgen früh. Er wird so gegen ... hm ... elf Uhr hier sein, denke ich, morgen früh. Wiedersehen, John.«

Sie eilte zurück ins Haus, ließ die Tür offenstehen, und kurz darauf – wir standen schon neben unseren Wagen – sahen wir, wie sie wieder aus dem Hinterausgang herauskam, zusperrte und den Schlüssel unter dem Stein versteckte. (Ts, ts, ts, sagte Doone mißbilligend.) Dann brauste sie in ihrem schicken BMW davon, das blonde Haar glänzte, und sie winkte uns frohgemut zum Abschied zu.

»Wenn Sie sie mit einem Wort beschreiben sollten«, sagte Doone zu mir, »welches würden Sie wählen?«

»Zuverlässig.«

»Das kam schnell.«

»So ist sie. Bodenständig.«

»Kennen Sie sie schon lange?«

»Seit zehn Tagen, wie alle anderen.«

»Hm.« Er grübelte. »Ich kann nicht wie Sie zehn Tage hier verbringen, mit diesen Leuten zusammenleben. Vielleicht werde ich Sie hin und wieder danach fragen, wie die Leute wirklich sind. Manche Menschen benehmen sich nicht wie sonst, wenn sie es mit der Polizei zu tun haben.«

»Fiona schon. Und auch alle anderen, die Sie heute vormittag getroffen haben, oder sind Sie anderer Meinung?«

»Nein, nein. Aber es gibt andere, die ich noch nicht getroffen habe. Gewisse Loyalitäten existieren ... ich habe das Protokoll von einem Teil der Verhandlung durchgelesen, bevor ich hierher gekommen bin. Loyalität ist hier eine sehr stark ausgeprägte

Tugend, würden Sie mir da zustimmen? Zuverlässige, bodenständige Loyalität, was meinen Sie?«

Doone mochte wie eine graue Maus wirken, dachte ich, und sein plappernder, beinahe singender Berkshire Akzent mochte entwaffnend wirken, hinter dem Geschwafel verbarg sich jedoch ein äußerst intelligenter Beobachter. Im Gegensatz zu vorhin glaubte ich ihm plötzlich, daß er seine meisten Fälle zum Abschluß brachte.

Er sagte, er wolle mit den anderen Stallmädchen reden, bevor sie die Neuigkeiten von jemand anderem erfuhren; auch mit den Burschen, aber mit den Mädchen zuerst.

Ich brachte Doone und Rich zu dem Haus im Dorf, das die Mädchen als ihre Herberge bezeichneten; ich wußte, wo es sich befand, war aber selbst noch nie dort gewesen. Es war ein kleines, modernes Haus in einer Sackgasse, die Tremayne, wie er mir gesagt hatte, als Bauplatz billig erstanden hatte, bevor das mit den Jahren recht ansehnlich gewordene Haus darauf gebaut worden war. Ich teilte Doone mit, daß ich die Mädchen nicht alle mit Namen kannte, da ich sie nur beim morgendlichen Training und gelegentlich abends beim letzten Kontrollgang in den Stallungen sah.

»Das genügt«, sagte er, »jedenfalls kennen die Mädchen *Sie*. Sie werden ihnen sagen, daß ich kein Menschenfresser bin.«

Dessen war ich mir nicht mehr so sicher, doch ich tat, was er von mir verlangte. Er saß väterlich auf einem geblümten Sofa im Aufenthaltsraum, inmitten einer wüsten Anhäufung von Topfpflanzen, Seidenkissen, Modemagazinen und zahllosen Pferdebildern. Ohne die Sache zu dramatisieren, unterrichtete er sie darüber, daß Angela Brickell höchstwahrscheinlich an dem Tag ums Leben gekommen war, an dem sie abends nicht mehr zur Arbeit zurückgekehrt war. Die Polizei habe ihre Kleider, ihre Handtasche und ihre Knochen gefunden, und natürlich müsse man der Angelegenheit nachgehen. Dann stellte er die mittlerweile vertrauten Fragen: Wußten die Mädchen etwas davon, daß

Angela Pferde gedopt hatte, und konnten sie sagen, ob Angela Ärger mit ihrem Freund gehabt hatte?

Nur vier der sechs Mädchen waren zur gleichen Zeit wie Angela auf dem Hof beschäftigt gewesen, sagten sie. Sie hatte ganz bestimmt kein einziges Pferd gedopt; sie hielten die Idee für ausgesprochen amüsant. Dazu sei sie nicht schlau genug gewesen, sagte eins der Mädchen wenig schmeichelhaft. Keine war mit Angela enger befreundet gewesen. Sie war launisch und geheimniskrämerisch, da waren sich alle einig, aber sie wußten nichts von einem bestimmten festen Freund. Sie vermuteten, daß Sam sie wahrscheinlich gehabt hatte, aber darauf sollte man nicht viel geben. Welcher Sam? Sam Yaeger, der Jockey des Stalles, der nicht nur die Pferde ritt.

Ein paar Mädchen kicherten. Doone, Vater dreier Töchter, interpretierte das Gekicher richtig und schaute betroffen drein.

»Hatten Angela und Sam Streit?«

»Mit Sam Yaeger streitet man sich nicht«, bekannte die hellste von ihnen. »Man geht mit ihm ins Bett. Oder ins Heu.«

Noch mehr Gekicher.

Sie waren alle Teenager, dachte ich. Unbedarft, hoffnungsfroh, aufgeklärt.

Das helle Mädchen sagte: »Aber niemand nimmt Sam ernst. Das ist alles nur Spaß. Er macht sich einen Spaß draus. Wenn man nicht will, sagt man einfach nein. Die meisten von uns sagen nein. Er würde nie eine dazu zwingen.«

Die anderen schüttelten sich bei dem bloßen Gedanken daran. »Es ist wirklich total zwanglos mit ihm.«

Ich fragte mich, ob Doone dachte, daß es mit Angela möglicherweise nicht ganz so zwanglos vonstatten gegangen war.

Das helle Mädchen, sie hieß Tansy, erkundigte sich, wann man das arme Luder gefunden habe.

»Wann?« Doone mußte kurz überlegen. »Sie wurde am vergangenen Sonntagmorgen gefunden. Ihr müßt euch vor Augen führen, daß derjenige, der sie entdeckt hat, sich nicht sonderlich damit beeilt hat, er konnte ja sehen, daß sie da schon sehr lange friedlich lag, aber dann rief er uns doch an, und die Nachricht erreichte mich am späten Sonntagnachmittag, als ich gerade beim Mittagsschläfchen war, nach dem leckeren Yorkshire Pudding meiner Frau – ein göttliches Essen –, und so bin ich am Montag los, um mir das Mädel anzusehen, und wir haben versucht herauszukriegen, wer sie war, denn wie ihr euch denken könnt, haben wir eine lange Liste mit vermißten Personen. Gestern haben wir dann ihre Handtasche gefunden, da war dieses Foto drin, und deshalb bin ich heute morgen hierher gekommen, um herauszufinden, ob es sich um das vermißte Stallmädchen handelt, das auf unserer Liste steht. Man könnte also sagen, daß wir sie eigentlich erst heute morgen gefunden haben.«

Seine Stimme hatte sie soweit eingelullt, daß sie ihn wohlwollend akzeptierten und sich bereitwillig das Foto betrachteten, das er herumgehen ließ.

»Das ist Chickweed«, sagten sie und nickten.

»Seid ihr sicher, daß man ein Pferd vom anderen unterscheiden kann?«

»Na klar«, sagten sie, »wenn man jeden Tag mit ihnen zu tun hat.«

»Und der Mann?«

»Mr. Goodhaven.«

Doone bedankte sich bei ihnen und steckte das Foto wieder weg. Rich machte sich gemächlich Notizen, keines der Mädchen nahm ihn zur Kenntnis.

Doone wollte wissen, ob Angela Brickell zufällig einen Hund besessen habe. Die erstaunten Mädchen verneinten das. Wie er darauf komme? Man habe nicht weit von ihr entfernt ein Hundehalsband gefunden und einen zerkauten Ball. Keine von ihnen besitze einen Hund, sagte Tansy.

Doone stand auf und ermahnte sie, ihn sofort zu benachrichtigen, wenn ihnen irgend etwas auffiel.

»Was denn?« fragten sie.

»Seht mal«, sagte er freundlich, »wir wissen jetzt, daß sie tot ist. Wir möchten aber auch wissen, wie und warum sie gestorben ist. Das ist besser. Wenn man euch eines Tages finden würde, dann wolltet ihr bestimmt auch, daß die Leute erfahren, was da passiert ist, oder nicht?«

Doch, nickten sie, das wollten sie ganz bestimmt.

»Wo ist sie denn gewesen?« erkundigte sich Tansy.

Doone war knapp davor, ihr übers Haar zu streichen, aber er hielt sich gerade noch zurück. Das hätte wohl seine väterliche Vorarbeit zunichte gemacht. Sie mochten zwar bereitwillig sein, doch waren diese kleinen Emanzen zu klug, um sich bevormunden zu lassen.

»Wir müssen zuerst noch einige Tests durchführen, Miss«, sagte er düster. »Doch wir hoffen, daß wir bald eine definitive Aussage machen können.«

Das nahmen sie ohne Widerspruch hin. Wir verabschiedeten uns und fuhren durch das Dorf zurück bis vor einen Bungalow in der Nähe von Bob Watsons Haus, wo die unverheirateten Stallburschen untergebracht waren.

Der Aufenthaltsraum in der Männerunterkunft unterschied sich kraß von dem der Mädchen; keine Pflanzen, keine Kissen, übersät mit Zeitungen, leeren Bierdosen, Pornoheftchen, schmutzigen Tellern und lehmverkrusteten Stiefeln. Nur der Fernseher und der Videorecorder sahen in beiden Häusern gleich aus.

Die jungen Männer wußten bereits, daß man Angela Brickell tot aufgefunden hatte; einer von ihnen hatte mit Bob Watson gesprochen. Keiner schien sich großartig darum zu kümmern (genau wie die Mädchen), und auch sie hatten keine Informationen und nur kaum eine Meinung zu Angela Brickell.

»Sie konnte gut reiten«, sagte einer von ihnen achselzuckend.

»Sie war 'ne ziemlich heiße Biene«, sagte ein anderer.

Sie identifizierten Chickweed sofort, und einer von ihnen fragte, ob er das Foto haben könne, wenn die Polizei es nicht mehr brauchte.

»Warum?« fragte Doone.

»Weil ich mich jetzt um den alten Scheißer kümmere, darum. Hätte ganz gerne ein Bildchen von ihm.«

»Laß dir lieber ein neues machen«, riet ihm Doone. »Nach dem Gesetz gehört das hier den Eltern des Mädchens.«

»Und nun?« fragte er mich, nachdem wir wieder gegangen waren. »Was denken Sie?«

»Es ist *Ihre* Aufgabe zu denken«, protestierte ich.

Er lächelte frostig. »Da liegt noch ein weiter Weg vor uns. Wenn Ihnen etwas einfällt, sagen Sie es mir. Ich höre mir alles an, was die Leute mir zu sagen haben. Ich bin nicht stolz. Ich finde nichts dabei, wenn mir die Leute die Antworten ins Haus bringen. Sorgen Sie dafür, daß das alle wissen, wären Sie so nett?«

»Jawohl«, sagte ich.

An diesem Nachmittag fing das Telefon in Shellerton an zu läuten und löste einen Tumult aus, der mehrere Tage anhielt. So verschwiegen Doone auch gewesen war, die Neuigkeiten hatten sich im Ort bereits wie ein Lauffeuer verbreitet, daß *schon wieder* ein junges Mädchen aus dem Umfeld von Tremayne Vickers' Haus und Hof tot aufgefunden worden war. Die rasch alarmierten Zeitungen verlangten rigoros zu wissen, wo, wann und warum. Dee-Dee wiederholte ein ums andere Mal, daß sie es nicht wüßte, bis sie beinahe in Tränen ausbrach. Ich löste sie eine Weile ab und versprühte eine Menge Höflichkeit und guten Willen, jedoch keine Fakten, die mir, zumindest zu diesem Zeitpunkt, ebensowenig zur Verfügung standen.

Fast den gesamten Freitag über arbeitete ich an dem Buch und machte Telefondienst; Doone bekam ich nicht zu Gesicht, doch am Samstag erfuhr ich, daß er den vorangegangenen Tag damit zugebracht hatte, Angst und Schrecken zu verbreiten.

Tremayne hatte mich gefragt, ob ich nicht lieber mit Fiona, Harry und Mackie nach Sandown fahren wolle, was er für erquicklicher halte. Er selbst müsse in Chepstow fünf Pferde auf die Bahn bringen und zwischendurch mit zwei Gruppen anstrengender Eigentümer verhandeln. »Um ehrlich zu sein, Sie würden mir nur im Weg stehen. Gehen Sie mit Mackie und helfen Sie ihr beim Tragen.«

Bei seinen altmodischen Ansichten wollte er nicht von der Überzeugung abweichen, schwangere Frauen seien zerbrechlich, und Mackie selbst tolerierte das mit gerührter Zuneigung. Ich fragte mich, ob Tremayne klar war, wie wenig Perkin davon angetan sein würde, und entschloß mich, vorsichtig zu sein.

»Fiona und Harry nehmen Mackie mit«, sagte Tremayne, als wäre ihm in diesem Moment der gleiche Gedanke gekommen. »Ich frage sie, ob Sie auch mitkönnen, obwohl sie das bestimmt machen, sofern sie genug Platz haben.«

Sie hatten Platz. Fiona drehte sich auf dem Vordersitz nach hinten um und unterhielt sich mit Mackie und mir. Tief beunruhigt erzählte sie uns, daß Doone ihnen am Vortag noch zwei weitere Besuche abgestattet hatte, wobei der erste anscheinend recht freundlich, der zweite hingegen außerordentlich bedrohlich gewesen sei.

»Morgens kam er uns noch ganz normal vor«, sagte Fiona. »Er plauderte locker vor sich hin. Dann kam er am Abend noch einmal zurück...« Sie fing stark an zu zittern, obwohl es im Wagen warm war, »... und beschuldigte Harry mehr oder weniger, das dumme Mädchen erwürgt zu haben.«

»Was?« rief Mackie. »Das ist doch lächerlich.«

»Das findet Doone nicht«, sagte Harry düster. »Er sagt, sie

wurde eindeutig erdrosselt. Hat er euch auch das Foto von mir und Chickweed gezeigt?«

Mackie und ich bejahten.

»Nun, es sieht so aus, als hätte er es vergrößern lassen, richtig mit Detailvergrößerung. Er sagte, er wolle mit mir allein sprechen, ohne Fiona, und dann zeigte er mir die Vergrößerung, auf der nur ich zu sehen war, nicht das Pferd. Ich sollte ihm bestätigen, daß ich auf dem Bild meine eigene Sonnenbrille trug. Ich sagte, na klar ist das meine Sonnenbrille. Dann fragte er, ob ich meinen eigenen Gürtel trug, und ich sagte, selbstverständlich. Er sagte, ich solle mir die Gürtelschnalle mal genau ansehen. Ich sagte ihm, daß ich nie anderer Leute Sachen tragen würde. Dann wollte er wissen, ob der Kugelschreiber, der an meinem Rennprogramm steckte, auch mir gehörte ... und da wurde ich ein bißchen sauer und fragte ihn, was das alles sollte.« Er machte eine kleine Pause und redete dann niedergeschlagen weiter: »Ihr werdet es nicht glauben ... aber sie haben meine Sonnenbrille und meine Gürtelschnalle und meinen Kugelschreiber dort bei dem Mädchen gefunden, wo auch immer das gewesen ist, und Doone will uns aus irgendeinem saublöden Grund nicht verraten, wo. Ich weiß nicht, wie zum Teufel die Sachen dort hingekommen sind. Ich sagte Doone, daß ich das Zeug schon seit ewigen Zeiten nicht mehr gesehen hätte, und er sagte, er würde mir glauben. Er war der Meinung, daß die Sachen die ganze Zeit über bei Angela Brickell gewesen sind ... und daß ich sie hatte liegenlassen, als ich bei ihr gewesen war.«

Er unterbrach sich wieder und fügte auch nichts mehr hinzu.

Fiona sagte mit einer explosiven Mischung aus Empörung und Bestürzung: »Doone wollte haargenau wissen, wo Harry an dem Tag, an dem das Mädchen verschwand, gewesen ist, und er sagte, daß er vielleicht auch Harrys *Fingerabdrücke* nehmen müßte.«

»Er glaubt, ich hätte sie umgebracht«, sagte Harry. »Da besteht kein Zweifel.«

»Das ist doch lächerlich«, wiederholte sich Mackie. »Er kennt dich eben nicht.«

»Wo waren Sie an diesem Tag?« fragte ich. »Ich meine, Sie haben vielleicht ein perfektes Alibi.«

»Vielleicht ja«, antwortete er, »aber ich weiß nicht, wo ich war. Können Sie mit Sicherheit sagen, was Sie am Dienstagnachmittag in der zweiten Juniwoche des letzten Jahres gemacht haben?«

»Nicht mit Sicherheit«, sagte ich.

»Wenn es die *dritte* Woche gewesen wäre«, sinnierte Harry, »da waren wir bei den Rennen in Ascot. Royal Ascot. Alle rausgeputzt wie die Geburtstagstorten mit Zylinder und all dem Kram.«

»Wir führen einen großen Terminkalender«, schaltete sich Fiona wütend ein. »Ich habe den vom letzten Jahr ausgegraben. An diesem zweiten Dienstag steht überhaupt nichts drin. Weder Harry noch ich können uns daran erinnern, was wir an dem Tag gemacht haben.«

»Keine Arbeitstermine? Keine Versammlungen?« Ich versuchte, ihnen auf die Sprünge zu helfen.

Harry und Fiona antworteten simultan mit Nein. Fiona engagierte sich in einigen Wohltätigkeitskomitees, aber an diesem Tag hatte keine Versammlung stattgefunden. Harry, dessen ansehnliches persönliches Vermögen dem Fionas in nichts nachstand, hatte vor einiger Zeit den überaus vorteilhaften Verkauf der ererbten Reifenfirma über die Bühne gebracht (das wußte ich von Tremayne) und verbrachte jetzt seine Zeit auf sehr lukrative Weise damit, anderen Privatfirmen als Berater zur Seite zu stehen, die sich ebenfalls nach einem goldenen Wal unter den Industriegiganten umschauten, der sie verschlucken könnte. Er erinnerte sich daran, daß im Juni kaum Beratungstermine stattgefunden hatten.

»Gegen Ende Mai waren wir in Uttoxeter, um uns Nolan auf

Chickweed anzusehen«, sagte Fiona besorgt. »Angela war dort und hat sich um das Pferd gekümmert. Das war der Tag, an dem ihm jemand Theobromin und Koffein fütterte, und wenn sie Chickweed nicht selbst Schokolade gab, dann muß sie es jemand anderem erlaubt haben. Wahrscheinlich schiere Nachlässigkeit. Jedenfalls hat Chickweed gewonnen, und Angela fuhr mit ihm nach Shellerton zurück. Wir sahen sie ein paar Tage später und gaben ihr ein Extrageschenk, weil wir so zufrieden waren, wie sie sich um das Pferd kümmerte. Der Erfolg eines Pferdes hängt schließlich nicht zuletzt von demjenigen ab, der es pflegt und versorgt. Aber ich kann mich nicht mehr daran erinnern, das vermaledeite Mädel danach noch einmal gesehen zu haben.«

»Ich auch nicht«, sagte Harry.

Auf dem Weg nach Sandown kauten sie das Thema wieder und wieder durch, und es war klar, daß sie seit Doones verheerender Identifizierung von Harrys Sachen von nichts anderem gesprochen hatten.

»Jemand muß die Sachen dort hingelegt haben, um den Verdacht auf Harry zu lenken«, sagte Mackie bekümmert.

Fiona stimmte ihr zu, Doone anscheinend nicht.

Harry sagte: »Doone glaubt, es war Mord im Affekt. Ich fragte ihn, warum, und er sagte nur, die meisten Morde passierten im Affekt. Zwecklos. Er sagte, Leute, die im Affekt mordeten, ließen in der außergewöhnlichen Erregung oft Sachen fallen, ohne es zu bemerken. Ich sagte, ich könnte mich noch nicht einmal daran erinnern, mich je mit dem Mädchen unterhalten zu haben, es sei denn in Begleitung meiner Frau, da starrte mich der Kerl nur an und glaubte mir kein Wort. Ich kann euch sagen, Leute, das zerrt an den Nerven.«

»Fürchterlich«, schüttelte sich Mackie. *»Ekelhaft.«*

Harry gab sich betont ausgeglichen, war jedoch offensichtlich fahrig und unkonzentriert, bremste und beschleunigte ruckartig. Fiona sagte, sie hätten sich überlegt, nicht nach Sandown zu fahren, weil sie dazu nicht in der richtigen Stimmung waren, hatten sich dann aber entschlossen, sich durch Doones Verdächtigungen nicht alles verderben zu lassen. Dessen ungeachtet brachten Doones Verdächtigungen ihr Gleichgewicht ganz schön ins Schwanken. Die kleine Gruppe, die etwas später im Führring stand und Fionas zähem Steeple Chaser, dem berühmten Chickweed, zusah, wie er vor dem Wilfred-Johnston-Jagdrennen herumgeführt wurde, wirkte ziemlich niedergeschlagen.

Hoffentlich, dachten alle, hat ihm niemand Schokolade gegeben.

Fiona berichtete Nolan von Doones Anschuldigungen. Nolan sagte zu Harry, daß jetzt, wo er, Harry, selbst eine Mordanklage über seinem Haupt schweben habe, er im nachhinein bestimmt mehr Sympathie für ihn, Nolan, empfinden würde. Harry wollte nichts davon hören. Mit dem allerletzten Rest von Freundlichkeit hielt er ihm entgegen, daß er, Harry, nicht mit einem toten Mädchen zu seinen Füßen angetroffen worden war.

»So gut wie, nach allem, was ich höre«, sagte Nolan klirrend.

»Nolan!« Fiona fand die Unterhaltung nicht mehr lustig. »Hört sofort auf, davon zu reden. Nolan, konzentriere dich auf das Rennen. Harry, kein Wort mehr von dem verdammten Mädchen. Es wird sich alles aufklären. Wir müssen nur etwas Geduld aufbringen.«

Harry warf ihr einen zärtlichen, wenn auch kläglichen Blick zu und schaute mich dann über ihre Schulter an. Da war noch etwas anderes in seinem Ausdruck, fiel mir auf, und nach einem Augenblick hatte ich es als Furcht identifiziert; eine zwar sehr schwache, aber deshalb nicht weniger präsente Furcht. Bis zu diesem Moment hätte ich Harry und Furcht in meinem Kopf nicht zusammengebracht, insbesondere nicht nach seinem beherrschten Verhalten in dem zugefrorenen Straßengraben.

Mackie, in Vertretung von Tremayne, begleitete Nolan, bis er im Sattel saß, und dann gingen wir vier auf die Tribüne, um das Rennen zu verfolgen. Da Mackie und Fiona vorausgingen, gesellte sich Harry zu mir.

»Ich möchte Ihnen etwas anvertrauen«, sagte er. »Aber kein Wort zu Fiona.«

»Schießen Sie los.«

»Doone sagte... Herrje... er sagte, das Mädchen hatte keine Kleider an, als es starb.«

»Großer Gott, Harry.« Ich spürte, daß mein Mund offen stehengeblieben war und mußte ihn bewußt zuklappen.

»Ich weiß nicht, was ich tun soll«, sagte er.

»Nichts, gar nichts.«

»Doone fragte mich, was ich dort ohne Gürtel zu suchen hatte.«

Seine Stimme bebte noch immer vor Schreck.

»Die Unschuldigen werden nicht verurteilt«, versuchte ich ihn zu beruhigen.

»Doch, das werden sie.« Er hörte sich elend an. »Sie wissen, daß es geschieht.«

»Aber nicht aufgrund solch windiger Beweise.«

»Ich konnte es Fiona noch nicht sagen. Ich meine, wir haben uns immer prächtig verstanden, aber sie könnte anfangen, sich Gedanken zu machen... Ehrlich gesagt, ich weiß nicht, wie ich das ertragen sollte.«

Wir waren bei den Tribünen angekommen und stiegen hinauf. Harry versank wieder in seinen quälenden Gedanken, während ringsumher die heiseren Rufe der Buchmacher und der Lärm der anschwellenden Menge immer lauter wurden. Die Rennpferde stolzierten auf ihrem Weg zur Startstelle an uns vorüber. Nolan sah auf dem muskulösen Rotbraunen, den Fiona den ganzen Herbst über zur Jagd geritten hatte, professionell wie immer aus. Mackie hatte mir verraten, daß Chickweed Fionas besonderer Liebling war; nicht nur ihr Eigentum, sondern auch ein Freund. Chickweed, der dort unten im Kreis ging und auf sein erstes

Hindernisrennen der Frühlingssaison wartete, würde bis zum Juni drei oder vier Rennen gewinnen, hoffte Tremayne.

In diesem Augenblick schloß sich uns der dickliche, unsportliche Lewis an, er keuchte heraus, er sei gerade noch rechtzeitig eingetroffen und wollte wissen, ob die Rennbehörde sich dazu geäußert hätte, daß Nolan weiterritt.

»Kein einziges Wort«, sagte Fiona. »Toi, toi, toi.«

»Wenn sie ihn sperren wollten«, räsonierte Lewis oberschlau und heftig dabei schnaufend, »dann hätten sie ihm das bestimmt bis heute mitgeteilt. Der verdammte Kerl kommt wohl einfach so davon.«

»Brüderliche Liebe«, warf Fiona ironisch ein.

»Er schuldet mir was«, sagte Lewis so finster und knurrend, daß wohl jeder von uns die Natur dieser Schuld ahnte, selbst wenn einige es bis dahin nicht hatten wahrhaben wollen.

»Wirst du die Schulden eintreiben?« fragte Harry mit unverhülltem Sarkasmus.

»Auch ohne deine Hilfe«, gab Lewis scharf zurück.

»Meineid ist nicht meine Stärke.«

Lewis grinste wie eine Schlange, die ihre Fangzähne zeigt.

»Ich«, sagte er, »bin der abgef... eimteste Schauspieler von euch allen.«

Fiona kämpfte mit der Erkenntnis, daß Lewis in keinster Weise zu betrunken gewesen war, um zu sehen, wie Olympia umgekommen war. Mackies offenes Gesicht war vor Bestürzung zusammengekniffen. Harry, der es die ganze Zeit über gewußt hatte, hätte Lewis' Geständnis mit philosophischem Achselzucken weggesteckt, wäre da nicht seine eigene unsichere Zukunft.

»Was hätte ich denn tun sollen?« forderte uns Lewis heraus, als er die allgemeine Abneigung spürte. »Hätte ich sagen sollen, er hat sie mit allen erdenklichen Schimpfworten zur Schnecke gemacht und sie dann am Hals geschüttelt, bis ihr die Augen heraustraten?«

»Lewis!« entfuhr es Fiona, noch immer ungläubig. »Halt sofort den Mund!«

Lewis schenkte mir ein gemäßigt feindliches Lächeln und wollte wissen, warum ich immer und überall dabei war. Niemand antwortete ihm, auch ich nicht.

Fiona sagte: »Sie sind los«, noch einen Sekundenbruchteil vor der offiziellen Durchsage, und konzentrierte sich auf ihr Fernglas.

»Ich habe Ihnen eine besch... eidene Frage gestellt«, wandte sich Lewis schroff an mich.

»Sie kennen den Grund«, antwortete ich, den Blick fest auf das Rennen geheftet.

»Tremayne ist nicht hier«, widersprach er.

»Er hat mich hergeschickt, damit ich mir Sandown ansehe.«

Ich bemerkte, daß Chickweed leicht zu erkennen war. Seine Blesse an der rotbraunen Stirn, durch die er so eindeutig auf der Fotografie zu identifizieren war, nickte bei jedem rasenden Galoppschritt entlang der Einzäunung auf und nieder. Die allgemeine Geschwindigkeit kam mir langsamer vor als bei den anderen Rennen, die Sprünge bedächtiger, doch Tremayne hatte mich schon vorgewarnt: Es handelte sich keineswegs um eine leichte Bahn, noch nicht einmal für die Spitzenteilnehmer, und für die Rennpferde war es eine schwierige Prüfung. »Schauen Sie sich an, wie sie auf der gegenüberliegenden Seite die sieben Hindernisse nehmen«, hatte er gesagt. »Wenn ein Pferd das erste gut nimmt, dann schafft es die anderen wie von selbst. Wird das erste verpatzt, falsch genommen, die Beine verheddern sich – dann kann man das ganze Rennen gleich vergessen. Nolan ist ein wahrer Künstler, wenn es darum geht, das erste Hindernis exakt anzugehen.«

Ich paßte besonders gut auf. Chickweed flog über das erste Hindernis und auch über die folgenden sechs und holte auf dieser Strecke ohne Anstrengung einen schönen Vorsprung heraus. »Es gibt nichts Besseres als Jagden hinter der Hundemeute, wenn man einem Pferd das Springen beibringen will«, hatte Tremayne gesagt. »Leider sind die guten Jagdpferde nicht unbedingt die Schnellsten. Chickweed schon. Auch Oxo war so einer, er gewann vor Jahren den Grand National.«

Chickweed wiederholte das Kunststück auch bei der zweiten Runde, galoppierte dann mit einer Länge Vorsprung vor seinem nächsten Verfolger um die langgezogene Kurve am anderen Ende der Strecke und setzte schließlich zum drittletzten Hindernis an – dem Wasserloch, so genannt, weil die flache Mulde daneben einst mit Wasser gefüllt war, jetzt aber hauptsächlich Schilf und Büsche enthielt.

»Oh, jetzt aber!« explodierte Fiona vor Spannung. »Chicky Chickweed ... los, drüber weg!«

Chicky Chickweed stieg in die Höhe, als hätte er es gehört, seine weiße Nase zeigte genau in unsere Richtung, bevor er sich dem vorletzten Hindernis und der Bergaufstrecke vor dem Ziel zuwandte.

»Eine Menge Rennen werden auf dem Anstieg verloren«, hatte mir Tremayne gesagt. »Dort zählt die Kondition, dort werden die letzten Reserven gefordert. Das Pferd, das dort noch genug Kraft zum Beschleunigen übrig hat, wird gewinnen. Das gleiche in Cheltenham. Hier wie dort kann nach dem letzten Hindernis noch eine dramatische Wende im Rennen eintreten. Müde Pferde fallen dort einfach zurück, auch wenn sie bis dahin in Führung gelegen haben.«

Chickweed machte mit dem vorletzten Hindernis kurzen Prozeß, konnte seinen Verfolger jedoch nicht abschütteln.

»Ich kann nicht mehr hinsehen«, stöhnte Fiona.

Mackie nahm das Fernglas herunter, um sich das Finish mit bloßem Auge anzuschauen, die Stirn hatte sie vor Anspannung in Falten gelegt.

Das ist doch nur ein Rennen, dachte ich. Was war schon groß

dabei? Ich beantwortete mir die Frage selbst mit großer Strenge: Ich hatte einen Roman geschrieben, was machte es schon aus, wenn er auf seinem Gebiet Erfolg hatte oder durchfiel? Es machte etwas aus, weil ich all meine Gedanken, all meine Kraft hineingesteckt hatte. Genauso machte es für Tremayne und Mackie etwas aus. Nur ein Pferderennen... aber ihr gesamtes Können stand auf dem Prüfstein.

Chickweeds Verfolger verkürzte den Abstand und kam an das letzte Hindernis.

»Ah, nein«, jaulte Fiona auf und ließ das Glas sinken. »Oh, Nolan, mach schon!«

Chickweed legte einen spektakulären Sprung hin, ließ unnötig viel Platz zwischen sich und dem Birkenholz und verlor dadurch wertvolle Zeit in der Luft. Sein Verfolger, der nicht so hoch gesprungen war und eine flachere Flugbahn für sich verbuchen konnte, kam früher auf und schneller weg.

»Verd...«, entfuhr es Harry.

Fiona war jetzt still, fing an, die Niederlage zu akzeptieren.

Nolan dachte nicht daran zu verlieren. Nolan hockte Chickweed wie ein Dämon im Nacken, ließ seinen aggressiven Instinkten freien Lauf und gab dem Pferd eindeutig zu verstehen, daß Verlieren nicht in Frage kam. Nolans Arm holte weit aus, die Peitsche sauste zweimal nieder. Wie neugeboren kehrte Chickweed seine Entscheidung, etwas langsamer zu laufen, da er sowieso überholt worden war, ins Gegenteil um und nahm den Kampf erneut auf. Der Jockey und das Pferd an der Spitze glaubten, den Sieg schon in der Tasche zu haben und ließen es einen winzigen Moment zu früh auslaufen. Chickweed erwischte die Schlafmütze einen Satz vor dem Ziel und streckte den Kopf nach vorne, genau dort, wo es darauf ankam; die Menge jubelte ihm zu, dem Favoriten, dem Kämpfer, der niemals aufgab.

Ich erkannte, daß Nolan dieses Rennen gewonnen hatte. Nolan ganz allein, nicht das Pferd. Nolans Fähigkeiten, Nolans

Wille, der auf den von Chickweed eingewirkt hatte. Durch Nolan hatte ich gelernt, daß es weit mehr bedarf, ein Rennen zu bestreiten, als nur keine Angst zu haben und lange genug im Sattel zu bleiben; mehr als Taktik, mehr als Erfahrung, mehr als Ehrgeiz. Ein Rennen gewinnen fängt, wie das Überleben, im Kopf an.

Fiona, triumphierend, wo schon alles verloren schien, eilte mit Mackie atemlos und mit schimmernden Augen den heimkehrenden Kriegern entgegen. Lewis, Harry und ich quetschten uns in ihrem Schlepptau durch die Menge.

»Nolan ist ein Genie«, konnte sich Harry nicht verkneifen.

»Dieser andere blöde Hund von einem Jockey hat den Sieg verschenkt«, fand Lewis.

Niemals etwas vermuten; ich dachte an Doones Worte. Vermute nie, du hättest schon gewonnen, bevor du den Preis in Händen hältst.

Doone vermutete *doch* etwas, dachte ich. Er hielt sich nicht an seine eigenen Ratschläge; so schien es jedenfalls.

Wir feierten den Sieg mit einem Umtrunk, auch wenn es, was Mackie betraf, nur bei Ginger Ale blieb. Harry bestellte den obligatorischen Jubelsprudel, für einen Moment mit sich und der Welt zufrieden. Nolan war ebenso aus dem Häuschen wie Fiona, Lewis äußerte mürrisch Anerkennung. Ich selbst war, wie ich annehme, ein Beobachter, der die Dinge noch immer von außen betrachtete. Wir sechs saßen in der Rennbahnbar und grinsten um die Wette, während die spinnwebigen Geister zweier junger Frauen ihre Fallen für die Fliegen aufstellten.

Wir kamen in Shellerton an, noch bevor Tremayne aus Chepstow zurück war. Fiona ließ Mackie auf ihrer Seite des Hauses aus dem Wagen steigen, und ich ging zu Tremaynes Flügel hinüber, öffnete die Tür mit dem Schlüssel, den er mir gegeben hatte, und knipste das Licht an.

Gareth hatte eine Nachricht auf der Familienpinnwand zurückgelassen: BIN IM KINO. ZUM FUTTERN WIEDER DA. Lächelnd stieß ich die glühenden Holzscheite auf einen Haufen und erweckte mit Hilfe des Blasebalgs ein paar neue Scheite zum Leben; dann goß ich mir ein Glas Wein ein und fühlte mich wie zu Hause.

Ein Klopfen an der Hintertür riß mich aus meiner Bequemlichkeit; ich mußte mich umdrehen, um zu sehen, wer es war. Zunächst erkannte ich die junge Frau nicht, die mich da mit einem schüchternen, fragenden Lächeln anblickte. Sie war auf eine bescheidene Art hübsch, braunhaarig, sehr zurückhaltend... Bob Watsons Frau, Ingrid.

»Kommen Sie doch herein«, begrüßte ich sie herzlich, erleichtert, daß ich sie doch noch erkannt hatte. »Leider ist außer mir niemand im Haus.«

»Ich dachte, vielleicht Mackie, Mrs. Vickers...«

»Sie ist drüben, in ihrem Haus.«

»Oh. Na dann...« Sie kam zögernd über die Schwelle, und ich ermutigte sie, weiter hereinzukommen, doch auch dann stand sie nur nervös im Raum und wollte sich nicht setzen.

»Bob weiß nicht, daß ich hier bin«, sagte sie ängstlich.

»Macht ja nichts. Möchten Sie etwas trinken?«

»Oh, nein. Lieber nicht.«

Sie schien sich zu etwas durchzuringen, und plötzlich schoß alles wie in einem Sturzbach aus ihr heraus.

»Sie sind an diesem Abend so nett zu mir gewesen. Bob weiß das zu schätzen, Sie haben mich vor Unterkühlung bewahrt, mindestens... und Lungenentzündung, hat er gesagt. Daß Sie mir Ihre eigenen Kleider gegeben haben... das werde ich Ihnen nie vergessen, niemals.«

»Sie sahen so verfroren aus«, sagte ich. »Möchten Sie sich wirklich nicht setzen?«

»Ich hatte *Schmerzen* vor lauter Kälte.« Sie ignorierte den angebotenen Sessel noch immer. »Ich wußte, daß Sie jetzt gerade zurückgekommen sind ... Ich habe Mrs. Goodhavens Auto die Straße heraufkommen sehen ... Eigentlich wollte ich mit Ihnen reden. Ich muß es jemandem sagen, glaube ich, und Sie sind ... äh ... am einfachsten.«

»Dann fangen Sie an. Reden Sie. Ich höre zu.«

Ganz unerwartet, wie bei einem kurzen Ausbruch, sagte sie: »Angela Brickell war römisch-katholisch, genau wie ich.«

»Wirklich?« Ich wußte mit dieser Neuigkeit nichts anzufangen.

Ingrid nickte. »Heute abend haben sie es in den Lokalnachrichten gebracht, daß Angela Brickell von einem Wildhüter gefunden wurde, auf dem Quillersedge Besitz. Sie haben in den Nachrichten ganz schön viel über sie gebracht; wie die Polizei mit ihrer Untersuchung vorankommt und all das. Und sie sagten, daß da nicht alles mit rechten Dingen zugegangen ist. Mit rechten Dingen, blöder Ausdruck. Warum sagen sie nicht gleich, daß sie jemand umgebracht hat? Wie auch immer, nachdem sie im letzten Jahr verschwunden war, sagte mir Mrs. Vickers, ich solle alle ihre Sachen aus der Herberge schaffen und sie ihren Eltern schicken. Das habe ich auch getan.«

Sie hielt inne und starrte mir ins Gesicht, suchte nach Verständnis.

»Was haben Sie in ihren Sachen gefunden?« fragte ich, schon auf der richtigen Spur. »Etwas, das Sie beunruhigt, jetzt, wo sie tot ist?«

Auf Ingrids Gesicht zeichnete sich Erleichterung ab, nachdem ich sie aufgefordert hatte weiterzuerzählen.

»Ich habe es weggeworfen«, sagte sie. »Es war ein Schwangerschaftstest zur Selbstüberprüfung. Sie hatte ihn durchgeführt. Ich fand nur die leere Schachtel.«

11

Als Tremayne nach Hause kam, ergriff Ingrid die Flucht vor ihm, wie der Vampir vor einem Zopf Knoblauch.

»Was wollte sie denn?« fragte Tremayne, nachdem er Zeuge ihres überstürzten Abschieds geworden war. »Es kommt mir immer vor, als hätte sie Angst vor mir. Eine richtige kleine Maus.«

»Sie war hier, um mir etwas mitzuteilen, das sie nicht für sich behalten wollte«, sagte ich nachdenklich. »Vermutlich hat sie sich überlegt, ich könnte es ja an ihrer Stelle weiterleiten.«

»Typisch«, sagte Tremayne. »Um was ging's denn?«

»Angela Brickell war möglicherweise schwanger.«

»Was?« Er starrte mich fassungslos an. *»Schwanger?«*

Ich erzählte ihm von der leeren Testpackung. »So etwas kauft oder benutzt man nicht ohne triftigen Grund.«

Er grübelte. »Nein, vermutlich nicht.«

»Tja«, sagte ich, »es gibt ungefähr zwanzig unternehmungslustige Männer, die mit dem Stall zu tun haben, plus einige Dutzend mehr in Shellerton und im Renngeschäft, und selbst wenn sie schwanger gewesen *wäre* – nach dem, was Doone mir über den Zustand der Leiche erzählt hat, weiß ich nicht, wie sie das feststellen wollen – und selbst wenn, dann muß es noch lange nichts mit ihrem Tod zu tun haben.«

»Könnte aber.«

»Sie war römisch-katholisch, sagt Ingrid.«

»Was hat das damit zu tun?«

»Die sind gegen die Abtreibung.«

Er glotzte ein Loch in die Luft.

Ich sagte: »Harry hat Ärger. Haben Sie schon davon gehört?«

»Nein, was für Ärger?«

Ich erzählte ihm von Doones Anschuldigungen; davon, wie Chickweed den Sieg errungen hatte und von Lewis' mehr oder weniger deutlichem Geständnis, einen Meineid geleistet zu haben. Tremayne mixte sich einen der Lage entsprechenden Gin Tonic von gargantuesken Ausmaßen und teilte mir mit, daß er seinerseits einen miesen Tag in Chepstow hinter sich hatte. »Eins meiner Pferde ist zusammengebrochen, ein anderes ist kopfüber hinter der letzten Hürde gelandet, mit dem Sieg bereits in der Tasche. Sam hat sich den Daumen ausgerenkt, ist angeschwollen wie ein Ballon; es geht ihm zwar soweit gut, aber realistisch gesehen ist er nicht vor Dienstag einsatzfähig, was wiederum heißt, ich muß mir den Hals nach einem Ersatz für Montag ausrenken. Und dann hatte eine Gruppe von Besitzern nichts anderes zu tun, als die ganze Zeit über zu meckern und zu jammern, bis ich ihnen am liebsten die Köpfe zusammengedonnert hätte, dabei muß ich immer hübsch nett zu ihnen sein, doch manchmal könnte ich glatt die Wände hochgehen, wenn ich mal ehrlich sein darf.«

Er wuchtete seinen schweren Körper in einen Lehnsessel, streckte die Beine aus und versenkte den Blick in die Schuhspitzen; er dachte nach.

Nach einer Weile fragte er: »Setzen Sie Doone über diesen Schwangerschaftstest in Kenntnis?«

»Ich denke schon. Es lastet auf Ingrids Gewissen. Wenn ich nicht weiterleite, was sie mir gesagt hat, dann wird sie sich ein anderes Sprachrohr suchen.«

Er seufzte. »Das wird Harry nicht viel nützen.«

»Aber auch nicht schaden.«

»Es ist ein Motiv. Geschworene lieben Motive.«

»Harry wird nicht vor Gericht gestellt«, grunzte ich.

»Nolan ist es passiert. Mit einem guten Motiv wäre er hinter Gittern gelandet, das können Sie nicht abstreiten.«

»Dieser Schwangerschaftstest wird keine Rolle spielen«, sagte ich. »Ingrid hat die leere Schachtel weggeworfen, es gibt keinen Beweis, daß sie je existierte. Niemand weiß, ob oder wann Angela den Test benutzt hat, wir wissen nichts über das eventuelle Ergebnis und erst recht nicht, mit wem sie geschlafen hat.«

»Sie hätten Anwalt werden sollen.«

Mackie und Perkin kamen auf den üblichen Drink und den Austausch von Neuigkeiten vorbei, doch sogar Chickweeds Sieg vermochte die düstere Stimmung nicht zu vertreiben.

»Angela schwanger?« Mackie schüttelte unwirsch den Kopf. »Sie hat nie etwas davon erwähnt.«

»Zu gegebener Zeit hätte sie es vielleicht getan«, gab Tremayne zu bedenken. »Wenn der Test positiv ausgefallen wäre.«

»So was Leichtsinniges«, sagte Perkin. »Dieses dumme Mädchen macht uns nichts als Scherereien. Mackie regt sich unnötig auf, gerade jetzt, wo sie sich entspannen und glücklich fühlen sollte. Das gefällt mir nicht.«

Mackie streckte eine Hand aus und drückte dankbar Perkins Hand, die unterschwellige Freude kam wieder nach oben, so hartnäckig wie die Schwangerschaft selbst. Vielleicht hatte, so spekulierte ich, Angela Brickell sich sehr darüber gefreut, daß sie den Test durchführen mußte; wer weiß?

Gareth platzte herein, den Kopf voller Pläne für eine Expedition, die ich glatt vergessen hatte – was er untrüglich von meinem Gesicht ablesen konnte.

»Aber Sie sagten doch, Sie würden uns alles mögliche beibringen, und wir würden ein Feuer machen.« Die Enttäuschung ließ seine Stimme in die höheren Regionen kippen.

»Ähm ... frag deinen Vater«, sagte ich.

Tremayne hörte sich Gareth' Bitte um ein Stückchen Land,

wo man ein Feuer machen könne, an, blickte zu mir herüber und zog die Augenbrauen hoch.

»Wollen Sie sich wirklich damit belasten?«

»Eigentlich habe ich es selbst vorgeschlagen, in einem unbesonnenen Augenblick.«

Gareth nickte lebhaft. »Coconut kommt um zehn Uhr vorbei.«

Mackie sagte: »Fiona hat uns für morgen früh eingeladen, um einen auf Chickweed zu trinken und Harry etwas aufzumuntern.«

»Aber John hat es *versprochen*«, sagte Gareth bekümmert.

Mackie lächelte ihm nachsichtig zu. »Ich werde John entschuldigen.«

Der Sonntagmorgen kroch grau in grau mit einem beinahe eisigen Nieselregen über das Land, ausreichend, um die Lebensgeister aller Möchtegernabenteurer auf die Probe zu stellen. Tremayne, der um halb zehn in der Küche noch das Licht anhatte und seinen Kaffee trank, schlug vor, die ganze Geschichte abzublasen; sein Sohn werde absolut nichts davon haben. Sie gingen dann beide auf meinen Kompromißvorschlag ein, beim ersten Niesen sofort den Rückzug anzutreten. Da kam auch schon Coconut mit leuchtend gelbem Ölzeug auf seinem Fahrrad an und schenkte uns ein Grinsen, das seinesgleichen suchte.

Es war nicht schwer zu erkennen, wie er zu seinem Namen gekommen war. Er stand tropfend in der Küche, streifte sich einen Südwester vom Kopf und enthüllte einen drahtigen Schopf hellbrauner Haare, die ihm eigenwillig vom Kopf abstanden. (Sie blieben einfach nicht richtig liegen, erklärte mir Gareth später.)

Coconut war knapp fünfzehn Jahre alt. Unterhalb des Haarwirbels saßen helle, intelligente Augen, eine große Nase und ein weicher Mund mit noch kindlichen Lippen, gerade so, als befände sich sein Gesicht noch nicht im Einklang mit seinem sich ausformenden Charakter. Noch ein Jahr oder zwei, dachte ich mir, dann verfestigt sich die Schale und bildet einen richtigen Mann.

»Da oben hinter dem Obstgarten ist ein Stückchen Brachland«, sagte Tremayne. »Dort könnt ihr hingehen.«

»Aber Dad...«, wollte Gareth protestieren.

»Hört sich doch gut an«, sagte ich entschlossen. »Überlebende haben keine Wahl.«

Tremayne sah mich und dann Gareth nachdenklich an und nickte, wie um einen heimlichen Gedanken zu bekräftigen.

»Aber Februar ist ein schlechter Monat«, sagte ich, »und ich vermute, es ist besser, wenn wir keine Fasane stehlen, deshalb müssen wir ein bißchen tricksen und etwas Speck mitnehmen. Vergeßt eure Handschuhe und eure Taschenmesser nicht. Wir brechen in zehn Minuten auf.«

Die Jungs rannten los, um für Gareth ein Paar wasserdichte Stiefel zu holen, und Tremayne fragte mich, was genau ich mit ihnen vorhätte.

»Einen Unterschlupf bauen«, sagte ich. »Ein Feuer anzünden, ein bißchen Essen sammeln und es kochen. Das reicht fürs erste, denke ich. Wenn man bei Null anfängt, dauert alles ewig.«

»Zeigen Sie ihnen, wie gut sie es haben.«

»Hm.«

Er begleitete uns zur Tür, um die unerschrockene Expedition zu verabschieden. Wir stiefelten so gut wie ohne Ausrüstung los, abgesehen von dem Überlebenspaket (plus Speck), das ich um die Hüfte trug und die Taschenmesser der Jungs. Der kalte Regen nieselte unaufhörlich, doch niemand schien sich darum zu kümmern. Ich winkte Tremayne kurz zum Abschied und ließ mich von Gareth führen: durch ein Tor in einer Mauer, quer durch einen Streifen schon lange nicht mehr bewirtschafteten Garten, durch ein weiteres Tor hindurch und eine sanfte Steigung unter gut fünfzig kahlen Apfelbäumen hinauf, bis wir auf einem kleinen, verwilderten Plateau angekommen waren, das auf einer Seite von einem eingefallenen Steinmäuerchen und auf den anderen drei Seiten von einer mit wenigen Bäumen durchsetzten, zerzausten Weißdornhecke eingefaßt war. Auf der anderen Seite dieser verwahrlosten Grenze lagen weite, fruchtbare Morgen Ackerland, in dessen ordentlich gepflügter Scholle die Wintersaat ruhte, der angrenzende Besitz eines Bauern.

Gareth blickte sich angewidert auf dem Gelände um, sogar Coconut war entsetzt, doch ich fand, daß Tremayne, alles in allem, eine gute Wahl getroffen hatte. Egal, was wir anstellten, hier konnten wir nichts kaputt machen.

»Als allererstes«, sagte ich, »bauen wir einen Schutz für das Feuer.«

»Bei dem Regen brennt sowieso nichts«, meinte Gareth skeptisch.

»Dann sollten wir wohl lieber in die warme Stube zurückgehen.«

Die beiden starrten mich erschrocken an.

»Nein«, sagte Gareth.

»Na schön.« Ich holte die Büchse mit den elementaren Ausrüstungsgegenständen heraus und gab ihm den Sägedraht. »Wir sind an mindestens vier abgestorbenen Bäumen vorbeigekommen. Schiebe ein paar Stöcke durch die Schlaufen am Ende der Säge, und dann kannst du mit Coconut einen von diesen Bäumen absägen und hierherbringen. Schneidet ihn so weit unten wie möglich ab.«

Es dauerte nicht einmal drei Sekunden, dann hüpften sie mit frischem Mut davon, während ich auf dem verwilderten Stück herumging, das Tremayne ganz richtig als Brachland bezeichnet hatte. Ich entdeckte überall geeignete Stellen für ein zufriedenstellendes Camp. Das ganze Plateau, um nur ein Beispiel zu nennen, war von blaßbraunen Grashalmen übersät, die im letzten Jahr nach der Mahd dort liegengeblieben waren; ein Geschenk des Himmels.

Als die Jungs schnaufend und mit roten Gesichtern zurückkehrten und das Resultat ihrer Anstrengungen hinter sich herschleppten, hatte ich ein paar alte, verrostete Zaunpfähle aus der Erde gezogen, eine Anzahl saftiger Gerten aus dem Weißdorn geschnitten und weiter hinten, bei der letzten Apfelbaumreihe, einige Handvoll dürrer Grashalme aufgehäuft. Wir gingen noch einmal in den verlassenen Garten zurück, wo wir einige Armvoll Brennessel – zum Zusammenbinden – ausrupften, und eine knappe Stunde, nachdem wir von zu Hause aufgebrochen waren, bewunderten wir einen freistehenden, vier Meter im Quadrat messenden Unterstand, der aus einem Metallrahmen mit einem leicht geneigten Dach aus dicht verflochtenen Weißdorngerten bestand, welches mit einer dicken Schicht Grasbüschel gedeckt war. Wir konnten zusehen, wie der Regen auf die oberste Grasschicht niederfiel und auf der einen Seite herabtropfte, unten drunter jedoch ein kleines Fleckchen vom Regen unberührt blieb.

Anschließend bastelten die Jungs selbst ein simples Quadrat aus kreuz und quer geflochtenen Ruten, das wir an jede beliebige Seite des Feuerschutzes lehnen konnten. Damit wurde der Regen davon abgehalten, direkt in die Feuerstelle hineinzuwehen. Gareth verstand alles ohne weitschweifige Erklärungen und erklärte es Coconut noch einmal ganz nüchtern.

»So weit, so gut«, sagte ich. »Als nächstes suchen wir uns ein paar flache, trockene Steine bei der eingestürzten Mauer dort drüben, die brauchen wir als Unterlage für die Feuerstelle. Bringt keine sehr nassen Steine, die können explodieren, wenn sie heiß werden. Danach ziehen wir los und klauben alles auf, was klein, trocken und brennbar ist. Trockene Blätter, Federn oder Flaum, der an Zäunen hängengeblieben ist, alles mögliche, was sich dort drüben im Garten in dem baufälligen Treibhaus finden läßt.

Wenn ihr etwas findet, steckt es in die Hosentasche, damit es trocken bleibt. Sobald wir genug Zunder haben, spleißen wir uns Brennholz zurecht. Außerdem brauchen wir genug trockenes Holz, falls ihr so was finden solltet. Und bringt alle Kuhfladen mit, über die ihr stolpert: das brennt wie Torf.«

Nach einer weiteren Stunde harter Arbeit hatten wir unter dem Feuerschutzdach die Reste einer alten Gurkenbeeteinfassung aus dem Treibhaus und genug Zunder aufgestapelt, um ein Feuer in Angriff nehmen zu können. Dann streckte ich meine Hände unter das Schutzdach und zeigte ihnen, wie man die Rinde von einem nassen Stock abschält und das darunterliegende trockene Holz der Länge nach einritzt, so daß sich die dünnen Streifen nebeneinander aufrollen und der Stock wie gefiedert aussieht. Jeder von ihnen machte einen mit dem eigenen Messer: Gareth schnell und sauber, Coconut mit zwei linken Händen.

Mit einem Streichholz, einem Kerzenstummel, dem Zunder aus verdorrten Blättern und Blütenköpfen, den gefiederten Anmachhölzchen, der Gurkenkiste und mit etwas Glück (jedoch ohne Kuhfladen) setzten wir ein hübsches kleines Feuer in Gang, das selbstbewußt gegen alle nieselnden Unwägbarkeiten anflakkerte, und Gareth und Coconut sahen aus, als wäre entgegen alle Erwartungen plötzlich die Sonne aufgegangen.

Der Rauch kringelte sich an den Rändern des gedeckten Daches ins Freie. Ich sagte ergänzend, daß wir, gesetzt den Fall, wir müßten dort Monate verbringen, übriggebliebenes Fleisch und Fische zum Räuchern unter das Dach hängen konnten. Apfelholz ergab süßen Rauch, Eichenholz war besser zum Räuchern bestimmter Fleischsorten.

»Wir könnten nie und nimmer monatelang hier leben.« Coconut konnte es sich nicht vorstellen.

»Auch in Sherwood Forest hat nicht ständig die Sonne geschienen«, sagte ich.

Wir brachen die kleineren Zweige des gefällten Apfelbaums ab und warfen sie nach und nach ins Feuer, dann machten wir uns an den mannshohen Unterstand. Wir klemmten den abgestorbenen Baum als Grundgerüst für Dach und Rückseite zwischen zwei gesunde Bäume, flochten noch mehr Weißdorn zwischen das Astwerk, häuften viele Zweige, verdorrte Pflanzen und Grasballen obendrauf und auf die schräge Rückwand, und am Schluß legten wir eine dicke Schicht trockener Grashalme auf den Boden, fast so gut wie Stroh. Abgesehen von ein paar Tropfen waren wir vor dem Regen sicher.

Das Mittagessen, das wir nach ausgedehnten Furagegängen endlich einnahmen, bestand vorwiegend aus dem, was wir in dem alten Garten aufgetrieben hatten: einige Knollen wilde Petersilie, Schwarzwurz und Sonnenblumenwurzeln, eine Handvoll winziger Rosenkohl (Würg, meinte Gareth) und ein ziemlich bitterer grüner Salat aus Wegerich, Steckrüben und Löwenzahn (doppeltes Würg). Eßt niemals giftige Butterblumen, sagte ich, seid dankbar für den Löwenzahn. Coconut lehnte es glattweg ab, Regenwürmer in Erwägung zu ziehen, das einzige, das reichlich zur Verfügung stand. Beide Jungs stürzten sich auf den Speck, den sie in Streifen geschnitten auf den angespitzten Enden geschälter Stöckchen über dem Feuer brieten; ihr Hunger war so gewaltig, daß sie danach noch ewig lange auf Streifen der süßen, inneren Rinde einer jungen Birke herumkauten, die sich in der Hecke ihren Platz erobert hatte. Birkenrinde sei gute, nahrhafte Kost, versicherte ich Gareth. Gareth sagte, das glaubten sie mir unbesehen.

Wir tranken ziemlich schmutziges Regenwasser, das wir in einer alten Gießkanne fanden und in einer Colabüchse abkochten, die Gareth aus dem Mülleimer von Shellerton House mitgenommen hatte. Mein Angebot, Kaffee aus gerösteten Löwenzahnwurzeln zu brühen, lehnten sie einstimmig ab. Wenn sie das nächste Mal campen gehen, würden sie Teebeutel mitnehmen, meinten sie.

Wir saßen in unserem Unterschlupf, das Feuer brannte wenige Schritte entfernt mit roter Glut in der steinernen Mulde, der feine Regen schien nie mehr aufhören zu wollen, wir hatten unser seltsames Mittagsmahl verputzt, und das Ende des Experiments lag nicht mehr in allzu weiter Ferne.

»Wie wär's, wenn wir über Nacht hier draußen blieben?« fragte ich die Jungs.

Sie sahen aus, als hätte ich sie zu Tode erschreckt.

»Ihr würdet es überleben«, sagte ich, »mit der Schutzhütte und dem Feuer.«

»Es wäre furchtbar«, sagte Gareth. »Es ist eisig kalt.«

»Ja.«

Nach einer Weile fügte Gareth hinzu: »Überleben ist nicht gerade der reinste Spaß, stimmt's?«

»Meistens nicht«, pflichtete ich ihm bei. »Es ist einfach eine Sache auf Leben und Tod.«

»Wenn wir die Gesetzlosen von Sherwood Forest wären«, sagte er, »dann würden uns die Häscher des Sheriffs jagen.«

»Ekelhaft.«

Coconut schaute sich unwillkürlich nach Feinden um; bei dem Gedanken liefen ihm kalte Schauer über den Rücken.

»Wir können nicht die ganze Nacht hierbleiben. Wir müssen morgen wieder in die Schule«, fiel ihm ein.

Die Erleichterung auf beiden Gesichtern wirkte komisch. Ich dachte mir, daß sie vielleicht eine oder zwei Sekunden lang die Vision einer viel älteren, viel brutaleren Welt erhascht hatten, einer Welt, in der Hunger und Kälte normal, Gefahren allgegenwärtig und tödlich waren. Eine primitive Welt, lange vor der Zeit Robin Hoods, lange vor den Druiden, die über die vorgeschichtlichen Berkshires gewandelt waren, eine lang vergangene Zeit, in der Gesetze noch nicht erfunden waren und man an Rechte noch nicht dachte, lange vor gesellschaftlicher Organisation, noch vor den Stämmen, vor den Riten, vor der Pflicht; einer Zeit, in der die

Starken zu essen hatten und die Schwachen starben, das Urgesetz und das immerwährende Muster der Natur.

Als das schiefergraue Licht allmählich von dunkelgrauen Schatten durchdrungen wurde, zogen wir das Feuer auseinander und löschten die glühenden Enden im nassen Gras. Dann schichteten wir den übriggebliebenen Stapel Holz von dem Apfelbaum säuberlich unter dem Schutzdach der Feuerstelle auf und machten uns auf den Heimweg. Wir trugen ebensowenig bei uns, wie wir mitgebracht hatten.

Gareth drehte sich noch einmal nach dem geflochtenen Baumunterschlupf und der erloschenen Feuerstelle um und sah einen Moment lang wehmütig aus, doch dann rannten er und Coconut mit lautem Geschrei und übermütigen Luftsprüngen los, um die vertrauten Fesseln der Zivilisation wieder zu umarmen.

»Mein Gott«, sagte Gareth, als er zur Hintertür hereinstürmte, »führ mich zu einer Pizza. Zwei Pizzas, oder gleich drei.«

Lachend schälte ich mich aus meinem überstrapazierten Skianzug und ließ die beiden in der Küche zurück. Mich zog es in die Wärme des Familienzimmers, wo ich jedoch nur ein Häuflein deprimierter Seelen antraf, die sich, hingefläzt in Lehnstühlen und Sesseln, über ganz andere Katastrophen Sorgen machten; Katastrophen, bei denen Nahrung keine Rolle spielte, bei denen die Gefahr jedoch trotzdem überall lauerte.

Harry, Fiona, Nolan, Lewis, Perkin, Mackie und Tremayne saßen in Schweigen versunken, als wäre alles, was zu sagen war, schon längst gesagt worden. Wie eine verschworene Gemeinschaft blickten sie mich verwundert an, mich, den Fremden in ihrer Stadt, die unerwartete Figur in ihrem Spiel.

»Ah ... John«, sagte Tremayne, wie aus einer Lähmung erwacht und sich plötzlich entsinnend, »sind die Jungs noch am Leben?«

»Mehr oder weniger.«

Ich holte mir ein Glas Wein und setzte mich auf einen freien Schemel. Ich spürte den Druck ihrer kollektiven Gedanken und vermutete, daß sie nun all das wußten, was ich schon länger wußte, vielleicht sogar mehr.

»Wenn Harry es nicht getan hat, wer sonst?« Lewis stellte diese Frage, aber niemand reagierte auf sie, als wäre sie bereits zu oft gestellt worden.

»Doone wird es herausfinden«, murmelte ich.

»Er versucht es nicht einmal!« sagte Fiona ungehalten. »Er sieht nur Harry und sonst nichts. Es ist eine Schande.«

Der Beweis dafür, daß Doone immer noch herumspukte, stellte sich jedenfalls genau zu diesem Zeitpunkt in Gestalt von Sam Yaeger ein, der sich draußen mit lautem Hupen ankündigte und wutentbrannt ins Haus gepoltert kam.

»Tremayne!« rief er schon in der Tür und bremste abrupt, als er den versammelten Clan erblickte. »Oh. Da sind ja alle.«

»Du solltest dich doch schonen«, sagte Tremayne herrisch.

»Zum Teufel damit. Ich liege friedlich zu Hause und pflege wie befohlen meine Wunden, da taucht plötzlich dieser Wicht von Wachtmeister auf. Am Sonntagnachmittag! Schläft der Blödmann denn nie? Und wißt ihr auch, was mir der Kerl für eine Überraschung mitbringt? Eure saudummen Stallmädchen haben ihm erzählt, ich hätte mit dieser verflixten Angela Brickell ein bißchen Onkel Doktor gespielt.«

Aus der kurzen Stille, die daraufhin eintrat, sprach nicht gerade Unglauben.

»Und, hast du das?« fragte Tremayne.

»Darum geht's nicht. Es geht darum, ob es an einem Dienstag im Juni letzten Jahres war. Also fragt mich dieser Doone, was ich an diesem Tag gemacht habe, als könne ich mich daran erinnern. Wahrscheinlich an meinem Boot gebaut. Ob ich über die Stunden, die ich beim Boot verbringe, Buch führe, fragt er mich. Spinnt der? Ich sage ihm, ich habe nicht die geringste Ahnung, was ich gemacht habe, vielleicht war ich auch bei einer Handvoll williger Mädels, aber er hat keinen Sinn für Humor, ist immer kurz vor dem Kollaps und sagt, über diese Geschichte macht man keine Scherze.«

»Er hat drei Töchter«, erklärte ich ihm. »Die Sache bedrückt ihn.«

»Dafür kann ich doch nichts«, polterte Sam. »Er sagte, er müsse jede Möglichkeit überprüfen, und ich habe ihm gesagt, da habe er aber viel zu tun, wenn er alle Möglichkeiten unserer guten alten Angie überprüfen wolle, ganz zu schweigen von ihren Absichten.« Er machte eine kurze Pause. »Einmal hat sie sogar Bob Watson schöne Augen gemacht.«

»Da hätte sie sich mit Ingrid anlegen müssen«, schaltete sich Mackie ein. »Ingrid sieht schwach und zerbrechlich aus, aber ihr solltet sie erleben, wenn sie wütend ist. Sie hat Bob immer im Auge. Sie traut keinem einzigen Mädchen auf dem Hof über den Weg. Ich kann mir nicht vorstellen, daß Angela irgend etwas mit Bob gehabt hat.«

»Kann man nie wissen«, meinte Sam finster. »Kann ich was zu trinken haben? Eine Cola?«

»In der Küche im Kühlschrank«, sagte Perkin, machte aber keine Anstalten, sie zu holen.

Sam nickte, ging hinaus und kam mit einem Glas in der Hand zurück, gefolgt von Gareth und Coconut, die damit beschäftigt waren, ihre Münder mit Pizzastreifen vollzustopfen.

Tremayne zog bei ihrem Anblick die Augenbrauen in die Höhe.

»Wir sind am Verhungern«, mampfte sein Sohn. »Wir haben *Wurzeln* gegessen und Birkenrinde und Löwenzahnblätter, und wer im Sherwood Forest lebt und sich vom Sheriff von Nottingham jagen läßt, der hat nicht alle Tassen im Schrank.«

Sam verstand die Welt nicht mehr: »Was ist denn in euch gefahren?«

»Überleben«, sagte Gareth. Er ging zum Tisch hinüber, schnappte sich *Überleben in der Wildnis* und drückte es Sam in die Hand. »John hat das geschrieben«, sagte er, »und noch fünf andere Bücher in der Art. Heute haben wir eine Schutzhütte gebaut und ein Feuer gemacht und Wurzeln gekocht und Wasser abgekocht, damit man es trinken kann ...«

»Was hat das mit Sherwood Forest zu tun?« wollte Harry wissen, der zwar grinste, aber nichtsdestoweniger sehr angespannt aussah.

Coconut setzte zu einer Erklärung an: »Wir waren zwar hungrig und uns war kalt, aber Feinde lauerten keine hinter den Apfelbäumen.«

»Äääh ...«, sagte Sam.

Tremayne klärte seine Gäste vergnügt über unser Abenteuer auf.

»Ich will euch mal was sagen«, meinte Gareth nachdenklich, »da weiß man erst, wie gut es einem geht, wenn man ein Bett hat und einen Haufen Pizza, die auf einen warten.«

Tremayne warf mir unter gesenkten Augenlidern einen Blick zu; sein Mund drückte tiefste Zufriedenheit aus. ›Zeigen Sie ihnen, wie gut sie es haben‹, hatte er gesagt.

»Warum basteln wir nächstes Mal nicht Pfeil und Bogen?« erkundigte sich Coconut.

»Wozu?« fragte Perkin.

»Um die Häscher des Sheriffs umzulegen, was denn sonst?«

»Ihr würdet noch am Galgen von Nottingham enden«, lachte Tremayne. »Bleibt besser bei Löwenzahnblättern.« Er schaute mich an. »Gibt es denn ein nächstes Mal?«

Bevor ich antworten konnte, rief Gareth: »Ja!« Er überlegte einen Moment. »Na ja, es war nicht gerade der Superknüller, aber wenigstens haben wir etwas unternommen. Ich wäre wieder dabei. Ich könnte draußen in Regen und Kälte leben ... Ich fühle mich gut dabei, das ist alles.«

»Gut gemacht«, rief Fiona. »Gareth, du bist ein prima Junge.«

Natürlich war ihm das peinlich, doch ich pflichtete ihr bei.

»Wie sieht's aus?« fragte Tremayne.

»Nächsten Sonntag«, sagte ich. »Wir könnten wieder rausgehen und etwas anderes machen.«

»Was denn?« bohrte Gareth nach.

»Das weiß ich jetzt noch nicht.«

Die beiden Jungs schienen sich mit dem vagen Versprechen zufriedenzugeben und sausten in die Küche zurück, um sich mit neuen Vorräten einzudecken. Sam, der inzwischen in dem Buch geblättert hatte, bemerkte, daß einige der etwas komplizierteren Fallen ganz so aussehen, als könnte man damit nicht nur wilde Tiere, sondern auch Menschen umbringen.

»Unerlaubter Verzehr von Wildbret war auch ein Vergehen, für das man in Sherwood Forest aufgehängt werden konnte«, gab Harry zu bedenken.

Ich stimmte Sam zu: »Es gibt Fallen, die sollte man nur errichten, wenn man sicher ist, daß man allein ist.«

»Wenn man nach einem Tag schon Gareth' Vertrauter ist«, sagte Nolan ohne eine Spur von Freundlichkeit aus der Tiefe eines Lehnsessels heraus, »wie fühlt man sich da? Wie Superman?«

»Sehr bescheiden«, sagte ich ironisch.

»Wie nett, nett, nett«, schickte er böse und mit Obszönitäten verziert hinterher. »Ich würde Sie gerne bei einem Hindernisrennen reiten sehen.«

»Ich auch«, fiel Tremayne herzlich ein, und drehte die gemeinen Worte einfach um. »Wir sollten uns um eine Zulassung für Sie bemühen, John.«

Niemand nahm ihn ernst. Nolan war beleidigt. Er konnte noch nicht einmal im Scherz ertragen, daß jemand ihm sein Territorium streitig machen wollte.

Am Montag fand ich Dee-Dee in Tränen aufgelöst wegen Angela Brickells Schwangerschaftstest; es waren nicht Tränen des Mitgefühls, sondern Tränen des Neids.

Am Montag stand auch Doone wieder auf der Türschwelle. Er wollte die Termine überprüfen, an denen Chickweed gewonnen hatte und Harry auf dem Rennplatz dabeigewesen war. »Mr. Goodhaven?« wiederholte Tremayne. »Das Pferd gehört Mrs. Goodhaven.«

»Das ist richtig, Sir, aber das tote Mädchen hatte ein Foto von Mr. Goodhaven bei sich.«

»Es war ein Foto von dem *Pferd*«, protestierte Tremayne. »Das habe ich Ihnen doch bereits erklärt.«

»Das ist richtig, Sir«, gab ihm Doone recht. »Was nun diese Termine betrifft...«

Mit verhaltener Wut durchforstete Tremayne seinen Terminkalender und sein Gedächtnis und kam zu dem Ergebnis, daß er sich an keine Gelegenheit erinnern konnte, bei der Harry ohne Fiona beim Pferderennen gewesen sei.

»Was ist mit dem vierten Sonntag im April?« schlug Doone hinterhältig vor.

»Mit was?« Tremayne schaute ein zweites Mal nach. »Was soll damit sein?«

»Ihr Reisefuttermeister für unterwegs glaubt, Mrs. Goodhaven habe an diesem Tag Grippe gehabt. Er erinnert sich daran, wie sie später in Stratford, wo das Pferd gewann aber danach beim Dopingtest durchfiel, sagte, sie sei froh, daß sie da war, wo sie doch seinen letzten Sieg in Uttoxeter versäumt hatte.«

Tremayne nahm die Information gelassen auf.

»Wenn Mr. Goodhaven allein nach Uttoxeter gefahren ist«, sagte Doone beharrlich, »und wenn Mrs. Goodhaven krank zu Hause im Bett lag...«

»Sie haben keine Ahnung, wovon Sie reden«, unterbrach ihn Tremayne. »Angela Brickell war für ein *Pferd* verantwortlich.

Sie konnte es nicht einfach dort stehenlassen und sich davonmachen. Außerdem kam sie mit dem Pferd in der Box hierher zurück. Wäre das nicht der Fall gewesen, hätte ich es sofort erfahren, und dann hätte ich sie wegen Vernachlässigung ihrer Pflicht entlassen.«

»Aber wenn ich Ihren Reisefuttermeister richtig verstanden habe«, sagte Doone in seinem matten Singsang, »dann mußten Sie an jenem Tag in Uttoxeter auf Angela Brickell warten, denn als alle fertig zur Abfahrt waren, konnte man sie nirgends finden. Sie *ließ* das Pferd unbeaufsichtigt zurück, Sir. Ihr Reisefuttermeister beschloß, noch eine halbe Stunde auf sie zu warten, und sie kam gerade noch rechtzeitig, wollte aber nicht sagen, wo sie gewesen ist.«

»Davon weiß ich nichts«, sagte Tremayne schnörkellos.

»Zweifellos hat man Sie damit nicht belastet, Sir. Schließlich ist ja nichts Schlimmes passiert... oder?«

Doone ließ sein berüchtigtes Schweigen für sich sprechen, aus dem man leicht ablesen konnte, was für schlimme Sachen Harry hätte anstellen können.

»Auf dem Rennplatz gibt es keine Heimlichkeiten, das ist überhaupt nicht möglich«, sagte Tremayne, der damit den Weg, den seine Gedanken genommen hatten, unfreiwillig verriet. »Ich glaube kein Wort von dem, was Sie da andeuten wollen.«

»Angela Brickell starb ungefähr sechs Wochen später«, sagte Doone, »kurz nachdem sie einen Schwangerschaftstest durchgeführt hatte.«

»Hören Sie auf damit«, fuhr ihn Tremayne an. »Das sind Unterstellungen der gemeinsten Art. Sie richten sich gegen einen ehrenhaften, intelligenten Mann, der seine Frau über alles liebt.«

»Ehrenhafte, intelligente Männer, die ihre Frauen lieben, Sir, sind nicht immun gegen unerwartete Leidenschaften.«

»Sie liegen falsch«, behauptete Tremayne stur.

Doone bedachte ihn lange mit seinem Blick und schenkte dann mir seine Aufmerksamkeit. »Was halten Sie davon?« fragte er.

»Ich glaube nicht, daß Mr. Goodhaven etwas damit zu tun hat.«

»Wo Sie ihn doch schon seit zehn Tagen kennen?«

»Zehn Tage, genau.«

Er grübelte nach, dann fragte er gedehnt: »Haben Sie den geringsten Verdacht, wer das Mädel umgebracht haben könnte? Ich rede jetzt von Verdacht, von Eindrücken, Sir, denn wenn Sie konkrete Anhaltspunkte hätten, dann würden Sie mir das doch bestimmt mitteilen.«

»Selbstverständlich. Und einen Verdacht habe ich nicht, keine Eingebungen, es sei denn, daß es jemand gewesen sein könnte, der nichts mit dem Rennstall zu tun hat.«

»Sie arbeitete hier«, sagte er barsch. »Die meisten Morde geschehen in der Nähe des Wohnortes.« Er musterte mich abschätzend. »Ihre Loyalität, Sir, wird von dieser Gruppe verwässert. Und das finde ich sehr schade. Sie sind hier der einzige, der nichts mit dem Tod des Mädchens zu tun haben kann, und ich werde immer bereitwillig auf Sie hören, vorausgesetzt, Sie bewahren sich Ihren kühlen Kopf, verstehen wir uns richtig?«

»Wir verstehen uns«, sagte ich überrascht.

»Haben Sie Mr. Goodhaven nach dem Tag gefragt, an dem er ohne seine Frau beim Rennen war?« mischte sich Tremayne ein.

Doone nickte. »Er streitet ab, daß irgend etwas Unsauberes vorgefallen sei. Was sollte er sonst tun?«

»Ich möchte nichts mehr davon hören«, kündigte Tremayne an. »Sie dichten sich hier einen schönen Quatsch zusammen.«

»Wir haben Mr. Goodhavens Sachen bei dem Mädchen gefunden«, sagte Doone nüchtern, »und sie hatte sein Foto bei sich, und das ist kein Quatsch.«

In der Stille, die nach dieser düsteren Mahnung eintrat, machte sich Doone wortlos davon; Tremayne war verstört und sagte, er wolle zu den Goodhavens hinunter, um ihnen Beistand zu leisten.

Als er gerade unterwegs war, rief Fiona an, und da Dee-Dee sich nicht gut gefühlt hatte und bereits gegangen war, nahm ich den Anruf entgegen.

»John!« rief Fiona. »Wo ist Tremayne?«

»Auf dem Weg zu Ihnen.«

»Ich kann Ihnen nicht sagen, wie schlimm es ist. Doone glaubt...«

»Er ist eben hier gewesen«, sagte ich. »Er hat es uns erzählt.«

»Der Kerl ist wie ein Terrier.« Ihre Stimme überschlug sich vor Aufregung. »Harry hält so einiges aus, aber dieses... dieser *Dauerbeschuß* macht ihn fertig.«

»Er hat furchtbare Angst davor, daß Sie an ihm zweifeln.«

»Was?« Sie klang bestürzt. »Nicht eine Sekunde lang!«

»Dann sagen Sie ihm das.«

»Das werde ich tun.« Sie machte eine kurze Pause. »Wer hat es getan, John?«

»Ich weiß es nicht.«

»Aber Sie können es erkennen. Sie sehen Dinge, die wir nicht wahrnehmen, weil wir zu nahe dran sind. Tremayne sagt, Sie verstehen vieles, ohne daß man es Ihnen erklären muß, mehr als die meisten Menschen. Harry meint, das kommt von den Eigenschaften, die Ihnen seine Tante Erica nicht zugestehen will, Kombination aus Phantasie und gesundem Menschenverstand und so.«

Sie hatten über mich geredet; eigenartiges Gefühl.

»Vielleicht möchten Sie es überhaupt nicht wissen«, sagte ich.

»Oh!« Es war ein Schrei nach Offenbarung, nach Erlösung. »John, retten Sie uns alle!«

Ohne eine Antwort auf ihre ungewöhnliche Fürbitte abzuwarten, legte sie den Hörer auf. Ich fragte mich ernsthaft, was sie von mir erwarteten, welche Rolle ich in ihren Augen spielen sollte: den Fremden in ihrer Mitte, der wie in den altmodischen Western alle Probleme löst, oder den ganz und gar gewöhnlichen, mittelmäßigen Schriftsteller, der zufällig anwesend war, jedem freundlich zuhörte und am Ende nichts bewirkte. Vor die Wahl gestellt, hätte ich mich ohne Frage für Letzteres entschieden.

Am Dienstag war die Presse aus allen möglichen undichten Stellen voll informiert. Die Verurteilung durch die öffentliche Meinung lief auf Hochtouren. Der Tatbestand der Verleumdung wurde geflissentlich umgangen, indem man das Wörtchen ›angeblich‹ geradezu inflationär gebrauchte, was aber im Grunde nichts anderes hieß als: Harry Goodhaven hatte angeblich mit einem Stallmädchen geschlafen, sie geschwängert und dann erwürgt, um seine Ehe mit einer ›wohlhabenden Erbin‹ nicht zu gefährden, ohne deren Vermögen er ohne jeden Pfennig dastehen würde.

Die Zeitungen vom Mittwoch waren – von Harrys Standpunkt aus betrachtet – noch schlimmer, er fühlte sich wie an den Pranger gestellt.

Er rief mich kurz nach dem Mittagessen an.

»Haben Sie die verdammten Klatschberichte gelesen?«

»Ja«, sagte ich.

»Wenn ich vorbeikomme und Sie abhole, würden Sie dann einfach mit mir ein bißchen durch die Gegend fahren?«

»Klar.«

»Prima. In zehn Minuten.«

Ohne große Gewissensbisse legte ich meine Aufzeichnungen zu den mittleren Jahren von Tremaynes Karriere beiseite. Nachdem jetzt zwei Wochen der verabredeten Zeit vergangen waren, fühlte ich mich zur Genüge vorbereitet, um mit der Niederschrift anzufangen, aber wie gewohnt kam mir jeder gute Grund, um die Sache zu verschieben, gerade recht.

Harry kam in seinem BMW, gleiches Modell wie der von Fiona, und ich setzte mich auf den Beifahrersitz. Ich bemerkte neue

Streßfalten in seinem Gesicht. Auch die Verkrampfung seiner Halsmuskel und Finger entging mir nicht. Sein blondes Haar sah fast grau aus, aus seinen blauen Augen war jede Spur von Humor gewichen, die gesellschaftliche Patina war dünn geworden.

»John, nett von Ihnen«, sagte er. »Das Leben ist ganz schön beschissen.«

»Ich will Ihnen mal was sagen«, versuchte ich ihn zu trösten, »Doone weiß, daß bei diesem Fall etwas faul ist, sonst hätte er Sie schon längst verhaften lassen.« Ich lehnte mich in den Sitz zurück und schnallte mich an.

Er legte den ersten Gang ein, sah mich von der Seite an und fuhr los. »Glauben Sie das wirklich? Er kommt immer wieder. Jeden Tag steht er vor unserer Tür. Jeden Tag eine neue Stichelei, ein neuer verfluchter Sachverhalt. Gitterstab um Gitterstab baut er einen Käfig um mich auf.«

»Er versucht nur, Sie aus der Reserve zu locken«, sagte ich ins Blaue hinein. »Wenn er Sie hätte festnehmen und anklagen lassen, dann müßten Sie die Zeitungen in Ruhe lassen. So verhilft er ihnen zu einem Schlachtfest und wartet unterdessen, ob sich jemand an irgend etwas erinnert, oder bis Sie zusammenbrechen und sich selbst belasten. Ich nehme an, er hat nicht versucht, auch nur eine undichte Stelle zu stopfen, nachdem die Presse herausgekriegt hat, wo das Mädchen gefunden wurde, und er eine offizielle Erklärung abgeben mußte. Möglicherweise hat er selbst das eine oder andere Leck geschlagen; ich würde ihm so etwas durchaus zutrauen.«

Harry lenkte den Wagen in Richtung Reading auf die Strecke über die Hügel, die uns quer durch den Quillersedge Besitz führte. Ich wunderte mich, daß er ausgerechnet dort entlang fuhr, aber ich fragte ihn nicht direkt danach.

»Gestern wollte Doone von mir wissen«, sagte er mit bitterer Stimme, »was Angela Brickell angehabt hatte. Das stand doch alles in der Zeitung. Er fragte mich, ob sie sich freiwillig ausgezogen hätte. Ich hätte ihn erwürgen können ... Oh, Gott, was sage ich da?«

»Soll ich fahren?« fragte ich.

»Was? Oh, wir hätten beinahe den Pfosten da umgefahren ... ich habe ihn nicht gesehen. Nein, nein, mir geht es gut, wirklich. Fiona sagt, ich soll mich von ihm nicht kirre machen lassen, sie verhält sich wundervoll, absolut fantastisch, aber er macht mich wirklich kirre, ich kann nichts dafür. Er läßt diese ungeheuerlichen Fragen vom Stapel, als wären es harmlose Gedankenspiele ... ›Hat sie sich freiwillig ausgezogen?‹ Was soll ich darauf antworten? Ich war doch nicht dabei.«

»Genau das ist die Antwort.«

»Er glaubt mir nicht.«

»Er ist sich seiner Sache nicht sicher«, sagte ich. »Ihn beunruhigt etwas.«

»Ich wünschte, er würde sich darüber zu Tode grübeln.«

»Sein Nachfolger könnte noch schlimmer sein. Vielleicht einer, dem eine Verurteilung lieber ist als die Wahrheit. Doone versucht wenigstens, die Wahrheit herauszufinden.«

»Sie mögen ihn doch nicht etwa!« Die Vorstellung kam ihm geradezu obszön vor.

»Seien Sie dankbar, daß er den Fall bearbeitet. Seien Sie dankbar, daß Sie auf freiem Fuß sind.« Ich machte eine kleine Pause. »Warum fahren wir hier entlang?«

Die Frage überraschte ihn. »Um da hinzukommen, wo wir hinwollen, was denn sonst.«

»Wir fahren also nicht einfach nur durch die Gegend?«

»Nein, tun wir nicht.«

»Rings um uns befindet sich der Quillersedge-Besitz.«

»Sieht so aus«, sagte Harry zerstreut. »Mein Gott, wir wählen immer diese Straße, ich meine, jeder, der von Shellerton nach Reading will, nimmt diese Strecke, außer wenn es schneit.«

Über eine weite Strecke hin war die Straße auf beiden Seiten von Mischwald gesäumt, der noch vom gestrigen Regen tropfnaß war und am Ende des Winters besonders kahl und ramponiert aussah. Ein Teil der Wäldereien war gerodet und ordentlich eingezäunt, von Schildern bewacht, auf denen ›Zutritt verboten‹ zu lesen stand; andere Abschnitte hingegen waren verwildert und jedem zugänglich, dem daran gelegen war, sich durch den Urwald aus Bäumen, Schößlingen und Unterholz zu kämpfen. Fünf Meter dort hinein, dachte ich, und man konnte von der Straße aus nicht mehr gesehen werden. Wer sich da hineinwagte, mußte einen triftigen Grund haben: Es war alles andere als ein Sonntagsspaziergang.

»Jedenfalls zieht sich der Quillersedge-Besitz meilenweit hin«, sagte Harry. »Wir sind hier gerade an seiner westlichen Grenze. Die Stelle, an der Angela gefunden wurde, liegt mehr in Richtung Buckley.«

»Woher wissen Sie das?«

»Verdammt noch mal, es stand in der Zeitung. Wollen *Sie* mich jetzt auch noch verdächtigen?« Meine Frage hatte ihn verärgert, doch dann schüttelte er resigniert den Kopf. »Das war eine Doone-Frage. Woher weiß ich das? Weil in den Zeitungen aus Reading eine Landkarte abgedruckt war, daher. Der Wildhüter hat sogar ein Kreuzchen an die Stelle gemalt.«

»Ich verdächtige Sie nicht«, sagte ich. »Wenn ich an Ihnen zweifeln würde, müßte ich an meinem eigenen Urteilsvermögen zweifeln, und das ist in Ihrem Fall nicht so.«

»Das ist wohl ein Vertrauensbeweis?«

»Ja.«

Wir fuhren eine ganze Weile über Straßen und durch Ortschaften, die mir gänzlich unbekannt waren, und dann immer weiter über Land, der Himmel weiß wohin.

Aber Harry wußte, wohin die Reise ging, als er plötzlich von einer so gut wie häuserlosen Straße zwischen zwei zerbrochenen

Torpfosten auf einen Knüppeldamm einbog, der uns zu einer großen, baufälligen Scheune, einem ausgedehnten Müllplatz voll mit verbogenem Metall und altem Holz und zu einem kleineren Schuppen weiter drüben führte. Hinter diesem nicht sehr einnehmenden Durcheinander erblickte ich eine weite, schmutziggraue Wasserfläche, die sich träge von den am anderen Ufer sich abzeichnenden dunkelbewaldeten Hügeln vorbeiwälzte.

»Wo sind wir?« fragte ich, als der Wagen langsam vor einer Sperre zum Stehen kam, die allein dadurch ins Auge stach, weil außer ihr in diesem allgemeinen Verfall nichts Sauberes und Neues zu sehen war.

»Das ist die Themse«, sagte Harry. »Es sieht aus, als trete sie fast über die Ufer, nach all dem Regen und dem geschmolzenen Schnee. Wir befinden uns hier auf Sams Bootswerft.«

»Das hier?« Mir fiel wieder ein, was Sam bezüglich unverdächtiger Baufälligkeit gesagt hatte: er hatte eindeutig untertrieben.

»Er läßt es absichtlich in diesem Zustand«, bestätigte Harry. »Wir waren alle zu seiner riesigen Grillfete eingeladen. Er feierte, daß er Champion Jockey geworden war... das muß so vor achtzehn Monaten gewesen sein. Damals, an diesem Abend, sah alles anders aus. Eine der besten Feten, auf der wir je waren...« Seine Stimme erstarb, als hätten sich seine Gedanken von dem, was sein Mund sagte, schon weit entfernt; auf seiner Stirn perlte Schweiß.

»Warum sind Sie so nervös?« fragte ich.

»Ach, nichts.« Eine glatte Lüge. »Kommen Sie mit«, sagte er dann verkrampft. »Ich möchte jemanden dabeihaben.«

»In Ordnung. Wohin gehen wir?«

»Ins Bootshaus.« Er zeigte auf den kleineren der beiden Schuppen. »Das größere Haus dort drüben ist Sams Werkstatt und sein Dock, wo er an seinen Booten herumbastelt. Das Bootshaus wird kaum benutzt, soviel ich weiß, nur bei seiner Party hatte er eine Grotte daraus gemacht. Ich soll dort jemanden treffen.« Er schaute auf seine Armbanduhr. »Ich bin etwas zu früh dran. Aber das macht ja wohl nichts.«

»Wen wollen Sie hier treffen?«

»Jemanden«, sagte er und stieg aus dem Wagen. »Ich weiß nicht, wen. Hören Sie«, ergänzte er, sobald ich ihm gefolgt war, »jemand will mir etwas sagen, das mich bei Doone aus dem Schneider bringt. Ich wollte ... ich wollte nur ein bißchen *Unterstützung* ... einen Zeugen eventuell. Sie finden das bestimmt hirnverbrannt.«

»Nein.«

»Dann kommen Sie.«

»Ich komme, aber Sie sollten nicht zuviel Hoffnung darauf setzen, daß wirklich jemand auftaucht. Die Menschen können ganz schön gehässig sein – und Sie hatten eine sehr schlechte Presse.«

»Glauben Sie, das ist nur ein Schabernack?« Die Vorstellung wurmte ihn, aber er hatte so etwas anscheinend auch in Erwägung gezogen.

»Wie wurde dieses Treffen verabredet?«

»Per Telefon«, sagte er. »Heute morgen. Ich kannte die Stimme nicht. Ich weiß nicht einmal, ob es ein Mann oder eine Frau war. Es war sehr leise. Sehr vorsichtig, als könnte jederzeit jemand dazukommen.«

»Weshalb ausgerechnet hier?« fragte ich.

Er legte die Stirn in Falten. »Keine Ahnung. Aber ich kann es mir nicht leisten, die Sache zu ignorieren, wenn es um etwas geht, das mich entlasten kann. So ist es doch, oder?«

»Vermutlich, ja.«

»Mir ist auch nicht ganz wohl dabei«, gab er zu. »Deshalb wollte ich nicht allein kommen.«

»Na schön«, sagte ich. »Wir werden ja sehen.«

Ein Lächeln der Erleichterung huschte über sein Gesicht; dann ging er voran, quer durch ein mit Steinen übersätes und zugewuchertes Stück Land, eine Art Pfad herab, der von dem großen Schuppen zum Bootshaus hinunter und uns unserem Schicksal entgegenführte.

Aus der Nähe sah das Bootshaus noch schäbiger aus als von weitem, obwohl die zerbrochenen Dachrinnen in edwardianischem Stil einst sehr dekorativ gewesen sein mußten – und es noch immer sein könnten, wenn man das wollte. Der Bau bestand hauptsächlich aus verwitterten Backsteinen, die Längsseiten reichten bis ans Flußufer. Das Ganze war auf der Uferböschung und teilweise in sie hinein gebaut.

Entsprechend Sams Philosophie hatte die baufällige Holztür weder Klinke noch Vorhängeschloß; sie öffnete sich nach innen beim geringsten Druck mit der Hand.

Die Fenster sorgten für sehr viel Licht, doch alles, was es zu sehen gab, war ein nackter Holzfußboden bis zu einer Flügeltür aus Glas, die auf einen Balkon direkt über dem angeschwollenen Fluß führte.

»Haben Bootshäuser in ihrem Inneren kein Wasser?«

»Das Wasser ist unter uns«, sagte Harry. »Dieser Raum war zur Unterhaltung hergerichtet. Unten am Fluß gibt es eine zweite Tür, durch die man in das Dock gelangt. Dort ist die Grotte gewesen. Sam hatte ringsum bunte Lichter aufgehängt, sogar unter Wasser waren welche ... es hat phantastisch ausgesehen. Hier oben befand sich eine Bar. Fiona und ich sind mit unseren Getränken hinaus auf den Balkon gegangen und haben uns den sternenübersäten Himmel angeschaut. Es war eine sehr warme Nacht, es hat einfach alles gestimmt.« Er seufzte. »Perkin und Mackie waren bei uns, sie haben geschmust wie zwei Frischverliebte. Jetzt kommt es mir vor, als sei das alles schon so lange her, damals waren alle glücklich, alles war einfach. Nichts konnte schiefgehen ... Dann hatte Tremayne ein spektakuläres Jahr, und zur Krönung gewann Top Spin Lob den Grand National ... Aber seitdem hat nicht mehr viel geklappt.«

»Hatte Sam auch Nolan zu seiner Party eingeladen?«

Harry lächelte kurz. »Sam war bester Laune. Er hat alle eingeladen: Dee-Dee, Bob Watson, die Stallmädchen, die Burschen, einfach jeden. Es müssen so ungefähr hundertfünfzig Leute hiergewesen sein. Sogar Angela...« Er unterbrach sich und schaute auf die Uhr. »Es wird langsam Zeit.«

Er drehte sich herum und machte einen Schritt in Richtung Balkon, der am anderen Ende des Raumes lag; die alten Bretter knarrten und quietschten unter seinen Füßen.

Auf dem Fußboden lag ein weißer Briefumschlag, ungefähr auf halbem Weg zum Balkon. Harry meinte, daß es vielleicht eine Botschaft sei, ging hin, bückte sich, um ihn aufzuheben, und mit einem furchtbaren Krachen gab ein großer Teil des Fußbodens unter seinem Gewicht nach und sauste mit dem aufschreienden Harry hinunter in das tiefer gelegene Dock.

12

Es passierte so schnell und unverhofft, daß ich ihm beinahe hinterhergeschlittert wäre, doch es gelang mir gerade noch, auf einem Fuß herumzuwirbeln und mich nach hinten flach auf die Bretter zu werfen, die rings um das Loch heil geblieben waren.

Harry, so schoß es mir lächerlicherweise durch den Kopf, hatte es weniger gut getroffen mit dem kalten, schmutzigen Wasser. Ich robbte mich heran, bis ich über den Rand in die nassen Untiefen schauen konnte, doch ich konnte ihn nirgends sehen.

Scheiße, dachte ich und streifte mir dabei schon die Jacke ab. Harry, um Gottes willen, komm hoch, damit ich dich heraufziehen kann. Kein Zeichen von ihm. Nichts. Ich brüllte seinen Namen. Keine Antwort.

Ich schleuderte meine Stiefel zur Seite und schwang mich an einem hervorstehenden Querbalken nach unten. Der Balken knarrte bedrohlich, als ich an einer Hand hängend versuchte, Harry ausfindig zu machen, damit ich nicht auf ihm landete.

Außer braunem, trübem, brackigem Wasser war nichts zu sehen. Es blieb mir nichts anderes übrig, als ihn herauszufischen. Ich ließ den Balken los. Ich winkelte die Beine an, um einigermaßen sanft zu landen, und spürte, wie die eisige Kälte des Wassers die Luft aus meinen Lungen herauspreßte. Ich ließ mein Gewicht vom Wasser tragen und streckte die Füße nach dem Grund aus, bis mir das Wasser bis zu den Ohren reichte. Dann holte ich tief Luft, zog den ganzen Kopf unter Wasser und tastete rings umher nach Harry, denn sehen konnte ich da unten trotz geöffneter Augen absolut nichts.

Er mußte da sein. Die Zeit wurde knapp. Ich richtete mich auf, um Luft zu schnappen, tauchte wieder unter, suchte ihn mit Fingern und Füßen, mit einer Dringlichkeit, die sich rasch in blankes Entsetzen verwandelte. Ich ertastete alles mögliche, Metallstücke, scharfkantige, spitze Dinge, aber nichts Lebendiges.

Erneut Luft holen. Ich sah mich nach Luftblasen um, hoffte ihn auf diese Weise zu finden, doch ich sah keine Blasen, nur einen roten Fleck auf dem Wasser, kurz vor mir, ein Kringel Rot in der trüben Flut.

Wenigstens hatte ich ihn gefunden. Ich tauchte auf die scharlachroten Streifen zu und ertastete ihn sofort, doch er bewegte sich nicht, und als ich ihn an die Oberfläche ziehen wollte, gelang es mir nicht.

Scheiße... Scheiße... Das blöde Wort rotierte in meinem Kopf. Ich tastete mich heran, packte Harry unter den Armen, meine Füße rutschten auf dem schlammigen Boden weg, und ich zog und zerrte, doch Harry hing fest. Ich probierte es wieder und wieder mit steigender Verzweiflung, bis er endlich von dort, wo er festhing, freikam und an die Oberfläche schnellte, um gleich darauf wie eine leblose Masse wieder nach unten gezogen zu werden.

Mit der eigenen Nase nur knapp über Wasser hielt ich seinen Kopf etwas höher als meinen, doch er atmete immer noch nicht. Ich umfaßte ihn, ließ sein Gesicht auf meines fallen und blies ihm in dieser unmöglichen Stellung meinen Atem ein, nicht gerade so, wie es im Buch stand, er flach auf dem Rücken und sonst alles unter Kontrolle, sondern einfach in seine offenen Nasenlöcher hinein, in seinen schlaffen Mund, so schnell ich konnte, in beide Öffnungen oder nur in eine, versuchte im Gleichtakt seinen Brustkorb zusammenzupressen, das zu tun, was seine eigene Zwischenrippenmuskulatur nicht mehr leistete, drückte seinen Brustkorb auseinander, damit die Luft hineinfließen konnte.

Man soll ja die Mund-zu-Mund-Beatmung nie unterbrechen,

man muß immer weitermachen, auch wenn man die Hoffnung schon aufgegeben hat. Weiter, immer weiter, hatte ich gelernt. Nicht aufgeben. Niemals aufgeben.

Trotz des Auftriebs im Wasser war Harry sehr schwer. Meine Füße unten im Schlamm wurden taub. Ich preßte meinen Atem rhythmisch in ihn hinein, schneller als bei der normalen Atmung, ich preßte ihn zusammen, sagte ihm, befahl ihm in Gedanken, er solle wieder selbst die Verantwortung für sich übernehmen, komm zurück, komm zurück... Harry, komm zurück...

Ich hatte Angst um ihn, um Fiona, um sie alle, doch am meisten um Harry. Dieser Humor, diese Menschlichkeit; das durfte nicht einfach verschwinden. Ich hauchte ihm meinen Atem ein, bis mir selbst schwindlig war, und noch immer wollte ich nicht akzeptieren, daß es sinnlos war, daß ich ebensogut aufhören konnte.

Ich spürte den Ruck in seiner Brust, als ich sie immer noch im Rhythmus an meine preßte, und konnte es einen kurzen Moment lang nicht glauben, aber dann wand er sich in meinen Armen, hustete mir ins Gesicht, und ein Strahl schmutzigen Wassers schoß in hohem Bogen aus seinem Mund, dann fing er richtig zu husten an und schnappte nach Luft... verschluckte sich, japste, schnappte wieder, ein Pfeifen drang aus seiner Kehle, er bellte wie beim Keuchhusten, kämpfte darum, die wieder funktionierenden Lungen aufzupumpen.

Wenn ich jetzt zurückdenke, konnte er nicht sehr lange ohne Bewußtsein unter Wasser gelegen haben, aber damals kam es mir wie eine Ewigkeit vor. Er öffnete die Augen, hustete und fing an zu stöhnen, was immerhin ein Zeichen der Besserung war, und ich sah mich um, wie wir am besten aus dieser Falle herauskamen, die allmählich ungastlich wie eine Gefängniszelle wurde.

Eine andere Tür, hatte Harry gesagt, in Richtung Fluß: Tatsächlich, als ich dorthin schaute, konnte ich sie erkennen, eine einst bemalte Holzplatte, eingefügt in die Backsteinwand. Ihre untere Kante befand sich knapp fünfzehn Zentimeter über der Wasseroberfläche.

Quer über die Längsseite des Gebäudes erstreckte sich von der Decke bis in den Fluß hinein ein Vorhang aus Maschendraht, wie überdimensionaler Hühnerdraht, vermutlich zu dem Zweck angebracht, Diebe von den Booten im Dock fernzuhalten. Dahinter wälzte sich der eigentliche Fluß vorbei, mit kleinen Strudeln, die auf der Oberfläche bis durch das Drahtgitter hereinkreiselten.

Das Dock selbst, soviel war mir klar, lag wegen des Hochwassers tiefer als sonst. Trotzdem war die Tür immer noch fünfzehn Zentimeter über dem Wasser... es ergab keinen Sinn, eine Tür so hoch anzubringen... es sei denn, es gab irgendwo ein Podest... ein Podest oder sogar einen Steg zum Be- und Entladen der Boote.

Ich zog Harry vorsichtig mit und bewegte mich nach links, zur Wand hin, und zu meiner großen Erleichterung fand ich dort tatsächlich einen Steg, ungefähr in Hüfthöhe. Ich hob Harry hoch, bis er auf dem Brett saß, schlängelte mich selbst hinauf, so daß wir beide nebeneinander hockten und die Köpfe aus dem Wasser streckten, was zwar nicht nach einem erwähnenswerten Fortschritt klingt, höchstwahrscheinlich aber den Unterschied zwischen Leben und Tod ausmachte.

Harry war halb bewußtlos, verwirrt und blutete zudem. Das einzig Gute bei der extremen Kälte des Wassers war, dachte ich, daß der Blutverlust reduziert wurde, egal was für eine Verletzung er sich zugezogen haben mochte. Abgesehen davon mußten wir so schnell wie möglich aus dem Wasser herauskommen.

Das Loch, durch das Harry gestürzt war, befand sich in der Mitte der Decke. Wenn ich mich auf den Steg stellte, konnte ich mich wohl bis zur Decke strecken, aber das Loch war zu weit weg. Wenn ich hochsprang, dachte ich, würde ich noch mehr Stücke aus dem Holzfußboden herausreißen. Es sah nicht sehr vielversprechend aus. Anscheinend fehlte an der Stelle ein Stück vom Querbalken; zweifellos verrottet.

Inzwischen mußte ich dafür sorgen, daß Harry nicht vornüber fiel und doch noch ertrank. Um das zu verhindern schaffte ich ihn in die Ecke und lehnte ihn dort gegen die Wand. Ich zog ihn vorsichtig auf dem Steg entlang, der, wie ich herausfand, aus Holzplanken gezimmert war, aus denen in regelmäßigen Abständen Stützbalken herausragten, über die ich Harrys Beine heben mußte, immer eins nach dem anderen. Trotzdem erreichten wir nach einer Weile das Ende des Stegs. Ich stellte mich auf und zog ihn nach hinten, bis er dort in der Ecke saß, eingekeilt zwischen die Seitenwand und die Rückwand.

Er hatte zu husten aufgehört, sah aber immer noch weggetreten aus. Der Blutstreifen kam von seinem Bein, das er jetzt waagrecht von sich streckte. Trotzdem war wegen der undurchsichtigen Brühe nichts zu erkennen. Ich überlegte mir, ob ich zuerst die Blutung stillen oder ihn in dieser unsicheren Stellung sitzen lassen sollte, um einen Ausgang zu suchen im Vertrauen darauf, daß er nicht wieder das Bewußtsein verlor; da hörte ich plötzlich das Knarren der Eingangstür über uns, von wo aus auch Harry und ich den Schuppen betreten hatten.

Mein erster natürlicher Impuls war, um Hilfe zu rufen, wer auch immer dort oben angekommen war; doch zwischen der Absicht und dem Schrei schoß mir plötzlich eine Flut von Gedanken durch den Kopf, die mich mit bereits offenem Mund verstummen ließ. Ich war nicht mehr so sicher, ob dieser Entschluß ratsam sei. Folgendes ging mir durch den Kopf: Harry war hierher gekommen, um jemanden zu treffen. Wen, das wußte ich nicht. Man hatte ihm einen Treffpunkt genannt, den er gut kannte. Er war ohne Argwohn hergekommen. Er hatte das Bootshaus betreten und versucht, einen Umschlag vom Fußboden aufzuheben, dann hatte der Boden unter ihm nachgegeben, ein Stück vom Querbalken fehlte, und wäre ich nicht dabeigewesen, wäre er mit Sicherheit im Dock ertrunken, aufgespießt auf etwas, das unter der Wasseroberfläche gelauert hatte.

Einen Teil meiner späteren Ausbildung hatte ich bei einem ehemaligen SAS-Trainer absolviert, dessen erste Überlebensregel darin bestand, dem Feind aus dem Weg zu gehen. Ich war mir zwar nicht absolut sicher, jedoch der Gefahr sehr bewußt, daß über uns nicht ein Retter, sondern vielmehr ein Feind eingetroffen war. Ich wartete, daß von oben Schreie des Entsetzens kamen, daß jemand besorgt Harrys Namen rief, auf irgendeine natürliche, unschuldige Reaktion auf den durchgebrochenen Fußboden.

Statt dessen herrschte Stille. Dann das Knarren einer oder zweier Stufen und das Geräusch der Tür, die leise wieder zugemacht wurde.

Gespenstisch.

Sämtliche Geräusche von draußen wurden dadurch gedämpft, daß das Dock teilweise tiefer lag und in die Uferböschung gebaut war, doch nach einer Weile hörte ich, wie eine Autotür zuschlug, der Motor angelassen wurde und ein Wagen davonfuhr.

Harry sagte plötzlich: »Verfluchte Scheiße.« Die Worte klangen wie Musik. Dann sagte er: »Was zum Teufel ist eigentlich los?« und dann: »Herrgott, tut mir mein Bein weh!«

»Die Fußbodenbretter sind durchgebrochen. Sie sind auf etwas gefallen, das Ihr Bein durchbohrt hat.«

»Mir ist k... kalt.«

»Ja, ich weiß. Sind Sie wach genug, um hier einen Augenblick allein sitzen zu bleiben?«

»John, um Himmels willen...«

»Nicht lange«, fügte ich eilig hinzu. »Ich lasse Sie nicht lange allein.«

Als ich mich auf dem Steg aufgerichtet hatte, reichte mir das Wasser bis über die Knie. Ich watete an der Wand entlang in Richtung Fluß und der unteren Tür. Tatsächlich gab es an der

Tür drei Stufen und direkt unter der Tür eine kleine Anlegestelle. Ich ging die Stufen hinauf, bis mir das Wasser gerade noch an die Knöchel reichte, und drückte die Türklinke herunter.

Diesmal war es schwieriger mit dem Ausgang: Die Tür war bombenfest zu. An der Wand neben der Tür befanden sich drei elektrische Schalter nebeneinander. Ich drückte sie alle, doch keine der Glühbirnen an der Decke reagierte darauf. Dort war auch ein Schalterkasten, von dem aus Kabel zu dem Metallgitter führten; ich öffnete den Kasten und drückte auf den roten und dann auf den grünen Knopf, die sich darin verbargen, doch wieder rührte sich nichts im Bootshaus.

Der Mechanismus zum Heraufziehen des Gitters war eine Konstruktion von Zahnrädern, die an einem Seil zogen, welches den Metallzaun wie einen Rolladen aufwickelte. Die Ränder des Gitters liefen in Führungsschienen, damit es ordentlich aufgerollt wurde. Ohne Strom war da nichts zu machen. Andererseits mußte diese ganze Sperre, so wie sie konstruiert war, vom Gewicht her relativ leicht sein.

»Harry?« rief ich.

»O Gott, John...« Seine Stimme klang schwach und angestrengt.

»Bleiben Sie ruhig sitzen. Und keine Angst: Ich komme zurück.«

»Wo... wo wollen Sie hin?« Ich vernahm eine Spur von Angst in seiner Stimme, aber auch seinen festen Willen.

»Raus.«

»Schön... beeilen Sie sich.«

»Ja.«

Ich ließ mich wieder ins Wasser gleiten und machte ein paar Schwimmstöße auf das Rollentor zu. Ich versuchte, mich hinzustellen, doch das Wasser war dort wesentlich tiefer. Ich klammerte mich an das Gitter und spürte, wie die Strudel des Flusses an mir zupften.

Wenn ich Glück hatte, wenn ich sehr viel Glück hatte, reichte das Gitter nicht bis ganz auf den Flußgrund hinab. Es gab keinen vernünftigen Grund, weshalb es weiter als bis zur Strömung hinunterreichen sollte, und das würde heißen, daß da eine Lücke von mindestens fünfzig bis sechzig Zentimetern sein mußte. Vom Gewicht aus betrachtet, war ein Spalt einfach logisch.

Kein Problem.

Ich atmete tief ein und hangelte mich langsam am Gitter nach unten, wobei ich mit den Füßen den Grund zu ertasten versuchte; es war tatsächlich ein Spalt zwischen der Unterkante des Rollgitters und dem schlammigen Boden, aber nicht weiter als ein paar Zentimeter. Außerdem hatte sich dort eine Menge unidentifizierbares Gerümpel angesammelt, das gegen das Hindernis gepreßt wurde und vorbei wollte.

Ich mußte Luft holen.

»Harry?«

»Ja.«

»Unter dem Metallzaun ist eine Lücke. Ich tauche drunter durch und hole Sie dann gleich raus.«

»In Ordnung« Er hatte sich wieder besser im Griff und nicht mehr soviel Angst.

Tief Luft holen. Untertauchen, nach unten ziehen. Ich erreichte das Ende des Gitters, spürte den Schlamm darunter. Die Unterkante des Rollos schloß nicht mit einer geraden Querleiste ab, sondern bestand aus einzelnen Gelenken. Diese Kettenglieder konnte man anheben, aber nur einzeln, nicht alle auf einmal.

Unten durch, befahl ich mir. Die Versuchung, unbeschadet wieder dorthin zurückzukehren, von wo ich gekommen war, war enorm. *Unten durch ...*

Ich ließ mich flach auf den Boden gleiten, entschied mich dafür, mit dem Kopf zuerst und dem Gesicht nach oben durchzuschlüpfen, krümmte den Rücken in das schlammige Flußbett, betete ... *betete*, daß die freistehenden Gelenke sich nicht in meinen Kleidern verhedderten ... in meinem Strickpullover ... ich hätte mich ausziehen sollen ... Kopf drunter ... Metall auf meinem Gesicht ... die Gelenke mit den Händen hochdrükken ... mit aller Kraft ... aufpassen ... nicht hasten ... nicht hängenbleiben ... mach dich von dem Gerümpel rings um dich her frei ... außen am Gitter festhalten ... nicht loslassen, die Strömung des Flusses ist beträchtlich ... ziehen ... ganz gerade bleiben ... *weiter so* ... Schulter durch, Zaungelenke hochdrükken, Rücken durch, Hintern durch, Beine ... Gelenke hochdrücken ... Atem wird knapp ... Lungen schmerzen ... vorsichtig, vorsichtig ... was wirbelt da um meine Knöchel ... hat sich verheddert ... ich *muß* bald Luft holen ... Füße hängen fest ... Füße ... *durch*.

Sofort zog es meine Beine zum Fluß hin, als wollte er sie an sich reißen, und ich mußte mich mit aller Kraft am Gitter festhalten, um nicht von der Strömung fortgerissen zu werden. Aber ich war durch, hatte mich nicht in diesen fürchterlichen Metallklauen verfangen, war ungehindert durch das Gerümpel gekommen und nicht ohne jede Hoffnung auf Rettung ertrunken.

Ich kam nach oben und sog die Luft tief in mich hinein, schnaufend, die schmerzenden Lungen schwollen an, ich verspürte einen Anfall unterdrückten Schreckens, klammerte mich schlotternd an das Gitter.

»Harry?« rief ich.

Das Dock auf der anderen Seite des Rollgitters war dunkel; ich konnte ihn zwar nicht sehen, er mich aber um so besser.

»Oh, John ...« Seine Erleichterung kannte keine Grenzen. »Gott sei Dank.«

»Jetzt dauert es nicht mehr lange«, sagte ich, und bemerkte die Überanstrengung auch in meiner eigenen Stimme.

Ich hangelte mich am Gitter entlang, stromaufwärts auf die verschlossene Tür zu, und indem ich mich nach und nach an den Metallgliedern nach oben zog, gelang es mir, mich um die Ecke des Bootshauses herumzuschlängeln, aus dem Wasser herauszukommen und mich endlich auf das grasbewachsene Ufer zu rollen. Mir war bitterkalt, ich zitterte aus verschiedenen Gründen am ganzen Körper, aber ich war *draußen*.

Als ich aufstand, fühlten sich meine Knie an, als wollten sie einknicken; ich versuchte, die Tür zum Dock aufzumachen, doch sie bot von außen genausoviel Widerstand wie von innen. Sie hatte ein Steckschloß, ein simples Schlüsselloch, aber keinen Schlüssel.

Ich dachte mir, vielleicht sei es das beste, ein Telefon zu suchen und professionelle Hilfe anzufordern: die Feuerwehr und einen Rettungswagen. Wenn ich in Sams großer Werkstatt kein Telefon fand, müßte ich mit Harrys Wagen zum nächsten Anwesen fahren...

Die Sache hatte nur einen Haken: Harrys Wagen war nicht mehr da.

Mein Gehirn fing wieder an, die ›Scheiße‹-Platte abzuspielen.

Bevor ich irgend etwas unternahm, fiel mir ein, mußte ich meine Stiefel anziehen. Ich betrat das Bootshaus durch die obere, die vordere Tür.

Noch ein Haken: keine Stiefel. Auch kein Anorak.

Von unten kam Harrys Stimme, weit weg und schwankend: »Ist dort oben jemand?«

»Ich bin's, John«, rief ich. »Halten Sie durch.«

Keine Antwort. Vielleicht ist er wieder schwächer geworden. Ich mußte mich beeilen.

Es gab keinen Zweifel mehr daran, daß jemand die Absicht gehabt hatte, ihn zu ermorden, und diese Gewißheit machte mich auf perverse Art wütend, erweckte neue Kräfte und eine gehörige Portion Kaltblütigkeit. Ich rannte auf bloßen Füßen über den steinigen Weg zu Sams Werkstatt; es machte mir nichts aus. Zu meiner großen Erleichterung stellte ich fest, daß ich einfach hineingehen konnte – an der Tür befand sich kein Schloß. Der Innenraum ähnelte nicht minder einer Müllkippe als der Hof draußen. Ich blickte mich kurz um und sah, daß die Mitte des Raumes von einem großen Boot auf Stützpfeilern eingenommen wurde. Die Aufbauten waren mit einer dünnen Plastikplane abgedeckt.

Ich schaute mich rasch nach einem Telefon um, konnte jedoch keines finden. Es gab kein Büro, keinen abgetrennten oder verschließbaren Raum. Sam mußte wertvolle Werkzeuge besitzen, hatte sie aber offensichtlich gut versteckt.

Überall lagen alte und verrostete Werkzeuge und Materialien herum, doch in all dem Müll entdeckte ich beinahe sofort zwei perfekte Hilfsmittel: ein Montiereisen und einen schweren Holzhammer zum Einschlagen von Pfosten zum Vertäuen.

Damit eilte ich zum Bootshaus zurück und bearbeitete die untere Tür, indem ich zuerst das Montiereisen in einen nichtexistenten Spalt zwischen dem hölzernen Türrahmen und dem Mauerwerk hämmerte, etwas unterhalb des Schlüssellochs. Dann drosch ich auf das Eisen ein, um die Hebelwirkung voll auf den Türrahmen einwirken zu lassen, wand das Eisen wieder heraus und wiederholte den Vorgang oberhalb des Schlosses, diesmal mit ungebremster Wut.

Das alte Holz des Rahmens leistete keinen Widerstand mehr und splitterte, gab den Riegel des Schlosses frei, und ohne weitere Schwierigkeiten riß ich die Tür weit auf. Ich warf das Montiereisen und den Hammer ins Gras und ging die Stufen hinunter ins Bootshaus, wobei mich die beißende Kälte des Wassers dazu zwang, die Zähne aufeinanderzubeißen.

Wenigstens ist es nicht windig, dachte ich. Kein nennenswerter Eiswind, der uns garantiert den Rest gegeben hätte.

Ich watete an der Wand entlang zu Harry, der in der Ecke zusammengesunken war; sein Kopf hing knapp über der Wasseroberfläche.

»Komm schon«, sagte ich drängend. »Harry, wach auf!«

Er blickte apathisch zu mir auf, durch einen Schleier aus Schwäche und Schmerz, und man konnte sehen, daß er schon viel zu lange im Wasser gelegen hatte. Apathie war nicht minder tödlich als Kälte. Ich beugte mich hinunter und drehte ihn mit dem Rücken zu mir, schob meine Hände unter seine Arme und zog ihn durch das Wasser bis zu den Stufen; von dort mußte ich ihn noch hinauf und nach draußen aufs Gras ziehen.

»Mein Bein«, stöhnte er.

»Mein Gott, Harry, was wiegen Sie eigentlich?« fragte ich keuchend.

»Wüßte nicht, was Sie das angeht«, murmelte er.

Ich lachte erleichtert auf. Wenn er trotz aller Schmerzen so antworten konnte, dann saß er dem Tod noch nicht auf der Schippe. Mir gab es genug Ansporn, uns beide hinauszubugsieren, obwohl ich nicht behaupten würde, daß es ihm draußen auf dem Trockenen auch nur unwesentlich wärmer war – ebensowenig wie mir.

Sein Bein schien nicht mehr zu bluten, jedenfalls nicht mehr stark; demnach war keine Arterie getroffen, sonst wäre er in der Zwischenzeit schon verblutet. Ungeachtet dessen mußte er unter seinem Hosenbein eine beträchtliche Wunde haben, und je schneller ich ihn zu einem Arzt brachte, um so besser.

Soweit ich mich erinnern konnte, waren in der Nähe der schmalen Straße, an deren Ende die Werft lag, keine Häuser zu sehen gewesen: ich müßte in meinen Socken ganz schön durch die Gegend rennen, bis ich Hilfe finden würde.

Andererseits sah ich nur wenige Meter entfernt ein Ruderboot mit dem Kiel nach oben inmitten der allgemeinen Verwahrlosung liegen. Ein kleines Boot. Etwa einsachtzig vom Bug zum Kiel. Ein Einmannboot, groß genug für zwei. Wenn es nur nicht voller Löcher war...

Ich ließ Harry kurz liegen, ging zu der Jolle und drehte sie um.

Abgesehen davon, daß sie einen neuen Anstrich und ein bißchen liebevolle Fürsorge benötigte, war sie anscheinend voll seetüchtig; natürlich fehlten die Ruderdollen und die Ruder.

Egal. Irgendein Stück Holz mußte genügen. Lag ja genug herum. Ich suchte mir eine geeignete Latte aus und legte sie ins Boot.

Am Bug der Jolle war eine kurze Schnur befestigt: eine Fangleine.

»Harry, können Sie auf einem Bein hüpfen?« fragte ich ihn.

»Weiß nicht.«

»Kommen Sie. Versuchen Sie's. Wir müssen Sie ins Boot kriegen.«

»Ins *Boot*?«

»Ja. Jemand hat Ihr Auto geklaut.«

Er sah verdutzt aus. Doch schließlich mußte ihm der gesamte Nachmittag so unwirklich vorgekommen sein, daß es jetzt wohl dazu paßte, wenn er in ein Boot hüpfen sollte. Jedenfalls deutete er kraftlos an, ich solle ihm aufhelfen, damit er sich auf seinen linken Fuß stellen konnte, und mit meiner tatkräftigen Unterstützung schaffte er die paar Hopser zum Boot, obwohl ich bemerkte, daß es ihm unheimlich weh tat. Ich half ihm, sich auf die einzige Planke in der Mitte niederzusetzen, und legte ihm die Beine so bequem wie möglich. Harry fluchte und jaulte bei der kleinsten Bewegung.

»Halten Sie sich gut an den Seiten fest«, sagte ich. »Alles klar?«

»Ja.«

Da er keine Anstalten machte, nahm ich ihn bei den Händen und packte sie auf die Bootsränder.

»Festhalten«, sagte ich grimmig.

»Gut.« Seine Stimme war schwach, doch die Hände klammerten sich fest.

Ich schob und zerrte die Jolle, bis sie rückwärts die Uferböschung hinabrutschte, packte dann die Fangleine und stemmte die Fersen in die Erde, um einen zu steilen und raschen Stapellauf zu verhindern. In letzter Sekunde, als das Heck in den angeschwollenen Fluß tauchte und die Jolle sich waagrecht legte, sprang ich hinein und hoffte entgegen aller Vernunft, daß wir nicht auf der Stelle untergingen.

Wir gingen nicht unter. Die Strömung erfaßte die Jolle sofort und zog sie mit sich flußabwärts; ich quetschte mich an Harry vorbei ins schmale Heck des Bootes und hob das Stück Holz vom Boden auf.

»Was ist das?« fragte Harry schwach. Jetzt verstand er überhaupt nichts mehr.

»Ein Ruder.«

»Aha.«

Ich legte meinen linken Arm angewinkelt auf den hinteren Rand des Bootes und legte die Holzstange darüber; das kürzere Ende nahm ich in die rechte Hand, das längere tauchte ich ins Wasser. Damit konnte man zwar nur sehr eingeschränkt steuern, doch es genügte, um uns mit dem Bug voran flußabwärts zu bringen.

Immer flußabwärts gehen, dort wohnen die Menschen ... Vertraute Fetzen aus meinen Reiseführern kamen mir in den Sinn. *Einige von ihren Fallen sind abscheulich.*

Einige Fallen waren so konstruiert, daß das Opfer auf scheinbar festem Untergrund einbricht und sich in einer darunterliegenden Grube auf angespitzten Pfählen aufspießt.

Alle hatten die Reiseführer gelesen.

»John?« fragte Harry. »Wohin fahren wir?«

»Maidenhead, wer weiß. Ich bin mir nicht ganz sicher.«

»Mir ist verflucht kalt.«

Im Boot war jetzt ein bißchen Wasser, das um unsere Füße schwappte.

Scheiße.

Keine Stelle an der Themse war weit von der Zivilisation

entfernt. Nicht einmal Sams Werft. Der breite Fluß verengte sich unerwartet, und zu unserer Linken kam ein Schild mit der Aufschrift GEFAHR vorbei; ein kleinerer Hinweis besagte SCHLEUSE, mit einem Pfeil nach rechts.

Ich steuerte die Jolle mit Macht nach rechts. GEFAHR führte zu einem Wehr. Eine Schleuse war genau richtig. Keine Schleuse ohne Schleusenwärter.

Mit einem Mal wurde mir bewußt, daß es auf dem ganzen Fluß keine anderen Boote gab, und mir fiel ein, daß solche Schleusen im Winter oft wegen Instandsetzungsarbeiten dichtgemacht wurden. Vielleicht war der Schleusenwärter gerade zum Einkaufen gefahren ...

Auch egal. Auf dem rechten Ufer waren Häuser zu sehen.

Es stellte sich schnell heraus, daß es Sommerhäuschen waren, um diese Jahreszeit unbewohnt.

Wir trieben weiter wie in einem nichtendenwollenden Alptraum. Das Wasser zu unseren Füßen stieg immer höher.

Abseits von der Flußmitte wurde die Strömung wesentlich schwächer. Es schien ewig zu dauern, bis wir zur Schleuseneinfahrt gelangten; endlich wurde die Fahrrinne schmaler, hohe, dunkle Bäume standen auf der linken Seite.

Dann, Gott sei Dank, kamen auf der rechten Seite Anlegestellen für Boote, die die Schleuse zum tiefer gelegenen Teil des Flusses passieren wollten.

Natürlich lag dort kein einziges Boot. Keine hilfreich ausgestreckte Hand. Egal.

Ich ließ die Jolle so weit wie möglich treiben, direkt bis vor das Schleusentor. Dann legte ich die Fangleine um einen der Anlegepfosten und stieg aus dem Boot.

»Dauert nicht lang«, sagte ich zu Harry.

Er nickte schwach. Die Anstrengung wurde zu viel für ihn.

Ich stieg die Stufen zur Schleuse hinauf, klopfte an die Tür des Schleusenwärterhäuschens, und zu unserem großen Glück war der gute Mann zu Hause: ein gebeugter Herr mit freundlichen Augen.

»Wohl in den Fluß gefallen, was?« fragte er gutgelaunt und betrachtete meinen nassen Zustand ausgiebig. »Möchten Sie telefonieren?«

13

Ich fuhr mit Harry im Rettungswagen zum Krankenhaus nach Maidenhead. Wir waren beide in Decken eingewickelt, Harry zusätzlich in einen mit Folie beschichteten, gefütterten Spezialumhang für Patienten mit Unterkühlung. Im Krankenhaus machte ich mich dann daran, Fiona anzurufen und sie fürs erste zu beruhigen, dann mußte ich warten, bis Harrys Verletzungen untersucht waren. Es stellte sich heraus, daß seine Wade glatt durchbohrt war. Die Ein- und Austrittswunde war sauber und von geronnenem Blut gut versiegelt. Dazwischen war nicht allzuviel Schaden angerichtet worden.

Während Fiona unterwegs zum Krankenhaus war, stopften die Ärzte Harry mit Antibiotika und schmerzstillenden Mitteln voll und brachten die notwendigen Stiche und Nähte an; bis Fiona sich kurz an meiner Schulter ausgeweint hatte, saß Harry bereits mollig warm und ansprechbar in einem Ruheraum.

»Aber warum?« fragte Fiona halb verärgert, halb verwundert. »Warum ist er überhaupt zu Sams Bootshaus gefahren?« Wie eine Mutter, die ihr verloren geglaubtes Kind ausschimpft, sobald es wieder da ist; genau wie es Perkin mit Mackie getan hatte.

»Er wird Ihnen alles erzählen«, beruhigte ich sie. »Die Ärzte sagen, es gehe ihm gut.«

»Sie sind ja naß!« Sie schob mich auf Armeslänge von sich. »Sind Sie auch durch den Fußboden gefallen?«

»So in etwa.« Die Heizung des Krankenhauses hatte das Ihrige getan und mir die Kleider auf dem Leib getrocknet; ich kam mir vor wie einer dieser alten dampfenden Wäscheständer. Immer noch keine Schuhe oder Stiefel; war nicht zu ändern.

Fiona schaute zweifelnd auf meine Füße.

»Ich wollte Sie bitten, Harrys Wagen zurückzufahren«, sagte sie, »aber ich denke, das geht wohl nicht.«

Ich erklärte ihr, daß man Harrys Wagen schon weggefahren hatte.

»Aber wo ist er dann?« Jetzt war sie völlig durcheinander. »Wer hat ihn abgeholt?«

»Vielleicht findet das Doone heraus.«

»Dieser Kerl!« Sie schüttelte sich. »Ich hasse ihn.«

Bevor ich darauf eingehen konnte, erschien eine Krankenschwester, um Fiona abzuholen. Sie durfte Harry jetzt sehen. Ängstlich ging sie mit, drehte sich aber noch einmal um und rief mir zu, ich solle auf sie warten; als sie eine halbe Stunde später zurückkam, sah sie sehr mitgenommen aus.

»Harry ist schläfrig«, sagte sie. »Er hielt sich wach und erzählte mir lauter wirre Geschichten... Wie seid ihr denn mit einem *Boot* ins Krankenhaus gekommen?«

»Das erzähle ich Ihnen auf dem Heimweg. Soll ich fahren?«

»Aber...«

»Das geht sehr gut mit nackten Füßen. Ich ziehe die Socken aus.«

Sie schloß den Wagen selbst auf und übergab mir die Schlüssel ohne weiteren Kommentar. Wir setzten uns hinein, und auf dem Weg nach Shellerton, in die einsetzende Dunkelheit hinein, erzählte ich ihr bedächtig, in groben Zügen und ohne sie noch mehr zu erschrecken, was uns auf Sams Grundstück zugestoßen war.

Sie hörte mit gerunzelter Stirn zu und äußerte sich besorgt.

»Biegen Sie hier nach rechts ab«, sagte sie einmal automatisch, und kurz darauf: »Entschuldigung, wir hätten dort nach links abbiegen müssen, wir müssen umdrehen.« Schließlich sagte sie: »Fahren Sie direkt nach Shellerton House. Von dort fahre ich weiter. Ich fühle mich schon besser, wirklich. Es ist nur alles so beunruhigend. Es hat mich ganz aus der Fassung gebracht, Harry dort so benebelt, mit Drogen vollgepumpt zu sehen.«

»Ich weiß.«

Ich hielt vor Tremaynes Haus an, und während ich mir die Socken wieder anzog, sagte sie, sie gehe noch mit hinein, um in Gesellschaft »das Zittern zu kurieren«.

Im Familienzimmer waren Tremayne, Mackie und Perkin versammelt, um wie gewohnt den Abendtrunk zu sich zu nehmen. Tremayne schäkerte noch mehr als sonst mit Fiona, er spürte wohl, daß es Ärger gegeben hatte. Er überfiel sie sofort mit einem Bericht über das Ascot Rennen, von dem er und Mackie gerade zurückgekehrt waren und wo er Pferde zum Anfängerrennen hingeschickt hatte, doch das alles sei die reinste Zeitverschwendung gewesen.

Die Nachricht, die ich für Tremayne hinterlassen hatte, BIN MIT HARRY WEG, ZUM FUTTERN WIEDER DA, hing noch immer an der Pinnwand. Er hielt es nicht für nötig, meine Ankunft mit Fiona zu kommentieren.

»Ich glaube, jemand wollte Harry umbringen«, sagte Fiona steif und unterbrach damit Tremaynes endlose Ascotplaudereien. »Was?«

Sofort herrschte Stille. Die Gesichter der Anwesenden, auch das von Fiona, waren starr vor Schreck.

»Er war in Sams Bootshaus, ist durch die Bodenbretter gebrochen und beinahe ertrunken...« Sie erzählte es ihnen ungefähr so, wie ich es ihr erzählt hatte. »Wenn John ihm nicht zu Hilfe gekommen wäre...«

»Mein liebes Mädchen«, sagte Tremayne dröhnend, »es muß sich hier um einen furchtbaren Unfall handeln. Wer will denn schon Harry umbringen?«

»Niemand«, sagte Perkin. Seine Stimme klang wie Tremaynes entferntes Echo. »Ich meine, weshalb denn?«

»Harry ist ein Schatz«, sagte Mackie nickend.

»Wenn man in letzter Zeit die Zeitung las, konnte man einen anderen Eindruck bekommen«, bedeutete Fiona mit in Falten gelegter Stirn. »Die Menschen können unglaublich boshaft sein. Sogar die Leute aus unserem Dorf. Als ich heute vormittag in den Laden kam, hörten alle sofort zu reden auf und starrten mich an. Leute, die ich schon seit Jahren kenne. Ich habe es Harry erzählt. Er war wütend, aber was sollen wir dagegen tun? Und jetzt das ...«

»Hat Harry gesagt, daß ihn jemand umbringen wollte?« fragte Perkin.

Fiona schüttelte den Kopf. »Er war zu sehr mit Beruhigungsmitteln vollgeknallt.«

»Ist John dieser Ansicht?«

Fiona schaute mich an. »John hat es nicht direkt behauptet. Mir selbst kommt es so vor. Ich habe Angst davor. Ich habe Angst, darüber nachzudenken.«

»Dann hör auf damit, Liebes.« Mackie legte ihr den Arm um die Schulter und küßte sie auf die Wange. »Es ist schrecklich, was da geschehen ist, aber Harry ist nichts Schlimmes passiert.«

»Jemand hat sein Auto mitgenommen«, sagte Fiona hohläugig.

»Vielleicht hat er den Schlüssel steckenlassen, und jemand kam zufällig vorbei und hat die Gelegenheit ausgenutzt«, vermutete Tremayne.

Fiona stimmte ihm widerstrebend zu: »Ja, er läßt seine Schlüssel immer stecken. Er ist zu vertrauensselig. Ich habe es ihm immer wieder gesagt, daß man heutzutage *niemandem* trauen darf.«

Alle bemühten sich sehr, Fiona zu trösten, bis sie sich die größte Unruhe von der Seele geredet hatte. Ich beobachtete die Bewegungen ihres silberblonden Haares im weichen Licht und unternahm nichts, um neue Zweifel in die Runde zu werfen, denn damit hätte ich niemandem einen Dienst erwiesen.

Mit Doone lag die Sache am nächsten Nachmittag etwas anders. Ich hatte ihm einen groben Bericht am Morgen per Telefon durchgegeben, es waren seine ersten Informationen über den Vorfall. Jetzt kam er ins Eßzimmer, wo ich gerade am Arbeiten war, und setzte sich mir gegenüber an den Tisch.

»Sie sind also ein richtiger kleiner Held«, eröffnete er trocken.

»Wer hat Ihnen denn das erzählt?«

»Mr. Goodhaven.«

Ich starrte ihn mit dem gleichen nichtssagenden Gesichtsausdruck an, den er bei mir immer ausprobierte. Der Befund von Harrys Gesundheitszustand war an diesem Morgen gut ausgefallen, die Aussichten waren exzellent, und laut Aussage der Ärzte stellte sich seine Erinnerung rasch wieder ein.

»Unfall oder Mordversuch?« fragte Doone; offensichtlich erwartete er eine wohlbedachte Antwort.

Die konnte erhaben: »Letzteres, würde ich sagen. Haben Sie seinen Wagen gefunden?«

»Noch nicht.« Er warf mir einen langen, finsteren und undurchdringlichen Blick zu. »Wo würden Sie danach suchen?«

Ich überlegte kurz. »Auf einer Klippe.«

Er blinzelte.

»Sie nicht?« fragte ich.

»Beachy Head? Dover?« fiel ihm ein. »Eine weite Fahrt bis ans Meer.«

»Vielleicht eher auf einer metaphorischen Klippe«, sagte ich.

»Machen Sie weiter.«

»Ist es eigentlich normal«, fragte ich, »daß sich Polizisten ihre Theorien beim Volk abholen?«

»Ich habe es Ihnen schon einmal gesagt, ich höre den Leuten gerne zu. Ich stimme nicht immer mit ihnen überein, aber manchmal schon.«

»Na schön. Angenommen, Harry Goodhaven wäre gestern nachmittag für immer verschwunden und Sie hätten sein Auto später auf einer Klippe gefunden, auf einer echten oder auf einer metaphorischen – was hätten Sie gedacht?«

»Selbstmord«, sagte er prompt. »Ein Eingeständnis seiner Schuld.«

»Ende der Ermittlungen? Fall erledigt?«

Er starrte mich mit düsterem Blick an. »Möglich. Aber solange wir keine Leiche gefunden hätten, gäbe es immer noch die einfache Möglichkeit der Flucht. Wir würden Australien alarmieren ... ihn auf der ganzen Welt suchen lassen. Der Fall wäre noch nicht erledigt.«

»Aber Sie würden keine anderen Verdächtigen in Betracht ziehen, weil Sie ihn für den Schuldigen hielten.«

»Die Tatsachen würden darauf hindeuten. Seine Flucht wäre die Bestätigung.«

»Aber an dieser Beweislast stört Sie etwas.«

Allmählich wurde ich aus seinem Verhalten, besser gesagt aus seinem nichtvorhandenen Verhalten, schlau. Wenn er überhaupt keinen Muskel bewegte, dann hieß das, ich hatte eine Stelle getroffen, die er für gut verborgen gehalten hatte.

»Wie kommen Sie darauf?« fragte er schließlich.

»Weil Sie niemanden festgenommen haben.«

»So einfach ist das.«

»Ohne Ihr Wissen kann ich nur Vermutungen anstellen.«

»Vermuten Sie weiter«, forderte er mich auf.

»In diesem Fall würde ich sagen, daß Harrys Sonnenbrille, sein Kugelschreiber und sein Gürtel nur deswegen bei Angela gefunden wurden, weil sie die Sachen mitgenommen hatte.«

»Weiter, weiter«, sagte er unbeteiligt. Ich sah, daß ihm diese Überlegungen nicht neu waren.

»Sagten Sie nicht, die Handtasche sei aufgerissen und der Inhalt verschwunden gewesen, außer dem Foto in der Tasche mit dem Reißverschluß?«

»Das ist richtig.«

»Und Sie fanden Schokoladenpapier ringsumher?«

»Ja.«

»Haben Sie Spuren von Hunden gefunden?«

»Ja.«

»Und jeder Hund, der sein Geld wert ist, würde die Handtasche aufbeißen, um an die Schokolade heranzukommen?«

»Möglich.« Er entschloß sich zu einem großen Zugeständnis: »Auf der Handtasche waren Abdrücke von Zähnen.«

»Weiter angenommen«, fuhr ich fort, »Harry hatte es ihr angetan. Er ist ein freundlicher, attraktiver Mann. Angenommen, sie trug absichtlich ein Foto von ihm mit dem Pferd bei sich, nicht von Fiona, immerhin der Besitzerin. Angenommen, es war ihr gelungen, sich ein paar von Harrys persönlichen Sachen anzueignen, seine Sonnenbrille, seinen Kugelschreiber, sogar einen Gürtel, und sie benutzte die Sachen oder schleppte sie wenigstens stets mit sich herum, wie es junge Leute gerne tun. Das würde nur beweisen, daß sie in Harry verknallt war, aber nicht, daß er bei ihrem Tod zugegen war.«

»Das alles habe ich auch in Betracht gezogen.«

»Angenommen, jemand hat sich darüber gewundert, daß Sie Harry besonders nach der Hetzjagd in den Zeitungen nicht festgenommen haben, und dieser jemand entschloß sich, Ihre Zweifel ein für allemal hinwegzuwischen?«

Er saß eine Zeitlang da, ohne etwas zu sagen, offensichtlich erwog er, wieviel von seinen Gedanken er noch zu offenbaren geneigt war. Anscheinend nicht sehr viel mehr.

»Wer auch immer Harrys Wagen gestohlen hat«, sagte ich, »der hat auch meine Jacke und meine Stiefel mitgenommen. Ich hatte sie ausgezogen, bevor ich durch das Loch hinunter in das Dock gestiegen bin.«

»Warum haben Sie mir das nicht gleich gesagt?« Damit hatte ich ihn ernsthaft ausmanövriert.

»Ich sage es Ihnen jetzt.« Ich wartete einen Augenblick. »Ich denke, daß derjenige, der die Sachen nahm, jetzt ganz schön in Panik ist, wenn er feststellen muß, daß ich Harry begleitet hatte und daß er am Leben ist. Ich denke, daß es keinen triftigen Grund gab, weshalb Harry zu Sams Bootshaus hätte fahren sollen. Niemand hätte ihn dort gesucht. Ich denke, daß das Ganze ein Versuch war, Harrys Schuld zu beweisen, daß dieser Versuch in die Hose ging, und ich denke, daß Sie jetzt ganz schön was zu knabbern haben und eine Menge Nachforschungen in die Wege leiten müssen.«

»Ich möchte, daß Sie morgen früh im Bootshaus dabeisind«, sagte er förmlich.

»Was halten Sie von dem Ort?« fragte ich.

»Ich habe die Aussagen von Mr. und Mrs. Goodhaven und von anderen. Ich selbst bin noch nicht dort gewesen. Das Grundstück wurde jedenfalls polizeilich abgesperrt. Ich werde Mr. Yaeger dort morgen früh um neun Uhr treffen. Heute nachmittag wäre mir lieber gewesen, aber angeblich muß er drei Rennen in Wincanton reiten.«

Ich nickte. Tremayne war dort und auch Nolan. Ein weiterer Zweikampf der Titanen.

»Wissen Sie was«, sagte Doone gedehnt, »ich hatte tatsächlich angefangen, andere Leute außer Mr. Goodhaven zu vernehmen.«

Ich nickte. »Sam Yaeger zum Beispiel. Er hat es uns erzählt. Jeder weiß, daß Sie Ihren Kreis erweitert haben.«

»Das Mädel war nicht gerade sehr wählerisch«, sagte er bedauernd.

Am nächsten Morgen borgte mir Tremayne seinen Volvo, damit ich zum Dock fahren konnte, und erinnerte mich, kurz bevor ich losfuhr, daran, daß am gleichen Tag das Gala-Dinner zu seinen Ehren stattfinden werde.

Ich hatte die Einladung, die Dee-Dee unübersehbar im Büro an die Wand geheftet hatte, bereits registriert: Fast die gesamte

Pferdesportszene würde sich einfinden, um zu applaudieren. Obwohl Tremayne einige selbstkritische Witze darüber gerissen hatte, bedeutete dieses Ereignis für ihn eine Bestätigung seiner Existenz, ähnlich wie die Biographie.

Sam und Doone waren bereits auf der Werft, als ich mich dort einfand. Keiner von beiden strahlte vor Begeisterung, und Sams grellbunte Jacke unterstrich im Vergleich zu Doones grauem Zivilanzug geradezu den Zusammenprall der Persönlichkeiten. Sie hatten auf mich gewartet, und offensichtlich waren sie sich darin einig, auf jede Höflichkeitsform zu verzichten.

»Schön, Sir«, sagte Doone, als ich aus dem Wagen gestiegen war, »wir haben noch nichts verändert. Führen Sie uns bitte vor, was Sie am Mittwoch vormittag hier getan haben.«

»Nicht ungefährlich, sich hier herumzutreiben«, sagte Sam schlechtgelaunt.

»Wie sich herausstellte«, gab Doone gelassen zurück. »Fangen Sie an, Mr. Kendall.«

»Harry sagte, er solle jemanden im Bootshaus treffen, also gingen wir dorthin.« Ich ging den Weg entlang, den wir genommen hatten, und die anderen folgten mir. »Wir machten diese Tür auf, sie war nicht verschlossen.«

»Ist sie nie«, sagte Sam.

»Dann gingen wir hinein«, sagte ich. »Wir unterhielten uns.«

»Worüber?« wollte Doone wissen.

»Über eine tolle Party, die Sam hier veranstaltet hat. Harry erzählte, daß hier im Bootshaus eine Bar und darunter eine Grotte gewesen sei. Er wollte zu den Fenstern dort drüben gehen und sah einen Brief auf dem Boden liegen. Als er sich bückte, um ihn aufzuheben, knarrte der Boden und gab nach.«

Sam stierte vor sich hin.

»Kann das denn sein?« fragte ihn Doone. »Wie lange ist es her, daß der Boden stabil genug war, um eine Party auszuhalten?«

»Letzten Juli vor einem Jahr«, sagte Sam.

»Ziemlich schnell verrottet«, kommentierte Doone in seiner Singsangstimme.

Sam antwortete darauf nichts Bemerkenswertes.

»Wie auch immer«, sagte ich, »ich zog Schuhe und Jacke aus, legte alles hier hin und ließ mich ins Wasser fallen, da Harry nicht wieder aufgetaucht war, wie ich Ihnen bereits erzählt habe.«

»Gut«, meinte Doone.

»Von der unteren Tür aus können Sie es besser sehen«, sagte ich, drehte mich um und ging den Pfad hinunter. »Die Tür hier unten führt ins Dock hinein.«

Sam fingerte angewidert an dem zersplitterten Türrahmen herum.

»Haben Sie diese Sauerei veranstaltet?« bedrängte er mich. »Die Tür war nicht zugesperrt.«

»Doch, das war sie. Und weit und breit kein Schlüssel zu sehen.«

»Der Schlüssel steckte von innen im Schlüsselloch.«

»Ganz bestimmt nicht.«

Sam riß die Tür auf, und unseren Augen bot sich ein mir nur allzu vertrauter Anblick; das Becken mit dem schmuddeligen Wasser, über uns das Loch in der Decke und das Rollgitter zum Fluß hin; eine Werft, die groß genug war, um einen mittelgroßen Kabinenkreuzer oder drei bis vier kleinere Boote unterzubringen.

Das Wasser roch muffig, nach Schlamm und Winter, was mir nicht aufgefallen war, als ich darin herumgetaucht war.

»Hier an der rechten Wand befindet sich eine Art Steg«, erklärte ich Doone. »Sie können ihn wegen des Hochwassers jetzt nicht sehen.«

Sam nickte. »Ein Anlegesteg, mit Pollern.«

»Wenn Sie mir hier entlang folgen möchten«, schlug ich mit

entschlossenem Gesichtsausdruck vor, »dann zeige ich Ihnen bei dem Loch eine interessante Tatsache.«

Sie starrten beide mit offenkundigem Widerwillen auf die schlammige Flut; Sams Züge erhellten sich, als ihm eine akzeptablere Lösung einfiel.

»Wir schauen uns das von einem Boot aus an.«

»Was ist mit dem Gitter?«

»Das rollen wir natürlich hoch.«

»Nicht so hastig«, sagte Doone. »Das Boot kann warten. Mr. Kendall, Sie kamen durch das Loch, fanden Mr. Goodhaven und zogen ihn an die Oberfläche. Sie setzten ihn auf den Steg, tauchten dann unter dem Gitter durch und kletterten ans Ufer. Ist das soweit richtig?«

»Ja. Während ich allerdings Harry in die Ecke dort drüben zog, damit er sich besser anlehnen konnte, öffnete oben jemand die Vordertür, wie ich Ihnen berichtet habe, ging dann ohne ein Wort zu sagen wieder, und kurz darauf hörte ich, wie ein Auto, möglicherweise das von Harry, davonfuhr.«

»Hörten Sie auch ein Auto *kommen*?« fragte Doone.

»Nein.«

»Warum riefen Sie nicht um Hilfe?«

»Man hatte Harry hierhergelockt ... Es kam mir wie eine Falle vor. Wenn man eine Falle baut, kommt man auch zurück, um zu sehen, was man gefangen hat.«

Doone warf mir einen seiner abschätzenden Blicke zu.

Sam runzelte die Stirn. »Sie können da nicht unter dem Gitter durchgetaucht sein, es geht bis auf das Flußbett hinunter.«

»Ich habe mich drunter durchgequetscht.«

»Sie haben verdammt was riskiert.«

»Das tun Sie auch, fast jeden Tag in der Woche«, sagte ich lässig. »Außerdem hatte ich keine andere Wahl. Wenn ich keinen Weg nach draußen gefunden hätte, wären wir wahrscheinlich an Unterkühlung gestorben oder ertrunken oder beides. Inzwischen wären wir längst tot, wahrscheinlich schon seit Mittwochnacht.«

Nach einem nachdenklichen Augenblick sagte Doone: »Sie sind also draußen auf der Uferböschung. Was dann?«

»Ich sah, daß das Auto weg war. Ich wollte meine Stiefel und die Jacke holen, aber die waren auch weg. Ich verständigte mich mit Harry, um ihn zu beruhigen, und dann ging ich in den großen Schuppen dort drüben, um ein Telefon zu suchen, fand aber keines.«

Sam schüttelte den Kopf. »Da ist auch keines. Wenn ich hier bin, benutze ich das tragbare Autotelefon.«

»Ich konnte auch kein vernünftiges Werkzeug finden.«

»Das ist gut versteckt«, grinste Sam.

»Da habe ich ein verrostetes Stemmeisen und einen Holzhammer genommen; das mit Ihrer Tür tut mir leid.«

Sam zuckte mit den Schultern.

»Was dann?« bohrte Doone weiter.

»Dann holte ich Harry heraus, setzte ihn in die Jolle, und wir... äh... fuhren zur Schleuse hinunter.«

»Verdammt noch mal, meine Jolle!« schrie Sam und überflog seinen künstlichen Schrottplatz mit Blicken. »Sie ist weg!«

»Ich bin sicher, daß sie unversehrt in der Schleuse liegt«, beruhigte ich ihn. »Ich habe dem Schleusenwärter gesagt, daß sie Ihnen gehört. Er hat mir versprochen, sich darum zu kümmern.«

»Sie wird sinken«, jammerte Sam. »Sie hat ein Leck.«

»Sie liegt an Land.«

»Aus Ihnen wird nie ein Schriftsteller«, meinte er.

»Warum nicht?«

»Zu verflucht sensibel.«

Er sah, daß ich mich darüber amüsierte, und grinste mich schief an.

Mir fiel etwas ein: »Was passiert mit dem Krempel, der im Dock herumschwimmt, wenn Sie das Gitter raufziehen?«

»Verdammter Mist!«

»Wovon reden Sie da?« fragte uns Doone.

»Der Untergrund des Docks besteht aus Schlamm, und er führt bergab zum Flußbett«, sagte ich. »Wenn das Gitter oben ist, gibt es kein Hindernis, das die Sachen davon abhält, durch die Strömung und die Schwerkraft in den Fluß gezogen und dort weiter stromabwärts getrieben zu werden. Leichen kommen ja oft wieder an die Oberfläche, aber gerade Sie müssen wissen, daß diejenigen, die in der Themse ertrinken, auf Nimmerwiedersehen verschwinden können, von obskuren Strömungen durch London hindurch bis ins Meer gezogen werden.« So manches Mal, wenn ich von meinem Fenster in Chiswick hinunterschaute, hatte ich mir die Schrecken tief unter der Oberfläche, für niemanden sichtbar, vorgestellt. Wie versteckte Motive, die tödlich und im Verborgenen dahintrieben.

»Jeder im Themsetal weiß, daß sie verschwinden«, nickte Doone. »Jedes Jahr verlieren wir ein paar Feriengäste. Sehr unangenehm.«

»Harrys Bein war auf irgend etwas aufgespießt«, sagte ich ruhig. »Er steckte unter Wasser fest. Er wäre in wenigen Minuten tot gewesen. Wenn Sam das nächste Mal das Rollgitter heraufgezogen hätte, wäre Harry still und leise davongetrieben, und niemand hätte je erfahren, daß er hier gewesen war. Hätte man seine Leiche weiter unten gefunden, dann wäre es eben Selbstmord gewesen. Wenn man sie nicht gefunden hätte, dann hätte er sich der Gerechtigkeit durch Flucht entzogen.« Ich machte eine Pause und fragte Sam direkt: »Wann hätten Sie das Gitter das nächste Mal heraufgezogen?«

Er antwortete sofort: »Sobald ich das Loch im Fußboden entdeckt hätte. Ich hätte mir die Sache von unten angeschaut. So wie jetzt. Aber ich komme so gut wie nie hierher. Nur im Sommer.« Er warf Doone einen schelmischen Blick zu. »Im Sommer bringe ich eine Matratze mit.«

»Und Angela Brickell?« fragte Doone.

Sam verstummte mit offenem Mund. Hundert Punkte für den Chefinspektor, dachte ich.

Ich wandte mich an Sam: »Was ist da im Dock, unter Wasser?«

»Häh?«

»Wo hat sich Harry aufgespießt?«

Er riß seine Gedanken von Angela Brickell los und sagte abwiegelnd: »Keine Ahnung.«

»Wenn Sie das Gitter raufziehen«, sagte ich, »werden wir es nie erfahren.«

»Aah.« Doone funkelte Sam verständig an. Wir standen alle drei noch vor der offenen Tür herum. »Das ist ein Fall für die Suchhaken. Gibt es da drinnen Licht?«

»Der Hauptschalter für hier ist oben im Schuppen«, sagte Sam automatisch, mit den Gedanken woanders. »Da ist nichts drin außer vielleicht ein paar Bierbüchsen und einem Radio, das einer schusseligen Tante hineingefallen ist, als sie mit hohen Absätzen aus einem Kahn aussteigen wollte. Ich frage Sie...«

»Harry hat sich nicht an einem Radio aufgespießt«, sagte ich.

Sam drehte sich abrupt um und ging den Pfad zu seiner Werkstatt hinauf. Doone machte Anstalten, ihm zu folgen, blieb dann aber unentschlossen stehen und kam wieder zurück.

»Es könnte sich sehr wohl um einen Unfall handeln, Sir«, sagte er verlegen.

Ich nickte. »Eine gute Falle sieht nie wie eine Falle aus.«

»Zitieren Sie gerade jemanden?«

»Ja. Mich. Ich habe eine ganze Menge über Fallen geschrieben. Wie man sie aufstellt. Wie man Wild darin fängt. Die Bücher liegen überall in Shellerton herum. Alle haben darin herumgeblättert. Man muß nur die Anleitungen befolgen, und schon hat man sein Opfer erledigt.«

»Sie machen sich nicht zufällig über uns lustig, Sir?«

»Nein, bestimmt nicht«, sagte ich bedauernd.

»Ich muß mir diese Bücher mal ansehen.«

»Ja.«

Sam kam mit finsterem Gesichtsausdruck zurück, streckte sich in den Schuppen, ohne sich die Füße naß zu machen, und drückte auf die drei Schalter, die zwei Tage vorher nicht reagiert hatten. Die Deckenleuchten gingen anstandslos an und beleuchteten die uralten Backsteinwände und die verwitterten, alten, grauen Balken, die sich von einer Seite zur anderen erstreckten und die Planken des daraufliegenden Fußbodens stützten; mit Ausnahme der Stelle, wo das Loch war.

Doone warf einen kurzen Blick hinein und murmelte etwas von Zurückkommen und Unterstützung. Sam schaute etwas länger hin und fragte mich dann herausfordernd: »Und jetzt?«

»Da oben fehlt ein Stück vom Querbalken«, sagte ich, »oder sehe ich das falsch?«

Er nickte widerwillig. »Sieht so aus. Aber davon wußte ich nichts. Woher soll ich das wissen?«

Doone, auf seine sanfte Art ein richtiger Greifer, sagte bedeutungsvoll: »Sie selbst, Sir, sind im Besitz sowohl des Wissens als auch der Werkzeuge, um am Bootshaus etwas zu manipulieren.«

»Aber ich war's nicht.« Sams Erwiderung kam kämpferisch, nicht ängstlich. »Jeder kennt diesen Ort. Alle sind hiergewesen. Einen so kleinen Balken kann jeder heraussägen, das ist ein Kinderspiel.«

»Könnten Sie etwas präziser sein?« fragte Doone. »Wer – außer Ihnen?«

»Nun ... jeder. Perkin! Nolan ... ich meine, fast jeder Mensch kann mit einer Säge umgehen! Sie etwa nicht?«

Doone schien ihm beizupflichten, aber er sagte nur: »Ich sehe mich oben noch mal um, wenn ich darf, Sir.«

Wir betraten den Schuppen äußerst behutsam, aber soweit man das erkennen konnte, war der Holzboden in solidem Zustand – bis auf die Stelle über dem fehlenden Balkenstück. Die Bodenbretter selbst waren grau vom Alter und staubig, aber weder wurmstichig noch vermodert.

»Die Bretter sind nicht überall fest angenagelt«, erklärte uns Sam. »Nur hier und da. Meistens sitzen sie richtig fest, wegen der Feuchtigkeit, aber wenn wir einen heißen, trockenen Sommer haben, dann ziehen sie sich zusammen, und man kann sie einfach hochheben. So kann man nachsehen, ob die Balken darunter verfault sind.«

»Warum ist das so?« wollte Doone wissen.

»Fragen Sie die Leute, die es gebaut haben«, sagte Sam achselzuckend. »Es war schon so, als ich es gekauft habe. Das letzte Mal, als ich die Bodenbretter hochgehoben habe, war anläßlich der Party, um die bunten Strahler und Lichtkugeln an der Decke anzubringen.«

»Wer wußte davon, daß Sie die Dielen hochgehoben haben?« fragte Doone.

Sam warf ihm einen Blick zu, als wäre er geistig behindert. »Woher soll ich das wissen?« herrschte er ihn an. »Ich habe es jedem erzählt, der wissen wollte, wie ich die Beleuchtung angebracht habe.«

Ich ließ mich auf die Knie herab und robbte auf das Loch zu.

»Tun Sie das nicht« rief Doone.

»Ich will nur mal sehen.«

Ich erkannte gleich, daß so, wie die Bretter verlegt waren, der präparierte Balken die Hauptlast zu stützen hatte. Mehrere dieser Planken, inklusive derjenigen, die unter Harrys Gewicht nachgegeben hatten, ragten ohne den Halt dieses Balkens wie eine Wippe auf dem Balken davor frei über der Tiefe – sonst nur durch die feste Verbindung der Planken untereinander gehalten. Die Bretter waren nicht durchgebrochen, wie ich zuerst angenommen hatte, sondern zusammen mit Harry hinunter in das Becken gestürzt.

Ich testete einige Planken vorsichtig durch den Druck meiner Hand, zog mich dann zurück und richtete mich auf dem sicheren Boden auf.

»Na?« fragte Doone.

»Rings um das Loch herum ist es immer noch höchst gefährlich.«

»Genau.« Er drehte sich zu Sam um. »Ich muß wissen, Sir, wann diese Manipulationen hätten ausgeführt werden können.«

Sam sah aus, als hätte er von dieser Sache die Nase bereits mehr als voll.

»In welchem Zeitraum?« rief er ärgerlich. »Seit Weihnachten?«

Doone ließ sich nicht aus der Ruhe bringen. »In den letzten zehn Tagen.«

Sam dachte eine Weile nach. »Mittwoch vor einer Woche habe ich hier auf dem Weg zum Windsor-Rennen eine Ladung Holz abgeladen. Donnerstag bin ich in Towcester geritten. Freitag bin ich eine Zeitlang hier draußen gewesen, einen halben Tag. Am Samstag bin ich in Chepstow geritten, dort gestürzt, und dann konnte ich bis Dienstag nicht reiten. Also habe ich mich am Sonntag gepflegt, bis Sie an meine Tür klopften, und Montag war ich auch hier, habe ein bißchen herumgewurstelt. Am Dienstag war ich wieder beim Rennen, in Warwick. Am Mittwoch in Ascot, gestern in Wincanton, heute in Newbury ...« Er machte eine Pause. »Nachts bin ich nie hiergewesen.«

»Welche Rennen haben Sie am Mittwoch nachmittag geritten?« fragte Doone. »In Ascot.«

»Welche Rennen?«

»Ja.«

»Das Zwei-Meilen-Hürdenrennen, das Anfänger-Hürden, das Anfänger-Jagdrennen.«

Ich konnte Doone am Gesicht ablesen, daß er nicht auf diese Antwort aus gewesen war, aber trotzdem zog er ein Notizbuch hervor und schrieb die Antworten so auf, wie er sie gehört hatte, fragte noch einmal nach, ob er auch alles richtig verstanden hatte.

Sam, dem allmählich etwas dämmerte, sagte: »Ich war nicht hier, um Harrys blöden Wagen wegzufahren, wenn Sie das denken.«

»Ich muß von einer Menge Leute feststellen, wo sie sich am Mittwoch nachmittag aufhielten«, entgegnete Doone sachlich mit einem eleganten Standardspruch. »Momentan können wir jedoch mit unseren Untersuchungen fortfahren, ohne Ihnen beiden noch mehr von Ihrer wertvollen Zeit zu stehlen, meine Herren; bis auf weiteres.«

»Kompanie entlassen?« sagte Sam bissig.

Doone beschied uns unbekümmert, daß wir noch von ihm hören würden.

Sam begleitete mich bis zu Tremaynes Wagen, den ich auf dem mit Steinen übersäten Gras geparkt hatte. Seinem Schritt haftete noch die natürliche Munterkeit an, doch seinen Gedanken schien es inzwischen an Selbstvertrauen zu mangeln.

»Ich mag Harry«, sagte er, als wir den Volvo erreicht hatten.

»Geht mir auch so.«

»Glauben Sie, daß ich ihm die Falle gestellt habe?«

»Sie könnten es jedenfalls gewesen sein.«

»Klar«, sagte er. »Kinderspiel. Aber ich war's nicht.«

Er schaute mir direkt in die Augen; sein Blick drückte teils Angst, teils seine ungebrochene Kämpfernatur aus.

»Wenn Sie Angela Brickell nicht umgebracht haben«, sagte ich, »haben Sie auch keinen Grund, Harry zu ermorden. Das wäre unsinnig.«

»Ich habe der blöden kleinen Schnalle nichts getan.« Er schüttelte den Kopf, als wolle er sie aus seinem Gedächtnis vertreiben. »Sie war mir zu anhänglich, wenn Sie's wissen wollen. Ich habe nichts gegen ein bißchen Spaß, aber ohne Tränen und Gewissensbisse hinterher. Die kleine Angie nahm das alles furchtbar ernst, hatte es immer mit Todsünden und so, ich hatte bald die Nase voll davon und von ihr auch, wenn Sie's genau wissen wollen. Sie wollte mich heiraten!« Seine Stimme spiegelte die Abartigkeit dieses Gedankens wider. »Ich erzählte ihr, ich hätte es auf eine Erbin von hoher Geburt abgesehen, und sie hätte mir fast die Augen ausgekratzt. Das war manchmal eine richtige kleine Wildkatze, unsere Angie. Und immer scharf! Ich meine, sie stand schon ausgezogen da, bevor man die Frage ganz ausformuliert hatte.«

Ich hörte mir diese Ansichten eines Insiders fasziniert an, und die launische Miss Brickell verwandelte sich plötzlich in eine wirkliche Person. Statt jener traurigen Ansammlung bleicher Knochen hatte ich eine verwirrte, junge Frau vor Augen, mit ausgeprägten Bedürfnissen und noch stärkeren Schuldgefühlen, die zuviel Druck ausübten, die ihr Bedürfnis nach Beichte, ihr starkes Verlangen, womöglich noch ihre Schwangerschaft auf jemanden abgeladen hatte, der das nicht ertragen konnte: jemand, der nur noch einen gewaltsamen Ausweg gesehen hatte, um ihr zu entkommen.

Jemand, kam mir ein Geistesblitz, der wußte, wie leicht Olympia an einem einfachen Würgegriff gestorben war.

Angela Brickell mußte ihren eigenen Tod herausgefordert haben. Ich vermutete, daß Doone das schon die ganze Zeit gewußt hatte.

»Woran denken Sie?« fragte Sam verunsichert.

»Wie sah sie aus?«

»Angie?«

»Mm.«

»Nicht schlecht«, sagte er. »Braunes Haar. Schlanke Figur, kleine Titten, runder Arsch. Sie wünschte sich um alles in der Welt eine größere Brust durch Implantation. Ich riet ihr, die blöden Brustprothesen zu vergessen, was würden denn ihre Babies davon halten? Mann, damit hatte ich ins Schwarze getroffen. Sie hörte gar nicht mehr auf zu schreien. War nicht gerade einfach mit Angie, aber auf der Matratze war sie spitze.«

Was für eine Grabinschrift, dachte ich. Gehört direkt in Stein gemeißelt.

Sam schaute über die Fluten des Flusses und sog den feuchten Geruch der Morgenluft ein, als würde er das Bouquet eines edlen Weines riechen; ich dachte, daß er viel mehr als ich durch seine Sinne lebte, daß er intensiv darin aufging, unbefangen mit Sex umzugehen und sämtliche Gefahren zu mißachten.

Als wollte er die Mordgeschichte wie eine vorübergehende Unannehmlichkeit von sich abschütteln, sagte er gutgelaunt: »Gehen Sie heute abend zu Tremaynes Ehrenschmaus?«

»Ja. Sie auch?«

Er grinste. »Sie scherzen wohl. Ich würde erschossen, wenn ich nicht mitjubeln würde. Und außerdem«, er zuckte die Achseln, wie um seine Gefühlsduselei zu verleugnen, »der alte Knabe hat es verdient. Er ist eigentlich ganz prima, wissen Sie.«

»Dann sehen wir uns dort«, sagte ich zustimmend.

»Wenn ich mir nicht den Hals breche.« Das war zwar flapsig dahergesagt, sollte aber, genau wie das Daumendrücken, lediglich das Schicksal beschwören. »Ich verrate diesem blöden Polizisten lieber, wo der Hauptschalter für das Licht ist. Ich habe das so getrickst, daß es keiner findet, weil ich nicht will, daß hier nachts irgendwer herumschleicht und sich auch noch Licht anmacht. Das hieße, dem Vandalismus Tür und Tor zu öffnen. Wenn die Bullen hier fertig sind, können sie den Strom ausschalten.«

Er rannte zu Doone, der noch immer in sein Notizbuch schrieb, und als ich wegfuhr, gingen sie gemeinsam auf den großen Bootsschuppen zu.

Obwohl ich auf dem Heimweg noch die Wocheneinkäufe erledigt hatte, war ich zum verabredeten Zeitpunkt in Shellerton zurück, so daß Tremayne mit seinem Volvo nach Newbury fahren konnte. Er hatte drei Pferde im Transporter vorausgeschickt, und er nahm Mackie zu seiner Unterstützung mit; mich ließ er mit meinem langsam wachsenden ersten Kapitel im Eßzimmer zurück.

Als sie weg waren, kam Dee-Dee herein, um wie so oft in Gesellschaft der sortierten Zeitungsausschnitte ihren Kaffee zu trinken.

»Hoffentlich macht es Tremayne nichts aus, wenn ich die alle mit nach Hause nehme«, sagte ich.

»Nach Hause ...« Dee-Dee lächelte. »Er möchte nicht, daß Sie nach Hause gehen, wissen Sie das nicht? Er möchte, daß Sie das ganze Buch hier schreiben. Er wird Ihnen schon bald ein Angebot machen, das Sie nicht ablehnen können.«

»Ich bin nur einen Monat hier. So war es abgemacht.«

»Damals kannte er Sie noch nicht.« Sie nahm ein paar Schlucke von ihrem Kaffee. »Er möchte Sie für Gareth, glaube ich.«

Das war nicht abwegig, dachte ich; und ich war mir nicht sicher, ob ich gehen oder hierbleiben sollte, falls Dee-Dee recht behalten würde.

Nachdem sie wieder gegangen war, versuchte ich, am Buch weiterzuarbeiten, konnte mich aber nicht recht konzentrieren. Die Falle in Sams Bootshaus schob sich immer wieder dazwischen, ebenso Angela Brickell; die kalte Drohung gelblichen Wassers, das in schmerzende Lungen eindrang und Vergessen brachte, und das erdverbundene Mädchen, das von der Erde zurückgefordert wurde, von Erdlebewesen saubergenagt wurde und als Staub in die Erde zurückgekehrt war.

Unter der Oberfläche des alltäglichen Lebens in Shellerton schwamm der mörderische Fisch wie ein Hai, geräuschlos, unbekannt, und ließ sich neue Zähne wachsen. Ich hoffte, daß er Doone bald ins Netz gehen würde, aber ich glaubte nicht so recht daran.

Am Nachmittag rief Fiona an, um mir zu sagen, daß sie Harry abgeholt habe und er mich sehen wolle. Mit einem Seufzer, aber ohne mich groß dagegen zu sträuben, ließ ich meine leere Seite im Stich und marschierte ins Dorf hinunter.

Fiona umarmte mich wie einen verlorengeglaubten Bruder und behauptete, Harry sei immer noch nicht ganz klar im Kopf. Er sagte jetzt, er würde sich daran erinnern, wie er ertrank. Wie könne sich jemand an das eigene Ertrinken erinnern?

»So was vergißt man nicht so leicht, könnte ich mir vorstellen.«

»Aber er ist doch nicht ertrunken!«

»Er war nahe dran.«

Sie führte mich in das grün- und rosafarbene Wohnzimmer, wo Harry, blaß und mit dunkelblauen Ringen unter den Augen, in einem Lehnsessel saß und sein verbundenes Bein auf einem großen, gepolsterten Hocker hochgelegt hatte.

Er begrüßte mich mit einem matten Lächeln: »Hallo. Kennen Sie eine Medizin gegen Alpträume?«

»Ich habe meine im Wachzustand«, sagte ich.

»Gütiger Gott.« Er schluckte schwer. »Was ist wirklich passiert, und was ist nicht passiert?«

»Das, woran Sie sich erinnern, ist passiert.«

»Fast ertrunken?«

»Mm.«

»Also bin ich nicht verrückt?«

»Nein. Nur vom Glück verwöhnt.«

»Ich hab's dir doch gesagt«, redete er auf Fiona ein. »Ich versuchte, nicht zu atmen, aber am Schluß habe ich es einfach getan. Ich wollte nicht, aber ich konnte nichts dagegen tun.«

»Dagegen kann niemand etwas tun«, sagte ich.

»Setzen Sie sich«, sagte Fiona zu mir und gab Harry einen Kuß aufs Haar. »Zum Glück hat Harry soviel Verstand gehabt, Sie mitzunehmen. Und obendrein entschuldigen sich alle bei uns, außer einem niederträchtigen Journalisten, der sagt, es sei möglich, daß ein aufgebrachter Bürger Harry aus dem Weg räumen wollte, um so der wahren Gerechtigkeit auf die Sprünge zu helfen. Ich will, daß Harry ihn verklagt, es ist abscheulich.«

»Mir macht das nichts aus«, sagte Harry auf seine gutmütige Art. »Doone war ziemlich nett zu mir! Das soll mir genügen.«

»Wie geht's dem Bein?« erkundigte ich mich.

»Mies. Es wiegt mindestens eine Tonne. Na ja, wenigstens ist bisher kein Wundbrand eingetreten.« Er hatte einen Scherz machen wollen, doch Fiona schaute ihn erschrocken an.

»Liebling«, sagte er besänftigend, »ich bin mit Antibiotika vollgepumpt, von Tetanusspritzen durchlöchert und gegen alles immunisiert, angefangen bei Cholera und Gelbgeflecktem Bergfieber bis hin zu Tennisarm. Ich weiß es aus wohlinformierten Kreisen, daß ich wahrscheinlich mit dem Leben davonkomme. Wie wäre es mit einem steifen Whisky?«

»Nein. Das verträgt sich nicht mit deiner Arznei.«

»Dann einen für John.«

Ich schüttelte den Kopf.

»Entführ Aschenbrödel zum Ball«, sagte er.

»Was?«

»Fiona zu Tremaynes Party. Sie gehen doch hin, oder etwa nicht?«

Ich nickte.

»Ich lasse dich nicht allein«, protestierte Fiona.

»Aber klar, mein Schatz. Tremayne würde etwas fehlen, wenn du nicht kommst. Er zählt auf dich. John nimmt dich mit. Und außerdem«, seine Augen glitzerten boshaft vor wiedererwachter Energie, »weiß ich, wer nur zu gern meine Einladung verwerten würde.«

»Wer denn?« wollte seine Frau wissen.

»Erica. Meine heiliggesprochene Tante.«

14

Die Auszeichnung für Tremaynes Lebenswerk kam auf Betreiben einer neu übernommenen Hotelkette, die den Besitzer gewechselt hatte, zustande, welche sich mit einem Paukenschlag in der Rennszene einführen und als zukünftiger Sponsor standesgemäß empfehlen wollte. Die Kette Castle Houses hatte den Preis für ein Hindernisrennen gestiftet und außerdem ein renommiertes Ausgleichs-Hürdenrennen übernommen, das schon für den Samstag auf dem Programm stand.

Das Preisgeld für das Hürdenrennen hatte für großes Aufsehen in der Rennwelt gesorgt. Aufgeregte Pferdebesitzer hatten den Trainern die Pistole auf die Brust gesetzt, so daß es (laut Dee-Dee) Anmeldungen geradezu gehagelt hatte. Im Feld liefen so viele Pferde, wie es die Sicherheitsvorschriften gerade noch zuließen, einige Leichtgewichte mußten sogar per Los wieder ausscheiden.

Als Vorspiel zu diesem Knüller hatte Castle Houses das Gala-Dinner für Tremayne arrangiert und den Eintrittspreis so bezuschußt, daß ihn sich praktisch jeder leisten konnte. Der Empfang wurde auf der Haupttribüne mit ihren nahezu grenzenlosen Kapazitäten gegeben, und die ganze Angelegenheit, so hatte mir Mackie erzählt, sei im Grunde nur eine gigantische Werbeveranstaltung. Aber warum solle man sich dort nicht trotzdem gut amüsieren?

Vor der Abfahrt kamen wir alle im Familienzimmer zusammen. Tremayne spielte den Nonchalant und sah in seinem Smoking unerwartet weltmännisch aus: sein graues Haar war in Wellen gelegt, die ausgeprägten Gesichtszüge wirkten gesetzt, sein massiger Körper geradezu schlank, ein Verdienst der rundum untadeligen Künste seines Schneiders. Im Kontrast dazu sah Perkins Jackett so aus, als sei es eine Idee zu klein für ihn geraten. Da der Schnitt seine Speckpölsterchen umschmeichelte, wurde der Unterschied zwischen Vater und Sohn noch geringer.

Gareth überraschte alle mit seinem Auftritt, ganz besonders seinen Vater: um seine Verlegenheit zu überspielen, kam er übertrieben großspurig in einem Smoking hereinstolziert, den niemand in seinem Kleiderschrank vermutet hätte. Er sah schick aus, stattlich und viel älter als fünfzehn.

»Wo hast du den her?« fragte ihn sein Vater staunend.

»Die wachsen bei uns hinten im Garten«, sagte Gareth mit einem breiten Grinsen. »Nein, eigentlich ist Sam schuld. Er meinte, da ich jetzt so groß bin wie er, und er zwei Anzüge hat, könnte er mir einen leihen. In Ordnung?«

»Ganz toll«, sagte Mackie herzlich, sie selbst wohlgeformt in einem schimmernden schwarzen Kleid mit Samtborten. »Und wie ich sehe, hat Johns Smoking den Sturz in den Graben überstanden.«

Der Graben lag für mich schon in unendlich weiter Ferne: Zwei Wochen und drei Tage trennten mich von dem einsamen, lautlosen, verzweifelten Kampf in der Dachstube, dem Leben, an das ich mich jetzt wie an einen Traum erinnerte, wenn Shellerton denn die Wirklichkeit sein sollte. Shellerton war die hellerleuchtete Bühne, Chiswick hingegen das abgedunkelte Amphitheater, wo man wie vom Götterhimmel herab zuschaute.

»Schlagen Sie heute abend nicht allzu sehr zu, John«, sagte Tremayne. »Ich habe morgen früh etwas für Sie zu tun.«

»Wissen Sie, wie man für alle Zeiten einen Kater vermeidet?« fragte mich Gareth.

»Wie denn?«

»Immer betrunken bleiben.«

»Danke für den Hinweis«, sagte ich lachend.

Tremayne, mit sich und der Welt zufrieden, sagte: »Sie fühlen sich inzwischen sicher auf Drifter, oder nicht?«

»Mehr oder weniger«, sagte ich zustimmend.

»Morgen können Sie Fringe reiten. Er gehört mir zur Hälfte. Es ist der Fünfjährige in der Eckbox. Sie können ihm beibringen, über Hürden zu springen.«

Ich muß so verblüfft ausgesehen haben, wie ich mich fühlte. Ich blickte Mackie an und sah ihr Lächeln; sie und Tremayne mußten die Sache schon länger besprochen haben.

»Zweite Gruppe«, sagte Tremayne. »Reiten Sie Drifter mit der ersten Gruppe, wie gehabt.«

»Wenn Sie meinen«, sagte ich etwas unsicher.

»Wenn Sie noch eine Zeitlang hierbleiben«, sagte Tremayne, »und wenn Sie das Training ordentlich absolvieren, dann wüßte ich nicht, warum Sie nicht einmal bei einem Amateurrennen starten sollten, falls Sie Spaß daran hätten.«

»Geil«, platzte Gareth heraus.

»Ich habe den Eindruck, er will nicht«, bemerkte Perkin, nachdem ich nicht sofort geantwortet hatte. »Ihr könnt ihn nicht zwingen.«

Ein Angebot, das Sie nicht ablehnen können, hatte Dee-Dee gesagt; und ich hatte nur an Geld gedacht. Statt dessen hielt er mir – wie eine Karotte – einen atemberaubenden Kopfsprung in eine neue Dimension der Existenz vor.

»Sagen Sie ja«, bettelte Gareth.

Da waren sie wieder, meine guten alten Eingebungen. Zum Teufel mit dem Heliumballon, er konnte getrost noch eine Weile länger warten.

»Ich sage ja.« Ich schaute Tremayne an: »Vielen Dank.«

Er nickte strahlend und zufrieden und sagte: »Wir kümmern uns gleich nächste Woche um Ihre Zulassung.«

Wir kletterten alle in den Volvo und fuhren zu Shellerton Manor, wo die ganze Truppe Harry einen kurzen Besuch abstattete. Müde, aber gutgelaunt hielt er von seinem Sessel aus Audienz und ließ sich Mackies herzlichen Kuß mit genießerischer Miene gefallen.

»Ich bin so froh, daß du lebst«, sagte sie mit einer versteckten Träne, und er streichelte ihren Arm und sagte frohen Herzens, daß er alles in allem auch ganz froh darüber sei.

»Wie hat sich das angefühlt«, fragte Perkin neugierig mit einem Seitenblick auf das bandagierte Bein.

»Es passierte viel zu schnell, als daß ich viel gespürt hätte.« Harry grinste betreten. »Ohne John wäre ich wahrscheinlich gestorben, ohne es richtig mitzukriegen.«

»Harry, hör auf!« rief Fiona. »Ich darf nicht einmal daran denken. Tremayne, los jetzt, sonst kommt ihr zu spät. John und ich holen Erica ab und treffen euch dort.« Sie scheuchte alle hinaus und schloß sich ihnen an, als fürchtete sie, der Besuch könne ihn zu sehr ermüden. Als der Raum mit einem Mal leergefegt war, trafen sich seine und meine Blicke in einer gemeinsamen, fundamentalen Erkenntnis.

»Wissen Sie, wer es getan hat?« fragte er. Erschöpfung, vielleicht sogar Verzweiflung kehrte zurück, die Anstrengung war deutlich sichtbar.

Ich schüttelte den Kopf.

»Es kann niemand sein, den ich kenne.« Er meinte, daß er das nicht wollte. »Sie wollten mich *umbringen*, verdammt noch mal!«

»Trauriger Gedanke.«

»Ich will keine Vermutungen anstellen. Ich versuche es. Es ist schrecklich zu wissen, daß mich jemand so sehr haßt, daß er ...« Er schluckte. »Das tut mehr weh als mein Bein.«

»Ja.« Ich zögerte. »Vielleicht war es nicht Haß. Eher so etwas wie ein Zug beim Schachspiel. Und es ist schiefgegangen, vergessen Sie das nicht. Die starken Verdächtigungen gegen Sie haben sich in die Überzeugung verwandelt, daß Sie unschuldig sind.

Ganz und gar das entgegengesetzte Resultat. Das kann nicht schlecht für uns sein.«

»Daran muß ich mich klammern.«

Ich nickte. »Besser als ein Begräbnis.«

»Alles ist besser als ein Begräbnis.« Er versuchte ein Lächeln. »Ich habe einen Nachbarn gebeten, heute abend bei mir vorbeizuschauen, solange ihr alle weg seid. Ich komme mir ein wenig wie ein Feigling vor.«

»Quatsch. Ein Leibwächter ist eine gute Idee.«

»Suchen Sie eine feste Anstellung?«

Fiona kam wieder herein, drapierte sich ein flauschiges weißes Tuch um das rote Seidenkleid, sagte, sie wolle wirklich nicht zu diesem Dinner gehen, und wurde erneut von ihrem Mann dazu ermuntert. Es gehe ihm gut, sagte er, sein Freund müsse jeden Augenblick kommen, also tschüß, amüsiert euch gut, laßt Tremayne ordentlich hochleben.

Fiona fuhr mit ihrem eigenen Wagen, dem Pendant zu Harrys noch immer vermißten BMW, und plazierte Erica Upton, die wir nach einem kleinen Umweg in Richtung Westen abholten, neben sich auf dem Beifahrersitz. Die Starautorin schenkte mir einen unergründlichen Blick, als ich hinter ihr die Wagentür zumachte, und bemerkte, daß sie sich am Nachmittag sehr lange mit Harry am Telefon unterhalten hatte.

»Er riet mir, Sie in Ruhe zu lassen, weil Sie ihm das Leben gerettet haben«, verkündete sie ohne Umschweife. »Ein richtiger Spielverderber.«

Amüsiert entgegnete ich: »Ich kann mir nicht vorstellen, daß Sie ihm gehorchen.«

Vom Vordersitz her kam ein rasch ersticktes Glucksen. Die Gräben waren anscheinend bereits gezogen. Bis zur Ankunft auf der Rennbahn, der Abgabe der Garderobe, den letzten Frisurkorrekturen und den ersten Drinks jedoch wurden sämtliche Feindseligkeiten eingestellt. Die halbe Rennwelt schien auf die

Gelegenheit gewartet zu haben, für die nun sofort im Anschluß an das letzte Rennen des Nachmittags in Windeseile schwarze und silberne Glitzervorhänge von der Decke bis zum Boden gespannt worden waren, um dem schnöden Alltagsinterieur der Haupttribüne eine, wenn auch vergängliche, Pracht zu verleihen.

»Theatralisch«, kommentierte Erica mißbilligend das Dekor, was durchaus zutraf, aber warum auch nicht? Es regte die Geister und die Unterhaltung an und setzte die Party in Gang. Die Hintergrundmusik unterschied sich wohltuend von dem Gebrüll der Buchmacher. Fiona schaute auf den Sitzplan und sagte, wir würden uns am Tisch sechs treffen. Andere Gäste kamen und umringten sie und Erica; ich ließ mich weiter durch das Gedränge treiben, traf auf eine Menge Leute, die ich vom Sehen kannte und Hunderte, die ich nicht kannte, wie bei einem Treffen der Totengräber, dachte ich, nachdem man sich gerade sein Fleckchen auf dem Friedhof ausgesucht hatte.

Meine Gedanken kreisten zu sehr um den Tod.

Bob Watson war da, sehr schmuck in einem dunkelgrauen Anzug, zusammen mit Ingrid, die auf ihre zurückhaltende Art in ihrem Blaßblau hübsch aussah.

»Konnte den Boss nicht hängenlassen«, sagte Bob gutgelaunt. »Außerdem hat er uns die Eintrittskarten geschenkt.«

»Finde ich toll«, parierte ich geistlos.

»Sie reiten Fringe morgen früh«, sagte er, halb fragend, halb verkündend. »Training. Der Boss hat's mir gerade gesagt.«

»Stimmt.«

»Fringe macht das schon«, sagte er undurchsichtig und schaute sich im Saal um. »Die haben die Bude hergerichtet wie ein ägyptisches Bordell, was?«

»Also, ich weiß nicht.«

»Oh, wie lustig«, kicherte Ingrid. Bob bedachte sie mit einem strafenden Blick, doch schon kurz darauf – und eigentlich den ganzen Abend über – bemerkte ich, wie sie sich dicht an ihn hielt, was man als Unsicherheit ihrerseits auslegen konnte, hätte ich mich nicht an Mackies Worte erinnert, daß die kleine Ingrid dafür sorgte, daß Bob nicht viele Gelegenheiten erhielt, um sich mit Mädchen vom Schlage Angela Brickells abzugeben, und falls doch, dann Gnade ihm Gott.

Sam Yaeger, der geborene Exhibitionist, erschien im weißen Smoking; seinen schwarzen hatte er Gareth geliehen. Außerdem trug er ein weißes Rüschenhemd mit Schnürsenkelkrawatte, und unter seinem selbstbewußten Äußeren war er zweifellos sehr angespannt. Wie es sich herausstellte, hatte Doone ihn beschuldigt, sein eigenes Bootshaus sabotiert zu haben.

»Er sagt, ich hätte die Werkzeuge, die Kenntnisse, die Gelegenheit und den geeigneten Ort dafür, er hat die Rennen nachgeprüft, die ich in Ascot geritten bin, und er hat herausgefunden, daß ich zwischen den ersten beiden und dem letzten Zeit genug gehabt hätte, um nach Maidenhead zu fahren und Harrys Auto abzuholen. Ich fragte ihn, warum ich das hätte tun sollen, wenn ich, angenommen, ich hätte die Falle für Harry gebastelt, davon hätte ausgehen können, daß das Auto auch *nach* dem Rennen noch dort ist, und er hat sich meine Antwort aufgeschrieben, als hätte ich ein Geständnis abgelegt.«

»Er ist hartnäckig.«

»Er hört auf Sie«, sagte Sam. »Das haben wir alle bemerkt. Können Sie ihm nicht sagen, daß ich es verflucht nochmal nicht getan habe?«

»Ich kann's versuchen.«

»Nachdem Sie weg waren, hat er seine Truppe herbeigepfiffen«, beschwerte sich Sam. »Die kamen mit Taucheranzügen, Suchhaken und mit einem starken Magneten an und haben jede Menge Krempel aus dem Dock gefischt. Ein alter Fahrradrahmen, verrostete Geländerstücke, ein altes, demoliertes Stück Metallgitter... das hat alles mal irgendwo auf dem Grundstück herumgelegen. Nach einer Weile haben sie den Mund gehalten und wollten mir nicht alles zeigen, aber Doone glaubt, ich hätte das alles ins Wasser geworfen, in der Hoffnung, daß Harry sich darin verheddert.«

»Was auch geschehen ist.«

»Dann frage ich Sie, warum sind Sie nicht aufgespießt worden, wenn Sie nach ihm hinunter sind?«

»Ich habe schon als Kind gelernt, wie man in flaches Wasser springt. So tauchte ich nicht tief ein. Erst als ich vom Wasser getragen wurde, habe ich die Füße vorsichtig ausgestreckt.«

Er glotzte mich an. »Wie zum Henker machen Sie das?«

»Flach springen. In dem Moment, wo die Füße das Wasser berühren, hebt man die Knie an und rollt sich zu einer Kugel zusammen. Das Wasser selbst funktioniert dann wie eine Bremse. Das haben Sie bestimmt auch schon ab und zu getan. Außerdem hatte ich die Kleider voll Luft, das macht auch viel aus.«

»Doone wollte wissen, ob ich Ihre Jacke und die Stiefel in Harrys Auto gelassen habe, der gerissene Hund. Jetzt weiß ich, wie es Harry gegangen ist. Wenn einen dieser Plattfuß dazu bringen will, daß man sich selbst verstrickt, ist das, als würde man Windung um Windung von einer verfluchten Boa constrictor zerquetscht werden. Alles, was man sagt, versteht er falsch. Dabei sieht er so verdammt harmlos aus. Er hat mich so auf die Palme gebracht, daß ich heute nachmittag ein Rennen verloren habe, das ich hätte gewinnen müssen. Erzählen Sie niemandem, daß ich das gesagt habe. Verflucht, ich weiß nicht, warum alle Ihnen alles anvertrauen. Sie gehören nicht hierher.«

»Vielleicht deshalb.«

»Ja, vielleicht.«

Anscheinend hatte er vorläufig genügend Dampf abgelassen. Er wandte sich ab, um sofort charmant mit einer Frau mittleren Alters zu flirten, die seinen Arm in freudiger Erwartung berührte. Tremayne hatte gesagt, daß die Pferdebesitzer Sams Manieren entweder verabscheuten oder liebten: die Frauen liebten sie wohl, und die Männer nahmen sie angesichts der vielen Siege in Kauf.

Nolan, der aus einigen Schritten Entfernung Sam mit dem gewohnten Mißmut betrachtete, ließ seine schlechte Laune an mir aus.

»Ich bin verdammt noch mal nicht daran interessiert, mir von Ihnen auf die Zehen steigen zu lassen«, sagte er drohend. »Warum hauen Sie nicht einfach aus Shellerton ab?«

»Das werde ich zu gegebener Zeit tun.«

»Ich habe Tremayne schon Bescheid gesagt, daß es Ärger gibt, wenn er Ihnen auch nur eins meiner Rennen überläßt.«

»Aha.«

»Er hat sich nicht entblödet zu behaupten, ich hätte es selbst vorgeschlagen, dabei weiß er verdammt genau, daß ich Sie nur verarscht habe.« Sein Blick schien mich durchbohren zu wollen. »Ich weiß nicht, was Fiona an Ihnen findet. Ich habe ihr gesagt, Sie sind nur ein Haufen Scheiße mit einer hübschen Fresse, dem man mal gehörig in den Arsch treten muß. Lassen Sie die Finger von ihren Pferden, kapiert?«

Mir war klar, daß er wie alle anderen auch unter der vergifteten Atmosphäre litt, die der Tod von Angela Brickell hervorgerufen hatte, besonders er, der gerade selbst eine anstrengende Verhandlung und Verurteilung hinter sich gebracht hatte. Es bestand nicht die geringste Aussicht, daß ich jemals so gut würde reiten können wie er, und das wußte er mit Sicherheit. Fiona würde ihn nie aus dem Sattel stoßen, um diesen treffenden Begriff aus dem Rennsport zu gebrauchen.

Er stapfte davon und überließ seinen Platz beinahe nahtlos seinem Bruder, der mir die mißglückte Imitation eines Lächelns schenkte und sagte: »Nolan mag Sie nicht besonders, mein Guter.«

»Was Sie nicht sagen.«

Lewis war einigermaßen nüchtern. Wie Nolan schien auch er

ohne Begleitung gekommen zu sein, obwohl Harry einmal erwähnt hatte, daß Lewis verheiratet war. Seine Gattin zog es wohl vor, zu Hause zu bleiben und sich den Anblick und die Peinlichkeit ihres betrunkenen Ehemannes zu ersparen.

»Nolan steht gerne im Zentrum der Aufmerksamkeit, und Sie haben ihm seinen Stammplatz streitig gemacht.«

»Unsinn.«

»Fiona und Mackie achten jetzt auf Sie, nicht mehr auf ihn. Und was Tremayne und Gareth angeht...« Er schaute mich schräg von der Seite an. »Passen Sie auf, daß er Ihrem Hals nicht zu nahe kommt.«

»Lewis!« Die Abwesenheit seiner brüderlichen Gefühle schockierte mich mehr als seine Andeutung. »Sie haben doch *Ihren* Hals für ihn riskiert, oder nicht?«

»Manchmal hasse ich ihn«, sagte er äußerst glaubwürdig und trollte sich von dannen, als habe er bereits genug gesagt.

Die schnatternden Grüppchen der Gäste bildeten immer neue Konstellationen, mit dem Glas in der Hand trennte man sich und begrüßte sich mit Freudenschreien, als wären seit dem Nachmittag Jahrzehnte und nicht nur wenige Stunden vergangen. Tremayne grinste sein schönstes Dauergrinsen und nahm die herzlichen Gratulationen mit glaubwürdiger Bescheidenheit entgegen. Gareth, der aalgleich an meiner Seite aufgetaucht war, raunte mir zufrieden zu: »Er hat es verdient, stimmt's?«

»Allerdings.«

»Das macht einen richtig nachdenklich.«

»Inwiefern?«

»Ich meine, er ist einfach nur Dad.« Er mühte sich ab, seine Gedanken in passende Worte zu fassen. »Jeder hat doch zwei Seiten, oder?«

»Ein kluger Gedanke«, sagte ich lobend.

»Hören Sie auf!« Das Kompliment war ihm peinlich. »Jedenfalls freue ich mich für ihn.«

Er schlängelte sich davon, und nach wenigen Minuten drängte die Menge zum Abendessen. Jeweils zehn Personen setzten sich an einen Tisch, entsprechend viele Hinterteile senkten sich auf unpassende Stühle, Speisekarten wurden gegrapscht, im Kerzenlicht das Kleingedruckte studiert und nebenbei die einem zugeteilten Tischnachbarn beäugt. Ich saß am Tisch Nummer sechs zwischen Mackie und Erica Upton, die bereits Platz genommen hatten.

Vor Erica gab es kein Entrinnen, vermutete ich, obwohl ich Fiona im Verdacht hatte, vor meinem Eintreffen die eine oder andere Tischkarte ausgetauscht zu haben. Sie trug eine Unschuldsmiene zur Schau, die sie sofort verriet.

»Ich bat darum, neben Ihnen zu sitzen«, klärte mich Erica auf, als hätte sie in meinen Gedanken gelesen, während ich mich niederließ, »nachdem ich hörte, Sie würden ebenfalls hierherkommen.«

»Ah ... wieso denn?«

»Verfügen Sie über so wenig Selbstvertrauen?«

»Das hängt davon ab, in wessen Gesellschaft ich mich befinde.«

»Und wenn Sie allein sind?«

»Mitten in der Wüste – sehr viel. Mit Papier und Bleistift eher wenig.«

»So ist es recht.«

»Und Sie?« fragte ich.

»Solche Fragen beantworte ich nicht.«

Ich nahm die gleiche Steifheit in ihrer Stimme wahr, die man auch in ihrem kerzengeraden Rückgrat beobachten konnte, und erkannte einen eisernen Willen, der sich nicht die geringste Blöße gab.

»Ich könnte Sie heil durch eine Wüste bringen«, sagte ich.

Sie musterte mich durchdringend. »Ich hoffe, das soll kein Kompliment sein.«

»Nur meine Einschätzung«, sagte ich.

»Sie sind mutiger geworden, seit wir uns zuletzt gesehen haben.«

Sie brachte es immer wieder fertig, einen sprachlos dasitzen zu lassen. Zufrieden drehte sie sich um, um sich mit Nolan, ihrem anderen Tischnachbarn, zu unterhalten, und ich, verlassen, fand zu meiner Rechten eine vor Freude strahlende Mackie vor.

»Sie hat einen würdigen Gegner gefunden«, sagte sie.

Bedauernd schüttelte ich den Kopf. »Nein, wenn ich schreiben könnte wie sie oder reiten wie Sam und Nolan ... wenn ich nur *etwas* so gut machen könnte, dann wäre ich glücklich.«

Ihr Lächeln wurde noch süßer: »Versuchen Sie es mit Kochen.«

»Verdammt ... «

Sie lachte. »Mir ist zu Ohren gekommen, daß Ihre Bananenpuffer daran schuld waren, daß Gareth verschlafen hat.«

Perkin machte neben ihr eine unverständliche Bemerkung, um ihre Aufmerksamkeit auf sich zu lenken, und so beobachtete ich eine Zeitlang Tremayne, der der strahlende Mittelpunkt unseres Tisches war und gerade von der Gattin des Sponsors geehrt worden war, einer überspannten Quasselstrippe in unvorteilhaftem Zitronengelb. Er hätte sich offensichtlich lieber mit Fiona, seiner anderen Tischnachbarin, unterhalten, aber die Auszeichnung mußte mit dem Preis der Höflichkeit vergolten werden. Er ließ seinen Blick über die Tafel schweifen, sah mein Lächeln und blinzelte mir vorsichtig zu.

Er kämpfte sich auf bewundernswerte Weise durch das Lachssoufflé und das Beef Wellington hindurch, während Lewis, der der Dame zur Linken saß, einen Becher Wodka aus dem Flachmann in seinem Jackett kippte. Fiona beobachtete ihn mißbilligend; sogar für meine Verhältnisse trank Lewis zunehmend ohne Hemmungen. Es schien so, als müsse er jetzt, nachdem er vor Gericht völlige Bewußtlosigkeit für sich reklamiert hatte, wieder und wieder beweisen, daß er nicht gelogen hatte.

Gareth zappelte verdrossen zwischen Lewis und Perkin herum, schlang alles schnell in sich hinein und sah gelangweilt aus. Mit brüderlichem Despotismus verbot ihm Perkin, gegen das Tischbein zu treten, und Gareth schmollte, was bei ihm ungewohnt war. Mackie machte eine versöhnliche Bemerkung, und Perkin blaffte auch sie an.

Sie drehte den Kopf zu mir und fragte mit gerunzelter Stirn: »Was ist denn bloß los mit denen?«

»Die Anspannung.«

»Wegen Harry?« Sie mußte sich selbst recht geben. »Wir tun alle so, als ob, dabei stellt sich insgeheim jeder die Frage... Diesmal ist es schlimmer. Beim letzten Mal wußten wir wenigstens, wie Olympia gestorben ist. Angela Brickell lastet auf uns allen. Alles kommt einem so unsicher vor.«

»Sie sind sicher«, sagte ich. »Sie und Perkin. Denken Sie an das Baby.«

Ihr Gesicht hellte sich wie auf Knopfdruck auf: Der Gedanke an das Baby war imstande, die düstersten Wolken am Himmel zu vertreiben.

Von der anderen Seite sagte Perkin reumütig: »Entschuldige, Liebling, entschuldige«, und sie wandte sich ihm erneut vergebend und vergessend zu, die Erwachsene in dieser Partnerschaft.

Ich fragte mich flüchtig, ob Perkin als Vater wohl eifersüchtig auf sein Kind sein würde.

Das Essen neigte sich dem Ende zu: jetzt wurden Reden gehalten. Kultivierte Herren, die Mackie für mich als die Himalayagipfel des Jockey Clubs identifizierte, sprachen von einem angrenzenden Tisch aus Tremayne ihr höchstes Lob aus und verbeugten sich tief vor dem Sponsor. Dieser wiederum, der Ehemann der Zitronenlady, überschüttete Tremayne mit Anerkennung und Lobpreisungen, und Tremayne zuckte nur einmal kurz zusammen, als Top Spin Lob fahrlässigerweise zu Topsy Blob wurde. Dann brachte ein Lakai in der Livree von Castle Houses den Preis herbei, eine silberne Schale, deren Rand mit einem Kreis kleiner galoppierender Pferde verziert war, eine Trophäe, die dem Anlaß einwandfrei gerecht wurde.

Tremayne lief vor Dankbarkeit rosa an. Er nahm die Schüssel entgegen. Alles jubelte. Blitzlichter zuckten. Tremayne hielt eine kurze Rede und bedankte sich bei allen: bei den Sponsoren, bei seinen Freunden, bei seinen Angestellten, seinen Jockeys, beim ganzen Rennsport. Bewegt setzte er sich wieder hin. Wieder jubelten alle und applaudierten lautstark. Ich begann mich zu fragen, wie viele von ihnen wohl Tremaynes Buch kaufen würden. Ich fragte mich, ob Tremayne nach diesem Abend das Buch noch geschrieben haben wollte.

»War das nicht toll?« rief Mackie freudestrahlend.

»Ja, allerdings.«

Die Hintergrundmusik verwandelte sich in Tanzmusik. Die Leute liefen durcheinander, drängten sich um Tremayne und klopften ihm auf die Schulter. Perkin führte Mackie auf den Flecken Tanzfläche, der sich an die Tische anschloß. Nolan schnappte sich Fiona, Lewis wurde immer betrunkener, Gareth verdünnisierte sich, und der Sponsor holte seine Lady zurück. Erica und ich blieben übrig.

»Tanzen Sie?« fragte ich.

»Nein.« Sie ließ ihren Blick über die immer noch sehr lebendige Party schweifen.

»Der Ball der Herzogin von Richmond«, sagte sie.

»Erwarten Sie für morgen ein Waterloo?«

»In naher Zukunft. Wer ist Napoleon?«

»Der Feind?«

»Selbstverständlich.«

»Das weiß ich nicht.«

»Strengen Sie Ihr Gehirn an. Wie wäre es mit einer Kombination aus Phantasie und gesundem Menschenverstand?«

»Ich dachte, Sie glauben nicht daran.«

»Zu diesem Zwecke schon. Jemand hat versucht, Harry umzubringen. Das ist außerordentlich beunruhigend. Was ist daran so beunruhigend?«

Sie schien eine Antwort zu erwarten, und so antwortete ich: »Es geschah vorsätzlich. Angela Brickells Tod mag vorsätzlich oder nicht vorsätzlich passiert sein, aber die Attacke auf Harry ist haarklein geplant worden.«

Sie schien augenblicklich ruhiger zu werden.

»Mein Gott!« sagte ich wie vor den Kopf geschlagen.

»Was? Was ist Ihnen eingefallen?« Sie war wieder hellwach und blickte mich gespannt an.

»Ich muß mit Doone reden.«

»Wissen Sie, wer es getan hat?« bohrte sie.

»Nein, aber ich weiß jetzt, was er schon länger wußte.« Ich runzelte die Stirn. »Jeder weiß das.«

»Was denn? So reden Sie doch.«

Ich schaute sie zerstreut an und überlegte.

»Ich glaube nicht, daß es sehr wichtig ist«, sagte ich schließlich.

»Um was handelt es sich denn?« Sie ließ nicht locker.

»Holz schwimmt.«

Sie sah verwirrt aus. »Natürlich schwimmt Holz.«

»Die Bretter, die mit Harry in die Tiefe gefallen sind, sie sind untergegangen. Sie sind nicht oben geschwommen.«

»Weshalb nicht?«

»Das müssen wir herausfinden«, sagte ich. »Doone muß es herausfinden.«

»Was ist daran so wichtig?«

»Nun, niemand konnte völlig sicher sein, daß Harry sich aufspießt und sofort ertrinkt. Also angenommen, er bleibt am

Leben und schwimmt dort unten herum. Er kennt das Haus, er war bei Sams Party dort, und er weiß, daß da ein Anlegesteg an der Wand entlang führt. Er weiß, daß dort eine Tür ist, und er hat genug Tageslicht und sieht den Fluß durch das Rollgitter. Wie kommt er also heraus?«

Sie schüttelte den Kopf: »Sagen Sie es mir.«

»Die Tür geht nach draußen auf. Wenn man drinnen ist und in nur zwanzig Zentimeter, nicht zwei Meter tiefem Wasser steht, und da schwimmen drei oder vier Bodenbretter herum, dann nimmt man sich eins als Rammbock, um das Schloß zu zertrümmern, oder man zerschlägt die ganze Tür. Wenn Sie ein großer, starker Mann sind, wie Harry, und obendrein naß, frierend, verzweifelt und wütend – wie lange dauert es, bis Sie draußen sind?«

»Vermutlich nicht sehr lange.«

»Als Napoleon zum Bootshaus kam«, sagte ich, »war nichts davon zu hören, daß Harry sich seinen Weg nach draußen brach. Genau gesehen«, sagte ich düster, »kann niemand sagen, wie lange der Feind dort schon auf der Lauer lag. Er hätte sich versteckt haben können ... Harrys Wagen kommen hören.«

»Wenn Ihr Buch veröffentlicht wird«, sagte Erica, »schicken Sie mir ein Exemplar.«

Ich starrte sie mit offenem Mund an.

»Dann kann ich Ihnen den Unterschied zwischen Erfindung und Eingebung erklären.«

Ich zuckte zusammen. »Sie wissen, wie man jemanden aufspießt.«

Sie wollte etwas ganz anderes sagen, kam aber nicht mehr dazu. Statt dessen wirbelten unsere Köpfe gleichzeitig zu den Tänzern hinüber, zwischen denen anscheinend ein Kampf bereits in vollem Gange war. Ein Krachen war zu hören und ein Schrei, und man konnte zu den Klängen der unverdrossen fröhlich drauflosspielenden Band zwei kämpfende Männer erkennen.

Sam ... und Nolan.

Auf Sams weißem Jackett und den weißen Rüschen waren Blutflecke. Nolans Hemd war aufgerissen und enthüllte ein breites Stück behaarter Brust. Sie umkreisten einander und tauschten weitausholende Hiebe aus, kaum weiter als fünfzehn Meter von Tisch sechs entfernt; ich stand automatisch auf, weniger um mich einzumischen, als um mich zu schützen.

Perkin versuchte, sie auseinanderzureißen, und wurde von Nolan elegant niedergeschlagen. Der Jockey wußte mit seinen Fäusten so schnell und hart umzugehen, wie er es vom Reiten gewohnt war. Ohne nachzudenken, betrat ich die glatte Tanzfläche, um die Streithähne mit Worten zu besänftigen.

»Ihr blöden Idioten«, sagte ich – nicht gerade einer der originellsten Sätze aller Zeiten.

Nolan schenkte mir für den Bruchteil einer Sekunde seine Aufmerksamkeit, ließ einen geschickten Schlag in Richtung meines Gesichts los und wirbelte gerade rechtzeitig zu seinem Primärziel zurück, um Sams wild dreinschlagenden Arm zu parieren und ihm mit voller Absicht zwischen die Beine zu treten. Sams Kopf kam nach vorne. Nolans Faust senkte sich auf Sams verwundbaren Nacken herab.

Mehr aus Instinkt denn aus Überlegung warf ich mich mit der Wucht meines Körpers auf Nolan, stieß ihn zur Seite. Er wandte mir sein vor boshafter Wut verzerrtes Gesicht zu und übertrug seinen Haß mit Leichtigkeit von Sam auf mich.

Ich hatte verschwommen mitbekommen, daß sich die anderen Gäste von der Tanzfläche wie Morgennebel von einer Wiese verflüchtigt hatten. Mir war auch nicht entgangen, daß Nolan vom Faustkampf eine ganze Menge mehr verstand als ich.

Rennleute sind wirklich ein außergewöhnliches Völkchen, dachte ich. Statt sich in rauhen Scharen auf Nolan zu stürzen, um Schlimmeres zu verhindern, bildeten sie sofort einen Kreis um uns, und als die Band sich widerstrebend zu einer unplanmäßigen Pause durchgerungen hatte, war Lewis' trunkene Aristokratenstimme zu hören, die »Fünf zu vier auf beide Teilnehmer« näselte.

Alle lachten. Alle bis auf Nolan. Ich zweifelte daran, daß er es gehört hatte. Er wurde so überflutet von dem, was durch den brechenden Damm seiner dunklen Natur hervorstürzte, all die Angst, die Schuldgefühle und der aufgestaute Haß brachen in einer Sturzflut hervor, eine Sturzflut, die nicht länger zurückgehalten werden konnte.

In einem ordentlichen Kampf konnte ich ihn niemals schlagen. Ich hätte nicht mehr als einen Sandsack für seine rastlose Wut abgegeben, einen Gegner, den er als neue, unerträgliche Bedrohung für seine Vorherrschaft in Tremaynes Stall ansah; den Eindringling, den Besetzer, ein gerechtfertigtes Ziel.

Ich drehte ihm den Rücken zu und ging ein, zwei Schritte zur Seite. Alles, was ich in puncto Schlägereien gelernt hatte, waren Tricks und Finten. Auf den Gesichtern der Zuschauer konnte ich ablesen, daß er – und wie schnell – auf mich zukam, und als ich die Bewegung in der Luft hinter mir spürte und das Rascheln seiner Kleider hörte, ging ich blitzschnell auf ein Knie hinunter, wirbelte herum und boxte ihm mit aller Kraft in die unteren Rippen. Dann stemmte ich mein Gewicht gegen seinen Körper und wuchtete ihn in die Luft, so daß er völlig den Kontakt mit dem Boden verlor, und bevor er sich dessen bewußt war, hatte ich eins seiner Handgelenke in der Hand, und als er wieder auf die Füße kam, stand ich hinter ihm, seinen Arm in einem schön schmerzhaften Griff, den Mund an seinem Ohr.

»Du blödes Arschloch«, sagte ich mit Nachdruck. »Der Jokkey Club ist hier versammelt. Machst du dir keine Sorgen um deine Zulassung?«

Zur Antwort trat er nach hinten und traf mich am Schienbein.

»Dann werde ich alle deine Pferde reiten«, sagte ich törichterweise.

Ich ließ ihn los, schleuderte ihn in die Richtung von Sam, Perkin und dem staunenden Gareth und sah endlich, wie er von einem Dutzend Hände gepackt wurde, die ihn davon abhielten, sich seine Zukunft selbst zu zerstören. Trotzdem kämpfte er noch immer gegen sie an, drehte mir sein rachsüchtiges Gesicht zu und schrie in ungebrochener, überschäumender Wut: *»Ich bringe dich um!«*

Ich stand unbeweglich da und hörte mir diese Worte an. Ich dachte an Harry.

15

Ich entschuldigte mich bei Tremayne.

»Nolan hat damit angefangen«, sagte Mackie.

Sie schaute besorgt nach der geröteten Schwellung auf Perkins Wange, vom gleichen Kaliber wie die, die ich eingefangen hatte.

Perkin saß verärgert und verwirrt am Tisch sechs. Nachdem das Geplänkel vorbei war, zerstreute sich das Rennvolk wieder; man ließ die Band erneut aufspielen.

Nolan war nirgendwo zu sehen. Sam zog seine befleckte Jacke aus, wischte sich die blutige Nase ab, saugte an seinen Handknöcheln und fing an, Witze zu reißen; auch eine Möglichkeit, die Spannung abzubauen.

»Ich bin mit ihm zusammengerasselt, mehr nicht«, verkündete er mit tragikomischen Gesten. »Na ja, man kann sagen, ich habe ihm Fiona weggenommen und ihm gesagt, er solle sich ein anderes Füllen suchen, und schon zieht er mich am Ohr und knallt mir eine auf die Nase, und ich stehe da und blute wie ein Stier, da hab ich ihm natürlich auch eine verpaßt.«

Er sammelte ein dankbares Publikum um sich, zu dem Tremayne sich zweifellos nicht zählte. Diese Keilerei am Ende seines wunderschönen Abends verdroß ihn ungemein. Mit der gleichen mürrischen Entschlossenheit, die er in Ronnie Curzons Büro an den Tag gelegt hatte, schob er Fiona zum Tisch und auf einen Stuhl. Fiona war verängstigt: »Aber, Tremayne, Sam wollte nur einen Spaß machen.«

»Er müßte eigentlich mehr Verstand haben.« Tremaynes Stimme klang rauh. Gareth, der neben Perkin stand und die Vorzeichen kannte, schaute seinen Vater mit Besorgnis an.

»Nolan hat viel durchgemacht«, sagte Fiona entschuldigend.

»Nolan ist ein gewalttätiger Mann«, stellte Tremayne unbeirrt fest. »Man geht nicht hin und schlägt mit einem Stock nach einer Klapperschlange, wenn man nicht gebissen werden will.«

»Tremayne!« Seine Schroffheit erschreckte sie, und er nahm sie sofort etwas zurück.

»Mein liebes Mädchen, ich weiß wohl, daß er dein Cousin ist. Ich weiß, daß er eine Menge durchgemacht hat, ich weiß, daß du ihn sehr magst, aber er und Sam sollten jetzt einfach nicht zur gleichen Zeit im gleichen Raum sein.« Sein Blick wanderte von ihr zu mir. »Sind Sie in Ordnung?«

»Ja.«

»John war einmalig!« sprudelte es aus Mackie hervor, und Perkin setzte eine finstere Miene auf.

Erica grinste mich wie eine Hexe an und sagte: »Sie sind ein viel zu körperbetonter Mensch für einen Literaten.«

»Wir gehen nach Hause«, sagte Tremayne ohne Vorwarnung. Er stand auf, küßte Fiona, schnappte sich die Schachtel mit seiner Silberschale und wartete darauf, daß ihm seine Söhne, seine Schwiegertochter und sein zukünftiger Biograph Gefolgschaft leisteten. Wir standen auf. Wir folgten ihm demütig. Er legte einen imposanten, auf gewisse Weise erschreckenden Abgang hin. Sein Mißvergnügen war für alle weithin sichtbar, seine Miene erstickte jedes Kichern respektloser Seelen im Keim.

Niemand frotzelte. Der Respekt für Tremayne war ungebrochen, und ich sah mehr Sympathie für ihn als verstohlenes Grinsen. Und trotzdem war er es, der die schwelende Feindseligkeit zwischen seinen Jockeys auf verschiedene Arten schürte; mich zwischen sie zu plazieren war nicht das geeignete Rezept für einen Waffenstillstand.

»Ich sollte morgen vielleicht doch besser nicht reiten«, schlug ich vor, als wir den Eingang zum Parkplatz erreicht hatten.

Er blieb sofort stehen. »Haben Sie Angst?«

Ich machte neben ihm halt, die anderen drei gingen inzwischen voraus.

»Nolan und Sam mögen es nicht, das ist alles«, sagte ich.

»Sie werden verdammt noch mal reiten. Ich beschaffe Ihnen die Zulassung. Nolan wird mit den nötigen Drohungen gezähmt. Verstanden?«

Ich nickte.

Er starrte mich durchdringend an. »Hat Nolan deshalb gesagt, er wolle Sie umbringen? Außer, daß Sie öffentlich einen Narren aus ihm gemacht haben?«

»Ich denke schon.«

»Wollen Sie bei dem einen oder anderen Rennen mitreiten, oder nicht?«

»Ich will.«

»Dann trainieren Sie morgen Fringe. Und heute fahren Sie am besten mit Fiona. Sehen Sie zu, daß sie sicher nach Hause kommt. Harry wäre nicht begeistert, wenn Nolan sie belästigen würde, und Nolan bringt auch so etwas zustande.«

»In Ordnung.«

Er nickte heftig und ging zu seinem Volvo, während ich ins Foyer zurückkehrte. Dort traf ich Fiona, die sich mit Nolan stritt. Sie und Erica sahen mich mit Erleichterung dazukommen, Nolan nahm mich mit frisch entfachter Wut zur Kenntnis.

»Ich hatte schon befürchtet, Sie seien gegangen«, sagte Fiona.

»Bedanken Sie sich bei Tremayne.«

Nolan sagte aufgebracht: »Warum hängt dieser Kotzbrocken überall herum?«

Trotzdem machte er keine Anstalten, mich anzugreifen.

»Harry hat ihn gebeten, mich nach Hause zu bringen«, sagte Fiona versöhnlich. »Ruh dich aus Nolan, sonst bist du morgen nicht fit für Groundsel.«

Er hörte – wie auch ich – die leichte Drohung hinter dem

besorgten Ratschlag der Cousine, und wenigstens gab ihm das den Vorwand für einen Abgang, bei dem er sein Gesicht wahren konnte. Fiona betrachtete seinen langsamen Rückzug mit einem Bedauern, das weder Erica noch ich so recht zu teilen vermochten.

Ich ritt Drifter in der ersten Gruppe am Morgen und ging mitten auf der Galoppstrecke zu Boden.

Tremayne zeigte ein Minimum an Besorgnis, aber kein Mitgefühl, und die Besorgnis galt dem Pferd. Er schickte einen Burschen hinterher, um es einzufangen, und musterte mich verächtlich, als ich auf ihn zuhumpelte und mir den lädierten Schenkel rieb.

»Konzentrieren«, sagte er. »Was zum Teufel haben Sie denn da getrieben?«

»Er ist ausgebrochen.«

»Sie haben ihn nicht straff genug geführt. Keine Entschuldigungen, Sie haben sich nicht konzentriert.«

Der Bursche fing Drifter ein und brachte ihn zu uns zurück.

»Los, rauf«, sagte Tremayne verdrießlich.

Ich kletterte wieder in den Sattel. Vermutlich hatte er recht mit der Unkonzentriertheit: ein bißchen Kater war schon mit im Spiel.

Als ich am Abend zuvor nach einem letzten Schwätzchen mit Harry zurückkam, waren alle schon zu Bett gegangen. Ich war unter einem kristallklaren Sternenhimmel vom Dorf nach Hause gewandert, hatte die kalte Luft der frühen Morgenstunden in den Lungen und dachte an Mord. Der Schlaf hatte sich nur langsam und dann mit Angstträumen eingestellt. Ich fühlte mich wie gerädert, nicht erfrischt.

Ich ritt Drifter mit dem Rest der Gruppe zurück und fand mich zum Frühstück ein, in der Erwartung, daß man mir nicht erlauben würde, Fringe zu reiten. Tremayne selbst schien seit dem Finale des vergangenen Abends zunehmend deprimiert zu sein, und er tat mir leid, denn er verdiente es, voll Freude auf das Ereignis zurückblicken zu dürfen.

Als ich eintrat, las er in der Zeitung und grollte böse vor sich hin.

»Wie haben sie so schnell davon erfahren?«

»Wovon?«

»Davon.« Er schleuderte mir die ausgebreitete Zeitung quer über den Tisch zu, und ich las, daß eine Bande lärmender Jockeys dem prestigeträchtigen Ehrendinner mit einer Schlägerei zum Höhepunkt verholfen habe. Ex-Champion Yaeger und der Amateur Jockey Nolan Everard (erst vor kurzem wegen Totschlag verurteilt) mußten von Freunden getrennt werden. Tremayne Vickers habe gesagt: ›Kein Kommentar‹. Der Sponsor sei außer sich gewesen. Der Club werde sich ›noch damit beschäftigen‹. Ende der Geschichte.

»Alles Unsinn«, schnaubte Tremayne. »›Kein Kommentar‹, das habe ich nie gesagt. Niemand hat mich um einen Kommentar gebeten. Der Sponsor war schon weg, als es passierte, wie kann er da außer sich gewesen sein? Ebenso die Mitglieder des Jockey Clubs. Sie sind nach den Reden gegangen. Ich habe mich mit einigen von ihnen beim Abschied unterhalten. Sie haben mir gratuliert. Brr!«

»Die Aufregung wird sich wieder legen«, lenkte ich ein.

»Das macht mich zum kompletten Idioten.«

»Nehmen Sie es lieber von der spaßigen Seite.«

Er starrte mich an. »Ich bin nicht zu Späßen aufgelegt.«

»Niemand ist zu Späßen aufgelegt.«

»Es ist die Sache mit Harry, oder etwa nicht? Das macht alle fertig. Verfluchte Angela Brickell.«

Ich machte Toast.

Er sagte: »Sind Sie fit genug, um Fringe zu reiten?«

»Wenn Sie es erlauben.«

Er betrachtete mich genau, wobei seine schlechte Laune etwas verflog. »Dann konzentrieren Sie sich.«

»Ja.«

»Passen Sie mal auf«, sagte er ein bißchen linkisch, »ich möchte meine schlechte Laune nicht an Ihnen auslassen. Wenn Sie nicht hier wären, würden wir alle noch viel schlimmer drinstecken. Sie hierherzuholen war die beste Idee, die ich je hatte.«

Vor Überraschung suchte ich nach Worten, um ihm zu danken, doch das Telefon kam mir zuvor. Tremayne nahm den Hörer ab und grunzte: »Hallo?« Sein Ärger war noch nicht ganz verflogen.

Sein Gesicht verzog sich auf wundersame Weise zu einem Lächeln. »Hallo, Ronnie. Wollen Sie sich erkundigen, wie es mit dem Buch vorangeht? Ihr Junge arbeitet dran. Was? Ja, er ist hier. Augenblick.« Er reichte mir den Hörer und sagte überflüssigerweise: »Es ist Ronnie Curzon.«

»Hallo, Ronnie«, sagte ich.

»Wie läuft's?«

»Ich reite ziemlich viel.«

»Konzentrier dich auf die Schreiberei. Ich habe Neuigkeiten für dich.«

»Gute oder schlechte?«

»Mein Kollege aus Amerika hat mich gestern abend wegen deinem Buch angerufen.«

»Oh.« Ich spürte plötzlich Angst aufkommen. »Was hat er gesagt?«

»Er sagte, *Zuhause ist weit* gefalle ihm wirklich sehr gut. Er will es gerne übernehmen und ist überzeugt, es bei einem guten Verlag unterzubringen.«

»Ronnie!« Ich mußte schlucken, konnte kaum richtig atmen. »Bist du sicher?«

»Natürlich bin ich sicher. Ich habe dir doch immer gesagt, daß es gut ist. Deine englische Verlegerin ist absolut zuversichtlich.

Sie hat meinem amerikanischen Kollegen erzählt, das Buch sei ausgezeichnet, und er stimmte ihr zu. Was willst du noch?«

»Oh ...«

»Nun komm mal wieder runter von der Decke. Dem Erstlingsroman eines englischen Schriftstellers gibt man keine gigantischen Vorschüsse.« Er erwähnte eine Summe, für die ich bis zum Ende meines Heliumabenteuers die Miete bezahlen konnte und noch etwas für Sandwiches übrigbehalten würde. »Wenn das Buch so einschlägt, wie sie es sich erhoffen, dann bekommst du zusätzlich Prozente.« Er machte eine Pause. »Bist du noch da?«

»So einigermaßen.«

Er lachte. »Jetzt geht es erst richtig los. Ich setze große Hoffnungen in dich.«

Lächerlich, ich hätte beinahe geweint. Statt dessen blinzelte ich ein paarmal und erzählte ihm mit brüchiger Stimme, daß ich Erica Upton zweimal getroffen und neben ihr beim Dinner gesessen hätte.

»Die zerreißt dich in der Luft!« sagte er, von Panik erfaßt.

»Das glaube ich nicht. Sie möchte ein Exemplar des Buches, sobald es erscheint.«

»Sie wird dich fertig machen. Am liebsten dreht sie Neulinge durch den Wolf.« Er hörte sich verzweifelt an. »Sie schreibt keine Kritiken, sie veranstaltet Massaker.«

»Das muß ich riskieren.«

»Laß mich mit Tremayne sprechen.«

»In Ordnung, Ronnie ... danke.«

»Ja, ja ...«

Ich gab den Hörer zurück und hörte, wie Ronnie am anderen Ende immer lauter wurde.

»Langsam, langsam«, sagte Tremayne. »Sie mag ihn.«

Ich hörte aus der Entfernung Ronnies ungläubiges: *»Was?«*

»Sie mag auch ihren Neffen Harry sehr gerne, und letzten Mittwoch hat John Harry das Leben gerettet. Ich garantiere Ihnen, sie wird ihm eine kritische Besprechung liefern, aber sie wird ihn nicht niedermachen.« Tremayne hörte eine Zeitlang zu, redete dann noch eine Weile und gab den Hörer wieder an mich.

»Na schön«, sagte Ronnie etwas beruhigter, »wenn sich die Möglichkeit ergibt, rette ihr auch das Leben.«

Ich lachte, und er legte mit einem Seufzer auf.

»Was ist passiert?« wollte Tremayne wissen. »Was hat er Ihnen mitgeteilt?«

»Mein Buch wird in Amerika veröffentlicht... wahrscheinlich.«

»Herzlichen Glückwunsch.« Er freute sich für mich und strahlte übers ganze Gesicht; seine düstere Laune hatte sich aufgehellt. »Aber das ändert doch nichts – ich meine hier, zwischen uns? Sie werden mein Buch noch schreiben, oder etwa nicht?«

Ich sah, wie Angst in ihm hochstieg und beschwichtigte ihn sofort.

»Ich werde es schreiben. Ich tue mein Allerbestes und hoffe nur, daß es Ihnen gerecht wird. Aber Sie müssen schon entschuldigen, wenn ich jetzt herumrenne und Luftsprünge mache... Ich bin ganz aus dem Häuschen. Ronnie sagte, jetzt geht es erst richtig los. Ich weiß nicht, ob ich das aushalte.« Ich schaute ihn an. »Ging es Ihnen genauso, als Top Spin Lob den Grand National gewann?«

»Ich war zehn Tage lang überglücklich, habe nicht mehr zu grinsen aufgehört. Topsy Blob, meine Güte!« Er stand auf. »Denn mal los. Sie fahren mit mir im Landrover. Fringes Bursche soll ihn hinaufreiten und dann mit Ihnen tauschen.«

»In Ordnung.«

Ich fand, daß Ronnies Neuigkeiten mir eine ganze Menge mehr Vertrauen hinsichtlich Fringe gegeben hatten, als ich bei Drifter gehabt hatte, so unlogisch es auch sein mochte.

Jetzt geht es erst richtig los.

Konzentrieren.

Fringe war jünger, spritziger und unberechenbarer als Drifter: Rockmusik anstelle von Klassik. Während ich die Zügel hielt und die Steigbügelriemen um ein paar Löcher verlängerte, machte er bockige Bewegungen, um sich an seinen neuen, schwereren Reiter zu gewöhnen.

»Gehen Sie mit ihm zur Strecke mit den drei Hürden dort unten«, sagte Tremayne, »und bringen Sie ihn mit angemessenem Tempo drüber. Sie sind jetzt nicht im Rennen. Ein guter, halber Galopp reicht aus. Bob Watson begleitet Sie. Fringe springt recht gut, aber er will geführt werden. Er zaudert, wenn Sie ihm nicht zu verstehen geben, wann er springen soll. Und niemals vergessen: Sie dressieren das Pferd, nicht umgekehrt. Alles klar?«

Ich nickte.

»Dann los.«

Er schien sich keine großen Sorgen darum zu machen, mich auf seinen halben Besitzanteil loszulassen. Ich versuchte mir einzureden, daß lediglich ein schneller Durchgang über drei recht anspruchslose Hindernisse vor mir lag und nicht der erste Eignungstest zum Rennjockey. Ich war schon öfter auf einem Pferd über Hindernisse gesprungen, aber noch nie auf einem Rennpferd, noch nie sehr schnell, und noch nie hatte ich mir Gedanken über die Haltungsnoten gemacht. Beinahe ohne daß es mir selbst bewußt geworden war, hatte sich mein Zögern während der ersten Tage in das starke Verlangen verwandelt, einmal an den Start gehen zu dürfen; egal welcher Start, egal wo. Ich mußte mir eingestehen, daß ich Sam und Nolan beneidete.

Bob zog mit seinem Pferd Kreise und wartete auf mich. Sowohl sein Tier als auch Fringe spürten, daß es ans Springen ging, und sie waren begierig darauf.

»Der Boss meint, Sie sollen auf der Spur reiten, die am nächsten an ihm dran ist«, sagte Bob knapp, »damit er sieht, was Sie anstellen.«

Ich nickte; mein Mund war etwas trocken. Bob trottete mit seinem Gaul fachmännisch in Position, fragte mich mit hochgezogener Augenbraue, ob ich soweit wäre, und startete per Fersendruck in einen schneller werdenden Galopp. Fringe war schon aus Gewohnheit und Ehrgeiz sofort neben ihm, ein sportliches Verhalten, das ihm anerzogen worden war und das er sichtlich genoß.

Vor uns die erste Hürde. Entfernung einschätzen... Fringe mitteilen, daß er kürzer ausschreiten solle... Die Botschaft kam zu erfolgreich an, er legte einen schnellen Schritt dazwischen, kam zu nahe an das Hindernis heran, setzte beinahe aus dem Stand darüber hinweg und fiel um Längen hinter Bob zurück.

Verdammt, dachte ich, *verdammt*.

Zweite Hürde, hat schon besser geklappt, ich gab ihm das Signal drei Schrittlängen vor dem Sprung, spürte, wie er zum richtigen Zeitpunkt abhob, spürte, wie seine Selbstsicherheit und sein Vertrauen in mich zurückkam, wenn auch nur vorübergehend.

Drittes Hindernis, ich überließ ihm zuviel Entscheidungsspielraum, weil die Entfernung so ungünstig war. Ich konnte mich nicht entscheiden, ob er kürzer oder weiter ausholen sollte, was zur Folge hatte, daß er sich auch nicht entscheiden konnte, und so taumelten wir unsauber drüber weg, seine Hufe knallten gegen den Holzrahmen, mein Gewicht kam viel zu weit nach vorne... eine Katastrophe.

Wir zügelten die Pferde am Ende der Trainingsbahn und trotteten zurück zu Tremeyne, der uns mit seinem Fernglas erwartete. Ich traute mich nicht, Bob anzuschauen, wollte seine Mißbilligung nicht sehen, ich wußte selbst zu gut, daß ich keine Meisterleistung dargeboten hatte.

Tremayne hatte die Lippen geschürzt, äußerte sich jedoch

nicht direkt. Statt dessen sagte er: »Zweiter Durchgang, Bob. Los.« Ich kapierte, daß wir zurückkehren und noch einmal von vorne anfangen sollten.

Anscheinend hatte ich beim zweiten Mal mehr Zeit, um alles auf die Reihe zu kriegen, und Fringe blieb ziemlich flott bis zum Schluß mit Bob auf einer Höhe. Ich war begeistert und fühlte mich erleichtert und wieder ich selbst, doch ich hatte an einem der Morgen Sam Yaeger beim Training zugesehen – der Unterschied war mir durchaus bewußt.

Tremayne äußerte sich erst, als wir zu den Ställen zurückfuhren, und auch da fragte er nur, ob ich mit meinen Leistungen zufrieden sei. Auf die eine Art gesehen, war ich überglücklich, dachte ich, anders betrachtet wiederum nicht. Ich wußte genau, daß ich Rennen reiten wollte, wußte, daß ich grundsätzlich Talent hatte.

»Ich werde es lernen«, sagte ich grimmig. Er antwortete nicht.

Doch als wir im Haus angekommen waren, kramte er eine Zeitlang im Büro herum, beschwerte sich darüber, daß er an Dee-Dees freiem Tag nichts mehr finden könne, und kam schließlich mit einem Zettel in den Eßraum, knallte ihn auf den Tisch und forderte mich auf, ihn zu unterschreiben.

Wie ich gleich darauf feststellte, handelte es sich um einen Antrag für die Zulassung als Amateurjockey. Ich unterschrieb wortlos, freute mich unglaublich und grinste wie ein Schwachsinniger.

Tremayne grunzte und brachte das Dokument wieder weg. Kurz darauf kam er zurück und sagte, ich solle die Arbeit liegen lassen und, falls es mir nichts ausmache, mit ihm zur Rennbahn nach Newbury fahren. Mackie würde ebenfalls mitkommen und Fiona auch.

Dann kam er zum Kern der Sache: »Offen gesagt, die beiden wollen nicht ohne Sie mitkommen, und Harry möchte, daß Sie dabei sind und ... nun ... ich auch.«

»In Ordnung«, sagte ich.

Er machte sich wieder davon, und nachdem ich kurz überlegt hatte, ging ich ins Büro, um Doone auf dem Polizeirevier anzurufen. Mir wurde mitgeteilt, er sei momentan nicht im Dienst, ich könne aber eine Nachricht und meinen Namen hinterlassen.

Ich hinterließ meinen Namen.

»Fragen Sie ihn«, sagte ich, »warum die Bretter im Bootshaus nicht an der Oberfläche schwimmen.«

»Äh ... würden Sie das bitte wiederholen, Sir?«

Ich wiederholte es, und man las es mir noch einmal skeptisch vor.

»Das ist richtig«, bestätigte ich amüsiert. »Vergessen Sie es nicht.«

Wir fuhren zum Rennplatz und sahen, wie Nolan auf Fionas Pferd Groundsel um eine Länge auf den zweiten Platz verwiesen wurde, und wir schauten zu, wie Sam zwei von Tremaynes Pferden ohne zu gewinnen ins Ziel brachte und anschließend für einen anderen Trainer gewann.

»Kein Tag ist wie der andere«, sagte Tremayne philosophisch.

Auf dem Weg zum Rennplatz hatte uns Fiona erzählt, daß die Polizei angerufen habe, um ihnen mitzuteilen, sie hätten Harrys Wagen am Bahnhof von Reading gefunden.

»Sie meinten, er sieht unbeschädigt aus, aber sie haben ihn in eine Garage abgeschleppt, um eventuelle Spuren zu sichern. Ich wußte nicht, daß man wirklich ›Spuren sichern‹ sagt, aber so haben sie sich ausgedrück.«

»Sie reden wie ihre Notizbücher«, nickte Tremayne.

Vom Bahnhof in Reading konnte man in die weite Welt fahren. Metaphorische Klippe, dachte ich. Also war ein belastendes Verschwinden das geplante Szenario gewesen und nicht mutmaßlicher Selbstmord. Es sei denn, man hatte den Wagen nach Harrys unvorhergesehener Wiederauferstehung ein zweites Mal umgestellt.

Natürlich kursierten auf dem Rennplatz die wildesten Gerüchte von der Schlägerei auf Tremaynes Dinner, die meisten Versionen waren durch das Ausschmücken der Presse schamlos übertrieben oder einfach unzutreffend. Tremayne ertrug die Witze mit der angebrachten Standfestigkeit und freute sich mehr darüber, daß von seiten des Jockey Clubs Bemerkungen oder gar Nachfragen ausblieben. Noch nicht einmal ein Tadel von der Sorte ›so etwas diskreditiert den gesamten Rennsport‹, der als Meßlatte für die inoffizielle Rüge galt, wie ich inzwischen wußte, war zu vernehmen.

Durch osmotische Informationsübertragung wußten sowohl Sam als auch Nolan von meinem Training mit Fringe. Sam sagte: »Demnächst werden Sie mir meinen verfluchten Job wegnehmen«, allerdings rein im Spaß, und Nolan, der fluchte und mich böse anfunkelte, sah Tremaynes warnenden Blick und flüchtete sich in schwärenden Groll.

»Sam hat Bob angerufen, um sich zu informieren«, sagte Tremayne hinterher. »Bob hat ihm erzählt, daß Sie sich ganz gut angestellt haben. Sam konnte es nicht erwarten, es Nolan mitzuteilen. Ich habe es selbst gehört. Das sind vielleicht ein paar Idioten.«

Den gesamten Nachmittag über hielt sich Fiona dicht an meiner Seite und drehte sich ängstlich nach mir um, wenn ich mal einen Schritt zurückblieb. Sie versuchte erfolglos, vor mir zu verheimlichen, was sie selbst mit »lächerliche Angst« bezeichnete, und mir war klar, daß ihre Angst auf nichts Bestimmtes gerichtet war und über keine Logik verfügte, sondern zu einer Geistesverfassung wurde. Auch Tremayne, der es ebenfalls bemerkt hatte, kümmerte sich noch mehr als sonst um sie, und Fiona selbst unternahm sichtliche Anstrengungen, sich normal zu verhalten oder, wie sie es nannte, »vernünftig zu sein«.

Wenn Mackie nicht gerade Tremayne zur Hand gehen mußte, blieb sie nahe bei Fiona, und obwohl ich mir alle Mühe gab, wollte es mir nicht gelingen, die unterschwellige Furcht aus ihren Blicken zu vertreiben. Die Silberblonde und der Rotschopf klebten gelegentlich aneinander wie langjährige Freundinnen und unterhielten sich mit Nolan, dem Cousin der einen und dem Ex-Verlobten der anderen, mit einer Mischung aus Schrecken, Entrüstung und Mitleid.

Nolan war darüber verstimmt, daß er auf Groundsel verloren hatte, obwohl mir nicht aufgefallen war, daß er etwas falsch gemacht hätte. Tremayne tadelte ihn nicht und Fiona schon gar nicht, aber der Mißerfolg verstärkte seinen Unmut gegen mich, soweit das noch möglich war. Ich war selbst nicht sehr angetan davon, mir ohne es zu wollen einen so gewalttätigen Feind eingehandelt zu haben, und sah keinen anderen Ausweg als absolute Zurückhaltung. Das dumme daran war nur, daß ich seit dem Training am Morgen nicht mehr die geringste Neigung zur Zurückhaltung verspürte.

Immer wieder schaute ich mit innerer Freude auf den Morgen zurück; auf Ronnies Anruf, die Offenbarung auf der Hürdenstrecke. Überall öffneten sich Türen. Es ging los.

Gegen Ende des Nachmittags kehrten wir nach Shellerton House zurück, wo Perkin auf einen Drink herüberkam, Tremayne noch einmal nach den Pferden sah und Gareth nach seinem Fußballspiel nach Hause kam. Ein Abend wie so viele andere in diesem Haus, für mich jedoch der erste in einem neuen Leben.

Am nächsten Tag, einem Sonntag, mußte ich mein Versprechen einlösen und Gareth und Coconut zu einem zweiten Abenteuerausflug mitnehmen.

Das Wetter war wesentlich besser; sonnig, aber immer noch kalt und ein bißchen windig, ein guter Tag zum Marschieren. Mein Vorschlag lautete: zwölf Kilometer hin und zwölf Kilometer zurück. Gareth, von Panik ergriffen, schlug drei Kilometer vor. Wir einigten uns darauf, den Landrover mitzunehmen und dann so lange zu gehen, wie der Enthusiasmus der beiden Jungs anhielt.

»Wo geht ihr hin?« erkundigte sich Tremayne.

»Die Straße entlang, über die Hügel, Richtung Reading«, sagte ich. »Dort gibt es hervorragende Waldgebiete, nicht eingezäunt und ohne Verbotsschilder.«

Tremayne nickte. »Ich kenne die Stelle. Das gehört alles zum Quillersedge-Gebiet. Sie versuchen nur, die Leute vor Weihnachten draußen zu halten, damit sie keine Fichten klauen.«

»Wir zünden dort lieber kein Feuer an«, sagte ich, »deshalb nehmen wir uns Essen und Wasser mit.«

Gareth sah erleichtert aus. »Keine gebratenen Würmer.«

»Nein, aber trotzdem Überlebensnahrung. Sachen, die man sammeln oder fangen kann.«

»Na schön«, stimmte er zu, pragmatisch wie der Vater. »Wie wär's mit Schokolade anstelle von Löwenzahnblättern?«

Ich war mit Schokolade einverstanden. Der Tag sollte erträglich bleiben. Um zehn Uhr machten wir uns auf den Weg, holten Coconut ab und brummten Richtung Wald.

Überall entlang der Straße gab es Parkplätze; nicht die dafür vorgesehenen offiziellen, geteerten Stellen, sondern kleine Ausbuchtungen aus festgedrückter Erde, erzeugt von den Autos der zahlreichen Spaziergänger. Ich stellte den Wagen auf einer davon ab, zog die Handbremse und verschloß die Türen, nachdem die Jungs draußen waren.

Gareth trug natürlich seine psychedelische Jacke. Coconut hatte sein gelbes Ölzeug mit einem ebenso augenschädlichen Anorak vertauscht, und ich, in bedauernswerter Ermangelung meiner Skijacke, paßte mich mit meinen stonewashed Jeans und einer weiten olivgrünen Jacke, die ich von Tremayne geborgt hatte, unauffällig in die Landschaft ein.

»Also gut«, sagte ich und mußte lächeln, als sie die Riemen

ihrer hellblauen Nylonrucksäcke über die Schultern streiften, »wir machen einen Spaziergang in die Wildnis der Berkshires. Seid ihr fit?«

Sie bejahten das, und so betraten wir ohne Umwege das labyrinthische Gewirr von Erlen, Haselsträuchern, Birken, Eichen, Kiefern, Fichten und Lorbeergestrüpp und suchten uns einen Weg auf dürrem Gras, durch kratzige Dornenranken und zwischen den blattlosen, kniehohen Sprößlingen der nächsten Baumgeneration. Nirgendwo war etwas gerodet oder aufgeforstet; es war ein unwegsamer Urwald, wie ihn die Natur geschaffen hatte, genau das Richtige für die Jungs.

Ich ermunterte sie, vorauszugehen, achtete jedoch darauf, daß sie in Richtung Sonne marschierten, indem ich kleine Umwege um undurchdringliche Flecken vorschlug, und ich nannte ihnen die Namen der Bäume, um die Expedition interessanter zu gestalten.

»Wir essen doch nicht schon wieder Rinde, oder?« fragte Coconut, nachdem er »Bäh« zu einer Birke gesagt hatte.

»Heute nicht. Dort ist ein Haselstrauch. Eventuell liegen ringsumher noch ein paar Nüsse.«

Sie fanden ganze zwei. Die Eichhörnchen waren schneller gewesen.

Wir gingen einen guten Kilometer, bevor sie der Anstrengungen müde wurden, und ich wollte ohnehin nicht viel weiter gehen, denn laut der Landkarte in meiner Tasche befanden wir uns ungefähr in der Mitte des westlichen Ausläufers des Waldes von Quillersedge. Wir waren bisher immer wieder bergauf und bergab gewandert, doch in nicht mehr allzu großer Entfernung – laut Höhenlinien auf der Karte – ging es jäh und steil nach unten, was aus dem Rückweg einen zu beschwerlichen Aufstieg gemacht hätte.

Gareth blieb auf einer der seltenen kleinen Lichtungen stehen und erwähnte hoffnungsfroh das Thema Essen.

»Klar«, sagte ich. »Wir können uns aus abgebrochenen Zweigen ordentliche Sitze bauen, damit wir nicht mit dem Hintern auf dem feuchten Boden sitzen müssen, wenn ihr wollt. Heute ist es nicht erforderlich, einen Schutz zu basteln.«

Sie bauten kleine Haufen aus Zweigen, legten obendrauf Immergrün, leerten dann die Rucksäcke aus und breiteten das blaue Nylon über das Immergrün. Wir saßen ziemlich bequem und verzehrten die Sachen, die ich zu dem Zweck mitgebracht hatte.

»Geräucherte Forelle!« rief Gareth. »Das ist ein Fortschritt im Vergleich zu den Wurzeln.«

»Man kann Forellen fangen und räuchern, wenn man dazu gezwungen ist«, sagte ich. »Am leichtesten lassen sie sich mit einem dreigezackten Speer fangen, aber erzählt das ja keinem Angler.«

»Wie werden sie geräuchert?«

»Man macht ein Feuer mit sehr viel heißer Glut. Dann wird die Glut mit frischen, grünen Blättern zugedeckt: das brennt sehr langsam und entwickelt dicke Rauchschwaden. Man bastelt sich einen geflochtenen Rost, legt den Fisch drauf und hält ihn über das Feuer. Man kann den Fisch auch direkt in den Rauch hängen oder den Fisch mit blättrigen Zweigen bedecken, damit der Rauch drinbleibt. Am besten eignen sich Eiche oder Buche zum Räuchern. Der Geruch des Rauchs zieht in den Fisch hinein, deswegen sollte man nichts nehmen, dessen Geruch man nicht leiden mag. Niemals Stechpalmen oder Eibe nehmen, die sind giftig. Man kann so ziemlich alles räuchern: in Streifen geschnittenes Fleisch, auch Hühnerstückchen.«

»Geräucherter Lachs!« sagte Coconut. »Warum nicht?«

»Den mußt du erst mal fangen«, kam Gareth' trockener Kommentar.

Er hatte einen Fotoapparat mitgebracht und knipste alles mögliche: die Sitze, das Essen, uns.

»Ich möchte mich an diese Tage erinnern, wenn ich einmal alt bin, so wie Dad«, sagte Gareth. »Dad wäre froh, wenn er damals eine Kamera gehabt hätte, als er mit seinem Vater um die Welt gereist ist.«

»Wirklich?« fragte ich ihn.

Er nickte. »Er hat es mir gesagt, als er mir die hier geschenkt hat.«

Wir aßen die Forellen mit ungesäuertem Brot und gesundem Appetit und rundeten die Sache mit gemischten Trockenfrüchten und gerösteten Walnüssen und Mandeln ab. Die Jungs deklarierten die Mahlzeit zum Festessen, verglichen mit der am vorangegangenen Sonntag, und verputzten ihre Schokolade als Bonus.

Gareth sagte beiläufig: »Wurde Angela Brickell nicht an so einem Ort umgebracht?«

»Tja ... ich glaube schon. Aber ungefähr fünf Meilen von hier entfernt«, sagte ich.

»Und es war Sommer«, sinnierte er. »Warm. An den Bäumen hingen Blätter.«

»Mm.« Gute Vorstellungskraft, dachte ich.

»Sie wollte mich küssen«, sagte er und verzog das Gesicht.

Sowohl Coconut als auch ich schauten ihn verdutzt an.

»So häßlich bin ich auch wieder nicht«, sagte er beleidigt.

»Du bist nicht häßlich«, versicherte ich ihm, »aber du bist jung.«

»Sie hat gesagt, ich würde erwachsen werden.« Er sah verlegen aus, genau wie Coconut.

»Wann hat sie das gesagt?« fragte ich sanft.

»In den Osterferien, letztes Jahr. Sie lief immer draußen auf dem Hof herum; hat mich immer angeguckt. Ich erzählte Dad davon, aber er hörte nicht zu. Es war während des Grand National, und er konnte an nichts anderes denken als an Top Spin Lob.« Er schluckte. »Dann ist sie abgehauen, und ich war echt froh. Ich bin schon gar nicht mehr gerne in den Hof gegangen, wenn sie draußen war.« Er schaute mich furchtsam an. »Ich weiß, es ist falsch, sich über den Tod von jemandem zu freuen.«

»Freust du dich denn darüber?«

Er dachte darüber nach.

»Erleichterung«, sagte er schließlich. »Ich fürchtete mich vor ihr.« Er schämte sich. »Trotzdem mußte ich an sie denken. Ich konnte nichts dagegen tun.«

»Es wird nicht das letzte Mal sein, daß sich jemand für dich interessiert«, sagte ich nüchtern. »Beim nächsten Mal brauchst du keine Schuldgefühle zu haben.«

Leichter gesagt als getan, vermutete ich. Scham und Schuldgefühle peinigen den Unschuldigen mehr als den Verdorbenen.

Nachdem er seine Gefühle in Worte gefaßt hatte, schien Gareth erleichtert zu sein; er und Coconut sprangen auf, rannten herum, versetzten einander angedeutete Boxhiebe, schaukelten an den Ästen und befreiten sich von ihrer Verlegenheit durch lautes Geschrei, unbändige Bewegung und Imponiergehabe. Vermutlich war ich genauso gewesen, aber ich konnte mich nicht mehr daran erinnern.

»Na denn«, sagte ich, als sie sich schnaufend auf ihre Sitze warfen und ich die Verpackungen unserer Mahlzeit einsammelte (mit denen man ein nettes kleines Feuerchen hätte anzünden können). »Ich welcher Richtung steht der Landrover?«

»Da lang«, sagte Gareth ohne zu zögern und zeigte nach Osten.

»Da lang«, sagte Coconut und zeigte nach Westen.

»Wo ist Norden?« fragte ich.

Instinktiv tippten beide daneben, bekamen es dann aber durch den Stand der Sonne ungefähr heraus; ich zeigte ihnen, wie man eine Uhr als Kompaß benutzt, und Gareth erinnerte sich dunkel daran, daß er das schon einmal gelernt hatte.

»Irgendwie muß man die Zeiger auf die Sonne richten«, grübelte er.

Ich nickte. »Den Stundenzeiger auf die Sonne richten, dann ist zwischen dem Zeiger und zwölf Uhr die Nord-Süd-Achse.«

»Aber nicht in Australien«, sagte Gareth.

»Wir sind aber nicht in Australien«, erwiderte Coconut. Er schaute auf seine Uhr und blickte sich um. »Dort ist Norden«, sagte er und streckte den Zeigefinger aus. »Aber wo ist der Landrover?«

»Wenn ihr nach Norden geht, kommt ihr wieder an die Straße.«

»Was soll das heißen, ›ihr‹?« fragte Gareth. »Sie gehen mit. Sie müssen uns den Weg zeigen.«

»Ich habe mir gedacht, es würde euch mehr Spaß machen, den Weg zurück selbst zu finden. Und«, fuhr ich fort, als er gerade widersprechen wollte, »damit ihr nicht verlorengeht: wenn die Sonne verschwindet, könnt ihr die Bäume unterwegs mit Leuchtfarbe kennzeichnen. So seid ihr immer in der Lage, zu mir zurückzufinden.«

»Geil«, sagte er wie verzaubert.

»Was?« fragte Coconut.

Gareth erzählte ihm, wie man zu jedem Ort zurückfinden konnte, indem man den Weg markierte.

»Ich folge euch«, sagte ich, »aber ihr werdet mich nicht sehen. Falls ihr euch wirklich total verlauft, sage ich euch Bescheid. Ansonsten hängt euer Überleben ganz von euch ab.«

»Stark«, strahlte Gareth.

Ich machte den Reißverschluß an meinem Gürtel auf und gab ihm die kleine Farbdose und den abgesägten Pinsel.

»Denkt dran, den Flecken immer so anbringen, daß ihr ihn von beiden Richtungen sehen könnt, vom Hinweg und vom Rückweg aus. Und nie den letzten Klecks aus den Augen verlieren.«

»Okay.«

»Wartet auf mich, wenn ihr die Straße erreicht habt.«

»Ja.«

»Nehmt die Trillerpfeife mit.« Ich zog sie aus der Tasche und reichte sie ihm. »Das ist nur eine Rückversicherung, falls ihr nicht mehr weiter wißt. Wenn es Probleme gibt, pfeifen: dann bin ich sofort da.«

»Es ist doch nur ein guter Kilometer«, protestierte er und wollte die Pfeife nicht annehmen.

»Was soll ich deinem Vater sagen, wenn du mir abhanden kommst?«

Er grinste verständnisvoll, gab nach und steckte die beste aller Versicherungen in die Hosentasche.

»Los, wir gehen den gleichen Weg zurück, auf dem wir hergekommen sind«, schlug Coconut vor.

»Käseleicht«, sagte Gareth zustimmend.

Ich sah ihnen zu, wie sie sich eine ungünstige Stelle aussuchten und das erste Zeichen bedächtig auf den Stamm eines Schößlings malten. Sie hätten womöglich unseren Pfad vom Vormittag gefunden, wenn sie von der Straße aus losgegangen wären, aber eine Spur rückwärts zu verfolgen war unheimlich schwer. Alle identifizierbaren Zeichen auf unserem Weg wiesen in den Wald hinein, nicht heraus.

Sie zogen ihre Uhren zu Rate, bewegten sich in nördlicher Richtung zwischen den Bäumen hindurch und markierten unterwegs recht fleißig. Sie winkten einmal, ich winkte zurück, und eine Zeitlang konnte ich ihre hellen Jacken in den flirrenden Schatten des Nachmittagslichtes erkennen. Dann, nachdem sie verschwunden waren, folgte ich langsam ihren Markierungen.

Ich konnte mich sehr viel schneller bewegen als sie. Sobald ich sie erblickte, ging ich in die Hocke; auch wenn sie sich ständig umschauten, würden sie mich in dieser Höhe in meinen naturfarbenen Kleidern nicht entdecken.

Außer der Landkarte hatte ich meinen verläßlichen Kompaß

mitgebracht, mit dessen Hilfe ich ständig die von den Jungs eingeschlagene Richtung überprüfte. Sie kamen ein wenig nach Nordosten ab, aber nicht so weit, daß sie sich wirklich verlaufen hätten, und nach einer Weile korrigierten sie ihre Richtung mehr nach Norden hin.

Die hell schimmernden Flecken waren leicht zu erkennen, nie weit voneinander entfernt. Gareth hatte schlauerweise durchgehend junge Bäume mit glatter Rinde ausgesucht, und alle Zeichen befanden sich auf gleicher Höhe, ungefähr hüfthoch, wo ihm allem Anschein nach das Pinseln am leichtesten fiel.

Ich hatte die Jungs mit kurzen Unterbrechungen den ganzen Weg über im Blickfeld. Sie unterhielten sich lautstark, als wollten sie die überall lauernden Waldgeister in Schach halten, und ich erinnerte mich an das unheimliche Gefühl, das einen als Jugendlichen befällt, wenn man sich mutterseelenallein im tiefen Wald befindet und auf Gedeih und Verderb übernatürlichen Kräften ausgeliefert ist. Das konnte einen schon bei Tageslicht nervös machen. Im Alter von fünfzehn hatte ich mich nachts einige Male schrecklich gefürchtet.

An diesem Tag, an dem ich den Jungs und ihrer Spur langsam folgte, fühlte ich mich einfach heimisch und von innerem Frieden erfüllt. Ein paar Vögel zwitscherten bereits, und abgesehen von den Stimmen der beiden Wanderer war die Stille so tief und so alt wie das Land. Die Wälder mit ihren träumenden Knospen und Schmetterlingen in ihren Kokons schlummerten geduldig und sanft erschauernd und warteten auf die Regungen des Frühlings. Die Gerüche des Herbstes nach Kompost und Fäulnis hingen im Tau des Winters wie ein Schleier, nur die Tannen und Fichten dufteten aromatisch, als hätte sie jemand herausgeputzt. Kiefernharz gab, wenn man es anzapfte, sammelte und zu Klumpen trocknete, hervorragenden Brennstoff ab.

Die anderthalb Kilometer zogen sich dahin, doch gegen Ende konnte man schon vereinzelte Autos von der Straße her hören, und Gareth und Coconut brachen mit Gejohle durch das letzte Gestrüpp; wie schon in der Woche zuvor, waren sie erleichtert, wieder zurück im Raumzeitalter zu sein.

Ich beeilte mich und trat hinter ihnen aus dem Wald heraus, was Gareth sehr verblüffte.

»Wir dachten, Sie wären kilometerweit zurück«, rief er.

»Ihr habt eine hervorragende Fährte gelegt.«

»Die Farbe ist so gut wie alle.« Er hielt die Dose hoch, um sie mir zu zeigen, da rutschte sie ihm aus den Fingern, und der Rest des Inhalts verteilte sich auf dem Boden. »O je, tut mir leid«, sagte er. »Es war aber nicht mehr viel drin.«

»Macht nichts.« Ich hob die Dose auf, die von der ausgelaufenen Farbe ganz glitschig war, schraubte den Deckel zu und ließ sie mit dem Pinsel in die Plastiktüte fallen, bevor ich sie wieder in meinem Beutel verstaute.

»Können wir wieder welche besorgen?« fragte Coconut.

»Klar. Kein Problem. Fertig zur Heimfahrt?«

Die Jungs, die über ihre Leistung glücklich und überdreht waren, rannten und hüpften die Strecke zum Land Rover zurück, den wir gleich hinter der nächsten Kurve fanden. Auf der Heimfahrt waren sie allerbester Laune.

»Erstklassig«, rief Gareth Tremayne entgegen, als er ins Familienzimmer platzte, nachdem wir Coconut zu Hause abgesetzt hatten und nach Shellerton House zurückgekehrt waren. »Fantastisch.«

Ob sie es wollten oder nicht, Tremayne, Mackie und Perkin erhielten einen minutiösen Bericht über den Ablauf des Tages, mit Ausnahme unseres Gesprächs über Angela Brickell. Tremayne lauschte mit heimlicher Genugtuung, Mackie mit lebhaftem Interesse, Perkin langweilte sich.

»Das ist die reinste Wildnis«, sagte Gareth. »Man hört dort *überhaupt nichts*. Ich habe irre viel Fotos gemacht –« Er verstummte, seine Miene verdüsterte sich. »Augenblick mal.«

Er rannte aus dem Zimmer und kam mit seinem blauen Rucksack zurück, wühlte besorgt darin herum.

»Meine Kamera ist nicht da!«

»Die, die ich dir zu Weihnachten geschenkt habe?« Tremayne klang nicht sehr begeistert.

»Vielleicht hat sie Coconut«, meinte Perkin träge.

»Danke.« Gareth sprang zum Telefon, doch seine Hoffnungen wurden alsbald zunichte gemacht. »Er sagt, er habe sie nach dem Essen nicht mehr gesehen.« Gareth war verzweifelt. »Wir müssen sofort wieder zurück.«

»Nein, das werdet ihr bestimmt nicht tun«, sagte Tremayne unmißverständlich. »Es hört sich nach einem weiten Weg an, und es wird bald dunkel.«

»Aber wir haben doch *Leuchtfarbe* benutzt«, bettelte Gareth. »Der Witz ist, daß man den Weg im Dunkeln finden kann.«

»Nein«, sagte sein Vater.

Gareth wandte sich an mich: »Können wir nicht zurückgehen?«

Ich schüttelte den Kopf. »Dein Vater hat recht. Wir könnten uns in diesem Dickicht verlaufen, ob mit oder ohne Farbe. Man braucht nur ein Zeichen zu übersehen, und schon sind wir bis morgen früh dort.«

»*Sie* würden sich niemals verlaufen.«

»Das könnte durchaus passieren«, sagte ich. »Wir bleiben hier.«

»Hast du sie auf dem Rückweg verloren?« fragte Mackie mitfühlend.

»Nein ...« Er dachte lange nach. »Ich muß sie dort zurückgelassen haben, wo wir gegessen haben. Ich habe sie an einen Ast gehängt, damit sie nicht feucht wird. Ich habe sie einfach vergessen.«

Er war so aufgeregt, daß ich sagte: »Ich hole sie morgen nachmittag.«

»Wirklich?« Das Unglück verwandelte sich in neue Hoffnung. »Oh, prima!«

Tremayne schien daran zu zweifeln. »Werden Sie denn eine winzige Kamera in all den Quadratkilometern öder Wildnis wiederfinden?«

»Natürlich kann er das«, klärte ihn Gareth vertrauensvoll auf. »Ich habe dir doch gesagt, wir haben eine *Fährte* hinterlassen. Und oh!« Ihm war etwas eingefallen. »Was für ein Glück, daß ich die Farbe fallen gelassen habe, da können Sie sehen, wo die Fährte anfängt, denn als wir die Straße sahen, haben wir keinen Baum mehr gekennzeichnet.«

»Kannst du uns das näher erklären?« fragte Mackie.

Gareth erklärte.

»Werden Sie die Spur wirklich wiederfinden?« fragte mich Mackie kopfschüttelnd.

»Es sei denn, jemand hat auf dem Farbklecks geparkt und ihn im Profil mit nach Hause genommen.«

»Bloß nicht«, stöhnte Gareth.

»Keine Bange«, beruhigte ich ihn. »Ich werde deine Kamera finden, wenn sie sich noch dort auf der Lichtung befindet.«

»Bestimmt, ich bin sicher. Ich erinnere mich daran, wie ich sie hingehängt habe.«

»Na schön«, sagte Tremayne. »Dann laßt uns das Thema wechseln.«

»Futter?« fragte Gareth hoffnungsvoll. »Pizza?«

16

Am Montagmorgen saß ich wieder in der ersten Gruppe auf Drifter.

»Er ist übermorgen für ein Rennen in Worcester angemeldet«, sagte Tremayne, als wir in der Morgendämmerung zu den Ställen gingen. »Heute findet sein letzter Trainingsgalopp statt, also fallen Sie nicht wieder runter. Der Tierarzt ist heute früh schon hiergewesen, um sein Blut zu untersuchen.«

Tremaynes Tierarzt nahm von jedem Pferd aus dem Stall vor jedem letzten Trainingsgalopp vor dem Rennen kleine Blutproben, deren detaillierte Analyse alles mögliche aussagte, angefangen beim erhöhten Auftreten von Lymphozyten bis hin zu Enzymabsonderungen aufgrund von Muskelschäden. Gab es zuviele Kontraindikationen im Blutbild, dann teilte der Arzt Tremayne mit, daß das Pferd aller Voraussicht nach nicht gut laufen oder gar gewinnen werde. Tremayne war der Ansicht, daß diese Regelung die Besitzer vor unnötigen Ausgaben für sinnlose Boxenmieten sowie Jockeyhonorare bewahrte und ihm selbst eine Menge unerklärlicher und ärgerlicher Enttäuschungen ersparte.

»Gehen Sie selbst mit nach Worcester?« fragte ich ihn.

»Wahrscheinlich. Vielleicht schicke ich Mackie. Weshalb?«

»Äh... eventuell könnte ich mitgehen und Drifter laufen sehen.«

Er drehte sich um und starrte mich an, als könne er momentan nicht verstehen, was mich daran interessierte, doch dann, als er verstanden hatte, sagte er, ich könne selbstverständlich mitgehen, wenn ich Lust dazu hätte.

»Danke.«

»Sie können heute morgen Fringe reiten, zweite Gruppe.«

»Nochmals danke.«

»Ihnen vielen Dank dafür, daß Sie Gareth gestern einen so schönen Tag bereitet haben.«

»Hat mir viel Spaß gemacht.«

Wir waren bei den Ställen angekommen und schauten wie gewöhnlich den letzten Vorbereitungen zu.

»Es war eine gute Kamera«, sagte Tremayne bedauernd. »So ein dummer Junge.«

»Ich hole sie zurück.«

»Auf dieser zweifelhaften Spur?« Er war skeptisch.

»Kann gut sein. Aber ich hatte gestern eine Landkarte und einen Kompaß dabei; ich weiß ziemlich genau, wo wir gewesen sind.«

Er schüttelte lächelnd den Kopf: »Sie sind wirklich außerordentlich umsichtig. Wie Fiona schon sagte, Sie holen uns ständig aus der Patsche.«

»Leider klappt das nicht immer.«

»Lassen Sie Drifter ordentlich galoppieren.«

Wir gingen in die Downs, und wenigstens dieses Mal blieb ich im Sattel; tatsächlich fühlte ich mich zum ersten Mal heimisch dort oben, als gehörte ich dorthin. Das Ungewohnte und Schwierige wurde zur zweiten Natur; genauso war es mir ergangen, als ich den Flugschein gemacht hatte. Sowohl bei Rennpferden als auch bei Helikoptern bedurfte es sensibler Hände für die ankommenden Signale, und beide taten normalerweise genau das, was man wollte, solange man die richtigen Signale zurückschickte.

Drifter flog in einem geschmeidigen, schnellen Rhythmus die Galoppbahn hinauf, und Tremayne meinte, er hätte gute Aussichten in Worcester, wenn mit seinem Blut alles in Ordnung sei.

Als ich das Pferd in den Stall gebracht hatte und zum Frühstück erschien, traf ich dort Mackie und Sam Yaeger. Sie saßen mit Tremayne am Tisch und besprachen die Rennen des Tages in Nottingham. Das Pferd, das Tremayne nominiert hatte, lahmte plötzlich, und ein anderer von Sams Starts war zurückgezogen worden, weil die Frau des Besitzers gestorben war.

»Jetzt bleibt mir nur eine Krücke übrig«, meckerte Sam. »Es hat gar keinen Sinn, überhaupt hinzugehen. Ich glaube, ich kriege eine Erkältung und arbeite am Boot weiter.« Ohne lange zu zögern ging er zum Telefon, krächzte seine Entschuldigung und heimste unverdientes Mitleid ein. Als er den Hörer auflegte, grinste er mich an. »Wo bleibt der Toast?«

»Schon unterwegs.«

»Wie man so hört, haben Sie gestern mit Gareth und Coconut quer durch die Berkshires Cowboy und Indianer gespielt.«

»Neuigkeiten reisen schnell«, entgegnete ich resigniert.

»Ich habe es ihm erzählt«, sagte Mackie lächelnd. »Haben Sie etwas dagegen?«

Ich schüttelte den Kopf und fragte, wie sie sich fühlte. Sie ritt nicht mehr mit der ersten Gruppe hinaus, da ihr nach dem Erwachen oft schlecht war, und Tremayne drängte sie nicht, wieder einzusteigen, im Gegenteil.

»Mir ist schlecht«, antwortete sie auf meine Nachfrage. »Gottseidank.«

»Leg dich ein bißchen hin«, schlug Tremayne vor.

»Ihr macht alle viel zu viel Aufhebens davon.«

Sam wandte sich an mich: »Doone war den ganzen Samstag nachmittag über draußen auf der Werft.«

»Ich dachte, er hätte dienstfrei.«

»Wie es aussieht, hat er von Ihnen eine Botschaft erhalten.«

»Mm. Ich habe eine für ihn hinterlassen.«

»Was für eine Botschaft?« wollte Tremayne wissen.

»Keine Ahnung«, sagte Sam. »Doone rief mich gestern an, um mir mitzuteilen, daß er draußen gewesen ist und ein paar Sachen mitgenommen hat, für die er mir einen Beleg ausstellen will.«

»Was für Sachen?« fragte Tremayne.

»Wollte er nicht sagen.« Sam schaute mich an. »Wissen Sie, um was es sich handelt? Sieht so aus, als hätten Sie ihn darauf gestoßen. Er machte einen ziemlich aufgeregten Eindruck.«

»Was war das für eine Botschaft?« fragte mich jetzt Mackie.

»Ähm ... ich fragte ihn, warum die Fußbodenbretter nicht an der Oberfläche herumgeschwommen sind.«

Tremayne und Mackie waren eher verdutzt, doch Sam verstand sofort und war wie vom Donner gerührt.

»Teufel noch mal, wie sind Sie denn darauf gekommen?«

»Weiß nicht«, sagte ich. »Es fiel mir plötzlich ein.«

»Erklären Sie doch bitte«, bettelte Mackie.

Ich sagte ihr das gleiche, das ich schon Erica beim Dinner gesagt hatte, und auch, daß es uns womöglich nicht weiterbrachte.

»Aber es könnte immerhin weiterhelfen«, meinte Mackie.

»Wenn Sie mich nicht davon abgehalten hätten«, sagte Sam nachdenklich zu mir, »hätte ich das Gitter heraufgezogen, um mit dem Boot ins Dock zu paddeln, und das ganze Zeug unter Wasser hätte es hinausgespült, und niemand hätte mehr seine Schlüsse daraus ziehen können.«

»Fiona ist sicher, daß John schneller als Doone herauskriegt, wer Harry in die Falle gelockt hat«, sagte Mackie.

Ich schüttelte den Kopf. »Ich weiß nicht, wer es getan hat. Schön wär's.«

»Nur eine Frage der Zeit«, sagte Tremayne zuversichtlich. Er schaute auf seine Armbanduhr. »Apropos Zeit: zweite Gruppe.« Er stand auf. »Sam, ich will ein Testrennen zwischen dem neuen Pferd, Roydale, und Fringe. Du reitest Roydale, und John reitet Fringe.«

»Okay«, sagte Sam einfach.

Tremayne drehte sich zu mir: »John, versuchen Sie nicht, Sam zu schlagen, wie bei einem richtigen Rennen. Ich möchte lediglich ein paar Dinge herausfinden. Ich will sehen, welches Pferd von Natur aus schneller ist. Reiten Sie so schnell wie möglich, aber sobald Sie spüren, daß Fringe nachläßt, halten Sie ihn zurück, treiben Sie ihn nicht weiter an.«

»In Ordnung.«

»Mackie, unterhalte dich ein bißchen mit Dee-Dee oder unternimm sonst was. Ich nehme dich nicht dafür mit, daß du mir dort oben in den Landrover reiherst.«

»Oh, Tremayne, als würde ich so etwas tun.«

»Wir gehen kein Risiko ein«, sagte er mürrisch. »Ich will nicht, daß du auf diesem Holperweg durchgeschüttelt wirst.«

»Ich bin doch nicht infalide«, protestierte sie, aber sie hätte ebensogut mit einem Felsbrocken streiten können. Er ließ sie unnachgiebig zurück und fuhr Sam und mich auf die Galoppstrecke.

Unterwegs sagte Sam trocken zu mir: »Normalerweise reitet Nolan alle Testrennen; der wird schön sauer sein.«

»Oh, reizend.«

»Ich habe Nolan gesagt«, sagte Tremayne herrisch, »er werde so lange nicht im Training reiten, bis er sich abgeregt hat.«

Sam zog die Augenbrauen in gespieltem Schrecken nach oben: »Möchten Sie, daß John erschossen wird? Nolan ist ein meisterhafter Schütze.«

»Red keinen Stuß«, sagte Tremayne leicht besorgt und rumpelte mit dem Landrover über die ausgefahrenen Spuren auf das weiche Hochlandgras, bevor er den Wagen anhielt. »Konzentrier dich auf Roydale. Er gehört einem neuen Besitzer. Ich möchte mich auf dein Urteil verlassen können. Roydale ist nicht in der allerbesten Verfassung, aber der Trainer, von dem er kommt, auch nicht. Ich will wissen, woran wir sind.«

»Sicher«, sagte Sam.

»Bleib so lange neben Fringe, wie du kannst.«

Sam nickte. Wir holten Fringe und Roydale bei den Stallburschen ab, und als Tremayne sich auf dem kleinen Hügel postiert hatte, legten wir auf der Ganzjahresbahn so schnell los, wie ich noch nie zuvor geritten war. Fringe, der sofort auf Renngeschwindigkeit ging, entwickelte eine Wildheit, die ich nicht so recht kontrollieren konnte; ich vermutete, daß er dieser Eigenschaft seine vielen Siege zu verdanken hatte. Immer wenn Roydale seine Nase nach vorne schob, legte Fringe noch einen Zahn zu, doch die beiden nahmen sich nicht viel, und als das Ende der Sägespäne in Sicht kam, war noch alles offen. Ich sah, wie Sam sich im Sattel vorbeugte, um den Druck zu verringern, und automatisch machte ich es ihm nach, fast schon zu spät für meine geplagten Muskeln und durchgewalkten Lungen. Am Ziel war ich buchstäblich außer Atem, während Sam ganz lässig bremste und zu Tremayne zurücktrottete, um ihm mit lauter Stimme Bericht zu erstatten.

»Ein unerfahrenes Früchtchen haben wir da«, verkündete er. »Er hat ein Maul wie aus Elefantenhaut; er scheut vor seinem eigenen Schatten zurück, und er ist stur wie ein Esel. Abgesehen davon ist er schnell, wie Sie gesehen haben.«

Tremayne hörte ungerührt zu. »Hat er Mumm?«

»Kann man nicht genau sagen, solange er nicht auf der Bahn war.«

»Ich melde ihn für Samstag an. Dann wird sich's herausstellen. Vielleicht gehst du morgen mit ihm mal über die Hürden.«

»Okay.«

Wir gaben die Pferde ihren Betreuern zurück und fuhren mit Tremayne den Hügel hinunter. Unten wartete Doone in seinem Auto auf uns.

»Bei dem Kerl läuft's mir immer eiskalt den Buckel runter«, sagte Sam, als wir ausstiegen. Der graue, aber unnachgiebige Chefinspektor schälte sich bei unserer Ankunft aus dem Wagen wie eine Schildkröte aus ihrem Panzer. Er war erneut allein gekommen, kein schweigsamer Notizenmacher begleitete ihn.

»Wen von uns wollen Sie?« blaffte ihn Tremayne an.

»So gefragt, Sir...« Die Singsangstimme löste jede offene Bedrohung in Nichts auf, und doch lag etwas in der Luft, das einen denken ließ, jeden Augenblick könnten die Handschellen zuschnappen. »Ich brauche Sie alle, wenn es Ihnen nichts ausmacht, Sir.« Und wenn doch, dann ändert das auch nichts, wollte er damit sagen.

»Kommen Sie besser mit ins Haus«, bot ihm Tremayne achselzuckend an.

Doone begleitete uns in die Küche, zog seinen grauen Tweedmantel aus und setzte sich in seinem ziemlich strapazierten grauen Anzug an den Tisch. Er fühlt sich in Küchen wohl, dachte ich. Tremayne schlug halbherzig vor, einen Kaffee zu trinken, und ich machte für jeden eine große Tasse.

Mackie kam nach dem Frühstück mit Perkin herüber und wollte wissen, wie das Testrennen gelaufen war. Als sie Doone erblickte, reagierte sie weniger erstaunt als vielmehr schicksalsergeben. Ich machte ihr ebenfalls einen Kaffee, und sie setzte sich hin und schaute zu, während Doone ein Blatt Papier aus seiner Brusttasche zog und es Sam reichte.

»Eine Quittung, Sir«, sagte er, »für drei Stück Bodenbretter aus dem Dock in Ihrem Bootshaus.«

Sam faltete das Blatt auseinander und starrte es an.

»Warum sind sie nicht oben geschwommen?« fragte Tremayne frisch von der Leber weg.

»Ah. Na, dann wissen ja wohl bereits alle Bescheid.« Doone schien enttäuscht zu sein.

»John hat es uns vorhin erzählt«, bestätigte Tremayne.

Doone warf mir einen besorgten Blick zu, aber ich hatte nicht daran gedacht, daß er diese Tatsache vielleicht geheimhalten wollte.

»Sie sind nicht oben geschwommen, Sir, weil sie beschwert wurden.«

»Mit was denn?« fragte Sam.

»Mit Stücken von Pflastersteinen. Auf Ihrem Grundstück liegt eine Menge solcher Steinbrocken herum.«

»*Pflastersteine?*« Sam sah verwirrt aus. Dann sagte er zweifelnd: »Meinen Sie diese zerbrochenen Stücke, aus rosa und grauem Marmor?«

»Ist das wirklich Marmor, Sir?« Doone kannte sich anscheinend mit Marmor nicht so gut aus.

»Ich glaube schon.«

Doone dachte nach, traf eine Entscheidung, ging hinaus zu seinem Wagen und kam mit einem Brett von anderthalb Meter Länge zurück, das er quer über den Küchentisch legte. Obwohl es immer noch etwas feucht war, sah das alte graue Holz gut aus, als könne es seinen Zweck noch immer ebensogut erfüllen wie seine Kameraden, die im Bootshaus nach wie vor als Fußboden dienten; es schien in keinster Weise untauglich zu sein. An einem Ende der Planke, auf der Seite, die jetzt auf dem Tisch nach oben zeigte, befand sich ein länglicher, dunkler Brocken, den ich wahrscheinlich als rohen Granit bezeichnet hätte.

»Ja«, sagte Sam nach einem kurzen Blick. »Das ist Marmor.« Er streckte die Hand aus und wollte den Brocken aufheben, doch das Brett ging einige Zentimeter in die Höhe. Sam stutzte und ließ es wieder fallen.

»Es klebt fest«, sagte Doone nickend. »Nach den anderen Steinbrocken zu schließen, die dort herumliegen, ist eine Seite, die, die am Holz festklebt, gerade und glattpoliert.«

»Ja«, bestätigte Sam.

»Wir sind der Meinung«, sagte Doone, »daß Sekundenkleber stark genug für so was ist.«

»Viele Plastikkleber schaffen das«, nickte Sam.

»Und wie kommt es, daß Sie lauter Marmorbrocken herumliegen haben?« fragte Doone, nicht ganz so bedrohlich.

»Die kamen mit einer ganzen Wagenladung Kram, den ich

einer Abrißfirma abgekauft habe«, erklärte Sam, ohne ins Schwitzen zu geraten. »Mir ging es um die Wandvertäfelungen, die ich gerne für ein Boot gehabt hätte, an dem ich gerade bastelte, außerdem ein paar antike Badezimmerarmaturen. Ich mußte einen Haufen anderes Zeug mitübernehmen, zum Beispiel den Marmor. Das stammt alles aus einem Herrenhaus, das von der Firma abgerissen wurde. Sie verkaufen einzelne Sachen weiter, wissen Sie. Kamine, Türen, alles mögliche.«

Doone fragte wie nebenbei: »Haben Sie den Marmor an die Bretter geklebt, Sir?«

»Nein, ich habe es verflucht noch mal nicht getan!« explodierte Sam.

»Auf die Unterseite der Bodenbretter«, sagte ich ergänzend. »Als ich mit Harry in den oberen Raum im Bootshaus kam, waren keine Marmorbrocken zu sehen. Ich denke, wenn da noch andere Stücke unter den Dielen kleben, können Sie sie von unten sehen, vom Dock aus.«

Widerstrebend gab Doone zu, daß sich zu beiden Seiten des Loches je ein weiteres Brett befand, an dem ein Stück Marmor klebte. Das Brett auf dem Tisch war ungefähr zwanzig Zentimeter breit. Harry hatte drei davon mit in die Tiefe gerissen; insgesamt waren also fünf Bretter präpariert worden. Die Falle mit dem fehlenden Stück Balken hatte also einen Durchmesser von gut einem Meter gehabt. Harry, der den Briefköder aufheben wollte, war genau in der Mitte hindurchgebrochen.

»Haben Sie jetzt genug auf meinem Grundstück herumgeschnüffelt?« fragte Sam, und Doone schüttelte den Kopf.

»Ich will an meinem Boot weiterarbeiten«, protestierte Sam.

»Jederzeit, Sir. Kümmern Sie sich einfach nicht um meine Männer – falls welche dort sind.«

»Na schön.« Sam schnellte hoch, energiegeladen wie selten ein Patient, den plötzlich die Grippe niedergestreckt hatte. »Wiedersehn, Tremayne. Wiedersehn, Mackie. Bis dann, John.«

Er stapfte in der fürchterlich grellen Jacke zu seinem Auto und fuhr laut hupend davon. Die Küche kam einem ohne Sam gleich viel lebloser vor.

»Ich hätte gerne mit Mr. Kendall allein gesprochen!« sagte Doone gelassen.

Tremaynes Augenbraue wanderte nach oben, doch er hatte anscheinend nichts dagegen einzuwenden. Er schlug vor, ich solle mit Doone ins Eßzimmer gehen, während er Mackie von Roydales Galopp berichten wolle. Doone folgte mir brav mit dem Brett unter dem Arm.

Die nüchterne Einrichtung des Eßzimmers schien seine lockere Art zunächst in Steifheit zu verwandeln, doch nach kurzer Zeit kam es mir eher vor, als bereite ihm die Unsicherheit Kummer, nicht zu wissen, auf welcher Seite ich inzwischen stand, auf ihrer oder auf unserer.

Die Entscheidung fiel zugunsten unserer Seite, wobei ›uns‹ die Polizei – oder zumindest die, die nach Fakten suchten – bedeutete. Er räusperte sich und erzählte mir, daß seine Leute mit den Stangen und Fangeisen zunächst nichts hatten finden können, was wohl daran lag, daß die Bretter nicht magnetisch sind. Ob wohl der Fallensteller, wollte er von mir wissen, den Magnetismus in seine Überlegungen miteinbezogen hatte?

Ich runzelte die Stirn. »Das wäre wohl ein bißchen überzogen«, sagte ich. »Ich denke, daß er sich nach etwas Schwerem umgeschaut hat, das man mit Klebstoff festkleben konnte, und bei all dem Krempel, der dort herumliegt, mußte auf jeden Fall etwas Passendes dabei sein. Andererseits war das ganze Ding so sorgfältig geplant, daß ich es nicht mit Sicherheit ausschließen kann.«

»Wissen Sie, wer es getan hat?« fragte er ohne Umschweife.

»Nein«, antwortete ich wahrheitsgemäß.

»Sie haben doch bestimmt Ihre Vermutungen.« Er rutschte auf seinem Stuhl herum und ließ seinen Blick im Zimmer umherschweifen. »Ich würde sie gerne hören.«

»Sie sind eher negativer als positiver Natur.«

»Das ist oft genauso wertvoll.«

»Ich würde mal vermuten, der Fallensteller war Gast bei Sam Yaegers Bootshaus-Party«, fing ich an. »Sie haben mich allerdings davor gewarnt, irgendetwas zu vermuten.«

»Vermuten Sie weiter«, sagte er lächelnd und selbstzufrieden.

»Außerdem würde ich vermuten«, fuhr ich fort, »daß es sich um die gleiche Person handelt, die auch Angela Brickell umgebracht hat und die Schuld ein für allemal Harry in die Schuhe schieben wollte, indem sie ihn verschwinden ließ, nur leider...«

»Vermuten Sie«, spornte er mich an.

»Jeder könnte Angela Brickell umgebracht haben, es waren allerdings nur ungefähr hundertfünfzig Leute auf Sams Party, und davon waren die Hälfte Frauen.«

»Glauben Sie, eine Frau hätte so eine Falle nicht vorbereiten können?« fragte er platt.

»Klar, eine Frau hätte es sich ausdenken und die Schreinerarbeiten ausführen können. Aber welche Frau sollte Angela Brickell verführt und dazu überredet haben, mitten im Wald sämtliche Kleider auszuziehen?«

Er nagte an seinen Lippen.

»Also gut«, sagte er, »ich stimme mit Ihnen überein: Sie ist von einem Mann umgebracht worden.« Kurze Pause. »Motiv?«

»Um ein Geheimnis zu wahren, vermutlich. Angenommen, sie war schwanger. Angenommen, sie geht mit... *ihm* in den Wald, und sie wollen sich lieben... oder haben es gerade getan... und sie sagt: ›Ich bin schwanger, du bist der Vater, was wirst du jetzt unternehmen?‹ Sie steckte voller verquaster religiöser Schuldvorstellungen, doch sie war selbst die Verführerin...« Ich überlegte einen Moment. »Vielleicht wurde sie umgebracht, weil sie zuviel verlangte... und weil sie nicht abtreiben wollte.«

Er gab ein Geräusch von sich, das sich wie ein Schnurren in seiner Kehle anhörte.

»Also gut«, sagte er wieder. »Methode: Strangulation. Klappt unter Garantie, wie alle hier nach dem Tod dieses anderen Mädchens, Olympia, wußten.«

»Richtig.«

»Gelegenheit?« fragte er.

»Keiner kann sich daran erinnern, was er an dem Tag gemacht hat, an dem Angela Brickell verschwand.«

»Mit Ausnahme des Mörders«, gab er zu bedenken. »Wie sieht es mit Gelegenheiten aus an dem Tag, an dem Mr. Goodhaven durch den Boden brach?«

»Es war jemand dort, um seinen Wagen wegzufahren ... ich vermute: keine Fingerabdrücke?«

»Handschuhe«, sagte er kurz und bündig. »Außerdem sind noch viel zuviel von Mr. Goodhavens eigenen Abdrücken da. Beispielsweise kein Abdruck einer Handfläche auf dem Schalthebel. Ich weiß nicht, ob wir uns darum gekümmert hätten, wenn wir der Meinung gewesen wären, er hätte die Fliege gemacht. Es war ein kalter Tag, nicht zu vergessen; er hätte selbst Handschuhe anhaben können.«

»Vielleicht hätten Sie ein abgekartetes Spiel vermutet«, schlug ich vor.

»Haben Sie schon einmal daran gedacht, bei der Polizei zu arbeiten?«

»Diese Art Disziplin bekommt mir nicht.«

»Sie lassen sich nicht gerne befehlen, Sir?«

»Ich erteile mir meine Befehle lieber selbst.«

Er grinste, aber nicht verächtlich. »Sie würden nichts taugen in Uniform.«

»Nicht die Bohne.«

Ich vermutete, er hatte seine Gründe für diese kleine Exkursion zur Erforschung meines Charakters; und wenn er selbst sich in Uniform so wohl gefühlt hätte, würde er vermutlich jetzt noch in einer herumlaufen.

Im Türrahmen erschien Perkin, der seinen Overall anhatte.

»Ist Mackie hier irgendwo?« fragte er. »Ich kann sie nicht finden.«

»In der Küche, bei Tremayne«, sagte ich.

»Danke.« Er warf einen Blick auf Doone und das Brett und bemerkte dann ironisch: »Fest am Aussortieren, was?«

Doone sagte eine Idee zu heftig: »Mr. Kendall ist immer sehr hilfsbereit«, und Perkin verzog das Gesicht und ging zu Mackie.

»Noch einmal zu Harrys Wagen«, sagte ich zu Doone. »Da gibt es noch ein kleines logistisches Problem. Ich meine, vielleicht hat unser Mann sein eigenes Auto auf dem Bahnhofsparkplatz in Reading abgestellt, ist dann mit dem Zug nach Maidenhead und vom dortigen Bahnhof mit dem Bus bis in die Nähe des Flusses gefahren; von dort aus ist er zu Fuß zum Bootshaus gegangen... ist das denn wahrscheinlich?«

»Könnte wohl sein, aber bislang haben wir noch niemanden gefunden, der etwas Brauchbares bemerkt hat.«

»Das Ticket vom Parkplatz?«

»Im Auto war keins. Wir wissen nicht, wann das Auto auf dem Parkplatz abgestellt wurde. Es könnte am Mittwoch auch an einem anderen Ort gestanden haben und erst umgesetzt worden sein, nachdem unser Mann erfahren hat, daß Mr. Goodhaven noch lebt.«

»Hm. Das wiederum würde bedeuten, daß unser Mann eine Menge Zeit zum Manövrieren hatte.«

»Die Rennleute haben flexible Arbeitszeiten«, gab er zu bedenken, »und nachmittags meistens frei.«

»Ich vermute, es besteht keinerlei Hoffnung, daß meine Jacke und meine Stiefel noch im Auto waren«, erkundigte ich mich.

»Keine Spur davon. Tut mir leid. Liegen wahrscheinlich auf irgendeiner Müllkippe.« Er schaute sich erneut im Zimmer um, dann ließ er die Katze aus dem Sack: »Diese Reiseführer von Ihnen... ich würde sie gern mal sehen.«

Sie lagen im Familienzimmer. Ich ging hinüber, um sie zu holen, kam jedoch lediglich mit *Dschungel, Safari* und *Eis* zurück. Die anderen mochten sonstwo sein, erklärte ich Doone, weil alle darin herumschmökerten.

Er schlug *Dschungel* auf und blätterte schnell durch die Anfangskapitel, die aus schlichten Hinweisen für gutausgerüstete Ferien im Dschungel bestanden: ›Niemals barfuß gehen. Nur mit Sandalen duschen. Nehmen Sie vor dem Schlafen Ihre Schuhe mit unter das Moskitonetz. Niemals unbehandeltes Wasser trinken ... nie die Zähne damit putzen ... niemals Früchte oder Gemüse damit abwaschen, meiden Sie verdächtige Eiswürfel.‹

»›Lassen Sie es nicht bis zur Erschöpfung kommen‹!« las Doone laut vor. »Was ist denn das für ein toller Tip?«

»Erschöpfte Menschen kümmern sich nicht mehr ausreichend um die lebensnotwendigen Routinehandlungen. Wenn Sie sich nicht allzusehr überfordern, steigen Ihre Chancen zu überleben. Wenn Sie beispielsweise einen weiten Weg zurückzulegen haben, ist es besser, langsam ans Ziel zu gelangen, als überhaupt nicht.«

»Ein schwacher Tip«, sagte er kopfschüttelnd.

Ich wollte mich nicht mit ihm streiten; doch Jahr für Jahr sterben viele Menschen, weil sie den Grad ihrer Schwäche unterschätzen. Es ist besser, etwas früher Rast zu machen, solange man noch Energie genug hat, ein Zelt aufzustellen, ein Iglu zu graben, eine Plattform oben im Baum zu bauen. Sich ohne Schutzmaßnahmen vor Erschöpfung einfach fallen zu lassen, könnte dem Ausdruck ›todmüde‹ eine neue Bedeutung geben.

»›Nahrung‹«, las Doone vor. »›Fischen, Jagen, Fallenstellen.‹« Er überblätterte ein paar Seiten. »›Im Dschungel hängt man Angelhaken auf, um Vögel zu fangen. Köder nicht vergessen. Man braucht immer einen Köder.‹« Er blickte auf. »Dieser Briefumschlag war der Köder, habe ich recht?«

Ich nickte. »Ein guter Köder.«

»Wir haben ihn nicht gefunden. Das Wasser ist wie flüssiger Schlamm. Man kann keine Handbreit sehen, sagen meine Leute.«

»Da haben sie recht.«

Er starrte mich einen Augenblick lang an. »Ach ja. Ich hatte vergessen, daß Sie drin waren.« Er vertiefte sich wieder in das Buch. »›Wild kann man mit einem Speer oder Pfeil und Bogen erlegen, doch bedarf es dazu beträchtlicher Übung und erfordert, daß man stundenlang auf der Lauer liegen muß. Eine Falle kann Ihnen das Warten abnehmen ...‹« Er las weiter. »›Die klassische Falle für große Tiere ist eine Grube mit angespitzten Stöcken, die nach oben zeigen. Bedecken Sie die Grube mit unverdächtig aussehender Vegetation und Erde, und legen Sie den Köder direkt obendrauf.‹« Er schaute mich an. »Sehr anschauliche Anweisungen, sogar mit Illustrationen.«

»Ja, leider.«

Er blickte wieder auf die Seite und las weiter: »›Alle angespitzten Stöcke, die in Fallen verwendet werden (aber auch Speere und Pfeile), können gehärtet werden, um ihre Durchschlagskraft zu erhöhen. Das geschieht, indem man sie in heißer Asche kurz ankohlt, ein Prozeß, der die Holzfasern festigt und härtet.‹« Doone hörte auf zu lesen und bemerkte: »Sie erwähnen hier nichts von angefeilten Fahrradrahmen und Treppengeländern.«

»Im Dschungel kommen einem nicht sehr viele Fahrradrahmen unter. Äh ... sie waren angefeilt?«

Er seufzte. »Nicht nachträglich.« Dann las er weiter. »›Falls das Ausheben oder Auskratzen einer Fallgrube sich als unpraktikabel erweist, weil die Erde zu hart oder zu feucht ist, probieren Sie es mit einem Netz. Legen Sie das Netz so aus, daß sich das Wild darin verfängt, sobald es in die Falle tappt. Zur Herstellung eines starken Netzes eignen sich feste Pflanzenfasern …‹« Er las einige Seiten leise weiter, schüttelte ab und zu den Kopf, doch nicht, wie ich bemerkte, weil er die Anleitungen anzweifelte, sondern aus Sorge darüber, wie leicht sich dies bewerkstelligen ließ.

»›Wie man eine Schlange röstet‹«, las er vor. »Großer Gott.«

»Geröstete Klapperschlange schmeckt so ähnlich wie Hühnchen.«

»Haben Sie so was schon gegessen?«

Ich nickte. »Gar nicht mal so schlecht.«

»›Erste Hilfe. Wie man starke Blutungen zum Stillstand bringt. Druckpunkte … Um klaffende Wunden zu schließen, benutzt man Nadel und Faden. Spinnweben auf der Wunde sorgen dafür, daß das Blut schneller gerinnt.‹ Spinnweben! Das kann ich nicht glauben.«

»Sie sind organisch«, sagte ich, »und deshalb steriler als das meiste Verbandmaterial.«

»Ohne mich, vielen Dank.« Er legte *Dschungel* wieder auf den Tisch und blätterte in *Safari* und *Arktis* herum. Viele der Anleitungen zum Bau von Fallen kamen in allen Büchern vor, jeweils dem betreffenden Terrain angepaßt.

»›Essen Sie niemals die Leber eines Eisbären‹«, zitierte Doone höchst erstaunt, »›sie enthält genug Vitamin A, um einen Menschen zu töten.‹« Er lachte kurz auf. »Das wäre mal eine neue, originelle Mordmethode.«

Man fange sich einen Eisbären …

»Tja, Sir«, sagte Doone und legte die Bücher zur Seite, »wir können zwar die Ideen für die Falle aufspüren, aber wer hat sie Ihrer Meinung nach in die Praxis umgesetzt?«

Ich schüttelte den Kopf.

»Wenn ich Ihnen Namen an den Kopf werfe«, schlug er vor, »äußern Sie die Gründe, pro oder contra.«

»Na schön«, sagte ich bedächtig.

»Mr. Vickers.«

»Tremayne?« Ich muß sehr erstaunt geklungen haben. »Alles Contra.«

»Weshalb, genau?«

»Na ja, so etwas könnte er nie tun.«

»Ich habe Ihnen bereits gesagt, ich kenne diese Leute nicht so gut wie Sie. Nennen Sie bitte Ihre Gründe.«

Ich überlegte kurz. »Tremayne Vickers ist energisch, ein bißchen altmodisch, geradeheraus und meistens sehr nett. Angela Brickell wäre nicht nach seinem Geschmack gewesen. Falls – und meiner Überzeugung nach ist das ein kolossales *falls* – *falls* es ihr gelungen wäre, ihn zu verführen, und sie ihm dann gesagt hätte, er sei der zukünftige Vater, dann hätte es eher seinem Stil entsprochen, sie zu ihren Eltern zurückzuschicken und sie den Umständen entsprechend zu versorgen. Er drückt sich nicht vor der Verantwortung. Außerdem kann ich mir nicht vorstellen, daß er mit einer Frau in den Wald geht, um mit ihr zu schlafen. Unmöglich. Und was den Mordversuch an Harry betrifft...« Mir fehlten die Worte.

»In Ordnung«, sagte Doone. Er holte ein Notizbuch hervor und schrieb generalstabsmäßig KENDALLS EINSCHÄTZUNGEN oben auf die Seite. Darunter schrieb er *Tremayne Vickers*, versehen mit einem Kreuz, und unter Tremayne *Nolan Everard*.

»Nolan Everard«, sagte er.

Schon schwieriger. »Nolan ist forsch. Er ist dynamisch und entschlossen... und gewalttätig.«

»Und er hat damit gedroht, Sie umzubringen«, sagte Doone platt.

»Wer hat Ihnen das erzählt?«

»Die ganze Rennszene hat ihm dabei zugehört.«

Ich seufzte und klärte ihn über meine Reitergeschichten auf.

»Als er Sie attackierte, hoben Sie ihn wie ein Baby vor allen Leuten in die Luft«, sagte Doone. »Manche Männer vergessen so was nie.«

»Wir sprechen von Angela Brickell und Harry«, erinnerte ich ihn.

»Dann sprechen Sie von Nolan Everard. Zuerst *pro*.«

»*Pro* ... Er hat Olympia umgebracht, nicht absichtlich, aber immerhin hat er ihr Leben aufs Spiel gesetzt. Er konnte sich keinen zweiten Skandal leisten, während er noch auf das erste Verfahren wartete. Falls ihn Angela Brickell verführt hat – oder umgekehrt – und ihm mit einer schmutzigen Vaterschaftsklage drohte ... ich weiß nicht. Auch hier ein großes *falls*, aber nicht so unwahrscheinlich wie bei Tremayne. Nolan und Sam Yaeger treiben es anscheinend oft mit dem gleichen Mädchen, mehr oder weniger, um sich gegenseitig auszustechen. Nolan reitet normalerweise Chickweed, das Pferd, um das sich Angela Brickell zu kümmern hatte, und bei den Rennen hätte es wohl schon Gelegenheiten für Sex gegeben, zum Beispiel in einer der Pferdeboxen, wenn er das Risiko nicht gescheut hätte. Für diese Aussagen könnte er mich wegen Verleumdung verklagen.«

»Er wird nichts davon erfahren«, sagte Doone entschieden. »Das ist eine Unterhaltung zwischen Ihnen und mir. Sollte jemand nachfragen, dann streite ich ab, mit Ihnen diesen Fall jemals besprochen zu haben.«

»Nicht mehr als fair.« Ich überlegte einen Moment. »Was die Falle für Harry angeht, so wäre Nolan geistig und körperlich dazu in der Lage.«

»Aber? Ich hörte da ein *aber*.«

Ich nickte. »*Contra:* Er ist Fionas Vetter, und die beiden stehen sich sehr nahe. Er braucht Fionas Pferde, um seinen Amateurstatus zu halten. Er könnte nicht sicher sein, ob Fiona noch Rennpferde laufen hätte, wenn sie annehmen müßte, daß Harry ein Mörder ist ... wenn sie dächte, er hätte sie ohne Vorwarnung verlassen, ohne eine Erklärung, wenn sie sich aus Sorge um ihn so sehr grämen würde und sie andererseits der Gedanke an Harry und Angela Brickell verfolgen würde.«

»Würde sich Everard über all das überhaupt Gedanken machen?« fragte Doone zweifelnd.

»Die Falle war sehr gut ausgetüftelt.«

Doone malte ein Fragezeichen hinter Nolans Namen.

»Hat denn *niemand* ein solides Alibi für Mittwoch nachmittag?« fragte ich. »Das ist genau die Zeit, die unser Mann mit einer guten Erklärung aus der Welt schaffen muß.«

»Glauben Sie nicht, daß wir das nicht auch wüßten«, nickte Doone. »Die wenigsten Männer, die etwas mit Shellerton House zu tun haben, können jede einzelne Stunde dieses Nachmittags nachweisen, die Frauen schon. Wir sind heute vormittag schon sehr fleißig mit unseren Ermittlungen gewesen. Mrs. Goodhaven war bei einem Treffen ihres Wohlfahrtsvereins und genau um drei Uhr zurück, als Sie anriefen. Mrs. Perkin Vickers war beim Rennen in Ascot, was dadurch verbürgt ist, daß sie ein Pferd für das Drei-Meilen-Rennen gesattelt hat. Die Sekretärin von Mr. Vickers, Dee-Dee, tätigte mehrere Anrufe hier vom Büro aus, und Mrs. Ingrid Watson war mit ihrer Mutter in Oxford zum Einkaufen und kann Rechnungen dazu vorlegen.«

»*Ingrid?*«

»Sie kann nicht bestätigen, was ihr Mann gemacht hat.«

Er schrieb *Bob Watson* unter Nolan.

»Was *dafür* sprechen könnte, daß er unser Mann ist«, sagte ich unschlüssig, »ist Ingrid selbst. Sie würde sich ein Techtelmechtel mit Angela Brickell nicht gefallen lassen. Aber ob Bob jemanden umbringen würde, um mit Ingrid verheiratet zu bleiben ...« Ich schüttelte den Kopf. »Ich weiß nicht. Er ist ein guter Aufseher. Tremayne vertraut ihm, aber für seine Loyalität würde ich meine Hand nicht ins Feuer legen. Außerdem ist er ein außerordentlich geschickter Zimmermann, wie Sie selbst gesehen haben. Er hat bei der Party, auf der Olympia starb, die Getränke serviert. Er war als Gast auf der Bootshaus-Party.«

»*Contra?*«

Ich zögerte. »Der Mord an Angela Brickell kann aus einer momentanen Panik heraus geschehen sein. Die Falle für Harry vorzubereiten erforderte Verschlagenheit und starke Nerven. Ich kenne Bob Watson nicht gut genug, um eine richtige Meinung über ihn zu haben. Ich kenne ihn nicht so gut wie die anderen.«

Doone nickte und setzte auch hier ein Fragezeichen hinter den Namen.

Dann schrieb er *Gareth Vickers.*

Ich mußte grinsen. »Er kann's nicht sein.«

»Warum nicht?«, wollte Doone wissen.

»Angela Brickells Geschlechtlichkeit hat ihn verschreckt. Er wäre niemals mit ihr in den Wald gegangen. Abgesehen davon hat er keinen Führerschein und war am Mittwochnachmittag in der Schule.«

»Tatsächlich ist jedoch bekannt, daß er durchaus sehr geschickt mit dem Jeep seines Vaters in den Downs herumkurvt, und meine Männer haben herausgefunden, daß er am vergangenen Mittwoch nicht in der Schule, sondern bei einem Ausflug zum Windsor Safari Park gewesen ist. Der verantwortliche Lehrer war ganz aufgeregt, weil so viele Jungs abgehauen sind, um sich etwas zu essen zu kaufen.«

Ich versuchte mir Gareth als Mörder vorzustellen. »Sie wollten wissen, was ich von diesen Leuten weiß. Gareth kann einfach nicht unser Mann sein.«

»Wieso sind Sie so sicher?«

»Ich *bin* einfach sicher.«

Er versah Gareth' Namen mit einem Kreuz und fügte nach kurzem Zögern ein Fragezeichen hinzu.

Ich schüttelte den Kopf. Unter Gareth' Namen schrieb er *Perkin Vickers.*

»Wie sieht's mit *ihm* aus?«

»Perkin...«, seufzte ich. »Die meiste Zeit über lebt er in einer anderen Welt. Er arbeitet sehr viel. *Pro* würde ich sagen: Er stellt Möbel her, er kennt sich mit Holz aus. Ich weiß nicht recht, ob man es als *pro* oder *contra* werten soll, daß er in seine Frau vernarrt ist. Er ist sehr besitzergreifend, auf eine gewisse Art wie ein kleines Kind. Sie liebt ihn und kümmert sich um ihn. *Contra* ... er hat kaum etwas mit den Pferden zu tun. Er geht nie zum Rennen. Er erinnerte sich nicht einmal daran, wer Angela Brickell war, an dem Morgen, als Sie zum ersten Mal hier waren.«

Doone preßte bedächtig die Lippen zusammen, nickte dann und malte ein Kreuz hinter Perkin und dann wiederum ein Fragezeichen.

»Sie lassen alle Optionen offen?« fragte ich trocken.

»Man kann nie wissen, was wir noch nicht wissen«, sagte er.

»Wie tiefgründig.«

»Es ist wohl vernünftig anzunehmen, daß Mr. Goodhaven sich die Falle nicht selbst gestellt hat, um mich von seiner Unschuld zu überzeugen«, sagte er und schrieb *Harry Goodhaven* auf die Liste.

»Hundertprozentig«, pflichtete ich ihm bei.

»Wie auch immer, er hat Sie als Zeugen mitgenommen.« Er machte eine kleine Pause. »Nehmen wir nur mal an, er hat es geplant. Nehmen wir an, er brauchte Sie, damit Sie bezeugen konnten, daß er in eine Falle gegangen ist.«

»Unmöglich.«

Ungerührt setzte er auch hinter Harry ein Fragezeichen.

»Wer hat dann seinen Wagen weggefahren?« fragte ich leicht aggressiv.

»Ein gewöhnlicher Dieb.«

»Das glaube ich nicht.«

»Sie mögen ihn«, sagte Doone. »Sie sind unzuverlässig.«

»Die Überschrift auf Ihrem Blatt lautet: KENDALLS EINSCHÄTZUNGEN«, protestierte ich. »Meine Einschätzung von Harry erfordert ein dickes Kreuz.«

Er schaute auf seine Notizen, zuckte mit den Schultern und machte aus dem Fragezeichen ein Kreuz. Dann setzte er weiter rechts in dieselbe Zeile ein Fragezeichen. »Meine Einschätzungen«, sagte er.

Ich lächelte etwas gequält und fragte nachdenklich: »Haben Sie schon herausgefunden, wann die Falle gestellt wurde? Die Bodenbretter abdecken, den Marmor suchen und festkleben, den Balken absägen – ich möchte wetten, dieses Stück ist den Fluß hinuntergetrieben – daran denken, die untere Tür abzuschließen ... Das alles dauert so seine Zeit.«

»Wann ist das denn *Ihrer* Meinung nach erledigt worden?« Er gab sich nicht die geringste Blöße.

»Entweder am Dienstag oder am Mittwochmorgen, würde ich sagen.«

»Und wie kommen Sie darauf?«

»Die öffentliche Anti-Harry Stimmung hatte am Montag, Dienstag und Mittwoch ihren Höhepunkt erreicht, doch schon am Samstag vorher hatten Sie Ihre Nachforschungen weiter ausgedehnt ... was unserem Mann einen fürchterlichen Schrecken eingejagt haben muß. Sam Yaeger verbrachte den ganzen Montag auf seinem Grundstück, weil er auf ärztliche Anweisung nach einem Sturz aussetzen mußte, doch schon am Dienstag nahm er wieder an den Rennen teil, und am Mittwoch ritt er in Ascot, also war das Bootshaus den ganzen Dienstag über und auch Mittwochvormittag unbewacht.«

Doone blickte mich schräg von unten an.

»Etwas vergessen Sie dabei«, sagte er und fügte seiner Liste den Namen *Sam Yaeger* hinzu.

17

Machen Sie ein Kreuz«, sagte ich.

Doone schüttelte den Kopf. »Sie bewundern ihn; das könnte Ihr Urteil trüben.«

Ich dachte darüber nach. »Ich gebe zu, daß ich ihn auf die eine oder andere Art bewundere. Ich bewundere seinen Reitstil, seinen Professionalismus. Er ist mutig. Er ist Realist.« Ich unterbrach mich. »Zugegeben: auf der *Pro*-Seite können Sie die Tatsachen vermerken, die Sie kürzlich aufgelistet haben, daß er mit seinen Fertigkeiten die Falle hätte bauen können und daß er den idealen Ort dafür besitzt.«

»Reden Sie weiter«, nickte Doone.

»Sie hatten damit angefangen, Nachforschungen über ihn anzustellen.«

»Ja, stimmt.«

»Er hat sich ein bißchen mit Angela Brickell im Heu gewälzt«, fuhr ich fort, »und das bringt uns zu unserem dicksten *Contra*.«

»Wollen Sie damit etwa sagen, daß es ihm an Wut, an Kaltblütigkeit, an Kraft fehlte, um sie zu erwürgen?«

»Nein, will ich nicht, obwohl ich nicht glaube, daß er es getan hat. Ich will damit sagen, daß er sie nicht in den Wald gebracht hätte. Er hat Ihnen selbst erzählt, daß er für solche Gelegenheiten eine Matratze ins Bootshaus mitnimmt. Wenn er sie im Affekt erwürgt hätte, dann dort, und ihre Leiche hätte er beschweren und problemlos den Fluß hinunterschicken können, was auch schlauer gewesen wäre.«

Doone hörte zu, den Kopf zur Seite geneigt. »Gesetzt den Fall, er hat alles genau geplant? Wenn er den Wald gerade deshalb vorgeschlagen hat, weil er weit von seinem Territorium entfernt liegt?«

»Ich kann mir nicht vorstellen, daß er seine Sünden durch einen Mord vertuschen würde«, sagte ich. »Es weiß doch jeder, daß er alles verführt, was zwei halbwegs hübsche Beine hat. Er würde einen Skandal um Angela Brickell mit einem herzhaften Lachen quittieren.«

Doone war da anderer Meinung. »Geschmacklos«, sagte er, und dachte dabei wohl an seine halbwüchsigen, verletzlichen Töchter.

»Sehr weit sind wir nicht gekommen«, sagte ich mit einem Blick auf seine Liste. Alle meine Einschätzungen liefen auf ein Kreuz hinaus, ausgenommen das Fragezeichen bei Nolan. Nicht gerade hilfreich, dachte ich.

Doone ließ seinen Kugelschreiber ein paarmal klicken, dann schrieb er in die unterste Zeile: *Lewis Everard.*

»Das ist ein Außenseiter«, sagte ich.

»Nennen Sie mir einige *Pros* und *Contras*.«

Ich mußte tief schürfen. »Zuerst *contra:* Ich halte ihn nicht für mutig genug, so eine Falle aufzubauen, andererseits...« Ich zögerte. »Es besteht kein Zweifel daran, daß er sowohl clever als auch hinterlistig ist. Ich hätte nie daran gedacht, daß er sich mit Angela Brickell im Wald vergnügt haben könnte. Ich kann es nicht genau begründen, aber ich halte ihn für viel zu wählerisch, besonders in nüchternem Zustand.«

»*Pro?*« setzte Doone prompt nach, als ich verstummte.

»Er betrinkt sich... Ich weiß nicht, ob er Angela in diesem Zustand umlegen würde.«

»Aber er kannte sie.«

»Wenn auch nicht unbedingt im biblischen Sinne«, sagte ich zustimmend.

»Sir!«, tadelte er mich mit gespielter Entrüstung.

»Er muß sie bei den Rennen gesehen haben«, sagte ich lächelnd. »Und *pro*: Er ist ein vorzüglicher Lügner. Seinen Worten nach ist er der beste Schauspieler von allen.«

»Dann also ein Fragezeichen?« Doones Stift blieb in der Schwebe.

Ich schüttelte langsam den Kopf. »Ein Kreuz.«

»Das Kreuz mit Ihnen ist«, sagte Doone mit einem verzweifelten Blick auf die Kolonne der Negativbescheide, »daß Sie noch nicht genügend Mörder kennengelernt haben.«

»Nicht einen einzigen«, gab ich zu. »Nolan Everard zählt nicht so richtig.«

»Sie würden einen Mörder nicht erkennen, selbst wenn Sie über ihn stolpern würden.«

»Ihre Liste ist zu kurz«, sagte ich.

»Sieht so aus.« Er steckte das Notizbuch weg und erhob sich. »Nun denn, Mr. Kendall, vielen Dank, daß Sie mir Ihre Zeit geopfert haben. Ich möchte Ihre Eindrücke nicht abwerten; Sie haben mir sehr geholfen, meine Gedanken zu ordnen. Wir müssen jetzt wohl unsere Untersuchungen intensivieren. Am Ende kommen wir doch ans Ziel.«

Der Singsangakzent verhallte; er schüttelte mir die Hand und ging hinaus, ein grauer Mann in einem grauen Anzug, der sich seinen eigenen, ungewöhnlichen Pfad zur Wahrheit suchte.

Ich blieb noch eine Weile sitzen und dachte darüber nach, was ich ihm gesagt und was er mir mitgeteilt hatte. Ich wollte noch immer nicht glauben, daß einer der Menschen, die ich mittlerweile so gut kennengelernt hatte, tatsächlich ein Mörder sein sollte. Keiner von ihnen war ein Schurke, nicht einmal Nolan. Es mußte noch jemanden geben, einen, den wir mit noch keinem Gedanken in Erwägung gezogen hatten.

Den Rest des Morgens über arbeitete ich mehr oder weniger an Tremaynes Buch, konnte mich aber nur schlecht konzentrieren.

Dee-Dee schneite hin und wieder herein, bot mir Kaffee und

ihre Gesellschaft an, und Tremayne machte eine Stippvisite, um mir mitzuteilen, er gehe nach Oxford zu seinem Schneider, ob ich die Gelegenheit zum Einkaufen wahrnehmen wolle.

Ich bedankte mich, lehnte jedoch ab. Ich hätte schon gerne neue Stiefel und einen neuen Anorak gekauft, verfügte aber nach wie vor nicht über genügend eigenes Geld. In Shellerton House kam man leicht ohne Geld über die Runden. Zweifellos hätte mir Tremayne den Teil des Vorschusses, der zum Monatsende fällig war, vorgestreckt, doch meine Geldknappheit resultierte aus meiner eigenen Entscheidung, und solange ich in dieser Form überleben konnte, wollte ich nicht danach fragen. Auch das gehörte zum Spiel.

Mackie kam aus ihrer Wohnung herüber, um Dee-Dee Gesellschaft zu leisten. Sie sagte, Perkin sei nach Newbury gefahren, um Besorgungen zu machen. Kurzentschlossen gingen die beiden Damen zusammen zum Mittagessen aus und ließen mich in dem geräumigen Haus allein zurück.

Ich machte mich erneut und fest entschlossen an die Arbeit, fühlte mich jedoch rastlos und unbehaglich. So was Blödes, dachte ich. Das Alleinsein machte mir sonst nichts aus, im Gegenteil: Ich war gerne allein. An diesem Tag jedoch fühlte ich mich von der schieren Größe dieses stillen Hauses erdrückt.

Ich ging nach oben, zog die Reitsachen aus, duschte mich und zog mir die bequemeren Jeans und das Hemd vom Vortag an. Dann schlüpfte ich in meine Turnschuhe und in den roten Pullover, um nicht zu frieren. Anschließend machte ich mir in der Küche ein Käsesandwich und bedauerte, nicht mit Tremayne gefahren zu sein, schon allein der Fahrt wegen. Das bekannte Muster: man versucht sich zu beschäftigen, ... mit *irgend etwas* – um ja nicht vor dem leeren Blatt sitzen zu müssen. Nur war dieses Mal die innere Unruhe besonders stark.

Planlos schlenderte ich ins Familienzimmer hinüber, das ohne brennendes Kaminfeuer tot und verlassen wirkte. Ich überlegte, was ich zum Abendessen kochen sollte. An der Pinnwand hing immer noch Gareth' ZUM FUTTERN WIEDER DA-Nachricht, und mit einem deutlichen Gefühl der Erleichterung fiel mir ein, daß ich versprochen hatte, seine Kamera zu suchen.

Die Unbehaglichkeit war wie weggeblasen. Ich fand ein Stück Papier und hinterließ meine Nachricht: ICH HABE DEN LANDROVER AUSGELIEHEN, UM GARETH' KAMERA ZU HOLEN. ZUM FUTTERN WIEDER DA! Ich spießte den Zettel mit einer roten Nadel beschwingten Herzens an die Korkwand, ging nach oben, um erneut die Reithosen anzuziehen, da sie für diesen Zweck besser geeignet waren, und steckte den Kompaß und die Landkarte ein, falls ich die Fährte nicht mehr finden sollte. Dann stürmte ich die Treppe hinunter und hinein in den fahrbaren Untersatz, nachdem ich den Hintereingang hinter mir zugeschlossen hatte.

Es war ein herrlicher Tag, so sonnig wie der vorherige, nur windiger. Mit dem Gefühl, unerwartet vom Schulunterricht befreit zu sein, fuhr ich die Straße nach Reading über die Hügel an den uneingezäunten Gebieten des Quillersedge-Anwesens entlang, bis ich glaubte, an der Stelle angekommen zu sein, an der Gareth die Farbe fallen gelassen hatte. Dort parkte ich auf dem Randstreifen und machte mich zu Fuß auf die Suche.

Niemand war mit der Farbe auf den Autoreifen davongefahren. Der Farbfleck war schmutzig, aber immer noch gut zu sehen, und ohne größere Schwierigkeiten fand ich von dort aus den Anfang der Fährte, ungefähr sieben Meter schnurgeradeaus in den Wald hinein. Ich folgte der Spur ebenso leicht durch das Labyrinth der Bäume und Sträucher wie am Tag zuvor.

Gareth ein Mörder ... ich mußte bei diesem absurden Gedanken vor mich hin grinsen. Da könnte man ebensogut Coconut verdächtigen.

Die Spur war nicht nur von den bleichen Farbflecken markiert, von denen immer der nächste in Sichtweite angebracht war. Wir hatten am vorigen Tag eine gut lesbare Fährte aus abgebrochenen Zweigen und zertrampelter Erde hinterlassen. Wenn ich hier noch einmal mit der Kamera durchkam, hatten wir schon beinahe einen Buschpfad angelegt.

Der Wind rauschte in den Bäumen, wiegte sie hin und her und erfüllte meine Ohren mit den alten Liedern vom Land. Die Sonne strahlte in immer wieder neuen Mustern durch die sich wiegenden Zweige. Ich marschierte langsam auf meinem verschlungenen Weg durch diesen wuchernden, ungerodeten Irrgarten und fühlte mich eins mit der Natur und unbeschreiblich glücklich.

Der Pfad schlängelte sich durch den Wald und führte mich schließlich zu der kleinen Lichtung. Unsere improvisierten Sitze hatte der Wind zerzaust, der Platz war jedoch einwandfrei wiederzuerkennen, und beinahe auf den ersten Blick sah ich Gareth' Kamera, die, wie er gesagt hatte, an einem Ast hing und einem geradezu ins Auge stach.

Ich ging quer über die Lichtung, als mich plötzlich etwas mit voller Wucht in den Rücken traf.

Die Augenblicke, in denen sich eine Katastrophe abspielt, nehmen einem jede Orientierung. Ich wußte nicht, was passiert war. Ich befand mich plötzlich in einer anderen Welt. Ich stürzte. Ich lag mit dem Gesicht nach unten auf der Erde. Mit meiner Atmung stimmte etwas nicht.

Außer dem Rauschen des Windes hatte ich nichts gehört, nichts gesehen außer den sich wiegenden Bäumen, und doch, dachte ich ungläubig, *hat jemand auf mich geschossen.*

Mein Instinkt und meine Verletzung rieten mir, mich totzustellen. Ein Schwirren in der Nähe meines Ohrs. Ich schloß die Augen. Ein zweiter Einschlag fuhr mir in den Rücken.

Das also war der Tod, dachte ich benommen; und ich wußte nicht einmal, wer mich umbrachte, wußte nicht, weshalb.

Das Atmen fiel mir schrecklich schwer. Meine Brust stand in

Flammen. Eine Welle naßkalten Schweißes brach am ganzen Körper aus.

Ich blieb regungslos liegen.

Mein Gesicht ruhte auf modrigen Blättern, trockenem Gras und kleinen Zweigen. Ich sog das Aroma der Erde tief ein. Von der Erde aufgenommen, wurde man wieder zu Staub.

Jemand wartete darauf, daß ich mich bewegte, dachte ich verschwommen; wenn ich mich bewegte, gäbe es einen dritten Stoß in meinem Rücken, und mein Herz würde aufhören zu schlagen. Wenn ich mich nicht bewegte, würde dieser jemand herbeikommen, meinen Puls fühlen und mir den Rest geben, wenn er ihn fand. So oder so, alles, was gerade erst losgehen sollte, nahm damit sein Ende, versickerte ohne Aussicht auf Hoffnung.

Ich regte mich nicht. Kein Muckser.

Ich hörte nichts als den Wind in den Bäumen; niemand rührte sich. Ich hatte noch nicht einmal die Schüsse gehört.

Das Atmen war eine Qual. Wie ein Schacht aus Schmerzen. Nur ein Minimum an Luft ging hinein, rann wieder heraus. Nicht genug. Nicht mehr lange... und ich würde einschlafen.

Eine lange Zeit schien zu vergehen, und ich lebte immer noch.

Ich hatte die Vision, daß jemand hinter mir stand, mit einem Gewehr, und nur darauf wartete, daß ich mich rührte. Eine dunkle Gestalt ohne Gesicht, deren Geduld bis in die Ewigkeit reichte.

Wieder diese naßkalte Übelkeit, einlullend und verhängnisvoll. Meine Haut schwitzte. Mir war kalt.

Ich versuchte, mir nicht genauer auszumalen, was da in meinem Körper vor sich ging.

Ruhig zu liegen war allemal einfacher als sich zu bewegen. Ich würde ohne mich zu rühren in die Ewigkeit hinübergleiten. Der Mann mit dem Gewehr konnte warten, bis er schwarz wurde, ich war dann schon weg. Genau so würde ich ihn hereinlegen.

Das nennt man Delirium, dachte ich.

Auf der Lichtung rührte sich nichts. Ich lag still da. Die Zeit verging.

Nach einer schier unendlich langen Zeit wurde mir allmählich klar, daß ich immer noch atmete, auch wenn es schwerfiel, und daß ich wohl auch nicht akut Gefahr lief, damit auszusetzen. Wie gräßlich, wie geschwächt ich mich auch fühlte, jedenfalls ertrank ich nicht in meinem eigenen Blut. Ich hustete kein Blut. Husten zu müssen war eine grausige Vorstellung bei den Schmerzen in meiner Brust.

Meine Entschlossenheit, was das Abwarten betraf, verflüchtigte sich allmählich. Niemand würde so lange dort stehenbleiben. Niemand würde ewig lange herumstehen, ohne etwas zu unternehmen. Er hatte meinen Puls nicht kontrolliert. Er muß es nicht für nötig gehalten haben.

Er hielt mich für tot.

Er war weg.

Ich war allein.

Es dauerte eine Weile, bis ich an diese drei Tatsachen richtig fest glauben konnte, und es dauerte noch ein bißchen länger, bis ich es riskierte, dementsprechend zu handeln.

Wenn ich mich nicht bewegte, würde ich dort sterben, wo ich gerade lag.

Mit Grauen machte ich mich an das Unvermeidliche: Ich versuchte, meinen linken Arm zu bewegen.

Herrgott, dachte ich, *tut das weh.*

Es tat zwar höllisch weh, aber sonst geschah nichts.

Ich bewegte meinen rechten Arm. Genauso schlecht. Sogar noch schlechter.

Jedenfalls keine Einschläge mehr im Rücken. Keine raschen Schritte, kein Schlag, kein letzter Vorhang. Vielleicht war ich wirklich allein. Um mich selbst zu beruhigen, hielt ich mich an diesen Gedanken. Was ich jetzt nicht gebrauchen konnte, war die Grausamkeit eines Katz-und-Maus-Spiels.

Ich legte beide Handflächen flach auf den modrigen Waldboden und versuchte, mich auf die Knie zu stemmen.

Ich wäre beinahe ohnmächtig geworden. Nicht nur, daß ich es nicht schaffte, nein, die Anstrengung war so qualvoll, daß ich den Mund zum Schreien aufriß, hatte jedoch auch dazu nicht genug Luft. Mein Gewicht schmiegte sich wieder an die Erde, ich spürte nur noch den überwältigenden Schmerz und konnte nicht mehr denken, bevor er einigermaßen nachließ.

Irgend etwas stimmt nicht, dachte ich endlich. Abgesehen davon, daß ich mich nicht hochstemmen konnte, hielt mich zusätzlich etwas am Boden fest.

Vorsichtig, schwitzend, bei jedem Zentimeter von feurigen Klingen durchbohrt, schob ich die rechte Hand zwischen meinen Körper und den Boden, bis ich an etwas stieß, das so etwas wie ein Stock zwischen beiden sein mußte.

Ich muß auf einen spitzen Stock gefallen sein, dachte ich. Vielleicht bin ich gar nicht angeschossen worden. Doch, ganz bestimmt. In den Rücken getroffen. Da gab es keine Mißverständnisse.

Ich versuchte, den Schmerz in erträgliche Portionen einzuteilen, und zog meine Hand langsam, ganz langsam wieder heraus, und dann, nach einer Weile, ich konnte es kaum glauben, beugte ich den Arm, betastete meinem Rücken und kam auch da an den Stock, und dann mußte ich der brutalen Gewißheit ins Auge sehen, daß ich nicht von einer Kugel, sondern von einem *Pfeil* niedergestreckt worden war.

Ich blieb eine Zeitlang einfach liegen, um mich mit der Ungeheuerlichkeit dieser Tatsache auseinanderzusetzen.

In meinem Körper steckte ein Pfeil, quer durch, von hinten nach vorne, irgendwo in der Gegend der unteren Rippen. Meine rechte Lunge war durchbohrt, deshalb atmete ich so seltsam. Wie durch ein Wunder war kein größeres Blutgefäß getroffen worden, sonst wäre ich inzwischen bereits innerlich verblutet. Das Ding saß ungefähr auf der Höhe des Herzens, aber etwas seitlich versetzt.

Schlimm genug. Furchtbar. Aber ich war am Leben.

Ich war zweimal getroffen worden, fiel mir ein. Eventuell steckten zwei Pfeile in mir. Ob einer oder zwei, ich lebte.

Überleben fängt im Bewußtsein an.

Ich hatte das geschrieben, und ich wußte, daß es stimmte. Aber einen Pfeil überleben, knapp zwei Kilometer von der nächsten Straße entfernt, ein Mörder in der Nähe, der sichergehen würde, daß ich es nicht schaffte... in welcher Ecke des Bewußtseins sollte man nach dem Willen suchen, so etwas zu überleben? In welcher Ecke, wenn das bloße Hinknien einer unvermeidlichen Folter glich und einem der gesunde Menschenverstand einhämmerte, einfach liegenzubleiben und auf Rettung zu warten?

Ich dachte über Rettung nach. Die war weit weg. Es würde noch einige Stunden dauern, bevor mich jemand suchte, nicht vor Einbruch der Dunkelheit. Die Sonne auf meinem Rücken war warm, aber die Temperaturen der Februarnächte sanken noch bis zum Gefrierpunkt ab, und ich hatte nur einen Pullover an. Theoretisch würden die leuchtenden Markierungen die Retter selbst bei Nacht zu mir führen... allerdings hätte jeder clevere Mörder den Flecken direkt an der Straße weggewischt, nachdem er selbst den Weg zurück gefunden hatte.

Realistisch gesehen konnte ich nicht vor morgen gerettet werden. Ich stellte mir vor, ich würde während des Wartens sterben: Ich könnte in der Nacht sterben. Man stirbt an Verletzungen, weil der Körper einen Schock erleidet. Das allgemeine Trauma, nicht nur die Wunde als solche, konnte einen umbringen.

Immer nur ein Gedanke, eine Entscheidung auf einmal, nicht alles durcheinander.

Lieber beim Versuch, mich in Sicherheit zu bringen, sterben.

Gut. Nächste Entscheidung.

In welche Richtung mußte ich gehen?

Die Fährte lag klar und deutlich vor mir, doch war mein Beinahemörder auf diesem Weg gekommen und wieder gegangen – es mußte so gewesen sein – und sollte er aus einem bestimmten Grund noch einmal zurückkommen, dann wollte ich ihm auf keinen Fall begegnen.

Ich hatte einen Kompaß in der Hosentasche.

Die weit entfernte Straße lag direkt nördlich von der kleinen Lichtung, und der direkte Weg führte etwas links von der Farbspur durch den Wald.

Die Spitze des Pfeiles konnte nicht tief in der Erde stecken, dachte ich. Ich war gefallen, als er schon in mir steckte. Sie konnte nicht tiefer als einen Zentimeter drinstecken.

Ich verschloß meine Gedanken von den Konsequenzen, brachte meine Hände in Position und fing an zu ziehen.

Die Pfeilspitze löste sich, und ich lag auf der Seite, angsterfüllt und von einem Schwächeanfall bedroht. Als ich an mir heruntersah, erblickte ich einen spitzen, schwarzen Stummel, der aus der roten Wolle herausragte.

Schwarz. So lang wie ein Finger. Hart und spitz. Ich berührte die Nadelspitze und wünschte mir sofort, ich hätte es nicht getan.

Nur ein Pfeil. Nur einer ist ganz durchgegangen, wenigstens das.

Erstaunlich wenig Blut. Vermutlich konnte ich es nicht genau sagen, denn das Blut hatte die gleiche Farbe wie der Pullover. Andererseits gab es auch keinen großen nassen Fleck.

Die anderthalb Kilometer bis zur Straße waren eine unüberwindbare Entfernung. Auch nur einen einzigen Zentimeter zurückzulegen war unglaublich schmerzhaft. Doch auch Zentimeter addieren sich.

Am besten gleich anfangen.

Erst den Kompaß...

Innerlich grinsend und mit einem seelischen Seufzer holte ich den Kompaß aus der Tasche und peilte nach Norden. Allem Anschein nach war Norden in der Richtung, in die meine Füße zeigten.

Ich wälzte mich mit großer Anstrengung auf die Knie und fühlte mich verzweifelt, entsetzlich, fürchterlich elend. Der Anflug von Humor erstarb schnell. Es kostete mich so viel Überwindung, daß ich beinahe sofort und auf der Stelle aufgegeben hätte. Mißhandeltes Gewebe, durchbohrte Lungen, von allen Seiten Alarmzeichen.

Ich hielt mich auf den Knien, setzte mich auf die Fersen zurück, hielt den Kopf gebeugt, atmete so wenig wie möglich, starrte auf den Pfeil, der aus mir herausragte, und dachte mir, daß ich das Überlebensprogramm nicht überstehen würde.

Neben mir in der Erde steckte ein dünner, bleicher Stab. Ich starrte ihn geistesabwesend an, betrachtete ihn dann jedoch mit größerer Aufmerksamkeit, denn mir fiel das Ding ein, das an meinem Ohr vorbeigezischt war.

Ein Pfeil, der mich verfehlt hatte.

Er war ungefähr so lang wie mein Arm. Ein geschälter, feingemaserter Stock, schnurgerade. Eine Kerbe im sichtbaren Ende, mit der man ihn auf die Bogenschnur setzen konnte. Keine Feder, um den Flug zu stabilisieren.

In allen meinen Handbüchern standen Anleitungen, wie man Pfeile macht.

»Stecken Sie die Spitze in die heiße Glut, damit sich die Fasern zusammenziehen und härten, so erreichen Sie eine größere Durchschlagskraft...«

Die gehärtete schwarze Spitze hatte mich einwandfrei durchbohrt.

»Schneiden Sie zwei Kerben in das andere Ende; eine flachere, in die die Bogensehne eingelegt wird, und in die tiefere wird eine geformte Feder gesteckt, um als Schaftführung zu dienen, die den Pfeil gerade ins Ziel bringt.«

Auch an Illustrationen zur Veranschaulichung hatte ich gedacht.

Wenn die drei Pfeile allesamt ordentliche Schaftfedern gehabt hätten...wenn es nicht windig gewesen wäre...

Ich schloß ermattet die Augen. Auch ohne Federn war das Vorhaben wirkungsvoll genug verlaufen.

Schweißüberströmt bog ich sehr behutsam meine linke Hand auf die Schulter und tastete nach dem dritten Pfeil: er steckte in meinem Pullover, doch lag er recht lose in meiner Hand. Zitternd packte ich ihn fester und zog ihn ganz heraus, mit einem stechenden Schmerz, wie wenn man einen Holzsplitter herauszieht.

Die schwarze Spitze des Pfeils war rot vor Blut, doch ich nahm an, daß sie nicht weiter als bis auf eine Rippe oder bis zur Wirbelsäule eingedrungen war. Ich mußte mir also nur um den ersten Pfeil Sorgen machen.

Nur um den einen.

Mehr als genug.

Ihn herauszuziehen wäre Wahnsinn gewesen, selbst wenn ich mich dazu hätte überwinden können. Auch bei den Schwertkämpfen der Vergangenheit hatte nicht die in die Lungen eindringende Klinge den Tod hervorgerufen, sondern erst das Herausziehen des Fremdkörpers. Durch das Loch kann Luft ein- oder ausströmen, wodurch das geschlossene, natürliche Vakuumsystem zerstört wird. Sobald es Verbindungen, also Löcher, nach draußen gibt, kollabieren die Lungen und können nicht mehr atmen. Solange der Pfeil stecken blieb, hielt sich die Blutung in Grenzen. Ich konnte zwar mit dem Pfeil im Leib sterben, ich würde jedoch schneller sterben, wenn ich ihn herauszog.

Die erste Faustregel beim Überleben eines Unglücks, so hatte ich geschrieben, war, zu akzeptieren, daß es passiert ist, daß man aus dem, was einem verblieb, das Beste machte. Selbstmitleid,

Gewissensbisse, Verzweiflung und Selbstaufgabe brachten einen mit Sicherheit nicht nach Hause. Das Überleben begann und erfüllte sich im Bewußtsein. Na schön, sagte ich mir, dann befolge deine eigenen Regeln.

Akzeptier den Pfeil. Akzeptier deinen veränderten Zustand. Akzeptier, daß es weh tut, daß in der nächsten Zukunft jeder einzelne Moment weh tun wird. Nimm es hin. Geh davon aus und mach weiter.

Immer noch auf den Knien drehte ich mich um und schaute nach Norden.

Die Lichtung gehörte mir. Kein Mann mit einem Gewehr. Kein bewaffneter Bogenschütze.

Auf eine unbegreifliche Weise hatte sich der Tag nicht verändert. Die Sonne warf noch immer ihren gefleckten Mantel, und die Bäume knarrten und vibrierten klangvoll in der ältesten aller Symphonien. Viele vor mir waren in den Wäldern von Pfeilen getroffen und mit ihrer Sterblichkeit an Orten konfrontiert worden, die schon so ausgesehen hatten, noch bevor die Menschen angefangen hatten, sich gegenseitig umzubringen.

Ich hingegen, wenn ich nur vom Fleck kam, konnte Chirurgen und Antibiotika erreichen, und dann ein Hurra auf den Gesundheitsdienst. Ich rutschte langsam auf den Knien über die Lichtung, immer in Richtung einer Stelle links von dem markierten Pfad.

Es war nicht so schlimm …

Es war grauenhaft.

Um Himmels willen, sagte ich mir, ignorier es. Gewöhn dich daran. Denk an den Norden.

Es war ganz unmöglich, den ganzen Weg bis zur Straße auf Knien zurückzulegen; das Unterholz war zu dicht, die Schößlinge an manchen Stellen zu eng beieinander. Ich mußte aufstehen.

Also, wenn es denn sein mußte, zog ich mich an den Zweigen und Ästen langsam hoch.

Sogar meine Beine fühlten sich eigenartig an. Ich klammerte mich mit aller Kraft und mit geschlossenen Augen an einen jungen Baum und wartete darauf, daß es besser wurde, sagte mir wieder und wieder, wenn ich jetzt erneut hinfiele, dann würde es *noch* schlimmer werden.

Norden.

Schließlich machte ich die Augen auf und zog den Kompaß aus der Jeanstasche, in die ich ihn gestopft hatte, damit ich die Hände frei hatte, um aufzustehen. Ich hielt mich mit einer Hand fest und verlängerte im Geiste die Linie der Nadel, um mir den nächsten kleinen Baum einzuprägen, den ich sehen konnte. Dann steckte ich den Kompaß wieder weg und hangelte mich mit unvorstellbarer Langsamkeit zentimeterweise voran. Nach einer Weile erreichte ich das Ziel und hielt mich daran fest, zu Tode erschöpft.

Ich hatte vielleicht zehn Meter zurückgelegt. Ich war ausgepumpt.

»Lassen Sie es nicht bis zur völligen Erschöpfung kommen«, hatte ich geschrieben. Großer Gott.

Ich ruhte mich aus, es war notwendig, ich war zu sehr geschwächt.

Nach einer Weile befragte ich den Kompaß, prägte mir einen anderen jungen Baum ein und machte mich auf den Weg. Als ich mich umdrehte, konnte ich die Lichtung nicht mehr sehen.

Ich bin geliefert, dachte ich. Ich wischte mir den Schweiß mit den Fingern von der Stirn und blieb ruhig stehen, wartete, damit der Sauerstoff im Blut wieder einen funktionsfähigen Level erreichen konnte.

Bis zu einem funktionstüchtigen Modus, hätte Gareth gesagt.

Gareth ...

Sherwood Forest, dachte ich, vor achthundert Jahren. Wessen Gesicht würde ich auf die Schultern des Sheriffs von Nottingham setzen ...

Ich ging noch mal zehn Meter, und noch mal, vorsichtig, nicht stolpern, hielt mich an Zweigen fest wie an einem Geländer. Ich begann vor Anstrengung zu keuchen. Der Schmerz war nun zur Konstante geworden. Ignorier ihn. Die Schwäche war das größere Problem und die Atemnot.

Bei der nächsten Verschnaufpause fing ich an, einige unangenehme Berechnungen anzustellen. Ich hatte ungefähr fünfzig Meter zurückgelegt. Es kam mir wie eine Marathonstrecke vor, realistisch gesehen war es nicht mehr als der dreißigste Teil von anderthalb Kilometern, was bedeutete, daß ich noch neunundzwanzig Dreißigstel vor mir hatte. Ich hatte die fünfzig Meter nicht mit der Uhr gestoppt, aber es war nicht gerade ein Sprint gewesen. Nach meiner Uhr war schon vier Uhr vorbei, eine schlimme Nachricht, die durch den tiefen Stand der Sonne bestätigt wurde. Es würde bald dunkel werden.

Ich mußte so schnell wie möglich vorankommen, solange ich den Weg noch sehen konnte, mich dann länger ausruhen und dann wahrscheinlich kriechen. Vernünftiger Plan, aber nicht genug Kraft, um schneller zu gehen.

Noch mal fünfzig Meter in fünf Etappen. Wieder ein Dreißigstel Wegs zurückgelegt. Wunderbar. Ich hatte fünfzehn Minuten dafür benötigt.

Weitere Berechnungen: Mit einer Geschwindigkeit von fünfzig Metern in fünfzehn Minuten würde es noch knapp acht Stunden dauern, bis ich die Straße erreicht hatte. Dann wäre es bereits eine halbe Stunde nach Mitternacht, wobei bei dieser Rechnung längere Pausen oder gar Kriechen nicht berücksichtigt waren.

Verzweiflung war einfach. Überleben dagegen nicht.

Zum Teufel mit der Verzweiflung, dachte ich. Los, weiter.

Gelegentlich stieß ich mit dem Schaft des Pfeiles, der mir aus dem Rücken ragte, irgendwo dagegen, was mich japsend zum Stehenbleiben zwang. Ich wußte nicht, wie lang er war, konnte das Ende nicht mit den Fingern erreichen, daher konnte ich nicht immer beurteilen, wieviel Platz ich brauchte, um damit an Hindernissen vorbeizukommen.

Da ich nur schnell die Kamera abholen wollte, hatte ich nicht den kompletten Beutel mit meiner Ausrüstung mitgebracht, doch ich hatte den Gürtel, in dem sich mein Messer und das Vielzweckfeuerzeug befand; die Rückseite dieses Instruments war als Spiegel gedacht. Nach den nächsten fünfzig Metern zog ich es heraus und betrachtete mir die Bescherung.

Der Schaft, gerade, hell und kräftig, ragte etwa fünfundvierzig Zentimeter aus meinem Rücken heraus. Am Ende befand sich eine Kerbe für die Sehne, aber keine Schaftfedern.

Mein Spiegelbild betrachtete ich nicht. Ich wollte mir nicht bestätigen lassen, wie ich mich fühlte. Ich steckte das kleine Werkzeug wieder in die Hülle und legte sehr vorsichtig weitere fünfzig Meter zurück.

Nach Norden. Jeweils zehn Meter ins Auge fassen. Zehn Meter zurücklegen. Fünf mal zehn Meter. Kurze Pause.

Die Sonne zu meiner Linken sank immer tiefer, und die blauen Schatten der Dämmerung ließen sich auf den Kiefern und Fichten nieder, krochen zwischen die Zweige der Schößlinge und Erlen. Im Wind verschwammen die Schatten zu Streifenmustern und strichen wie umherstreunende Tiger umher.

Fünfzig Meter, Pause. Fünfzig Meter, Pause. Fünfzig Meter, Pause.

An nichts anderes denken.

Bald geht der Mond auf, dachte ich. Vollmond lag erst drei Tage zurück. Solange der Himmel klar blieb, konnte ich bei Mondlicht weitergehen.

Die Dämmerung senkte sich herab, und bald konnte ich keine zehn Meter weit mehr sehen. Nachdem ich mit dem Pfeil innerhalb einer Minute zweimal gegen ein unsichtbares Hindernis gestoßen war, blieb ich stehen und ging langsam in die Knie, lehnte den Kopf und die Vorderseite meiner linken Schulter gegen einen jungen Birkenstamm, erschöpft wie noch nie zuvor in meinem Leben.

Womöglich schrieb ich ja eines Tages ein Buch darüber, dachte ich.

Womöglich nannte ich es dann... Außenseiter.

Ein unerwarteter Treffer aus der Entfernung.

Vielleicht nicht einmal von so weit her. Zweifellos war der Schütze nur ein paar Meter von der Lichtung entfernt gewesen, damit er freie Sicht hatte. Vielleicht nur ein Treffer aus der Nähe.

Er hatte dort bereits auf mich gewartet, überlegte ich mir. Wenn er mir gefolgt wäre, hätte er zu nah an mich herankommen müssen, denn ich war sofort auf die Kamera zugegangen, und in diesem Falle hätte ich ihn, trotz Wind, gehört. Er mußte vor mir dort gewesen sein und auf der Lauer gelegen haben, und ich war direkt auf den weithin sichtbaren Köder losgegangen, hatte ihm ein perfektes Ziel dargeboten, einen breiten Rücken in einem hellroten Pullover, eine todsichere Sache.

Eine Falle.

Ich bin in eine hineingestolpert, genau wie Harry.

Ich lehnte am Baum und rutschte langsam daran herunter. Ich fühlte mich absolut grauenhaft.

Wenn ich der Bogenschütze gewesen wäre, dachte ich, hätte ich auf meinem Platz gewartet, in der Hocke, getarnt, unendlich geduldig, den Pfeil auf der Sehne. Da kommt das Opfer angelaufen, völlig ahnungslos, geht auf die Kamera zu, stellt sich in Position. Aufstehen, zielen... Volltreffer gleich beim ersten Schuß.

Noch zweimal auf den gefallenen Körper schießen. Schade um die Pfeile. Noch ein Treffer.

Opfer offensichtlich tot. Noch ein bißchen warten, um sicherzugehen. Alles in Ordnung. Dann der Rückzug, den Pfad entlang. Auftrag ausgeführt.

Wer war der Sheriff von Nottingham ...?

Ich versuchte, eine bequemere Stellung einzunehmen, aber es gab keine, wirklich nicht. Um meine Knie etwas zu entlasten, ließ ich mich auf die linke Hüfte sinken, den Kopf und die linke Körperhälfte gegen den Baum gelehnt. Das war wesentlich besser als das Gehen und der Kampf gegen den Wald. Ob es auch besser war, als auf der Lichtung liegenzubleiben, konnte ich nicht recht entscheiden. Und doch: Wenn er, der Schütze, trotz allem noch einmal zurückgekommen war, um nachzusehen ... wenn er das getan hatte, dann wußte er, daß ich noch am Leben war, aber er würde mich dort, wo ich mich jetzt aufhielt, niemals finden, tief im undurchdringlichen Schatten des Waldes, auf einem Pfad, dem er im Dunkeln nicht folgen konnte.

Es war blanke Ironie, dachte ich, daß ich für die Expedition mit Gareth und Coconut absichtlich einen Flecken auf der Landkarte ausgesucht hatte, der möglichst weit von der Straße entfernt lag. Ich hätte schlauer sein sollen.

Es wurde immer dunkler im Wald, doch durch die Zweige hindurch sah ich die Sterne. Ich lauschte dem Wind. Mir wurde kalt. Ich kam mir sehr verlassen vor.

Ich ließ mich ein bißchen treiben, existierte ganz einfach nur; ließ die Gedanken umherschwirren. Ich fühlte mich formlos, ein Teil von Raum und Zeit, eine Substanz, ein Stück des Kosmos. Das Bewußtsein vom Alter der Welt, das ich stets in mir trug, schien sich zu intensivieren, kam mir wie ein Trost vor. Alles war eins. Jedes Wesen war in sich vollständig, aber allein. Man konnte sich auflösen und trotzdem weiterexistieren ... Halb im Schlaf schlingerte ich am Rand des Bewußtseins entlang, verzapfte Unsinn.

Ich entspannte mich zu sehr. Mein Gewicht drückte gegen den Baum, rutschte nach unten, und der Pfeil kam mit dem Boden in Berührung. Der ausgelöste Schmerz brachte mich auf teuflische Weise in die Wirklichkeit zurück, ich war hellwach und bei

Bewußtsein, fest entschlossen, gerade jetzt noch nicht zu einem Teil des ewigen Mysteriums zu werden. Ich kämpfte mich wieder ins Gleichgewicht, versuchte, mich auf die zermalmenden Wellen der Pein hinaufzuschwingen, und entdeckte zu meiner verzweifelten Bestürzung, daß das Pfeilstück vorne fast drei Zentimeter weiter herausragte.

Ich hatte den Pfeil ein Stück weiter durchgedrückt. Ich hatte weiß der Teufel welche neuen Verletzungen in meiner Lunge angerichtet. Ich wußte nicht, wie ich das ertragen sollte, was mein Körper fühlte.

Ich atmete weiter. Ich lebte weiter. Mehr konnte ich nicht sagen.

Die allerschlimmsten Qualen ließen etwas nach.

Mir kam es vor, als hätte ich sehr lange in der kalten Dunkelheit gesessen. Ich atmete flach, rührte mich nicht, wartete nur ab. Endlich hellten sich die Schatten auf, und der Wald schien in sanftes Licht gebadet zu sein. Im Osten ging hell und klar der Mond auf. Den Augen, die so lange an die Dunkelheit gewöhnt waren, kam es wie Tageslicht vor.

Ich mußte weiter. Ich holte den Kompaß hervor, hielt ihn dicht und waagrecht unter die Augen, wartete, bis sich die Nadel auf Norden eingependelt hatte, schaute in diese Richtung und prägte mir die ersten Meter ein.

Die Gedanken in Handlungen umzusetzen erwies sich als unvermeidbare Qual. Alles war wund, jeder Muskel schien über eine direkte Leitung mit dem Pfeil verbunden zu sein. Grausame Stiche schossen durch meine Nervenbahnen wie stählerne Blitze.

Na und, sagte ich mir. Hör auf mit dem Gejammer. Vergiß, wie es sich anfühlt, konzentrier dich auf den Weg vor dir.

Konzentrier dich auf den Sheriff...

Ich zog mich wieder empor, schwankte ein bißchen, schwitzte, klammerte mich überall fest, stöhnte einige Male, gab mir selbst Befehle. Setz einen Fuß vor den anderen, das ist der einzige Weg, der nach Hause führt. Daß ich mit dem Pfeil angestoßen war, erwies sich nicht als die letzte Katastrophe. Meine Bewegungen kosteten anscheinend genausoviel Atem wie vorher, was hieß, mehr als mir momentan zur Verfügung stand.

Ich konnte im Mondlicht nicht immer so weit voraus sehen, so daß ich den Kompaß öfter zu Rate ziehen mußte. Das verzögerte alles ungemein, da ich ihn immer wieder aus der Jeanstasche herausziehen und hinterher wieder hineinstecken mußte. Nach einer Weile schob ich ihn in meinen Pulloverärmel. Durch diese Verbesserung wurde zwar der alte fünfzig Meter Rhythmus über den Haufen geworfen, aber das machte nicht sonderlich viel aus. Statt dessen schaute ich auf meine Uhr und machte jede Viertelstunde eine kleine Pause.

Der Mond stieg hoch am Himmel empor und strahlte ungehindert in den Wald hinein, eine silberne Gottheit, der ich am liebsten meine Verehrung entgegengebracht hätte. Bis zu einem gewissen Grad wurde ich wieder unempfindlich gegen die Beschwerden und schleppte mich weiter, peilte regelmäßig meine Richtung an, atmete vorsichtig und richtete mein ganzes Streben darauf, immer leicht unter der Leistungsgrenze zu arbeiten, damit ich bis zum Schluß durchhielt.

Der Schütze mußte ein Gesicht haben.

Wenn ich klar denken konnte, wenn sich nicht jedes bißchen Aufmerksamkeit darauf richtete, nicht hinzufallen, dann kam ich der Wahrheit womöglich etwas näher. Seit dem Pfeil hatten sich die Dinge geändert. Eine ganze Menge neuer Tatsachen mußten in Betracht gezogen werden. Ich stolperte über eine Wurzel, hätte beinahe das Gleichgewicht verloren und ließ die neuen Tatsachen Tatsachen sein.

Langsam, unheimlich langsam ging ich nach Norden. Als ich wieder einmal die Hand in den Ärmel schob, um den Kompaß herauszuholen, war er nicht mehr da.

Ich hatte ihn fallen lassen.

Ohne ihn konnte ich nicht weitergehen. Ich mußte zurück. Ich bezweifelte, daß ich ihn im Unterholz wiederfinden würde. Eine so tiefe Verzweiflung überschwemmte mich, daß ich mich am liebsten restlos in Tränen aufgelöst hätte.

Du mußt die Sache in den Griff kriegen, sagte ich mir. Stell dich nicht so blöd an. Denk nach.

Ich war in Richtung Norden gegangen. Wenn ich mich um genau einhundertachtzig Grad drehte, blickte ich in die Richtung, aus der ich gekommen war.

Das war grundsätzlich wichtig.

Nachdenken.

Ich stand da und wartete, bis die Panik so weit abgeklungen war, daß ich einen Plan fassen konnte; dann zog ich mein Messer aus der Scheide an meinem Gürtel und schnitzte einen Pfeil in die Rinde des Baumes vor mir. Ein Pfeil, der himmelwärts zeigte. Ich hatte nicht nur Pfeile im Rücken, sondern auch im Kopf, fiel mir ein.

Der Pfeil im Baum zeigte nach Norden.

Der Kompaß mußte irgendwo in Sichtweite dieses Pfeiles liegen. Ich würde kriechen müssen, um überhaupt eine Chance zu haben, ihn zu finden.

Ich ließ mich vorsichtig auf die Knie hinab und drehte mich langsam um, nach Süden. Das Gewebe aus braunem, ellenlangem, vertrocknetem Gras und alten Blättern und den blattlosen Ranken der neuen Triebe bedeckte jeden Zentimeter zwischen den Schößlingen und den größeren Bäumen. Selbst bei Tageslicht und im Vollbesitz aller Kräfte wäre es nicht gerade eine leichte Suche geworden, aber unter den gegebenen Bedingungen war es beinahe aussichtslos.

Ich kroch dreißig, vierzig Zentimeter vorwärts, tastete den Boden um mich herum ab, versuchte, das Gestrüpp zu teilen, hoffte verzweifelt auf das Unmögliche. Ich drehte mich nach dem Pfeil am Baum um, kroch wieder ein Stück weiter. Nichts. Noch ein Stück, und noch ein Stück. Nichts. Ich kroch so weit, bis ich den Pfeil nur noch als blassen Fleck gegenüber der dunklen Rinde erkennen konnte, und wußte, daß ich schon über den Punkt, an dem ich die letzte Orientierung vorgenommen hatte, hinaus war.

Ich drehte mich um, kroch zurück und suchte immer noch mit einer Hand im unübersichtlichen Unterholz herum. Nichts. Nichts. Die Hoffnung löste sich in Nichts auf. Die Schwäche schien die Oberhand zu gewinnen.

Der Kompaß *mußte* hier irgendwo liegen.

Wenn es mir nicht gelang, ihn zu finden, dann mußte ich bis zum Morgen hier warten und mich mit Hilfe der Sonne und meiner Uhr nach Norden weiterarbeiten. Falls die Sonne scheinen würde. Wenn ich noch so lange durchhielt. Die Nachtkälte zog immer mehr an, und ich war inzwischen deutlich schwächer geworden.

Auf meiner ergebnislosen Suche kroch ich bis zu dem Baum zurück, drehte dort um und kroch auf einem etwas anderen Weg noch einmal zurück, suchte und suchte, die Hoffnung löste sich Zentimeter um Zentimeter in fortschreitende Schwäche auf, die Entschlossenheit zerbröselte zu Scheitern.

Einmal, als ich mich nach dem Pfeil am Baum umdrehte, sah ich ihn nicht mehr. Ich wußte nicht mehr, wo Norden war.

Ich hörte auf zu suchen, ließ mich benebelt auf die Fersen sinken und blickte der endgültigen Niederlage ins Auge.

Alles schmerzte unvermindert, und ich konnte mir nicht länger einreden, es einfach zu ignorieren. Ich war tödlich verwundet und dabei, auf den Knien zu sterben; ich kroch im vertrockneten Gras herum, meine Zeit verrann mit dem Mondlicht, und die Schatten kamen näher.

Ich spürte, daß ich es nicht mehr länger aushalten konnte. Ich hatte keinen Willen mehr. Ich war immer davon überzeugt gewesen, daß das Überleben von der geistigen Entschlossenheit abhing, doch jetzt wußte ich, daß es Dinge gab, die man nicht überleben konnte. Man konnte nicht überleben, solange man nicht daran glaubte, daß man überlebte, und mein Glaube daran war erloschen, war zusammen mit Schweiß und Schmerz und Schwäche im Wind zerstoben.

18

Zeit... unbestimmbare Zeit... verrann.

Zu guter Letzt bewegte ich mich nur noch, weil mir kalt war, weil es unbequem wurde: Ich rutschte auf den Knien im Kreise herum, ohne darüber richtig nachzudenken, versuchte ich ein Nest zu finden, in das ich mich betten konnte, in dem ich vielleicht auch sterben würde.

Als ich aufschaute, sah ich den Pfeil in der Baumrinde wieder. Er war nicht weit weg, war nie weit entfernt gewesen, nur hinter einer Gruppe von Schößlingen aus dem Blickfeld geraten.

Teilnahmslos dachte ich daran, wie wenig mir das jetzt nützte. Der Pfeil zeigte in die Richtung, aber zehn Meter weiter hinten, ohne Kompaß – wo war dann Norden?

Der Pfeil in der Rinde zeigte nach oben.

Ich folgte ihm langsam mit meinem Blick, wie bei einer Anweisung. Ich schaute nach oben, zum Himmel; dort oben, ab und zu von den rauschenden Zweigen verdeckt, glitzerte das Sternbild des Großen Wagens... und der Polarstern.

Zweifellos war meine Route von da an nicht mehr so schnurgerade und akkurat wie zuvor, doch ich kam wenigstens voran. Mit dieser Alternative war es einfach nicht möglich, sich irgendwo zusammenzurollen und aufzugeben. Ich krallte mich überall fest, atmete so wenig wie möglich, schleppte mich zentimeterweise voran. Schon bald hatte ich den vorigen Zustand wiedererlangt, in dem ich den Schmerz einfach nicht mehr spürte, und bei jeder Pause, wenn ich zu den Sternen hinaufschaute, fühlte ich mich leichter und körperloser denn je.

Guten Mutes, könnte man beinahe sagen.

Ich schaute auf die Armbanduhr und sah, daß es elf Uhr war, was eigentlich nichts bedeutete. Vor halb eins würde ich die Straße nicht erreichen, und ich wußte nicht, wieviel Zeit ich bei der Suche nach dem Kompaß vertrödelt, wie lange ich resigniert auf der Erde gekniet hatte. Ich wußte nicht, wie schnell ich mittlerweile vorwärtskam, und ich hatte kein Interesse mehr daran, es auszurechnen. Ich wußte nur, daß ich dieses Mal so lange gehen würde, wie meine Lungen und Muskeln mitspielten. Überleben oder nicht, die Entscheidung war gefallen.

Das Gesicht des Schützen...

Einzelne Gedankensplitter purzelten unzusammenhängend durcheinander und setzten sich zu einem Rückblick auf die vergangenen drei Wochen zusammen.

Ich überlegte mir, wie ich ihnen vorkommen mußte, den Leuten, die ich nach und nach kennengelernt hatte.

Ein Schriftsteller, ein Fremder, der plötzlich in ihrer Mitte auftauchte. Ein Mensch mit eigenartigen Fähigkeiten, mit einem eigenartigen Wissen, obendrein körperlich fit. Einer, dem Tremayne vertraute, einer, den er um sich haben wollte. Einer, der sich ein paarmal an der richtigen Stelle befand. Der zur Bedrohung geworden war.

Ich dachte an den Tod von Angela Brickell und an die Anschläge auf Harry und auf mich, und es schien so, als hätten alle drei nur aus einem Grund stattgefunden: alles so zu belassen, wie es war. Sie waren nicht durchgeführt worden, um etwas zu erreichen, sondern um etwas zu bewahren.

Immer einen Fuß vor den anderen...

Schwacher kleiner Stern, halb versteckt, hin und wieder vom Wind enthüllt; flackernde Nadelspitze in einer wirbelnden Galaxis, Hoffnung aller Navigatoren... zeig mir den Weg nach Hause.

Angela Brickell wurde vermutlich ermordet, damit sie den

Mund hielt. Harry hatte sterben sollen, um seine Schuld festzuschreiben. Ich selbst sollte an dem gehindert werden, was Fiona und Tremayne vorausgesagt hatten: für Doone die Wahrheit herauszufinden.

Sie alle erwarteten zuviel von mir.

Wegen dieser hohen Erwartungen war ich jetzt halb tot.

All diese Schlußfolgerungen waren nichts als Vermutungen, dachte ich. Keine Fakten und keine Geständnisse, die einem weiterhalfen, nur Wahrscheinlichkeiten, Möglichkeiten.

Der Bogenschütze mußte jemand sein, der wußte, daß ich noch einmal wegen Gareth' Kamera hierher zurückkommen würde. Es mußte jemand sein, der wußte, wie man die Fährte wieder finden konnte. Es mußte jemand sein, der in der Lage war, nach Anleitung einen tauglichen Bogen und spitze Pfeile anzufertigen, der Zeit hatte, sich auf die Lauer zu legen, der mich unschädlich machen wollte und der ein ganzes Universum zu verlieren hatte.

So wie sich in Shellerton Nachrichten schlagartig herumsprachen, könnte theoretisch jeder von der verlorenen Kamera und der Möglichkeit, sie wiederzufinden, gehört haben. Andererseits hatte die Expedition der Jungen erst gestern stattgefunden ... gütiger Gott ... erst *gestern* ... und wenn ... *falls* ... ich zurückkam, konnte ich mit Sicherheit herausfinden, wer es wem weitererzählt hat.

Immer ein Schritt nach dem anderen. Bei jedem Atemzug rasselte und quietschte Flüssigkeit in meinen Lungen. Damit lebten manche Menschen recht lange ... Asthma ... Emphyseme ... jahrelang. Die Flüssigkeit nahm Lungenkapazität weg ... jemanden mit Emphysemen wird man nicht einfach so die Treppe hinaufstürmen sehen.

Angela Brickell war klein und leicht gewesen, ein Kinderspiel.

Harry und ich waren groß und stark, nicht so leicht aus nächster Nähe anzugreifen. Die halbe Rennszene hatte gesehen, wie ich Nolan aus den Angeln gehoben hatte; es war bekannt, daß ich mich sehr gut selbst verteidigen konnte. Dann also spitze Stangen für Harry und Pfeile für John, und beide Male rettete uns nur reines Glück. Ich war dabei, um Harry zu helfen, und der Pfeil hatte mein Herz verfehlt.

Glück.

Der klare Himmel war Glück.

Ich wollte das Gesicht des Schützen nicht sehen.

Das plötzliche Eingeständnis war eine einzige Offenbarung. Obwohl ich das Ergebnis seines handwerklichen Geschicks im Körper trug, dachte ich an die Trauer, die unvermeidlich über die anderen hereinbrechen mußte. Und trotzdem mußte ich ihn entlarven, denn bei jemandem, für den Mord schon dreimal die Lösung seiner Probleme gewesen war, konnte man nicht sicher sein, daß er es nicht wieder probierte. Mord wurde schnell zur Gewohnheit, hatte mir mal jemand gesagt.

Endlose Nacht. Der Mond wanderte in silberner Pracht hinter mir über den Himmel. Linker Fuß. Rechter Fuß. An den Zweigen festhalten. Stückweise atmen.

Mitternacht.

Wenn ich das hier durchstehe, dachte ich, dann unternehme ich ziemlich lange keine Waldspaziergänge mehr. Ich werde mich auf meinen Dachboden zurückziehen und mit meinen Figuren nicht allzu hart ins Gericht gehen, wenn sie hoffnungslos am Boden liegen.

Ich dachte an Fringe und an die Downs und fragte mich, ob ich jemals bei einem Rennen reiten würde, und ich dachte an Ronnie Curzon und meinen Verleger, an die amerikanischen Lizenzen, an Erica Uptons Rezensionen, und das alles schien so weit weg zu sein wie der Große Wagen und nichts, überhaupt nichts mit meiner momentanen Situation zu tun zu haben.

Die Gerüchteküche von Shellerton. Ein Knäuel gemeinsamen Wissens. Und doch, diesmal... dieses eine Mal...

Ich blieb stehen.

Der Bogenschütze hatte ein Gesicht.

Doone würde mit Alibis und Tabellen jonglieren müssen, Gelegenheiten nachweisen, nach Fußspuren suchen. Doone hatte es mit dem hinterhältigsten Wesen zu tun, mit dem besten Schauspieler von allen.

Vielleicht täuschte ich mich. Doone mußte es herausfinden.

Ich kroch weiter voran. Ein Kilometer hatte einhunderttausend Zentimeter, anderthalb Kilometer hatten einhundertfünfzigtausend Zentimeter.

Na und?

Ich hätte mit einer Geschwindigkeit von ungefähr zwanzigtausend Zentimetern pro Stunde vorwärts kommen können, ohne die Unterbrechungen. Zwanzigtausend Zentimeter. Zweihundert Meter. Ein Furlong! Hervorragend. Der Rekord im englischen Pferderennsport.

Funkle, funkle, kleiner Stern ...

Nur ein Vollidiot versuchte, mit einem Pfeil durch die Brust anderthalb Kilometer weit zu laufen. Darf ich vorstellen: Mr. Kendall, Vollidiot.

Nur Mut.

Ein Uhr.

Der Mond ist vom Himmel herabgestiegen, dachte ich, und jetzt tanzt er nicht weit vor mir im Wald. Blödsinn, das kann nicht sein. Aber da war es, ganz sicher. Ich sah den hellen Schein.

Lichter. Ich wurde wieder einigermaßen klar im Kopf, rang mich zu ungläubigem Verstehen durch.

Die Straße dort gab es wirklich, sie war da, nicht ein verschwundener Mythos in einem verwunschenen Hexenwald. Ich war tatsächlich dort angekommen. Wenn ich genug Sauerstoff übrig gehabt hätte, ich hätte vor Freude laut geschrien.

Ich kam beim letzten Baum an, lehnte mich geschwächt dagegen und fragte mich, was ich als nächstes tun solle. Die Straße war so lange mein einziges Ziel gewesen, daß ich keinen Gedanken daran verschwendet hatte, was danach passieren sollte. Es war dunkel – keine Autos unterwegs. Was tun? Auf die Straße kriechen und dabei riskieren, überfahren zu werden? Den Anhalter markieren? Einem zufällig vorbeikommenden Autofahrer den Schrecken seines Lebens einjagen?

Ich fühlte mich erbärmlich ausgepumpt. Unter Zuhilfenahme des Baumstammes rutschte ich auf die Knie, lehnte Kopf und linke Schulter gegen die Rinde. Meiner Berechnung nach stand, falls ich ungefähr einen geraden Kurs eingehalten hatte, der Land Rover ein gutes Stück nach rechts die Straße runter, doch es war sinnlos und unmöglich, dorthin zu wollen.

Aus genau dieser Richtung fingerte Scheinwerferlicht um die Kurve; der Wagen schien nicht schnell zu fahren. Ich versuchte, mit dem Arm zu winken, die Aufmerksamkeit auf mich zu lenken, doch alles, was ich zustande brachte, war ein müdes Wedeln mit der Hand.

Das mußte noch besser klappen.

Das Auto bremste plötzlich mit kreischenden Reifen, setzte dann sehr schnell zurück, bis es mit mir auf einer Höhe war. Der Landrover. Wie war das möglich?

Türen sprangen auf, Leute quollen heraus. Leute, die ich kannte.

Mackie.

Mackie rannte los und rief: »John, John«, dann war sie bei mir und blieb plötzlich wie angewurzelt stehen und sagte: »Großer Gott!«

Nach ihr kam Perkin, der sprachlos auf den Boden blickte und den Mund vor Schrecken offenstehen ließ. Gareth rief uns dringlich: »Was ist los?« entgegen, dann sah er es und ließ sich erschrocken und mit weit aufgerissenen Augen neben mir nieder.

»Wir suchen Sie schon seit einer Ewigkeit«, sagte er. »Sie haben da einen Pfeil...« Seine Stimme erstarb.

Er sagte mir nichts Neues.

»Geh und hol Tremayne«, sagte Mackie, und er sprang sofort auf und rannte weg, die Straße entlang nach rechts, als hätte er sämtliche Dämonen der Hölle auf den Fersen.

»Auf alle Fälle müssen wir den Pfeil herausziehen«, sagte Perkin. Er legte seine Hand an den Schaft und fing an zu ziehen. Er konnte ihn kaum bewegt haben, doch in meiner Brust fühlte es sich an wie flüssiges Feuer.

Ich schrie auf... es kam nur als mageres Krächzen hervor, doch in meinem Geiste war es ein Schrei gewesen...: »Nicht.«

Ich versuchte, von ihm wegzurutschen, aber das machte es nur noch schlimmer. Meine Hand schnellte vor und packte Mackies Hosenbein; ich zog mit einer Kraft daran, die ich mir nicht mehr zugetraut hätte. Die Macht der Verzweiflung.

Mackies Gesicht näherte sich dem meinen, von Furcht und Sorge gezeichnet.

»Nicht ... den Pfeil... nicht... herausziehen«, sagte ich mit flehentlicher Eindringlichkeit. »Er darf es nicht tun!«

»Oh, Gott.« Sie stand auf. »Nicht anrühren, Perkin. Es tut ihm höllisch weh.«

»Wenn er draußen wäre, würde es nicht so weh tun«, sagte er hartnäckig. Die Vibrationen seiner Hand setzten sich in mir fort und verbreiteten den blanken Schrecken.

»*Nein, nein.*« Mackie packte ihn von Panik ergriffen am Arm. »Laß es, wie es ist. Du bringst ihn sonst um. Liebling, du mußt es so lassen.«

Ohne ihr Eingreifen hätte Perkin seinen Willen durchgesetzt, doch letztendlich nahm er seine gefährlichen Hände wieder weg. Ich fragte mich, ob er begriff, daß er mich damit getötet hätte, fragte mich, ob er die geringste Vorstellung davon hatte, wieviel Kraft nötig war, den Pfeil herauszuziehen wie einen Holzspieß aus einem Stück Braten; ob er sich vorstellen konnte, welche Furien er bereits aus dem Halbschlaf geweckt hatte. Die Furien hatten scharfe Klauen und erbarmungslose Zähne. Ich versuchte, noch weniger als vorher zu atmen. Ich spürte, wie mir der Schweiß über das Gesicht rann.

Mackie beugte sich erneut herunter: »Tremayne holt Hilfe.« Ihre Stimme zitterte vor Aufregung angesichts dieser Barbarei.

Ich antwortete nicht: kein Atem.

Hinter dem Landrover kam ein Wagen zum Stehen, der Gareth ausspuckte und dann Tremayne, der sich seinen Weg wie ein Panzer über den Erdhügel bahnte und einen Meter vor mir abrupt zum Stehen kam.

»*Großer Gott*«, sagte er. »Ich habe Gareth nicht glauben wollen.« Dann nahm er die Situation in die Hand. Auch wenn er es gewohnt war, so schien es ihn eine gehörige Portion Anstrengung zu kosten. »Na schön. Ich rufe über Autotelefon einen Krankenwagen. Bleiben Sie still liegen«, sagte er unnötigerweise zu mir. »Es wird nicht mehr lange dauern, bis wir Sie hier wegtransportieren können.«

Auch ihm gab ich keine Antwort. Er hastete zum Wagen zurück, von wo wir seine eindringliche Stimme hören, nicht aber seine Worte verstehen konnten. Kurz danach war er wieder da und teilte mir mit, es würde nicht lange dauern, ich müsse durchhalten. Ich bemerkte, daß auch ihm der Schock den Atem verschlagen hatte.

»Wir haben Sie schon stundenlang gesucht«, sagte er. Es kam mir so vor, als wolle er mir unter allen Umständen versichern, daß sie mich nicht vergessen hatten. »Wir haben die Polizei angerufen und die Krankenhäuser, aber niemand wußte etwas von einem Verkehrsunfall oder sonst etwas, also sind wir hierher gefahren ...«

»Aufgrund Ihrer Nachricht«, sagte Mackie, »an der Pinnwand.«

Ach ja.

Gareth' Kamera baumelte an Perkins Handgelenk. Mackie bemerkte, wie ich auf sie starrte, und sagte: »Ja, wir haben die Fährte gefunden.«

Gareth stimmte ein: »Die Farbe am Straßenrand war verschwunden, aber wir haben überall am Waldrand gesucht. Ich konnte mich daran erinnern, wo wir gewesen sind.« Er war sehr ernst. »Ich konnte mich ziemlich gut daran erinnern, wo die Spur anfing. Und Perkin hat sie gefunden.«

»Er folgte ihr bis zum Ende, mit einer Taschenlampe«, sagte Mackie und streichelte den Arm ihres Mannes. »Ein schlauer Einfall. Nach ewigen Zeiten kam er mit Gareth' Kamera zurück. Sie hatte er nicht gefunden. Wir wußten nicht, was wir als nächstes tun sollten.«

»Ich hätte sie nicht nach Hause fahren lassen«, sagte Gareth. In seiner Stimme mischten sich Dickköpfigkeit und Stolz. Innerlich dankte ich Gott dafür.

»Was genau ist denn passiert?« fragte Tremayne unverblümt. »Wie sind Sie in diese Lage geraten?«

»Erzähl ich Ihnen ... später.« Ich brachte kaum mehr als ein Flüstern zustande.

»Laß ihn in Ruhe«, sagte Mackie. »Er kann kaum sprechen.«

Sie warteten bei mir, bis die Ambulanz von Reading her eintraf, und sprachen mir besorgt immer wieder Mut zu. Tremayne und Mackie gingen den Uniformierten entgegen, vermutlich um sie auf das vorzubereiten, was sie erwartete. Gareth lief ein, zwei Schritte hinter ihnen her, doch ich rief ihn mit rauhem Krächzen zurück: »Gareth«. Er blieb sofort stehen, drehte sich um und kam zurück. Er hockte sich neben mich ins Gras.

»Ja? Was denn? Was kann ich für Sie tun?«

»Bleib hier bei mir«, sagte ich.

Meine Bitte erstaunte ihn, doch er sagte gleich: »Oh, okay«, und blieb etwas verwirrt einen Schritt entfernt neben mir.

Perkin sagte gereizt: »Ach was, Gareth, geh schon.«

»Nein«, sagte ich heiser. »Bleib hier.«

Nach einer Weile drehte Perkin Gareth den Rücken zu, beugte sein Gesicht zu meinem herunter und fragte völlig gelassen: »Wissen Sie, wer auf Sie geschossen hat?« Unter diesen Umständen hörte es sich wie eine normale Frage an, aber es war keine.

Ich antwortete nicht. Zum ersten Mal schaute ich ihm direkt in die Augen, in denen das Mondlicht schimmerte; ich sah Perkin, den Sohn, Perkin, den Ehemann, denjenigen, der mit Holz arbeitete. Mein Blick ging sehr tief, doch ich konnte seine Seele nicht finden. Ich sah den Mann, der dachte, er hätte mich getötet... ich sah den Bogenschützen.

»Wissen Sie es wirklich?« fragte er noch einmal.

Er zeigte keinerlei Gefühle, obwohl mein Wissen das Zünglein an der Waage zwischen seiner Rettung und seiner Vernichtung ausmachte.

Nach einer längeren Pause, in der er die Antwort selbst lesen konnte, sagte ich: »Ja.«

Etwas in ihm schien zusammenzubrechen, aber äußerlich ließ er sich davon nichts anmerken. Er tobte nicht, und er wütete nicht, er versuchte nicht einmal, mir den Pfeil herauszuziehen oder mich auf eine andere Art und Weise fertig zu machen. Keine Erklärung, kein Bedauern, keine Rechtfertigungen. Er richtete sich auf und schaute zu den Männern von der Ambulanz hinüber, die mit seinem Vater und seiner Frau auf uns zukamen. Er schaute auf seinen Bruder, der nur einen Schritt entfernt saß und zuhörte.

»Ich liebe Mackie über alles«, sagte Perkin.

Damit hatte er mehr als genug gesagt.

Die Nacht verbrachte ich dankenswerterweise in völliger Ahnungslosigkeit der umfangreichen Näharbeiten, die an meinem Oberkörper vor sich gingen. Ich erwachte erst spät am Morgen inmitten eines Gewirrs von Schläuchen, Maschinen und Apparaturen, von denen ich noch nie etwas gehört hatte. Es sah ganz danach aus, als würde ich weiterleben; die Ärzte waren fröhlich, nicht übervorsichtig.

»Eine Konstitution wie ein Ackergaul«, sagte einer von ihnen. »Wir haben Sie in Nullkommanichts wieder auf den Beinen.«

Von einer Schwester erfuhr ich, daß ein Polizist mit mir reden wollte, doch bis zum nächsten Tag war jeglicher Besuch ausgeschlossen.

Am nächsten Tag, einem Mittwoch, atmete ich zwar noch sehr flach, aber immerhin ohne mechanische Hilfe, saß seitlich in die Kissen gelehnt und schlürfte Suppe. Ich konnte sprechen, hing an Entsorgungsschläuchen und fühlte mich arg mitgenommen. Es ginge mir prima, sagten sie.

Der erste, der mich besuchen kam, war erstaunlicherweise nicht Doone, sondern Tremayne. Er kam am Nachmittag. Er sah sehr blaß, übermüdet und um viele Jahre gealtert aus.

Er erkundigte sich nicht nach meinem Befinden. Er ging hinüber zum Fenster der Station für Frischoperierte, deren einzige Belegung aus meiner Person bestand, schaute eine Zeitlang hinaus und drehte sich dann um: »Gestern ist etwas Schreckliches passiert.«

Ich sah, daß er zitterte.

»Was denn?« fragte ich besorgt.

»Perkin...« Seine Kehle schnürte sich zusammen. Der Kummer übermannte ihn.

»Setzen Sie sich hin«, sagte ich.

Er tastete sich langsam auf den Besucherstuhl und legte eine Hand über die Lippen, um zu verbergen, wie nahe er den Tränen war.

»Perkin«, sagte er nach einer Weile. »Nach all den Jahren hätte man angenommen, daß er sich vorsieht.«

»Was ist denn geschehen?« fragte ich, als er verstummte.

»Er schnitzte an einem Teilstück für eine Kommode... und... er hat sich dabei das Bein mit dem Messer aufgeschlitzt. Er blutete... er versuchte, die Tür zu erreichen... der Fußboden war voll Blut... literweise. Er hat sich nicht zum ersten Mal verletzt, aber diesmal war es eine Arterie... Mackie hat ihn gefunden.«

»O nein«, sagte ich abwehrend.

»Sie ist in einer furchtbaren Verfassung, und sie läßt sich kein Beruhigungsmittel geben, wegen dem Baby.«

Obwohl er dagegen ankämpfte, schossen ihm die Tränen in die Augen. Er wartete, bis er sein Gesicht wieder unter Kontrolle hatte, dann zog er ein Taschentuch hervor und putzte sich demonstrativ die Nase.

»Fiona ist bei ihr«, sagte er. »Sie ist ein Schatz.« Er schluckte. »Ich wollte Sie eigentlich nicht damit belasten, aber Sie hätten sich sicher bald gewundert, warum Mackie nicht vorbeikommt.«

»Das ist die geringste Sorge.«

»Ich muß jetzt wieder zurückfahren. Ich wollte es Ihnen nur selbst mitteilen.«

»Ja. Danke.«

»So viele Dinge müssen erledigt werden.« Seine Stimme schwankte erneut. »Ich wünschte, Sie wären dort. Die Pferde müssen bewegt werden. Ich brauche Ihre Hilfe.«

Ich hätte ihm nur zu gerne geholfen, doch er sah selbst, daß es nicht ging.

»In ein paar Tagen«, sagte ich, und er nickte.

»Eine gerichtliche Untersuchung muß auch noch stattfinden«, sagte er kläglich.

Er blieb noch eine Zeitlang erschöpft sitzen, als scheue er sich davor, die Last wieder auf die Schultern zu nehmen, als wolle er den Moment länger herausschieben, an dem er sich zu Hause wieder um alle anderen kümmern mußte. Schließlich seufzte er tief, zwang sich auf die Beine und verließ mich mit einem gequälten Lächeln.

Ein bewundernswerter Mann, dieser Tremayne.

Kurz nachdem Tremayne weg war, kam Doone herein. Er redete nicht lange drumherum.

»Wer hat auf Sie geschossen?«

»Irgendein Kind, das Robin Hood gespielt hat«, sagte ich.

»Mal im Ernst.«

»Im Ernst, ich habe niemanden gesehen.«

Er setzte sich auf den Besucherstuhl und blickte mich nachdenklich an.

»Ich sah Tremayne Vickers unten auf dem Parkplatz«, sagte er. »Ich vermute, er hat Ihnen die neuesten schlechten Nachrichten mitgeteilt?«

»Ja. Ein furchtbarer Schlag für sie alle.«

»Sie nehmen doch nicht an, oder täusche ich mich da«, fügte er hinzu, »daß wir es mit einem weiteren Mord zu tun haben könnten?«

Er bemerkte meine Überraschung. »Daran hatte ich noch nicht gedacht«, sagte ich.

»Es sieht aus wie ein Unfall«, sagte er mit einer gewissen Süffisanz, »doch unser junger Mr. Vickers war sehr geübt mit diesem Messer, und nach Angela Brickell, nach Mr. Goodhaven, nach Ihrem kleinen Mißgeschick...« Er ließ den Gedanken in der Luft schweben, und ich tat nichts dazu, ihn auf die Erde herunterzuholen.

»Schön.«

»Hm.« Er beugte sich nieder und holte eine Tasche herauf, die er auf den Boden gestellt hatte. »Ich denke, das hier wird Sie interessieren.« Er zog einen stabilen, durchsichtigen Plastikbeutel hervor und hielt ihn gegen das Licht, damit ich sehen konnte, was sich darin befand.

Ein Pfeil, in zwei Teile geschnitten.

Die eine Hälfte war hell und sauber, die andere fleckig und dunkel, mit einem langen, angespitzten vorderen Stück.

»Unser Labor hat sich das einmal angesehen«, sagte er auf seine singende Art, »aber sie konnten keine besonderen Werkzeugspuren feststellen. Es hätte von jeder scharfen Klinge in unserem schönen Königreich angespitzt worden sein können.«

»Aha«, sagte ich.

»Daß man die Spitze im Feuer härtet, das steht allerdings in Ihren Büchern.«

»Nicht nur in meinen.«

Er nickte. »Gestern morgen im Shellerton House erzählten mir sowohl Mr. Tremayne Vickers als auch das junge Ehepaar Vickers, daß sie in der Nacht zum Dienstag drei oder vier Stunden nach Ihnen gesucht haben. Der junge Gareth wollte nicht, daß die Suche abgebrochen wird, doch Mr. Vickers sagte ihm, Sie wüßten sich schon zu helfen, auch wenn Sie sich verlaufen hätten. Sie könnten sehr gut auf sich aufpassen, sagte er. Sie wollten gerade nach Hause fahren, als sie Sie entdeckten.«

»Glück gehabt.«

Er nickte. »Einen Zentimeter weiter, und es hätte Sie erwischt, hat man mir berichtet. Ich sagte ihnen, sie sollten sich keine Sorgen machen; ich würde mit Ihnen weiterhin zusammenarbeiten, sobald Sie wieder bei Bewußtsein wären. Gemeinsam würden wir schon auf eine Lösung des Falles hinarbeiten.«

»Das haben Sie tatsächlich gesagt?« Der Kerl raubte mir den allerletzten Atem.

»Mr. Tremayne Vickers sagte, er sei hoch erfreut.« Doone machte eine kurze Pause. »Sind Sie dieser Fährte mit den Farbklecksen zur Lichtung gefolgt, von der die anderen erzählen?«

»Mm.«

»Und hat Sie jemand unterwegs auf diesem Weg beschossen?«

»Hm.«

»Sieht so aus, als müßten wir uns das selbst noch mal genauer anschauen.«

Ich sagte nichts dazu, und er sah enttäuscht aus.

»Es liegt doch in Ihrem eigenen Interesse, daß Ihr Angreifer zur Rechenschaft gezogen wird.« Wieder ein Text aus der Polizeischule. »Es scheint Ihnen nichts auszumachen.«

»Ich bin müde«, sagte ich.

»Dann interessiert Sie wohl der Klebstoff auch nicht.«

»Welcher Klebstoff?« fragte ich. »Ach so, der Klebstoff.«

»Der, mit dem man Marmor an Holzbretter klebt«, sagte er. »Wir haben ihn analysieren lassen. Gewöhnlicher Schnellkleber. Gibt's überall zu kaufen. Läßt sich nicht zurückverfolgen.«

»Und die Alibis?«

»Wir sind noch dabei, alles zu überprüfen. Alle fraglichen Personen waren jedoch ständig unterwegs, außer dem bedauernswerten jungen Mr. Vickers, der die ganze Zeit über in seiner Werkstatt gewesen ist.«

Er schien auf meine Reaktion zu warten, gerade so, als hätte er direkt vor dem Fisch eine Fliege aufs Wasser gelegt.

Ich lächelte ihn kurz an, zeigte jedoch kein Interesse. Nach dieser kargen Ausbeute an guten Resultaten schienen seine Schnurrbartenden noch weiter nach unten zu rutschen. Er machte sich wieder auf den Weg und sagte, ich solle gut auf mich aufpassen. Ein guter Hinweis, wenn auch eine Idee zu spät. Er werde seine Nachforschungen vorantreiben, sagte er.

Ich wünschte ihm viel Glück.

»Sie sind mir zu schweigsam«, sagte er.

Als er gegangen war, dachte ich eine ganze Weile über den bedauernswerten jungen Mr. Vickers nach und darüber, was ich Doone hätte mitteilen müssen. Ich hatte es unterlassen.

Perkin gehörte zu den wenigen Leuten, die von der Kamera und der Fährte wußten. Ich hatte gehört, wie Gareth ihm am Sonntagmorgen alles haarklein schilderte.

Mackie hatte es Sam Yaeger am Montagmorgen erzählt.

Theoretisch hätte sie es Fiona per Telefon mitteilen können und Fiona wiederum Nolan und Lewis, aber es handelte sich schließlich nicht um die Art von Information, die man unbedingt weitergeben mußte.

Am Montagmorgen war Doone mit dem Brett in Shellerton House aufgetaucht. Perkin wußte, daß ich derjenige war, der bemerkt hatte, daß Holzbretter normalerweise schwimmen. Am Montag sah er die Planke auf dem Eßzimmertisch und hörte, wie sich Doone mit mir in aller Vertraulichkeit beratschlagte. In diesem Augenblick mußte all das, was Fiona und Tremayne von mir glaubten, wie felsenfeste Tatsachen ausgesehen haben.

John Kendall würde Doone auf die Spur der Beute bringen. Die Beute war er, Perkin. Als Beute hatte er das Recht, sich zur Wehr zu setzen: seiner Entdeckung zuvorzukommen, indem er zuerst zuschlug.

Gegen Mittag war Perkin weggefahren, nach Newbury, um Nachschub abzuholen, wie er gesagt hatte; wahrscheinlich eher in den Wald von Quillersedge.

Tremayne war zu seinem Schneider nach Oxford gefahren. Mackie war mit Dee-Dee zum Essen. Gareth war in der Schule. Ich hatte das leere Haus ebenfalls verlassen und mich frohen Mutes auf den Weg in den Wald gemacht. Nur dem Zufall hatte ich es zu verdanken, daß ich je erfuhr, was mich dort niedergestreckt hatte.

Ich stellte mir vor, wie Perkin in der Nacht den Pfad entlangschlängelte. Mit Hilfe der Markierungen konnte er den Weg ebenso leicht finden wie schon zuvor bei Tageslicht. Insgeheim war er mit sich zufrieden, konnte er doch alle Spuren, die er unvermeidlicherweise beim ersten Mal hinterlassen hatte, jetzt durch seine zweite Passage ohne weiteres erklären. Diese Befriedigung hatte sich höchstwahrscheinlich in Luft aufgelöst, als er auf der Lichtung ankam und mich dort nicht mehr vorfand. Eine böse Überraschung, sozusagen. Er hatte wohl vorgehabt, zu seinen Anverwandten zurückzukehren, um voller Entsetzen zu berichten, daß er mich tot aufgefunden habe. Statt dessen sah er schockiert und voller Entsetzen, daß ich noch am Leben war. Mit offenem Mund. Sprachlos. Wie unangenehm.

Wenn ich versucht hätte, die Straße auf dem Pfad zu erreichen, wäre ich Perkin direkt in die Arme gelaufen.

Ein Schauer lief mir in dem warmen Krankenhauszimmer über den Körper. Manche Dinge malte man sich besser nicht aus.

Für Perkin war es eine Leichtigkeit, Pfeile herzustellen, nicht schwieriger, als sich die Fingernägel zu schneiden. Außerdem hatte er direkt in seiner Werkstatt einen Ofen, um sie zu härten. Er mußte auch einen recht guten, starken Bogen gebaut haben (nach meinen detaillierten Anweisungen), der mittlerweile zweifellos in tausend unkenntliche Splitter zerbrochen irgendwo im weit entfernten Unterholz lag. Vielleicht hatte er sogar vor meiner Ankunft ein paar Übungsschüsse gewagt. Das ließ sich nur herausfinden, wenn ich noch einmal dorthin zurückging und nach den verschossenen Pfeilen suchte – was ich allerdings nicht vorhatte.

Den Rest des Tages über kamen mir alle möglichen Gedanken mehr oder minder deutlich in den Sinn.

Beispielsweise der, daß Perkin in Holz dachte, wie in einer Sprache. Jede Falle, die er baute, mußte aus Holz gefertigt sein.

Nolan hatte Perkin bei Tremaynes Festessen niedergeschlagen. Ich hatte Nolan durch die Luft gewirbelt und ihn der Lächerlichkeit preisgegeben. Perkin hätte es niemals riskiert, mich direkt anzugreifen, nicht nach dem, was er gesehen hatte.

Perkin mußte den Schock angesichts meiner ihm vertrauten Schuhe und des Anoraks im Bootshaus überwinden und dann den weit schlimmeren Schock, als sich sein Plan auf verheerende Weise ins Gegenteil verkehrte, indem Harry und ich lebendig wieder auftauchten.

Als bester Schauspieler von allen hatte er sich diese Rückschläge nicht anmerken lassen, er hatte es ohne Revolte, ohne Nervenkrise hingenommen. So mancher verurteilte Mörder stellt eine derartige Kaltblütigkeit zur Schau. Vielleicht hatte es etwas mit seiner Realitätsferne zu tun. Zu diesem Thema gab es dicke Bücher. Wer weiß, eines Tages würde ich sie womöglich lesen.

Perkin hatte Mackies freundschaftliche Gefühle mir gegenüber verabscheut. Nicht ausreichend genug, um mich dafür umzubringen, aber sicherlich so, daß mein Tod auch in dieser Hinsicht sehr gelegen kam.

Niemals etwas vermuten...

Man hatte Perkin immer in seiner Werkstatt bei der Arbeit vermutet, dabei mochte er Stunden oder gar Tage woanders zugebracht haben, immer wenn Mackie sich außer Haus um die Pferde kümmern mußte. An dem Mittwoch, an dem die Falle für Harry installiert worden war, hatte Mackie in Ascot Tremaynes Pferd für das Dreimeilenrennen gesattelt.

Perkin hatte keinen klassischen Fehler begangen. Er hatte keine Taschentücher mit seinem Monogramm herumliegen lassen, hatte weder Alibis getürkt noch aus Unachtsamkeit datierte Zugfahrscheine weggeworfen, und er hatte nicht mit Wissen geprotzt, über das er gar nicht verfügen durfte. Perkin hatte mehr zugehört als geredet. Er war gewitzt und vorsichtig vorgegangen.

Ich dachte an Angela Brickell und an die Nachmittage, die Perkin allein zu Hause verbracht hatte. Sie hatte sogar Gareth verführen wollen. Man konnte sich leicht vorstellen, daß sie ihre Reize auch vor Perkin zur Schau gestellt hatte. Intelligente Männer, die ihre Frauen lieben, sind nicht immun gegen offen angebotene Verlockungen. Plötzliche Erregung. Schnelle unkomplizierte Befriedigung. Ende der Geschichte.

Es sei denn, aus der Geschichte ginge nach dem Versagen eines

Verhütungsmittels eine Schwangerschaft hervor. Die Geschichte war nicht zu Ende, wenn das Mädchen Geld verlangte oder mit der Preisgabe ihres Geheimnisses drohte. Sie war nicht zu Ende, wenn sie die Ehe des Mannes zerstören konnte – und es auch tun würde.

Angenommen, Angela Brickell war eindeutig schwanger gewesen. Angenommen, sie wußte genau, wer der Vater war. Sie, die in einem Stall mit Zuchtpferden arbeitete, wußte nur zu gut, daß es Verfahren gab, die den Nachweis der Vaterschaft zunehmend genau erlaubten. Der Vater würde es nicht einfach abstreiten können. Angenommen, sie lockte ihn in den Wald, wurde dort in jeder Beziehung fordernd und emotional, fing an, Druck auf ihn auszuüben.

Nicht lange vorher hatte Perkin Olympia tot zu Nolans Füßen liegen sehen. Wieder und wieder hatte er gehört, wie schnell sie gestorben war. Angenommen, dieses Bild, diese Gewißheit wäre vor seinem inneren Auge aufgeflammt. Die rasche Lösung all seiner Probleme lag in seinen eigenen starken Händen.

Ich stellte mir vor, wie sich Perkin gefühlt haben mochte, was er da auf sich zukommen sah.

Zu dieser Zeit war es Mackie nicht möglich, ein Kind zu empfangen, und sie litt sehr darunter. Angela Brickell hingegen trug verheerenderweise ein Kind von ihm in ihrem Leib. Perkin liebte Mackie und konnte es nicht ertragen, daß sie erfuhr, was er getan hatte; konnte nicht ertragen, daß er sie so furchtbar verletzen würde. Vielleicht schämte er sich. Und wollte nicht, daß sein Vater davon Wind bekam.

Die unwiderstehliche Lösungsstrategie: ein schneller Tod auch für Angela. Einfache Sache.

Vielleicht hatte aber auch er, nicht sie, den Wald ausgewählt. Vielleicht hatte er es geplant, vielleicht war es keine Affekthandlung, sondern seine erste Falle gewesen.

Jetzt aber konnte man unmöglich entscheiden, welches dieser

Szenarien der Wahrheit entsprach. Möglich, vermutlich, wahrscheinlich; eine kleine Auswahl, mehr nicht.

Ich fragte mich, ob er auf dem Weg nach Hause etwas anderes als Erleichterung verspürt hatte.

Schon lange, bevor Doone an die Tür klopfte, konnte sich Perkin überlegt haben, daß er, sollte man die Leiche jemals finden, einfach behaupten würde, sich nicht an das Mädchen zu erinnern. Niemandem wäre das seltsam vorgekommen, da er sich nur sehr selten bei den Pferden sehen ließ.

Sein einziger, katastrophaler Fehler hatte darin gelegen, das Geheimnis ein für allemal begraben zu wollen, indem er Harry verschwinden ließ.

An seinen Taten sollt ihr ihn erkennen...

An seinen Pfeilen.

Ich überlegte mir, daß Doone wohl nicht daran dachte, in Perkins Werkstatt nach dem passenden Holz für die Pfeile suchen zu lassen. Perkin hatte nicht genügend Zeit gehabt, sich anderswo nach etwas Brauchbarem umzusehen. Er mußte gewöhnliches Holz benutzt haben, nichts Exotisches; trotzdem mußte noch mehr davon aufzufinden sein, vielleicht sogar in der Kommode, die er aus gebleichter Eiche anfertigte.

Er hatte keine passenden Federn zur Hand gehabt, deshalb auch keine Schaftführungen.

Perkin mußte gewußt haben, daß ein Holzvergleich anstand. Er kannte sich mit Holz besser aus als alle anderen.

Doone mit seinem Versprechen, alles aufzuklären, sobald ich aufgewacht war, mußte das Ende seiner Hoffnungen bedeutet haben.

Er liebte Mackie wirklich. Seine Welt brach zusammen. Es blieb nur ein Ausweg.

Ich dachte an Tremayne und wie stolz er auf Perkins Arbeit war, dachte an Gareth' verwundbares Alter. Ich dachte an Mackie, an ihr Gesicht, das vor wundersamer Freude gestrahlt hatte, als sie entdeckte, daß sie schwanger war. Ich dachte an das Kind, wie es in Liebe und Geborgenheit aufwuchs.

Nichts war damit gewonnen, wenn jemand herausfand, was Perkin getan hatte. Viel würde jedoch kaputtgemacht. Sie würden alle sehr darunter leiden. Die Familien hatten immer am meisten darunter zu leiden.

Kein Kind, dessen Vater ein bekannter Mörder war, konnte zu einem selbstbewußten und ausgeglichenen Erwachsenen heranwachsen. Ohne dieses furchtbare Wissen würde Mackies Schmerz mit der Zeit verheilen. Tremayne und Gareth müßten sich nicht unter der unverdienten Schande winden. Sie alle würden weitaus glücklicher leben, wenn sie und der Rest der Welt in Unkenntnis blieben, und um dieses Ziel zu erlangen, wollte ich ihnen das einzige Geschenk machen, das ich zu geben vermochte:

mein Schweigen.

Der Untersuchungsrichter befand bei der kurzen gerichtlichen Leichenschau in der folgenden Woche ohne zu zögern auf ›Unfall‹ und bekundete den Anverwandten sein Mitgefühl. Tremayne holte mich danach vom Krankenhaus ab und berichtete mir auf dem Weg nach Shellerton, daß Mackie die Feuerprobe vor Gericht tapfer hinter sich gebracht habe.

»Und das Baby?« erkundigte ich mich.

»Dem Baby geht's blendend. Es gibt Mackie die nötige Kraft. Sie sagt, Perkin ist bei ihr und wird durch das Baby immer bei ihr sein.«

»Hm.«

Tremayne schaute mich kurz von der Seite an und blickte dann wieder auf die Straße.

»Hat Doone inzwischen herausgefunden, wer Ihnen den Pfeil verpaßt hat?«

»Ich glaube nicht.«

»Wissen Sie es selbst auch nicht?«

»Nein.«

Er fuhr eine Zeitlang schweigsam weiter.

»Ich dachte nur...«, sagte er unsicher.

Nach einer Weile sagte ich: »Doone hat mich zweimal besucht. Ich sagte ihm, daß ich nicht weiß, wer auf mich geschossen hat. Ich sagte ihm, ich hätte überhaupt keine Vorstellungen mehr von irgend etwas.«

Jedenfalls hatte ich ihm nicht verraten, wo er nach dem Holz für die Pfeile zu suchen hatte.

Doone war abgrundtief von mir enttäuscht: Ich hätte gemeinsame Sache mit *ihnen* gemacht, sagte er. Goodhaven, Everard, Vickers und Kendall. »Ja«, hatte ich gesagt, »tut mir leid.« Doone sagte, man könne nicht beweisen, wer Angela Brickell umgebracht habe. »Lassen Sie sie ruhen«, hatte ich gesagt. Nach einer Weile hatte er sich, grau wie er war, erhoben und mir geraten, auf mich aufzupassen. Ich hatte etwas gezwungen geantwortet: »Das werde ich tun.« Daraufhin war er langsam und mit Bedauern hinausgegangen, und er hatte auch meinen bedauernden Gesichtsausdruck bemerkt, ein unerwartetes gegenseitiges Sympathiebekenntnis, das sich im gleichen Moment bereits in die Erinnerung verflüchtigt hatte.

»Glauben Sie nicht«, sagte Tremayne schmerzlich, »ich meine, es muß doch jemand gewesen sein, der wußte, daß Sie Gareths Kamera holen würden.«

»Ich habe Doone erzählt, es war ein Kind, das Robin Hood spielte.«

»Ich... aber... ich...«

»Hören Sie auf damit«, sagte ich. »Ein Kind hat es getan.«

»John...«

Er wußte es, dachte ich. Er war kein Idiot. Er konnte sich den Vorgang ebensogut wie ich an zehn Fingern abzählen, und es mußte verdammt schmerzhaft für ihn gewesen sein, das alles von seinem Sohn glauben zu müssen.

»Was mein Buch betrifft«, sagte er zögerlich, »ich weiß nicht, ob ich damit weitermachen möchte.«

»Ich werde es schreiben«, bestärkte ich ihn. »Es wird eine Bestätigung Ihres Lebens und Ihres Schaffens, wie es geplant war. Es ist jetzt sogar noch wichtiger; für Sie besonders, aber auch für Gareth, für Mackie und für Ihr neues Enkelkind. Für Sie und für Ihre Familie ist es sehr wichtig, daß ich das Buch zu Ende bringe.«

»Sie wissen es«, sagte er.

»Es war ein Kind.«

Fiona und Harry saßen mit Mackie und Gareth im Familienzimmer zusammen. Perkins Abwesenheit traf mich beinahe wie ein Schlag, so sehr hatte ich mich an seine Anwesenheit gewöhnt. Mackie sah blaß aus, hatte sich aber im Griff. Sie begrüßte mich mit einem schwesterlichen Kuß.

»Hallo«, sagte Gareth, sehr cool.

»Selber Hallo.«

»Ich habe schulfrei gekriegt.«

»Prima.«

Harry sagte: »Wie geht es Ihnen?« Und Fiona nahm mich vorsichtig in die Arme und ließ ihren Duft meine Sinne betäuben.

Mit ironisch blitzenden Augen bestellte Harry beste Grüße von seiner Tante Erica.

Ich fragte Harry, wie es seinem Bein ginge. Alles sehr oberflächlich und höflich.

Mackie brachte für jeden eine Tasse Tee; ein höchst englischer Trauerbalsam. Ich erinnerte mich daran, wie Harry nach unserem Sturz in den Graben den Kaffee verfeinert hatte, und hätte dieser Methode jederzeit den Vorzug gegeben.

Gestern war es einen Monat her, seit ich hier angekommen bin, fiel mir ein. Ein Monat auf dem Lande...

»Hat man herausgefunden, wer auf Sie geschossen hat?« fragte Harry.

Seine Frage war eine einfache Nachfrage, ohne Hintergedanken, nicht so wie bei Tremayne. Ich gab ihm eine einfache Antwort, die Antwort, die allmählich als offizielle Erklärung anerkannt wurde.

»Doone vermutet, daß es ein Kind gewesen ist, das sich einen Traum erfüllt hat«, sagte ich. »Robin Hood, Cowboys und Indianer. So was in der Richtung. Das wird man nie genau herausfinden.«

»Wie furchtbar«, erinnerte sich Mackie.

Ich schaute sie zärtlich an. Tremayne klopfte mir auf die Schulter und verkündete, daß ich weiterhin hierbleiben würde, um, wie abgesprochen, sein Buch fertigzustellen.

Sie freuten sich offensichtlich alle sehr darüber, als gehörte ich dazu; doch ich wußte, daß ich sie noch vor dem Sommer verlassen würde. Ich würde dem hellerleuchteten Bühnenbild den Rücken kehren und wieder in die Düsternis und die Einsamkeit meiner Schriftstellerei eintauchen. Es war ein Bedürfnis, nach dem ich mich verzehrte, und selbst wenn ich nie mehr hungern sollte, so würde ich es doch immer in mir spüren. Ich konnte dieses Bedürfnis nicht verstehen oder gar analysieren, aber es war da.

Nach einer Weile verließ ich das Familienzimmer und wanderte durch die große Haupthalle zur anderen Hälfte des Hauses und ging dort in Perkins Werkstatt.

Es roch aromatisch nach Holz, nur nach Holz. Die Werkzeuge lagen wie gewöhnlich akkurat nebeneinander. Der Leimtopf auf dem Ofen war erkaltet. Alles war aufgeräumt und saubergewischt, und nirgendwo auf dem gewienerten Boden zeigten verräterische Flecken an, wo er sein Leben verströmt hatte.

Ich verspürte ihm gegenüber keinen Haß. Statt dessen dachte ich daran, daß sein vielversprechendes Talent nun ausgelöscht war. Was geschehen ist, ist geschehen, würde Tremayne sagen, aber dieses umfassende Gefühl sinnloser Vergeudung konnte ich nicht so einfach abschütteln.

Auf der Werkbank lag ein Exemplar von *Überleben in der Wildnis*. Ich nahm es widerwillig in die Hand und blätterte darin herum.

Fallen. Pfeil und Bogen. Die vertrauten Geschichten.

Ich schlug die Seiten resigniert um, und sie öffneten sich wie von selbst bei dem Diagramm in dem Kapitel über Erste Hilfe, an der Stelle, wo die Druckpunkte aufgezeichnet waren, an denen man bei Verletzungen die Arterienblutungen abdrücken konnte. Ich starrte ausdruckslos auf die anschaulich gezeichneten Illustrationen, auf denen genau zu sehen war, wo die Hauptschlagadern zu finden waren, an welchen Stellen sie der Hautoberfläche der Arme und Handgelenke am nächsten waren ... und an welchen Stellen der Beine.

Großer Gott, dachte ich wie betäubt. Auch das habe ich ihm beigebracht.

Dick Francis im Diogenes Verlag

Unbestechlich

Roman. Aus dem Englischen von
Jobst-Christian Rojahn
Leinen

Derek Franklin, Steeplechase-Jockey, hat genug eigene Probleme. Mit vierunddreißig nähert er sich allmählich dem Ende seiner Karriere. Einer Meinungsverschiedenheit mit dem letzten Hindernis in Cheltenham hat er es zu verdanken, daß er jetzt mit einem gebrochenen Knöchel an Krücken herumhumpelt. Der Tod seines geliebten Bruders Greville stürzt ihn jedoch noch in viel größere Schwierigkeiten.
»Ich habe das Leben meines Bruders geerbt. Habe seinen Schreibtisch, sein Geschäft, sein technisches Spielzeug, seine Feinde, seine Pferde und seine Geliebte geerbt. Ich habe das Leben meines Bruders geerbt und dabei fast das meine verloren...«

»Inzwischen gehört der Engländer Dick Francis zu den Eliteschreibern des Genres. *Unbestechlich* gehört zu seinen besten Romanen.« *Die Weltwoche, Zürich*

»Auch in diesem Roman verfügt der Brite Francis über jenen lakonischen Tonfall des ›Understatements‹, der alle seine Romane auszeichnet und denen der besten ›hartgesottenen‹ Amerikaner ähnlich macht.«
Jochen Schmidt/Frankfurter Allgemeine Zeitung

Handicap

Roman. Deutsch von
Jobst-Christian Rojahn
detebe 21984

»Ein häßlicher Skandal schüttelt den Jockey-Club. Aber Ex-Jockey und Privatdetektiv Sid Halley überlistet den sadistischen Buchmacher und sticht die feldführenden Killer aus. *Handicap* packt einen wie ein junger todesmutiger Jockey ein durchgehendes feuriges Pferd.« *The Guardian, London*

»Super. Francis' bisher bestes Buch, und das will etwas heißen!« *Sunday Mirror, London*

»Francis versteht es fabelhaft, in seinen Plot abermals den Pferdesport zu verweben und eine grundsolide, sehr spannende Geschichte zu erzählen mit einem Haufen verblüffender Informationen.«
Wolfram Knorr/Die Weltwoche, Zürich

Ausgezeichnet mit dem ›Gold Dagger Award‹.

Reflex

Roman. Deutsch von
Monika Kamper
detebe 21982

Ein zäher junger Jockey mit einer rauhen Vergangenheit und einer erfolgversprechenden Zukunft stolpert über Erpressung und manipulierte Rennen und erledigt gemeine Verbrecher mit Heldenmut und fotografischer Hexerei!

»Die harten Gesetze des Genres werden von Dick Francis strikte befolgt. Doch die Wege, auf denen er sich zu einem immer lädierten, oft sehr zweifelhaften Happy-End durchringt, sind weitab von jeder Schablone. Francis hält nichts von strahlenden Helden, die sich mit Pepsodentlächeln und ohne moralische Anfechtung gegen ihre Gegner durchsetzen. Er hat es vielmehr mit den kaputten Typen, Helden, deren Privatleben – durch eine gelähmte Frau, eine geschiedene Ehe oder einen Bruder, der zu Alkohol neigt – stark beschädigt ist und die auch selber nicht selten körperlich gehandicapt sind, halb verkrüppelt nach schweren Unfällen. Sie siegen nur, weil die kriminelle Gegenseite sie so zornig macht, daß sie alle Kräfte mobilisieren und eine Aufgabe lösen, die im Grunde über ihre Fähigkeiten geht...« *Frankfurter Allgemeine Zeitung*

Ausgezeichnet mit dem ›Edgar Allan Poe Award‹.

Galopp

Roman. Deutsch von
Ursula Goldschmidt und Nikolaus Stingl
detebe 21983

Ex-Jockey Randall Drew wird in einer delikaten Mission nach Moskau geschickt. Ein mysteriöses Wesen mit Namen »Alyosha« bedroht einen königlichen Kandidaten an den Olympischen Spielen in Moskau. Der Auftrag ist vage, der Gegner unsichtbar, und die Hindernisse sind eigentlich unüberwindlich...

»Guter Stoff. Sowjetisches schweres Geschütz sitzt einem im Nacken, und der KGB gibt eine pornographische Einlage...« *Evening Standard, London*

»Mr. Francis schreibt wunderbar elegant und hat einen unglaublich fundierten Hintergrund (wer verstünde mehr von Pferden und Rennen?). Nicht zuletzt deshalb ist *Galopp* ein rundum perfekter Lesegenuß.«
The New York Times

DICK FRANCIS, geboren 1920, war viele Jahre Englands erfolgreichster Jockey, bis ein mysteriöser Sturz seine Karriere beendete. Seit über 25 Jahren schreibt er Thriller, die alle das Pferderennen- und Wettmilieu als Hintergrund haben, gleichzeitig aber detaillierte Kenntnisse über Fotografie, Fliegerei, Steuerberatung, Pferdeschmuggel, Kidnapping usw. vermitteln.